Das Glossar mit Danksagung, Abdruckgenehmigungen und Quellenangaben, befindet sich am Ende des Buches.

Druck: tredition GmbH, Hamburg

Umschlaggestaltung:
Petra Schneewind
Fotomontage:
Vera Schneewind
Originalbild:
Dr. med. Jens Schneewind

gedruckt in Deutschland

ISBN 978-3-74-39-0460-6 (Paperback)

2. Auflage

Bibliografische Information der Deutschen Nationalbibliothek:
Die Deutsche Nationalbibliothek verzeichnet diese Publikation in der Deutschen Nationalbibliografie; detaillierte bibliografische Daten sind im Internet über http://dnb.d-nb.de abrufbar.

Strullenried: Ein Dorf, in dem nur sie sich wohlfühlt:
die Langeweile. Meistens jedenfalls.

Im alten Wirtshaus leben neun betagte Damen in einer Wohngemeinschaft zusammen. Sie pflegen mehr oder weniger gute Kontakte zur Nachbarschaft und kümmern sich ansonsten um ihre eigenen Angelegenheiten. Eines Tages wird der hiesige Pfarrer feige vergiftet und schon am nächsten Tag ereignet sich ein weiterer Mord.

Kommissar Lampl soll die rätselhaften Fälle aufklären, doch seine Anstrengungen wirken nicht nur durch das Eintreffen einer neuen, attraktiven Kollegin ein wenig konfus ...

Dann verschwindet ein wichtiger Zeuge und die Alten – WG stellt eigene Nachforschungen an …

für
meine Mutter

Weiße Freundinnen mitten im Heute
lachen und horchen und planen für morgen;
abseits erwägen gelassene Leute
langsam ihre besonderen Sorgen,

...

R. M. Rilke

Petra Schneewind

Das Kamel frisst keine Schokolade

Personenverzeichnis

Die Wohngemeinschaft im ehemaligen Wirtshaus:
Adelheid Maurer
Caroline von Grupp
Dora Pohl
Erika Rossmann
Felizitas Stroh
Gisela Huber
Henriette Reimers
Ida Peters
Klara Belder
und Albert Stiefel

Pfarrhaus:
Martin Senft   Pfarrer
Leandra Senft   dessen Ehefrau
Olga Senft   seine Mutter
Elvira Theodorlinde Beinkleid   Haushälterin
Gabriel Fingerhut   Gärtner
Ranghild Walentin   Sekretärin

Kommissariat:
Lampl   Hauptkommissar
Jelle Hèrisson   Kommissarin
Karl Siebentisch   Kommissar
Bruno Kurz   Kommissar
Holger Gottfried   Kommissar
Frau Meier   Sekretärin
Dr. h.c. Wilfried Mayeraufderhut   Polizeipräsident
Kasimir Koch   Mitarbeiter der
                                      Spurensicherung
Gustav Mann   Labortechniker
Otto Holzhammer   Polizist

Die Nachbarschaft in Strullenried:
Adolf Kellerbier
Nigel Biederwolf
Mai Ling Biederwolf
Mechthild Sanft
Berta Schimmel
Frau Gutkorn
Familie Bäuerlein
Familie Hartmann

außerdem:

Ewald Schleich	Postbote
Dr. Bachheim	Arzt
Dr. Dung	Tierarzt und Pomologe
Wunibald Zopf	alter Freund von Adelheid
Ferdinand Zopf	dessen Sohn
Herr Förster	Förster
Moritz Friedrich	Zeuge
Angelique	Friseurin
Frau Tannenbaum	Kundin
Frau Federwein	Nachbarin von Lampl
Frau Spitzkopf	Leiterin des Seniorenheims

und:
Siegfried und Rosinante

„ Wir müssen etwas unternehmen"

„ Wie meinst du das? "

„ Er wird mich auffliegen lassen. Und dann bist du auch dran. "

„ Hast du mit ihm gesprochen? "

„Ja. "

„ Was willst du tun? "

„ Wir! Wir werden etwas tun. Schließlich hängst auch du mit drin. Und ich werde nicht allein das Problem aus der Welt schaffen, hast du mich verstanden? "

„ Was meinst du? "

„ Du wirst das morgen erledigen. Schnell und unauffällig. "

„ Und wie stellst du dir das vor? Soll ich ihn am helllichten Tag abmurksen? "

„ Nein. Idiot. Subtiler. "

„ Aha. Kannst du mir sagen, was du dir vorstellst? "

„ Ganz einfach. Hör zu ... "

Hoch strebte mein Geist, aber die Liebe zog
Schön ihn nieder; das Leid beugt ihn gewaltiger;
So durchlauf ich des Lebens
Bogen und kehre, woher ich kam.

F. Hölderlin

Mittwochmorgen

„Adelheid!", schallte es markerschütternd durchs Haus.

„Adelheid! Ein Einschreiben für dich!" Gisela Huber hielt die Haustür geöffnet. Ihre imposante, gepflegte Erscheinung gefiel dem Postbeamten ausnehmend gut. Er hätte gerne ein paar Worte mit ihr gewechselt, doch Frau Huber wirkte leicht angestrengt und er traute sich nicht, sie anzusprechen. Endlich kam Adelheid Maurer pustend die Treppe herunter. Ihre kompakte Statur steckte in einem bunten Sommerkleid, die Ringellöckchen wippten bei jedem Schritt.

„Mach schon", sagte Gisela vorwurfsvoll und warf einen neugierigen Blick auf den Absender des Briefes, den Ewald Schleich in den Händen hatte. Adelheid quittierte den Empfang, lächelte den Postboten treuherzig an und murmelte verlegen: „Danke."

„Danke auch und ich wünsche den Damen noch einen schönen Tag", antwortete Schleich mit rotem Kopf und schielte verstohlen zu Gisela. Doch ehe er noch mehr sagen konnte, hatte sie die Türe schon vor seiner Nase zugeschlagen.

„Von wem ist das?", wollte Gisela wissen und versuchte erneut den Absender zu entziffern, doch Adelheid ließ es nicht zu.

„Keine Ahnung", flunkerte sie und presste das Kuvert fest an ihre Brust.

„Du bist ja rot im Gesicht, geht es dir nicht gut?", bohrte Gisela weiter. „Willst du dich nicht vielleicht setzen?", meinte sie scheinheilig.

„Der Absender", flüsterte Adelheid aufgeregt: „Das ... das ist alles schon so lange her, ... mir wird schwindelig."

11

Gisela hielt die Möglichkeit für gekommen, jetzt gleich zu erfahren, was es mit diesem ominösen Umschlag auf sich hatte. „Komm, wir setzen uns in die Küche", schlug sie honigsüß vor. „Und wenn du den Umschlag nicht öffnen magst, übernehme ich das gerne für dich. Dazu sind Freundinnen doch da, nicht wahr?"

Widerwillig ließ sich Adelheid in die Küche ziehen. „Ich bin kein Kleinkind", murrte sie. Gisela nahm neben ihr Platz, setzte ihre Brille auf und griff energisch nach dem Briefkuvert.

„Nein. Ich will doch nicht, dass du da zuerst rein siehst." Adelheid presste den Umschlag an die wogende Brust und sah Gisela fest in die Augen. „Caroline soll kommen", meinte sie trotzig.

„Gut ... ganz, wie es dem Fräulein beliebt ..." Wutschnaubend stand Gisela auf und verließ beleidigt die Küche. „Garstiges Kind", brummelte sie.

Adelheid musterte noch mal den Brief. „Wie lange ist das her?", fragte sie sich und ihre Gedanken schweiften einen Augenblick in die Vergangenheit ab. Sie seufzte tief, als Gisela, mit Caroline im Schlepptau, eintrat. Beide bemerkten Adelheids träumerisches Lächeln.

„Adelheid, alles in Ordnung?", wollte Caroline belustigt wissen und legte ihr behutsam die Hand auf die Schulter.

„Ja, danke. Alles bestens", antwortete Adelheid mit einem weiteren Seufzen. Sie warf einen kurzen, unsicheren Blick auf Gisela und wandte sich Caroline zu. „Könntest du bitte für mich dieses Schreiben öffnen und es mir vorlesen?", fragte Adelheid nervös.

„Natürlich Kindchen. Zeig her."

Ohne zu zögern, reichte Adelheid ihrer Freundin den Umschlag. Caroline nahm Platz, griff ein Frühstücksmesser und öffnete damit den Brief. Dann setzte sie umständlich die Brille auf und entfaltete die Blätter.

Mittwoch, am Nachmittag

An diesem schönen, klaren Sommernachmittag fuhr das Einsatzfahrzeug des Notarztes mit eingeschalteten Sirenen in hohem Tempo über den heißen Asphalt, um in Strullenried direkt vor der Tür des Pfarrhauses mit quietschenden Reifen zum Stehen zu kommen. Das Unglück hatte sich schon herumgesprochen und so standen die Dorfbewohner in Trauben auf der Straße vor dem Haus. Gerüchte gediehen in der blühenden Fantasie der Neugierigen.

„Messerstecherei", sagte ein dicker Herr. „Hat mir mein Nachbar erzählt und der muss es doch wissen, schließlich weiß der immer als erster Bescheid."

„Ach was, ich weiß aus verlässlicher Quelle, dass da ein Selbstmord stattgefunden hat", flüsterte die Frau neben ihm wichtig.

„Stimmt doch nicht", mischte sich eine andere ein. „Eifersuchtsdrama", behauptete sie, ihre Gesprächspartnerin abschätzig musternd.

„Da tut sich was ...", bemerkte der beleibte Mann und wandte sich mit verschränkten Armen wieder dem Spektakel zu und auch die anderen starrten schweigend auf die Szenerie.

Der Notarzt, eskortiert von zwei Sanitätern, die aussahen, als hätten sie eben die Gewichtheber-Weltmeisterschaft gewonnen, stürmte ernsten Blickes in das gelbe Pfarrhaus. Am Eingang erwartete ihn die Hausfrau, bleich, verängstigt und ratlos. Stumm wies sie den Weg, nahm die Menschenansammlung kaum wahr, schloss die Tür und folgte ihnen ins Innere.

Vierzig Minuten vergingen. „Zeitpunkt des Todes: 15.15 Uhr", stellte der Doktor fest. Ein Rettungsassistent trug die Uhrzeit nickend in das Protokoll ein. Der Arzt griff zum Telefon und verständigte die Kriminalpolizei. „Sicher kein natürlicher Tod", erklärte er der Witwe, der die Knie weich wurden.

„Den Lampl brauch ich", brüllte er in den Hörer und berichtete von seinem Verdacht. Nach dem kurzen Telefonat ermahnte er die Ehefrau, alles unangetastet zu lassen und kümmerte sich um die

Hausangestellte, die einen Nervenzusammenbruch erlitten hatte, als sie ihren Dienstherrn leblos auf dem Boden sah.

Die Haushälterin hatte sich inzwischen gefangen, - das Schluchzen wurde seltener und erstarb schließlich ganz. Die Mutter des Opfers lehnte jede Hilfe ab und warf dem Mediziner Beleidigungen an den Kopf, woraufhin er unbeeindruckt die Küche verließ.

Auf der Straße wurde es ebenfalls ruhiger. Die Schaulustigen tuschelten und erwarteten eine - hoffentlich sensationelle - Nachricht. Wenig später sickerte die Neuigkeit durch: Der Dorfpfarrer war Opfer eines feigen Mordes geworden!

„Ich hab' es ja immer gesagt, mit denen nimmt es kein gutes Ende", erklärte eine Frau und die Umstehenden pflichteten ihr nickend bei.

Bald darauf hörte man von ferne den Peterwagen heranbrausen, im Gefolge die Presse. Der Wagen der Kriminalpolizei kam mit einem beeindruckenden Manöver vor der Garageneinfahrt des Pfarrhauses zum Stehen. Hinter ihm hielt der Übertragungswagen des örtlichen Fernsehsenders in gebührendem Abstand.

Die Herren der schreibenden Zunft parkten ihre schrottreife Kalesche direkt hinter den Einsatzfahrzeugen des Rettungsdienstes.

„Parken auf dem Gehweg? Macht 20 Euro", sagte einer der Polizisten, die gerade die Arbeit aufgenommen hatten, und hielt dem Reporter die geöffnete Hand hin.

„Na, hören Sie! Wollen Sie die Pressefreiheit einschränken? Ich werde mich bei Ihrem Vorgesetzten ..."

„20 Euro. Wenn Sie gleich zahlen."

„Erich, fahr den Wagen weg!", pflaumte der Journalist seinen Kollegen an.

„Macht dann immer noch 20 Euro." Der Beamte war unerbittlich.

Zerknirscht zahlte der Berichterstatter, verfluchte das Beamtentum und zückte schließlich Papier und Bleistift.

Die Pressevertreter befragten die Gaffer, die Fernsehleute bereiteten die Direktübertragung vor.

„Ist schon immer erstaunlich, wie viele Augenzeugen es jedes Mal so gibt", murmelte ein Kabelträger.

„Und was die alles wissen ...", pflichtete ihm sein Kollege augenzwinkernd bei.

Unaufgeregt betrat währenddessen die Kriminalpolizei den Tatort, um ihre Arbeit zu beginnen. Allen voran schritt Kommissar Lampl, dessen schlaksige Gestalt die Aura eines Staatsdieners ausstrahlte, der ständig überarbeitet war.

Lampl besah sich die Szenerie im Wohnzimmer in aller Ruhe. „Woran isser denn gestorben?", fragte er den Arzt und strich mit der Hand durch sein zu langes Haar.

„Das, Lampl, kann ich Ihnen leider nicht genau sagen", meinte der Mediziner und wischte sich den Schweiß von der Stirn.

Lampl sah ihn ungeduldig an. „Haben Sie denn einen Verdacht? Können Sie den Zeitpunkt eingrenzen? Irgendwas? ...", fragte er gereizt.

Der Arzt zuckte gelangweilt mit den Schultern. „Die Erfahrung sagt mir: Er ist vergiftet worden."

„Aha." Kommissar Lampl versuchte den Tatort zu erfassen, bevor die Leute der Kriminaltechnik, die draußen Spuren sicherten, anrückten. Das Zimmer war, sofern er es beurteilen konnte, aufgeräumt. Hier und da lagen Spielsachen der Kinder herum. Der niedrige Wohnzimmertisch, Nussbaum mit eingearbeiteten Kacheln in undefinierbarer Farbe, klebrig von Speiseresten und übersät mit Papieren, Malstiften und schmierigen Gläsern, stand schräg im Raum. Das Sofa, in L-Form, für die große Familie oder die gesellige Runde, olivgrün, wies eine Unmenge an bunten, angeschmutzten und zerknautschten Kissen auf. In den Ritzen dazwischen sah Lampl Bonbonpapiere und diverse Essensreste. An den Fenstern befanden sich keine Vorhänge, dafür umsomehr Pflanzen aller Größen, die, wären sie gepflegt, den Blick von außen nach innen erschwert hätten. Wäre nicht nötig gewesen, dachte Lampl. Die Scheiben sind so blind, da guckt man weder in die eine noch in die andere Richtung. Die Schrankwand, eindeutig Gelsenkirchener Barock, untersuchte Lampl mit spitzen Fingern. Nippes, soweit das Auge blickte: Clowns in Porzellan, Holz, Plastik und Glas, alle Schlümpfe, eine komplette Sammlung Asterix und Obelix, das Barfach bestückt mit Eierlikör, selbst gemachten Weinen und bröseligen Salzstangen.

Lampl rümpfte die Nase. In den Regalen verstaubte Bücher, vom Romanheftchen über Kinderbücher bis zur Enzyklopädie, Ausgabe 1979, alles querbeet vorhanden. An den Schranktüren Bildwerke der Kinder, aufgehängt mittels Fäden oder angeklebt. Die Wand über dem Sofa war lieblos mit Bildern zugehängt. Lampl trat näher. „Ah, Bruegel: Frühling, Sommer, Herbst und Winter ... interessant, die hatten meine Eltern auch", sagte er halblaut zu sich selbst. Vorsichtig schritt er um den Leichnam herum in die andere Ecke des Raumes.

Hier stand ein schwarzes Klavier, Fettspuren überall, Noten – von Bach bis Schütz - obenauf gelagert, unsortiert und in losen Blättern. Neben dem Musikinstrument ein Schaukelstuhl, darüber ein Schaffell drapiert.

Die Spätnachmittagssonne schien durch die schmierigen Fenster und tauchte die Szenerie in sonderbares Licht. Die in verschiedenen Brauntönen gestrichenen Wände wirkten nicht etwa einladend oder heimelig, eher höhlenmäßig - ein Rückzugsort für die gesamte Sippe. Der Kommissar schlenderte an die Fensterbank und inspizierte das Grünzeug. Er war beileibe kein echter Kenner der Botanik, konnte aber Löwenzahn von Alpenveilchen unterscheiden! Seine Exfrau hatte ihn schon Jahre vor der Scheidung nicht mehr allein in den Garten gelassen. Gut, er hatte es einmal vielleicht etwas übertrieben, indem er im Herbst alles mit der Heckenschere abschnitt. Als seine Frau dann nach Hause kam, gab es für Lampl nicht das ersehnte Lob, sondern eine Predigt, die sich gewaschen hatte. Und danach wochenlanges Schmollen. Dabei hatte er es nur gut gemeint ...

Nach den Friedensverhandlungen durfte er einmal wöchentlich zum Rasenmähen antreten und im Herbst wieder die Bäume ausschneiden - während sie danebenstand.

Langsam ging Lampl die Reihe der Zierpflanzen ab, ohne zu einer Erkenntnis zu gelangen. „Die stinken irgendwie alle", stellte er sachlich fest. Er lief durch das Zimmer und versuchte sich zu konzentrieren. Es war außergewöhnlich still, nur eine Standuhr tickte regelmäßig. Lampl trat näher heran und begutachtete das betagte Stück. So eine hatte er auch zu Hause stehen, ein Erbstück seines Großvaters.

Dann schlenderte er zur Terrassentür, die geschlossen, aber nicht verriegelt war. Der Garten ist gut eingewachsen. Von den umliegenden Häusern und Gärten kann man schwerlich hierher sehen, überlegte er. Der Kommissar wanderte ein paar Schritte über das Grundstück und wünschte sich, er hätte auch so ein kleines, stilles Paradies.

Er bemühte sich, auf seinem Rückweg nichts anzufassen und nichts zu verändern. Nach ihm kämen die Fachleute, um Spuren zu sichern, alles genauestens zu inspizieren, zu vermessen und zu fotografieren. Die Auswertung der kriminaltechnischen Untersuchung würde Tage dauern.

Lampl seufzte und steckte die Hände in die Hosentaschen. Seine Aufgabe war nun, Zeugen zu vernehmen und Protokolle anzufertigen. Lampl stöhnte, Befragungen waren nicht seine Stärke. Und während er sich selbst ein wenig leidtat, klingelte das Mobiltelefon.

„Ja?", meldete er sich knapp.

„Bruno hier. Wir sind mit den Protokollen zum Fall Holzner fertig. Soll ich rauskommen und dich unterstützen?", fragte Bruno Kurz, einer von Lampls Kollegen.

„Nein, nicht nötig. Danke!", winkte Lampl ab. „Ich mach jetzt die ersten Befragungen und komme dann ins Büro. Sag dem Gerichtsmediziner, der Notarzt faselte was von einer Vergiftung. Dann könntet ihr euch um die Vermisstensache kümmern und den Kollegen ein bisserl helfen", antwortete Lampl und legte auf.

Es wurde Zeit, mit den Angehörigen zu sprechen. Noch einmal sah er sich um und schloss dann sanft die Türe, als wolle er den Toten nicht stören.

Auf dem Flur begegnete ihm einer der Beamten, die den Tatort auf verwertbare Spuren hin zu untersuchen hatten. Lampl nickte Kasimir Koch zu und murmelte ein paar unverständliche Worte der Begrüßung. Er konnte diesen Angeber nicht leiden.

„Lampl! Was sagt dein Riecher?", feixte der Techniker. „Ich hoffe, wir haben hier nicht lange zu tun. Ich bin mit deinem Häuptling noch zum Golf verabredet."

Lampl verdrehte die Augen. „Ich denke nicht, dass du hier in ein paar Minuten wieder raus bist, Koch. Und grüße meinen Chef von mir – falls du ihn heute noch sehen solltest."

Kasimir Koch lachte polternd, klopfte Lampl jovial auf die Schulter und verschwand ins Wohnzimmer.

Viel Spaß, dachte Lampl, bei dem Trödel bist du Tage beschäftigt...

In der halbdunklen Diele sah Lampl sich um. Ihm gegenüber stand das Telefontischchen. Die Tapete aus den 80er Jahren, zugekleistert mit Bildern, Kalendern und Kinderzeichnungen. Die Garderobe, ein einfaches Holzkonstrukt, überfüllt und unordentlich. Der dazugehörige Spiegel halb blind, der Teppich verschlissen, fleckig und an den Ecken teilweise aufgewellt. Schräg gegenüber eine Tür, vermutlich die zur Küche. Von drinnen waren Stimmen zu hören. Lampls Kollegen nahmen die Personalien der Anwesenden auf. Vorsichtig klopfte er, dann drückte der Kommissar die Klinke nach unten und trat ein.

Der Raum, mit Fenstern zur Straße, war hell und freundlich. An einem großen Tisch saßen die Ehefrau und die Mutter des Verstorbenen, räumlich so weit wie möglich voneinander getrennt. Zwei Beamte standen wie „Meister Proper", mit vor der Brust verschränkten Armen, rechts und links neben der Tür. Die Haushälterin hatte man auf ein Sofa gebettet. Sie sah mitgenommen und matt aus. Die Frauen wirkten gefasst und ruhig. Lampl ging zuerst an das Krankenlager der Hausangestellten und setzte sich umsichtig an eine Ecke des Sofas, peinlich darauf bedacht, der Frau nicht zu nahe zu kommen.

„Guten Tag Frau ...", begann er.

„Beinkleid. Mein Name ist Elvira Theodorlinde Beinkleid, geborene Kranz."

Frau Beinkleid richtete sich auf, um den Kommissar besser sehen zu können.

„Angenehm, Frau Beinkleid. Ich bin Kommissar Lampl. Zunächst möchte ich Ihnen mein Beileid ausdrücken." Förmlich reichte er ihr die Hand und sie legte ihre kleinen, feisten Finger hinein. Nach einer Pause fuhr er fort: „Können Sie mir von sich und Ihren Aufgaben im Haus erzählen?"

„Aber natürlich, Herr Kommissar. Wissen Sie, ich bin Witwe. Mein Mann, der Gottfried, ist vor acht Jahren gestorben. Und da war ich ja noch so jung." Kokett blickte Frau Beinkleid Lampl in die Augen. „Na ja, ich hab' mir damals gedacht: Soll ich den ganzen Tag zu Hause sitzen? Da passiert doch nichts. Ich habe keine eigenen Kinder, wissen Sie? ... und ... na ja ... ich suchte eine Herausforderung." Sie zuckte mit den Schultern. „Und hier habe ich meine Bestimmung gefunden." Frau Beinkleid bewegte ihren massigen Körper, setzte sich aufrecht hin, strich das blumig bedruckte Sommerkleid glatt, sammelte sich einen kleinen Augenblick, holte tief Luft und fuhr lächelnd fort. „Na ja und hier war gerade der neue Pfarrer eingezogen. Meine Güte, die Kinderchen ...", sinnierte sie. „Er suchte eine Hilfe für den Haushalt. Ja, und da habe ich mich vorgestellt ... einfach so ..." Mit Tränen in den Wimpern sah Frau Beinkleid zum Kommissar auf.

„Prima, Frau Beinkleid, danke", nickte der Kommissar ernst. „Können Sie mir sagen, was heute hier geschehen ist?"

Frau Beinkleids Blick verdunkelte sich. „Oh, mein Gott, Herr Kommissar", sie blies eine blond gefärbte Strähne aus dem Gesicht und fasste Lampl am Arm. „Das ist ja alles so furchtbar ... ich kam heute etwa um 10 Uhr. Es sind doch Ferien, gell, und der Herr Pfarrer wollte heute ausschlafen. Es ist ... es war doch sein freier Tag ... und ... und später sollte er seine Mutter abholen ..." Sie schnäuzte sich. „Normalerweise bin ich um 8 Uhr da, wenn die Kinder im Kindergarten und in der Schule sind", berichtete sie und presste ein riesiges Stofftaschentuch an die verweinten Augen. „Ich habe alles so gemacht wie immer. Mit der Frau Pfarrer trank ich erst eine Tasse Kaffee, dann ging ich hinauf in die Schlafzimmer, um die Betten zu machen. Anschließend putzte ich die Badezimmer und ging danach in die Küche, um das Mittagessen vorzubereiten." Atemlos unterbrach sie ihren Bericht, um kurz nachzudenken. „Der Herr Pfarrer arbeitete draußen unter dem Sonnenschirm. Ich glaube, er hat die Predigt für den Sonntag vorbereitet."

Die Zugehfrau hielt inne, schnäuzte geräuschvoll die Nase, dann erzählte sie weinend weiter. „Er hatte ein Talent fürs Predigen, glauben Sie mir. Nicht jeder Mann Gottes ist auch ein begabter Prediger. Der Vorgänger zum Beispiel …"

„Äh, verzeihen Sie, gnädige Frau", fuhr Lampl dazwischen und setzte sich bequemer hin. „Aber wir müssen über den heutigen Tag sprechen, bitte fahren Sie fort." Er nickte ihr aufmunternd zu.

„Also, beim Mittagessen gab es Dinkel - Gemüsebratlinge und Salat. Das hatte die Frau Pfarrer so geplant. Nach dem Essen räumte ich den Tisch auf der Terrasse ab und bereitete den Kaffee in der Küche vor." Wieder musste Frau Beinkleid unterbrechen, um nachzudenken. „Und nach dem … Kaffee ging ich in die Waschküche, um die Wäsche zu sortieren und die Bettwäsche zu bügeln. Die Kinder spielten auf der Straße, ich konnte sie hören, bis …"

„Ja?", fragte Lampl rücksichtsvoll.

„Ja und also, irgendwann am Nachmittag klingelte es. Ich weiß nicht, wer die Türe geöffnet hat … jedenfalls, als ich aus dem Keller kam, saß der Herr Pfarrer nicht mehr im Garten … und … und dann hörte ich diesen … diesen … schrecklichen Schrei! Mein Gott, das werde ich nie vergessen …" Frau Beinkleid, die Augen weit aufgerissen, krallte sich am Handgelenk des Kommissars fest. „Und ich stürzte ins Wohnzimmer … und da sah ich ihn …" Tränen liefen ihr über das breite Gesicht, hilflos wrang sie das Taschentuch in den Fäusten.

Lampl nickte. „Danke, Frau Beinkleid. Danke. Sie haben mir sehr geholfen", versicherte er der Zeugin, aufmunternd lächelnd.

Frau Beinkleid seufzte: „Das ist alles so fürchterlich." Erneut kullerten Tränen.

Der Kommissar erhob sich, blickte sich im Zimmer um und ging dann bedächtig an den großen Esstisch. Neben der Mutter des Pfarrers saß eine Helferin vom Roten Kreuz. Die Ehefrau hatte still am anderen Tischende Platz genommen, schien abwesend zu sein.

Leise sprach er die Mutter an. „Frau Senft? Darf ich mich zu Ihnen setzen? Mein Name ist Lampl, Kommissar Lampl. Guten Tag." Er reichte ihr die Hand, doch Frau Senft ignorierte ihn, stattdessen schaute sie hasserfüllt zu ihrer Schwiegertochter. Lampl hob die linke Augenbraue nach oben und zog vorsichtig einen Stuhl unter dem Tisch hervor. Er setzte sich umständlich. Frau Senft stierte geradeaus, hielt die Hand der Frau neben ihr fest umklammert. „Bitte", zischte sie.

„Nun, Frau Senft, zunächst mein aufrichtiges Beileid zum Tod Ihres Sohnes", der Kommissar rang nach Worten. Eigentlich hatte er nie Probleme, mit den Leuten ins Gespräch zu kommen, doch der Blick dieser Frau … die Kälte, die sie ausstrahlte …, sie schien nach ihm zu greifen …, er fröstelte. Lampl räusperte sich: „Sind Sie imstande, mir zu sagen, was heute passiert ist?" Lampl wollte weitersprechen, doch als ihre Augen seinen begegneten, stockte er und stotterte: „Ich, äh ... will Ihnen nicht zu viel zumuten ..., gnädige Frau ..., ich ... die Situation ist nicht einfach ... wo doch gerade erst ..." Lampl kam sich klein und lächerlich vor, gleichzeitig ärgerte er sich über sich selbst.

„Herr Kommissar, ich bin jederzeit in der Lage, mich mit Ihnen zu unterhalten", versetzte Frau Senft schrill.

Lampl schauderte. Wie meine Schwiegermutter, dachte er. Der Kommissar versuchte, die unangenehmen Gedanken beiseitezuschieben und sich auf das Wesentliche zu konzentrieren. Olga Senft schien trotz der Hitze nicht im Mindesten zu transpirieren. Ihre grauen Locken saßen wie festgeklammert auf dem runden Kopf. Die Mundwinkel waren nach unten gezogen und wirkten wie betoniert. Das leichte Sommerkostüm in Blassrosa und die Seidenbluse in sanftem Beige wiesen keine Schwitzflecken auf. Ihre zweireihige Perlenkette, die passenden Ohrringe und das Armband waren zwar nicht wertvoll, ließen sie jedoch distinguiert wirken. Die hellen Pumps waren abgenutzt, ausgetreten und sauber.

„Wissen Sie, junger Mann, ich lasse mich niemals gehen ... anders als meine Schwiegertochter, diese reizlose, verschreckte Maus. Sehen Sie sie doch an!", forderte sie Lampl auf und ihre Stimme wurde gellend. „Stellen Sie mir Ihre Fragen und ich werde Ihnen antworten. Wir können das hier sofort erledigen."

„Gut", erwiderte Lampl, sich räuspernd. „Mir geht es in erster Linie darum, genau zu erfahren, was heute hier los gewesen ist. Können Sie mir den Tag aus Ihrer Sicht schildern?", fragte er höflich und lehnte sich zurück.

„Selbstverständlich kann ich das, oder halten Sie mich vielleicht für senil?", keifte sie, beugte sich nach vorne und trommelte ungeduldig mit den Fingern auf der Tischplatte. „Ich bin heute Morgen aus Baden-Baden angereist. Die Bahnfahrt verlief ruhig. Ich kam pünktlich an, mein Sohn holte mich, wie verabredet, vom Bahnhof ab. Wir stiegen ins Auto und fuhren direkt hierher. Eigentlich hätte er mich auch von zu Hause holen können, aber das passte der da wohl nicht." Sie zeigte mit unverhohlener Bitterkeit auf die junge Frau.

„Wissen Sie, ich hatte frischen Spargel mitgebracht, von zu Hause bis hierher geschleppt! Stellen Sie sich das vor und das auch nur, damit das Haushaltsgeld hier nicht überstrapaziert wird. Na ja! Nach der Begrüßung gab es schon die erste, wirklich sehr unerfreuliche Auseinandersetzung mit meiner Schwiegertochter. Ich wollte meinen Spargel natürlich zum Mittagessen haben und sie wollte mir mit ihren grässlichen Gemüsebratlingen kommen. Ich bin doch kein Kaninchen!", echauffierte sich die alte Frau. „Dieses Grünzeug hat sie dann zusammen mit ihren Kindern und dieser unfähigen Putzfrau gegessen, während ich für mich und meinen Sohn den Spargel gekocht habe." Frau Senft unterbrach sich, schluckte.

Lampl meinte für einen Augenblick, eine Mutter in innigster Trauer zu sehen, doch dann polterte sie weiter.

„Martin hatte seine Frau zurechtgewiesen, aber leider nur halbherzig, verstehen Sie? Wissen Sie, meine Schwiegertochter hat ihren Haushalt überhaupt nicht im Griff. Kein Vergleich zu dem, was mein Sohn von zu Hause gewohnt war ... ich ... ich verstehe das alles einfach nicht ..." Unvermittelt stellte sie ihren Redefluss ein.

„Gut, Frau Senft. Ich bitte Sie, morgen auf dem Kommissariat vorbeizukommen, um Ihre Aussage protokollieren zu lassen, wenn Ihnen das recht ist ... Und das gilt natürlich auch für Sie, Frau Senft", wandte er sich an die Jüngere. „Ich meine, wenn ... also ... falls Sie sich dazu in der Lage fühlen ..." Die junge Frau antwortete mit einem Schniefen.

„Durchaus, Herr ..., wie war doch gleich Ihr Name?", fragte die Alte.

„Lampl, Hauptkommissar Lampl." Er nickte beiden zu.

Olga Senft erhob sich und wischte die Hand des Kommissars beiseite, der ihr beim Aufstehen behilflich sein wollte. „Danke, es geht schon. Bemühen Sie sich nicht", blaffte sie und ihre Geste sagte unmissverständlich: Da ist die Tür!

„Herr Kommissar, ich verlange, dass Sie den Mörder meines Sohnes schnellstens finden und zur Rechenschaft ziehen, haben Sie mich verstanden?"

Lampl antwortete, ohne nachzudenken. „Natürlich ... aber wir wissen noch nicht mit letzter Sicherheit, ob er ermordet wurde, es könnte durchaus auch Selbstmord oder ein Unfall gewesen sein. Wir warten die kriminaltechnische Untersuchung und die Ergebnisse aus der Rechtsmedizin ab, Frau Senft. Ich ..."

„Selbstmord? Unfall? Papperlapapp, junger Mann! Mein Sohn hat sich nicht selbst getötet. Nie! Niemals würde er so etwas Verwerfliches tun. Er hatte auch keinen Grund dafür. Und Unfall? Was reden Sie da für einen Unfug? Der größte Unfall, der meinem Sohn je zugestoßen ist, ist seine Ehefrau. Ich habe immer gesagt, Martin, habe ich gesagt ..."

„Ähm, gut ... gut, Frau Senft. Auf Wiedersehen." Lampl versuchte schnellstens aus diesem Albtraum zu entkommen und schlüpfte aus dem Zimmer, hastete zur Haustür, ließ sie krachend ins Schloss fallen. Mit gesenktem Blick, die Hände in den Hosentaschen vergraben, eilte er zu seinem Wagen. Bis zur Straße war ihr Zetern zu hören.

„Ich habe stets gesagt ...“

Vor dem Gartentürchen bis weit in die Straße hinunter hatte sich eine stattliche Menschenmenge versammelt. Lampl erhaschte verschiedene Gesichter und nickte den bekannten unter ihnen mit ernster Miene zu. Als sie ihn mit Fragen bestürmen wollten, winkte er ab und murmelte Unverständliches. Die Presseleute waren ihm schon immer ein Gräuel. Er durchmaß die Menge mit großen Schritten und rettete sich in sein Auto.

*

Im Haus schräg gegenüber hatte man das Geschehen atemlos aus den Fenstern im ersten Stock verfolgt. Mit platt gedrückten Nasen und schwer atmend saßen Caroline von Grupp und Felizitas Stroh an ihrem gemeinsamen Fenster. Caroline, eine hochgewachsene, in allen Lebenslagen stets elegante Erscheinung mit einer markanten aristokratischen Nase, hielt ihr Opernglas vor die trüben Linsen, während Felizitas mit zugekniffenen Augen krampfhaft versuchte, irgend etwas von Interesse auf dem Nachbargrundstück zu erkennen. Nachdem sie mit ihrem Atem für eine beschlagene Glasscheibe gesorgt hatte, wischte sie diese mithilfe des Ärmels ihrer grünen Strickjacke trocken. Dabei fabrizierte sie faszinierende Streifen auf dem Fensterglas.

„Warum haben die ihre Autos so geparkt?“, fragte Felizitas an die Scheibe hauchend.

„Ja, seltsam“, antwortete Caroline. „Sieht aus, als hätten sie eine Wagenburg aufgestellt“, sagte sie geistesabwesend.

„Wagenburg? Was meinst du damit?“ Felizitas wischte jetzt in die andere Richtung.

„Na, sieh doch mal“, meinte Caroline und gönnte sich eine kleine Beobachtungspause, indem sie das Glas absetzte und die Okulare mit dem Zipfel ihrer Bluse zu reinigen versuchte.

„In den Cowboy- und Indianerfilmen haben die Weißen ihre Pferdewagen doch auch im Kreis aufgestellt, um die Indianer besser abwehren zu können." Entnervt stellte Caroline das Opernglas endgültig zur Seite und setzte die Brille auf.

„Meinst du, die erwarten einen Indianerüberfall?", fragte Felizitas mit großen Augen und hielt mit dem Wischen kurz inne.

„So etwas Ähnliches vielleicht", erwiderte Caroline, legte das Glas in den Behälter zurück, stand auf und wandte sich zur Tür. „Ich gehe jetzt nach unten und höre mich um, was da genau passiert ist", rief sie Felizitas zu und tastete sich im dunklen Treppenhaus bis zum Geländer vorwärts. Gemessenen Schrittes ging sie Stufe für Stufe ins Erdgeschoss, bis sie schließlich in der Küche ankam.

Felizitas beobachtete das Geschehen weiterhin aus dem Fenster. Die Leute standen überall auf der Straße und unterhielten sich. Es wimmelte von Beamten in Uniform und die Luft war erfüllt von einer Ekstase, die Felizitas schon lange nicht mehr gespürt hatte. In Strullenried hatte sich schon ewig nichts wirklich Aufregendes mehr ereignet. Die Höhepunkte in ihrem Leben und dem ihrer Freundinnen bestanden hauptsächlich aus den Besuchen des Pfarrers und des Bestattungsunternehmers. Beide in mehr oder weniger regelmäßigen Abständen und stets der eine vor dem anderen.

Meine Güte, ist das dramatisch ..., dachte sie und kniff die Augen zusammen. Einen letzten Blick riskierte sie noch und sah dem leitenden Beamten zu, wie er winkend und mit festem Schritt zu seinem Auto gelangte, startete und schließlich davonfuhr. Die Menge stob für einen Augenblick auseinander, um sich gleich darauf wieder hinter ihm zu schließen. „Moses teilt das Meer", flüsterte sie und lächelte. Dann stand sie bedächtig von ihrem Stuhl auf und folgte Caroline in die Küche.

Mit diebischer Freude erinnerte sie sich auf ihrem Weg nach unten an den letzten großen Wirbel, als der Nachbar Adolf Kellerbier auf seiner Wäscheleine Damenunterwäsche fand. Leuchtend rot hing sie da, weithin für alle sichtbar. Erika und sie hatten einen Mordsspaß, als sie sein Gesicht entgleisen sahen. Die Mühe für den Streich hatte sich in jedem Fall gelohnt ...

Behände, zumindest für ihr Alter, stiefelte Felizitas Stroh die Treppe hinab. Caroline hatte den Rollwagen stehen lassen. Einsam stand er am Treppenabsatz, sie benutzte ihn nur, wenn sich Besuch angekündigte, und der wurde immer seltener.

Carolines Kinder, zwei Töchter, wohnten beide weit weg. Der einzige Enkel studierte irgendwo im Ausland, er kam eigentlich nie vorbei, hatte immer „Wichtiges" zu tun. Caroline litt darunter, ließ es sich jedoch meist nicht anmerken.

Unten angekommen, hörte Felizitas die lebhafte Diskussion, die im Esszimmer stattfand. Trotz geschlossener Tür war jedes Wort gut zu verstehen.

Adelheid sprach gerade. „… werden wir unsern Kondolenzbesuch gut vorbereiten ...", hörte Felizitas sie sagen. Dann schlüpfte sie durch die Tür und schloss sie äußerst vorsichtig. Auf dem nächstgelegenen Stuhl nahm sie Platz, faltete die Hände und lauschte aufmerksam den anderen.

Eben übergab Adelheid an Erika und die witzelte in gewohnt unbedachter Weise. „Ich hoffe, keiner von uns hat da die Finger drin gehabt, oder?", grinsend sah sie in die Runde.

Betretenes Schweigen setzte ein, einige schüttelten entsetzt die Köpfe, andere blickten zu Boden. Ach Erika, dachte Felizitas, deine Scherze waren auch schon passender.

Hinten in der Ecke schluchzte die unscheinbare und stets von allerlei Zipperlein geplagte Henriette Reimers kurz auf. Tränen liefen an ihren blassen Wangen entlang und tropften auf die akkurat gebügelte weiße Bluse. Sie zog umständlich ein hellblaues Stofftaschentuch aus der Rocktasche und tupfte sich vorsichtig die wasserblauen Augen. Tapfer sah sie Erika an. „...tschuldigung, sie nimmt mich ein bisserl mit, die ganze Geschichte. Deine Pointen waren auch mal treffsicherer", klagte sie und die anderen murmelten zustimmend.

„Aber Henriette, das war doch nur ein Witz", behauptete Erika kleinlaut. „Wenn auch kein guter", schob sie nach.

In die peinliche Pause sprach Caroline. „Ähm, ja, und inzwischen überlegen wir, wie wir die Situation eventuell zu unseren

Gunsten nützen können", schlug sie vor und klatschte aufmunternd in die Hände. Jeder wusste, dass Caroline verbissen mit dem Gemeinderat und dem Bürgermeister kämpfte, um eine einfache Garage bauen zu dürfen. Der Pfarrer war dabei keine Hilfe gewesen, im Gegenteil. Wie immer ohne eigene Meinung hatte er sich einfach der Mehrheit angeschlossen. Caroline nahm es ihm persönlich übel und strafte ihn von da an mit demonstrativer Missachtung.

Diplomatie gehörte nicht zu ihren Stärken. Bis heute hatte sie nichts erreichen können. Und die nächste Sitzung war schon in ein paar Tagen...

„Gut. Machen wir weiter." Klara beendete die spontane Zusammenkunft. Henriette wrang weiter an ihrem Taschentuch. Klara Belder legte ihr leicht die Hand auf die Schulter. „Hast du gut gemacht", lobte sie und streichelte zart über Henriettes schmales Gesicht. „Danke", hauchte Henriette und ihre Augen leuchteten.

Dann wandte sich Klara Felizitas und Adelheid zu. „Sagt den anderen bitte Bescheid, wir treffen uns nach dem Abendbrot im Salon zu einer kleinen Andacht."

„Aber dann werden wir den Abend wie immer draußen beenden, einverstanden?", beharrte Adelheid.

„Natürlich." Klara grinste.

Felizitas und Adelheid salutierten. „Jawohl Chefin. Machen wir unseren Nachbarn die Hölle heiß ...", lachte Adelheid und nahm Haltung an.

„Rühren!", befahl Klara und die beiden entfernten sich kichernd, während Klara ihnen kopfschüttelnd hinterher sah.

Klara, musikalischer Kopf der Gemeinschaft, ging Gisela suchen, um mit ihr die Zeit abzusprechen.

„Gisela, wie weit ist die Küche?", wollte Klara wissen, als die leidenschaftliche Köchin ihr gleich danach über den Weg lief.

„Wir sind in gut einer Stunde fertig", antwortete die und wischte sich an dem Küchenschürzenzipfel die Hände ab, „aber nur, wenn ich jetzt endlich in mein Reich darf." Energisch bahnte sie sich ihren Weg und ließ mit einem weithin vernehmlichen Knall die Tür ins Schloss fallen. Gisela feuerte die Küchenbrigade an, um alles pünktlich auf den Tisch zu bringen. Heute Abend würde es saures Kohlrabigemüse und Wollwürste geben. Vielleicht nicht unbedingt ein passendes Mahl in Anbetracht der traurigen Umstände, aber manchmal ist es halt, wie es ist, oder kommt es, wie es kommt?

Vor dem Haus hatte sich die Menge beinahe aufgelöst. Manche debattierten noch und der eine oder andere beantwortete die Fragen der anwesenden Journalisten. Kameras schwenkten vom Haus zur Straße und umgekehrt, fingen beschauliche Szenen ein, um den Zuschauern das Grauen zu verdeutlichen.

„In dieser wunderbaren ländlichen Idylle geschah heute ein grausames Verbrechen ...", säuselte eine stark geschminkte Rothaarige in das Mikrofon.

Caroline mischte sich unter die noch Anwesenden. Die Neugier hatte auch von ihr Besitz ergriffen. Zugegeben hätte sie das allerdings nie. Unter dem Deckmäntelchen der Hilfsbereitschaft erkundigte sie sich bei ihren Nachbarn, ob man irgendetwas helfen, irgendwo unterstützend eingreifen oder einfach nur beistehen könnte.

Sie nickte Frau Schimmel und Fräulein Sanft zu, wechselte ein Wort mit dem Kegelbahnbesitzer, Herrn Biederwolf, und seiner Frau Mai Ling. Sie nahm erhaben die Hand von Frau Gutkorn und tauschte ein paar Nettigkeiten mit Familie Bäuerlein, deren vorlaute Kinder sie überhaupt nicht ausstehen konnte.

„Guten Abend", flüsterte sie, als wolle sie die Totenruhe nicht stören, ihrem Hausarzt Dr. Bachheim zu und schüttelte dessen Hand.

„Haben Sie eine Ahnung, was da heute genau passiert ist?" Caroline Freifrau von Grupp wandte sich Herrn Kellerbier zu. Kellerbier, ein rundlicher, kleiner Mann, trotz der Hitze korrekt gekleidet in dreiteiligem Anzug, Oberhemd und Krawatte, war, soweit Caroline wusste, ein ehemaliger Bediensteter des Finanzamtes. Sie konnte zwar Alfons Kellerbier nicht leiden, aber wenigstens wusste der ziemlich genau, was im Ort vor sich ging.

Er war einer ihrer direkten Nachbarn. Auf der anderen Seite ihres Grundstücks teilten sie sich die Grenze mit Frau Schimmel.

Biederwolfs Stück Land grenzte an die hintere Gartenbegrenzung, die - Gott sei Dank - so hoch war, dass sie fast nie das zweifelhafte Vergnügen hatten, allzu viel von Nigel Biederwolfs Tätowierungen zu bewundern.

Kellerbier fühlte sich gebauchpinselt, dass ausgerechnet „Frau Caroline" sich bei ihm erkundigte. Caroline von Grupp war in Kellerbiers Augen eine echte Dame und davon gab es, zu seinem Leidwesen, kaum noch welche. Gerne hätte er ihr den Hof gemacht, aber sie hatte eine Art zu spotten, die Kellerbier Angst machte.

„Meine Liebe", meinte er und beugte sich weit zu Caroline hinüber, während er die Augen zusammenkniff und beim Weitersprechen Carolines Bluse mit Speichel tränkte. „Der Herr Pfarrer ist tot", flüsterte er geheimnisvoll.

„Guter Mann, das weiß ich schon. Ich wollte wissen, ob es Vermutungen seitens der Kriminalpolizei über die Ursache dieser Tragödie gibt", wies Caroline Kellerbier in strengem Ton zurecht und trat gleichzeitig einen Schritt zurück, auch um den Abstand in gesellschaftlicher Hinsicht zu unterstreichen und nicht nur, um den Feuchtgebieten, die Kellerbier mit erstaunlicher Treffsicherheit entstehen ließ, zu entkommen.

Kellerbiers Halbglatze leuchtete im frühen Abendlicht und Caroline glaubte, die Spiegelung des Kirchturms darauf erkennen zu können.

Der ehemalige Finanzbeamte bemerkte natürlich den „Rückzug" seiner Herzdame. Er fühlte sich degradiert und meinte zerknirscht: „Es heißt, es sei Gift im Spiel gewesen." Kellerbier scharrte mit den Füßen und starrte auf den Asphalt, als wäre dort die Lösung des Rätsels zu finden.

„So?", erwiderte Caroline frostig und sah geflissentlich über ihn hinweg. „Ich nehme an, dies ist erst einmal spekulativ. Es dürfte sicher ein paar Tage dauern, bis das Ergebnis vorliegt, nicht wahr, Kellerbier?"

Caroline reckte das Kinn nach vorne und legte einen blasierten Gesichtsausdruck auf, zum Zeichen, dass die Audienz nun beendet sei.

Kellerbier glotzte wie ein augenkrankes Kaninchen. „Sicher, gnädige Frau, da haben Sie absolut recht", nuschelte er und überlegte angestrengt, wie er sich in Luft auflösen könnte.

Doch Caroline von Grupp war schneller. Sie nickte Kellerbier einmal herablassend zu und machte dann hochherrschaftlich auf ihren Absätzen kehrt.

Auf die Minute genau kredenzte Gisela das Abendmahl. Einzig Albert, der „Zivi", schien einen unstillbaren Appetit zu haben. Er schaufelte Gabel um Gabel in sich hinein, wohingegen die Damen auf ihren Tellern nur herumstocherten. Viel blieb übrig und Gisela Huber quittierte die Reste mit einem missbilligenden Blick. Sie hasste Aufgewärmtes, aber bei diesen Mengen wäre es eine Sünde, alles wegzuwerfen...

„Es war wahrscheinlich Gift", sagte Caroline in die Stille und tupfte sich mit der Servierte damenhaft den Mund ab. Das Besteckgeklapper hielt inne, alle blickten zu Caroline.

„Gift?" Gisela verschluckte sich beinahe am letzten Bissen. „Du meinst, irgendjemand hat unseren guten Seelsorger vergiftet?"

„Da hat er sicher sehr leiden müssen, oder?", wollte Henriette mit einem Kloß im Hals wissen.

„War es vielleicht ein Versehen?" Gisela schluckte den Brocken endlich hinunter und legte das Besteck zu Seite.

„Das wird wohl die gerichtsmedizinische Untersuchung zeigen", antwortete Caroline sachkundig.

„Mpf, ich glaub‘, das war Mord", mischte sich Albert ein, während er weiter kaute. „Wieso sollte sich der Pfaffe denn freiwillig zu seinem Arbeitgeber abmelden? ... klar, die Spinatwachtel ist nicht der Renner und erst seine Mutter ... Da hätte doch jeder erstmal an eine von denen Hand angelegt, oder?" Albert entließ einen sanften Rülpser und beendete damit sein Abendbrot.

„Ist wer gestorben?", fragte Dora und zupfte sich die Essensreste von der Bluse.

Klara wischte Dora den Mund ab und raunte ihr ein „Alles in Ordnung" zu.

Caroline meldete sich noch mal zu Wort. „Das Ergebnis der Untersuchungen bezüglich des Giftes wird Aufschluss darüber geben, ob er wirklich lange und qualvoll gestorben ist oder ob es ganz schnell und beinahe schmerzlos war", dozierte sie.

Albert legte die Servierte ordentlich zusammen und lehnte sich entspannt zurück. „Gibt es noch Nachtisch?", fragte er Gisela, die mit einer hilflosen Handbewegung auf die Anrichte wies.

„Bedien' dich, sieht so aus, als könntest du heute alles alleine aufessen."

„Nun warten wir es ab. Es ist nicht unsere Aufgabe, den Tod von Herrn Senft aufzuklären", meine Klara abschließend.

Nach der gemurmelten Zustimmung erfolgten das Aufräumen und der Abwasch ungewöhnlich leise.

Adelheid, Klara, Felizitas und Henriette hatten die „Gute Stube" bereits vorbereitet. Kerzen brannten auf den alten, ein wenig nach Feuchtigkeit riechenden Möbeln. Die alten Sessel und Stühle, kunterbunt gemischt, standen, soweit möglich, in Reih' und Glied. Die verschlissenen Vorhänge waren zugezogen und der alte Kamin genoss die Sommerzeit, in der er keinen Dienst zu leisten hatte. Die Luft schien längst vor Beginn der Zusammenkunft verbraucht zu sein, aber niemand wagte es, die Fenster zu öffnen.

Die „Gute Stube" lag im Erdgeschoss und zusätzlich zur Straße hin. In ihr saß man wie auf einem Präsentierteller. Sie war der ehemalige Gastraum, das Herzstück des Wirtshauses, in dem die alten Damen wohnten. Vor Jahren hatten sie das Haus nebst Grundstück erstanden und mit viel Mühe und Geld zu ihrem Zuhause gemacht. Innen waren die Wohnräume, die ehemaligen Gästezimmer, renoviert und die Bäder modernisiert worden. Die Küche entsprach allen Notwendigkeiten, die barrierefreien Zugänge erfüllten ihren Zweck. Von außen sah alles aus wie vor 100 Jahren, denn das Haus stand unter Denkmalschutz.

Vielen Dorfbewohnern waren die betagten Damen suspekt. Auf den Gedanken, es könnten Freundinnen sein, die sich zu einem „privaten Altenheim" zusammengetan hatten, um den staatlichen Verwahranstalten zu entgehen, kam kaum jemand. Und so wurden die Bewohnerinnen des alten Gasthauses von der Nachbarschaft oft mit äußerstem Argwohn und größter Wachsamkeit beobachtet.

Gisela guckte rasch in der Stube vorbei und meldete: „Klarschiff in der Kombüse." Sie bereitete den Ausklang des Tages vor. Einen gemütlichen Sommerabend im Garten mit Laternen, Musik und ausreichend gutem Rotwein ..., - denn mit ihm konnte man wunderbar die Sorgen, die Wehwehchen und den Unbill des Lebens im Allgemeinen und im Besonderen für ein paar Stunden vergessen.

Schweigend und vollzählig saßen die Damen in der „Stube". Klara suchte in den Notenbüchern nach einem passenden Lied. „Was haltet ihr von ‚Harre, meine Seele'?", fragte sie in die Runde und nahm die Lesebrille von der Nase. Ein nicht gerade enthusiastisches Raunen folgte und wurde mit Kopfnicken milde bestätigt.

„Meinetwegen", ließ Erika hören. Ida drückte noch mal die obere Prothese fest und Henriette schluckte schnell eine Salmiakpastille.

Dann gab Klara Adelheid ein Zeichen und diese setzte mit dem alten Klavier ein. „Harre, meine Seele, harre des Herrn ...", erscholl es inbrünstig aus den trockenen Kehlen der welken Sängerinnen.

„Harre noch lange", wünschte sich Felizitas und schraubte ihre dürre Altstimme nach oben. Ergriffen fasste sie Carolines Hand und drückte sie für einen kurzen Augenblick ganz fest. Nach dem Stück vernahm man kollektives Schniefen und Räuspern.

Caroline stand auf, sie hatte es übernommen, ein kurzes Gebet zu sprechen. Ihre Stimme zitterte leicht, doch sie hielt tapfer durch.

Albert stand am Rand und klatschte Beifall, doch nach einem bösen Blick von Klara brach er abrupt ab. „Na, dann los", flachste er und schob seine dünne Gestalt und Idas Rollstuhl durch die Tür.

Klara erhob sich und gab damit das Signal, den Rest des schönen Sommertages, beziehungsweise der Nacht, im Garten zu verweilen. In der Stube wurden die Kerzen gelöscht, die Stühle wieder an ihre angestammten Plätze gestellt und die Fenster gekippt.

Alle liefen auf die Zimmer, um sich für den Abend ein Jäckchen oder eine Stola zu holen oder um noch mal den Lippenstift nachzuziehen.

Gisela legte ein wenig Wangenrot auf, aus Gewohnheit, nicht aus Eitelkeit. Nach dem letzten Blick in den Spiegel fuhr sie sich mit der Zunge über die Lippen, strich sich über das Haar und schloss dann leise die Zimmertür. Beschwingt und summend tänzelte Gisela die Treppe in das Erdgeschoss hinunter und schritt durch die Küche in den Garten.

Albert stellte die Flaschen ab und öffnete die ersten drei.

„Albert, morgen um 7 Uhr, in Ordnung?", bat Gisela.

Lächelnd, und dabei seine unverschämt weißen Zähne zeigend, fragte Albert Stiefel, augenblicklich freiwilliger Helfer in seinem sozialen Jahr, seine ‚Chefin': „Wenn es euch nichts ausmacht, würde ich gerne eine Weile mit euch zusammensitzen. Darf ich? Und morgen bin ich selbstverständlich um 7 Uhr da. Versprochen!"

„Mein Lieber", antwortete Gisela leicht errötend und fasste ihn am Arm, „hast du nichts Besseres vor, als mit uns greisen Weibern im Garten zu sitzen und unserem Gejammer zuzuhören?"

„Nein", meinte er, seine Hand auf ihre legend, „ich höre euch gern zu."

„Na gut. Dann lass uns zu den alten Schachteln gehen und einen herrlichen Sommerabend genießen." Gemeinsam schlenderten sie Arm in Arm über die Terrasse zu den Apfelbäumen, unter denen eine ausgelassene Schar kichernder, älterer Damen saß, die den Abend bis weit nach Mitternacht scherzend und singend genossen.

*

Die Fahrt zum Kommissariat verlief reibungslos. Lampl parkte den Wagen und lief über den Parkplatz ins Präsidium. Er passierte die Drehtür und wäre fast mit seinem Chef zusammengestoßen, der redend und wild gestikulierend dicht am Eingang stand.

Sein Vorgesetzter, Dr. h.c. Wilfried Mayeraufderhut, sprach mit einer aufreizenden Blondine, die, ganz in Leder gekleidet und gut zwei Köpfe größer als Lampls Chef, ziemlich gelangweilt schien.

Kein Wunder, dachte Lampl. Es gibt kaum einen langweiligeren Menschen als Wilfried Mayeraufderhut.

Der Kommissar wollte gerade elegant an ihm vorbei, als der ihn bemerkte.

„Lampl, guter Mann, schön, Sie zu sehen. Ich wollte eben in Ihre Abteilung, um Ihnen jemanden vorzustellen." Mayeraufderhut ging ein paar Schritte auf seinen Mitarbeiter zu und legte ihm jovial den Arm um die Schultern. „Mein lieber Lampl wissen Sie, ich habe Ihnen Verstärkung besorgt. Darf ich bekannt machen - Frau Jelle Hérisson", deklamierte er feierlich und verband ungefragt die Hände der beiden Kommissare wie zum Ehebund. „Gell, da schauen Sie, Lampl, was ich Ihnen gebracht hab'."

Ja, Lampl staunte wohl. Einer wie Frau Hérisson war er im Präsidium noch nie über den Weg gelaufen. Auf der Straße schon … Vielleicht kam sie von der Sitte? Leicht irritiert, aber vor allem überrascht, besann sich der Kommissar seiner guten Erziehung und wandte sich an die Kollegin.

„Grüß Gott, Frau Hérisson, haben wir einen gemeinsamen Fall? Ich bin eigentlich mit einem Mordfall betraut, frisch reingekommen. Ich kann mich nicht erinnern, in der letzten Zeit mit einem Sexualdelikt zu tun gehabt zu haben. Kann ich Ihnen irgendwie weiterhelfen?" Mit seinem breitesten Grinsen verneigte sich Lampl und deutete einen Diener an. Die Hand von Hérisson lag schwer und warm in seiner. Als er aufblickte, sah er in belustigte meergrüne Augen. Jelle Hérisson legte ihren Kopf weit in den Nacken und ließ ein lautes, ansteckendes Lachen folgen …

Der Kommissar glotzte verwundert zu seinem Vorgesetzten. Dieser schüttelte missbilligend sein graues Haupt. Die Hände ringend, schaute er den Kommissar an, als hätte der den Verstand nun endgültig verloren. Scharf ging er deshalb den Untergebenen an:

„Lampl, Sie verstehen wohl nicht im Entferntesten! Frau Hérisson ersetzt in Ihrem Dezernat den Herrn Kleinfleisch. Ja? Haben Sie das jetzt verstanden? Am besten bringen Sie Frau Hérisson gleich an ihren Schreibtisch. Weisen Sie sie ein, machen Sie die Kollegin mit den aktuellen Fakten Ihres Falls bekannt und erstatten Sie mir heute Nachmittag Bericht. Ja? ... Lampl? Haben Sie mich gehört?"

Lampl hatte gehört, allerdings hatte er nicht gleich alles begriffen. Gemächlich sickerten die Worte seines Chefs in sein Hirn. „... Kleinfleisch ... Hérisson ... neuer Fall ... Bericht ..."

Inzwischen hatte Mayeraufderhut die Eingangshalle fast verlassen. Wie ein monströser Dorftrottel stand Lampl vor der neuen Kollegin.

Sie lächelte den Kommissar an und reichte ihm, wie die Mutter ihrem Kind, die Hand. „Kommen's Herr Lampl, geh 'n wir", sagte sie nachsichtig.

Folgsam und wortlos, allerdings ohne die gebotene Hand zu ergreifen, lief Lampl mit der Kollegin den kurzen Weg bis zu den Rolltreppen. Mit einer raschen Handbewegung bedeutete er ihr, zuerst die Fahrtreppe zu betreten. Schweigend ließen sie sich in den ersten Stock bringen, liefen zu den Aufzügen und fuhren mit dem nächsten Lift in die 3. Etage zu den Büros der Mordkommission.

Im Fahrstuhl hatte Lampl Gelegenheit, sich die neue Kollegin genauer anzusehen. Jelle Hérisson war eine große, aber zarte Erscheinung. Ihre blonden, zu einem Bob geschnittenen Haare reichten knapp unter die Ohren. Klobige, blaue Glassteine funkelten an den Ohrläppchen und um den Hals. Ihre feingliedrigen Hände wirkten nicht, als könnten sie fest zupacken. Die feine Nase hatte viele Sommersprossen und der sinnliche Mund lächelte spöttisch, als Lampl merkte, dass Jelle Hérisson ihn ihrerseits beobachtete. Beide fühlten sich gleichermaßen ertappt. Lampl griff sich verlegen in die Haare und Hérisson strich mit einer fahrigen Handbewegung über ihr Gesicht. Alle zwei waren mit ihren Gedanken beschäftigt und erreichten schließlich das Büro.

Lampl öffnete galant die Türe, um seiner neuen Mitstreiterin den Vortritt zu geben. Drinnen sah Frau Meier von ihrer Arbeit auf.

„Moin, Chef", grüßte sie.

„Gestatten, Frau Meier, hier bringe ich unsere neue Kollegin, Frau Hérisson. Frau Hérisson, darf ich vorstellen, das ist Frau Meier." Kurz und bündig stellte er die Damen einander vor und ging dann ohne ein weiteres Wort an seinen Schreibtisch. Er setzte sich und begann augenblicklich mit seiner Arbeit.

Jelle Hérisson reichte Frau Meier die Hand. Sie tauschten Höflichkeiten aus, während Frau Meier ihrer weiblichen Verstärkung den Arbeitsplatz zeigte und die Regeln erklärte.

„Für die Pflanzen bin ich alleine zuständig, Frau Hérisson, da lasse ich niemanden hin." Frau Meier trat an das Fenster und streichelte das üppige grüne Kraut. „Gut, und nachdem wir das geklärt haben, mögen Sie vielleicht eine Tasse Kaffee, Frau Hérisson?"

„Gerne, Frau Meier. Ich nehme ihn schwarz und ohne Zucker."

„Die Kaffeemaschine ist dort. Hier bedient sich jeder selbst, Frau Hérisson", antwortete Frau Meier spitz.

Lampl hörte aufmerksam weg. Diese kleinen Revierkämpfe waren zu erwarten gewesen. Frau Meier duldete nicht wirklich andere weibliche Geschöpfe im Büro. Bis jetzt war sie mit den Herren der Mordkommission als einzige Vertreterin ihres Geschlechts glänzend zurechtgekommen. Wie sich das hier weiter entwickeln würde, würde sich zeigen, aber so viel war sicher: Es würde ein langer und steiniger Weg für die Neue werden …

Die Tür flog auf und die übrigen Kollegen erschienen. Allen voran Bruno Kurz, dicht gefolgt von Holger Gottfried und Karl Siebentisch. Alle drei versorgten sich leise unterhaltend am Kaffeeautomaten und nahmen dann an ihren Tischen Platz. Frau Meier räusperte sich und wies mit dem Kinn zur Kollegin.

Staunend, mit offenem Mund, stierten die drei in Richtung des wieder besetzten Schreibtisches. Was sie sahen, gefiel ihnen. Bruno Kurz begann aus dem geöffneten Mund zu sabbern, Gottfried rührte ununterbrochen in seiner Kaffeetasse und Siebentisch hatte den Kopf in die Hände gelegt und sah sich die Kollegin einfach nur lächelnd an.

Zeit, dass der Chef ein Machtwort spricht, dachte Lampl und hüstelte vernehmlich.

„Guten Abend, Leute. Wir haben einen neuen Fall und ich werde euch gleich in Kenntnis setzen. Vorher möchte ich euch unsere Kollegin Jelle Hérisson vorstellen." Die Herren sammelten sich mental und standen dann auf, um der Neuen die Hand zu schütteln und sie aus kürzerer Entfernung in Augenschein zu nehmen. Stammelnd murmelten sie irgendwelche Begrüßungsfloskeln und gingen dann einträchtig mit Lampl und Hérisson ins Nebenzimmer. Der Chef begab sich an eine moderne Weißtafel, nahm einen dicken blauen Filzstift zur Hand und begann die Fakten für alle zusammenzufassen.

„Also", sagte er, „wir haben ein Opfer: Martin Senft, 45 Jahre, verheiratet, vier Kinder, von Beruf Pfarrer. Was wir wissen, ist das: Er wurde heute Nachmittag, vermutlich vergiftet, in seinem Wohnzimmer aufgefunden. Ob es Selbstmord, Unfall oder gar Mord war, können wir noch nicht sagen. Der Todeszeitpunkt steht leider auch noch nicht fest. Allzu lange vor dem Auffinden des Leichnams kann er jedoch nicht liegen. Im Haus war ständig Betrieb. Mutter, Ehefrau, Kinder und die Zugehfrau waren den ganzen Tag anwesend. Irgendwann nachmittags empfing das Opfer einen Besucher. Niemand konnte mir sagen, wer da gekommen ist. Wir müssen also herausfinden, wer ihn zuletzt besucht hat. Ich habe heute kurz mit der Haushälterin und der Mutter gesprochen. Die Befragung der Ehefrau holen wir morgen nach. Das Protokoll zur Aussage der Mutter können wir ebenfalls morgen machen. Die Kollegen werden die Nachbarn parallel dazu befragen. Die Spurensicherung ist noch vor Ort und die kriminaltechnische Untersuchung ist natürlich noch nicht abgeschlossen. In Anbetracht der späten Stunde und der Tatsache, dass wir heute nichts mehr erfahren, was uns weiterhilft, schlage ich vor: Wir treffen uns morgen um 7.30 Uhr hier im Büro. Bruno, geh' bitte vorher bei der KTU vorbei und frage nach Neuigkeiten. Holger, kannst du bitte in der Pathologie nachfragen, ob die schon mehr wissen und Karl, sprich doch noch mal mit den Kollegen, die bis zum Schluss am Tatort waren."

„Und ich?", meldete sich Jelle Hérisson zu Wort.

„Ja, äh, Frau Hérisson, vielleicht wäre es gut, wenn Sie sich um die Gespräche mit der Ehefrau und der Mutter kümmern würden? Bestellen Sie die beiden gegen 8 Uhr ins Präsidium, ja? Das wär's dann. Bis morgen!"

Stumm sammelten die Mitglieder der Mordkommission ihre Notizen ein und verließen die Diensträume, alle, bis auf Hérisson und Lampl.

„Haben Sie ein Problem mit mir, Herr Lampl?", wollte Jelle Hérisson angriffslustig wissen.

„Nein, äh, wieso?", fragte er zurück und raschelte mit den Papieren.

„Nun, ich dachte nur ...", meinte sie.

„Bitte, nach Ihnen Frau Hérisson." Lampl deutete eine devote Verbeugung an und hielt ihr die Türe auf. „Arbeiten Sie sich erst mal ein, dann sehen wir weiter", sagte er versöhnlich und verließ das Besprechungszimmer.

*

„Gute Nacht, Adelheid."
„Gute Nacht, Gisela."

Mittwoch, 20.15 Uhr

„*Gut gemacht. Gratuliere.* "
„*Witzig ...* "
„*War es schwierig?* "
„*Nein. Überhaupt nicht.* "
„*Höre ich da ein gewisses Bedauern in deiner Stimme?* "
„*Vielleicht. Obwohl mir Herausforderungen dieser Art eigentlich nicht so liegen ...* "
„*Aha. Wir haben allerdings ein weiteres Problem.* "
„*Bitte?* "
„*Ich habe nachgedacht.* "
„*Soso.* "
„*Wie ich ihn einschätze, hat er alles seiner Frau erzählt.* "
„*Und?* "
„*Wie und ...? Du Schafsnase! Denkst du nicht, wenn sie befragt wird, könnte sie die Polizei auf unsere Fährte führen?* "
„*Meinst du wirklich? Die hat doch jetzt ganz andere Sorgen.* "
„*Da reicht doch ein Wort. Ein kleiner Hinweis in unsere Richtung ...* "
„*Ja schon. Und jetzt? ... Du meinst ... doch nicht im Ernst ... oder?* "
„*Natürlich. Es ist doch die einzig logische Konsequenz. Oder hast du einen anderen Vorschlag?* "
„*...Nein ... Eigentlich nicht.* "
„*Also!* "
„*Aber hör' mal: Ich will das nicht tun.* "
„*Feigling.* "
„*Nein. Diesmal bist du dran. Nur dann sind wir gleichberechtigte Partner.* "
„*Gut. Ich mach es. Wir sprechen uns morgen wieder. Gute Nacht.* "
„*Ja. Gute Nacht.* "

...

Des Herzens denk, das einzig wund
Und einzig selig deinetwegen;
Und dann knie nieder auf den Grund
Und fleh um deiner Mutter Segen.

A. von Droste-Hülshoff

Donnerstag

Der Morgen war nicht ganz so strahlend wie der Tag vorher.

Mühsam kämpfte sich der alte Postbote den Weg die Straße hinauf. Oben genoss er den Blick auf das weitläufige Tal, packte rasch die Leberwurstsemmel aus und verzehrte sie, neben seinem Dienstrad stehend, den Blick auf das Ende der Straße gerichtet, die nun in einem sanften Abhang hinunterglitt und mit der Kirche und dem Pfarrhaus auf der einen Seite und mit dem Kindergarten, dem Haus der alten Damen und dem von Frau Schimmel auf der anderen Seite endete. Im Dorf wurde das Haus der Damen scherzhaft „Hexenburg" genannt. Einst wohnte dort eine Familie, die das Gasthaus führte und ein paar Zimmer vermietete. Irgendwann verkauften sie all ihr Hab und Gut und wanderten angeblich nach Kanada aus.

Das Gebäude stand leer, dann kaufte es Caroline von Grupp, renovierte es und zog mit etwa einem Dutzend weiterer Damen ein.

Der Briefträger suchte in seiner Diensttasche nach der Thermoskanne mit dem Kaffee, gönnte sich eine Tasse, dann setzte er die Runde fort. Die nächste Verschnaufpause würde er sich in zwei bis drei Stunden genehmigen - im übernächsten Ort. Sorgfältig steckte er alles wieder ein und stieg auf sein Dienstrad. Ewald Schleich sammelte all seinen Mut zusammen, denn heute wollte er bei Frau Gisela vorbeischauen und sie zu einem Stück Kuchen in der Stadt einladen.

Erika Rossmann, eine drahtige Dame von 81 Jahren, saß vor dem Frisierspiegel in dem Zimmer, das sie sich mit Henriette Reimers teilte. Ihr mittellanges, weißes Haar trug sie gerne ein wenig zerzaust. Sie legte viel Wert auf ein unprätentiöses Aussehen und kleidete sich sehr sportlich. Felizitas klopfte an und betrat lächelnd das Zimmer. Bist du fertig?", fragte sie und setzte sich.

„Warte noch einen Augenblick", bat Erika, angestrengt in den Spiegel starrend. „Den Erfinder des Vergrößerungsspiegels müsste man jeden Tag dieser Folter aussetzen", grämte sie sich. „Mein Gesicht lässt den Marianengraben wie eine kleine Rinne erscheinen", witzelte sie. „Dem Altern müsste ich auch böse sein, aber es hat auch so seine Vorteile", tröstete sie sich und beendete ihren Monolog, indem sie zu diversen Tiegeln und Töpfchen griff. Seufzend begann sie sich zu restaurieren.

Felizitas sah ihr belustigt zu und rezitierte: „...Des Lebens Freuden sind vergänglich. Das Hühnerauge bleibt empfänglich, wie dies sich äußert, ist bekannt, krumm wird das Bein und krumm die Hand. Die Augenlider schließen sich, das linke ganz absonderlich. Dagegen öffnet sich der Mund, als wollt er flöten, spitz und rund. Zwar hilft so eine Angstgebärde nicht viel zur Linderung der Beschwerde. Doch ist sie nötig jederzeit zu des Beschauers Heiterkeit..."

„Reizend", kommentierte Erika grinsend.

Gisela goss das Kräutergärtlein. Einen letzten Schluck an die Bohnen, dann war sie fertig. Die Kirchturmuhr schlug 7 Uhr 15. Albert Stiefel, der seit knapp vier Monaten den Frauen zur Hand ging, schlenderte am Kindergarten und am Grundstück von Berta Schimmel vorbei und schwang lächelnd die Tüte mit dem Frühstücksgebäck für die „Insassen", wie Gisela sich und die anderen gerne scherzhaft bezeichnete.

Albert, 22 Jahre jung und noch auf der Suche nach seiner Berufung, war gerne bei den „Mädels". Der schlaksige junge Mann, wie immer in ausgebeulter Hose und verschlissenem Hemd, freute sich jeden Tag auf vielfältige Aufgaben, die vom Rasen mähen über Fahrdienste, und von der Pflege bis zu handwerklichen Tätigkeiten reichten. Giselas „Junge" war immer gut gelaunt, erfrischend unbekümmert und mit der seltenen Gabe der Menschenliebe gesegnet.

„Guten Morgen, Albert" - und mit einem Blick zur Uhr - „Na, das akademische Viertelstündchen treibe ich dir nicht mehr aus, oder?", begrüßte sie ihn. Bevor sie das Gartentürchen öffnen konnte, sprang Albert lässig über die niedrige Pforte.

„Guten Morgen, meine Schöne", grüßte er Gisela und genoss es, dass ihr die Röte ins Gesicht schoss.

„Los, du Herzensbrecher, mach, dass du ins Haus kommst", mahnte sie und grinste ihm kameradschaftlich zu. Albert pfiff fröhlich vor sich hin und Gisela, nun endlich unbeobachtet, sprach mit ihren Blumen, zupfte hier und da ein welkes Blatt, bevor sie sich glücklich auf den Weg zur Küche machte.

Albert werkelte fleißig, um das Frühstück vorzubereiten, als Gisela durch die Türe kam. Sie goss sich eine große Tasse halb voll Kaffee ein, gab fünf Löffel Zucker dazu und füllte das Ganze mit Milch auf. Albert sah staunend zu. „Und das schmeckt?", fragte er zweifelnd.

„Und wie!", sagte Gisela lachend und trank zum Beweis einen großen Schluck, dann setzte sie sich und beobachtete, wie Albert die erste Mahlzeit des Tages für „oben" zubereitete.

Alle waren körperlich fit, sodass sie unten essen konnten, bis auf Ida Peters. Je näher sie auf den 100. Geburtstag zuging, desto schwieriger wurde es für sie. Allerdings war sie geistig gut in Form, nur ab und zu gab es kleine Aussetzer. Niemand in dieser verschworenen Gemeinschaft hätte zugelassen, dass eine von ihnen den Behörden oder, schlimmer noch, den eigenen Familien ausgeliefert wird. Hier würden alle bis zu ihrem Tod bleiben, das hatten sie sich geschworen.

Wenn Albert das Tablett in das Zimmer trug, schnarchte Ida zumeist, während Felizitas, die sich jeden Tag im Morgengrauen zu Ida setzte, in irgendwelchen Illustrierten blätterte. So war es auch heute. Der junge Mann stellte das Servierbrett auf dem braunen Tischchen in der Mitte des Raumes ab. Behutsam öffnete er die geblümten Vorhänge und strahlte Felizitas an: „Guten Morgen, meine Blume, darf ich dich nachher zum Frühstück einladen?"

„Gerne, aber vergiss den Champagner und die Rosen nicht", lachte Felizitas und stand auf, um Albert zu unterstützen. Gut gelaunt brachte er Idas Teller und ihren Becher, gefüllt mit dickem schwarzem Kaffee ans Bett und begrüßte sie liebevoll. Dann schüttelte er das Kopfkissen auf.

„Morgen gleichfalls, du Vorstadtcasanova", gab Ida launig und mit ihrem breitesten, allerdings zahnlosen Lächeln zurück. „Könntest du mir die Beißerchen reichen, aber vorher ein wenig abspülen, wenn ich bitten dürfte, junger Mann." Ida richtete sich ein wenig in ihrem Bett auf. „Ich möchte heute beizeiten in den Garten. Kannst du mich gleich nach dem Frühstück fertigmachen?" Felizitas hob Ida die Beine aus dem Bett, dann rückte sie das Nachtkästchen ein wenig näher, sodass Ida bequem frühstücken konnte.

„Natürlich." Albert schmunzelte. Ida war sein erklärter Liebling - neben Gisela, versteht sich. Deren Kochkunst verdankte er die drei bis vier Kilo, die er während seines Aufenthaltes hier zugenommen hatte. Ida klapperte mit dem Gebiss. Es saß nicht fest und der obere Teil der Prothese fiel immer nach unten. Dies erzeugte ein liederliches Geräusch, doch Ida hatte es sich abgewöhnt, sich wegen solcher Kleinigkeiten zu entschuldigen. Sie schenkte Albert den kokettesten Augenaufschlag, den sie beherrschte und lächelte ihn an: „Schmmmeckt gud...n ... bisschen viel ... Maammelade ... hmm?"

Felizitas stand daneben und fing die dicken Marmeladetropfen auf, bevor sie auf Idas Nachthemd trafen. Nachdem die alte Dame gewaschen und angezogen war, fuhr Albert sie in den Garten. Er stellte den Rollstuhl unter einen Kastanienbaum mitten im Garten und setzte sich für einen Moment neben Ida. Vorsichtig, als hätte er Angst, sie zu zerbrechen, nahm er ihre Hand.

„Lass mich hier einfach ein Weilchen sitzen", sagte sie und tätschelte seine Hand auf ihrer.

„Gut, dann bis später, Idchen. Genieße die Sonne. In einer Stunde sehe ich nach dir, in Ordnung?"

„Ja, ja", flüsterte Ida und sah ihm nach, wie er zurück ins Haus schlenderte. Sie schloss die Augen und gab sich ihren Erinnerungen hin.

Die rüstigeren Bewohner hatten inzwischen das Frühstück beendet. Drinnen klapperten Gisela und die heutige Küchenmannschaft eifrig mit dem Geschirr. Felizitas machte die Runde, um alle zur „Morgenbesprechung" zu laden, die um 9.30 Uhr stattfinden sollte. Albert führte Dora in die Küche. Sie würde heute die Kartoffeln für das Mittagessen schälen und wäre vor allem unter Kontrolle. Dora Pohl war das „Sorgenkind" der Gemeinschaft. Mit ihren 75 Jahren hatte sich vor Kurzem herausgestellt, dass sie an Demenz litt. Noch war das kein großes Problem, doch ab und zu sorgte ihre Vergesslichkeit für Wirbel. So hatte man sie vor ein paar Wochen, nur in Unterwäsche gekleidet, unter dem Rasensprenger tanzend und singend vorgefunden. Der „Rat" hatte deshalb beschlossen, sie nicht mehr aus den Augen zu lassen. Dora teilte sich ein Zimmer mit Klara, die geduldig dutzendmal die gleiche Frage beantwortete oder mithalf, angeblich verlegte Dinge zu suchen.

Hinter dem Haus standen Adelheid und Erika am Aschenbecher und jede rauchte die erste Zigarette des Tages. Schweigend pusteten sie den Qualm in den Sommerhimmel, in Gedanken versunken. Die Ereignisse von gestern hatten beim Frühstück reichlich Gesprächsstoff geliefert. Letztlich musste man jedoch abwarten, was die Kriminalpolizei herausfinden würde. Ein wenig neugierig waren sie alle und zu gerne hätten sie mehr in Erfahrung gebracht.

Adelheid hatte heute noch ein anderes, für sie sogar ein existenzielles Problem. Beim Frühstück stellte sie fest, dass vergessen worden war, ihre Nussnugatcreme einzukaufen. Daraufhin verweigerte sie erstmal irgendein Frühstück, besann sich aber, auch angesichts ihres knurrenden Magens und griff dann zur selbstgemachten Marmelade. Gisela quittierte dies mit einem strengen Kopfnicken. Auf der ersten Position des Einkaufszettels stand für heute deshalb: ADELHEIDS FRÜHSTÜCKSBROTAUFSTRICH!!! -NICHT VERGESSEN!!! Sie hatte es höchst selbst aufgeschrieben und dreimal unterstrichen. Albert würde nach der Besprechung in die Stadt fahren und einkaufen. Adelheid überlegte allerdings ernsthaft, ob sie ihn nicht begleiten sollte, um sicherzugehen, dass das ersehnte Glas morgen auch auf dem Tisch stehen würde...

Erika drückte die Zigarette aus und sah auf die Uhr. „Ist so weit. Ich schau nach Ida und komme dann zur Versammlung."

Adelheid nickte und brummte ein: „In Ordnung, ich bin auch gleich da."

Erika steckte die Hände in die Hosentaschen und lief um das Haus. Den Weg säumten Giselas Tagetes und Ringelblumen. Bei Ida angekommen, bemerkte sie, dass die alte Dame eingenickt war. Erika ging in die Hocke und berührte vorsichtig Idas Hand, strich ihr behutsam über die Stirn und flüsterte ihren Namen. Idas Bewusstsein kehrte zurück. Beide blickten sich an und lächelten. „Hast du etwas Schönes geträumt?", wollte Erika wissen.

„Ja, von früher. Manche Erinnerungen kommen nur noch im Traum. Wenn ich wach bin, fällt es mir manchmal schwer, mich genau an die Vergangenheit zu erinnern. Im Traum scheint das kein Problem zu sein, deshalb schlafe ich vermutlich auch so oft."

„Ich wollte dich abholen und zu den anderen bringen. Ist dir das recht oder möchtest du noch ein bisschen im Garten bleiben und träumen?" Auf den Bäumen zwitscherten die Vögel und am Grundstück knatterte ein Motorrad vorbei.

„Nein, ist gut", meinte Ida. „Ich komme gerne mit. Kannst du mich ein wenig nach oben ziehen? Ich bin fast aus dem Stuhl gerutscht."

„Natürlich." Erika fasste sie fest unter den Armen und zog sie vorsichtig nach oben. „Besser so?"

„Viel besser. Danke!" Gemeinsam verließen sie den hinteren Teil des Gartens und trafen die Freundinnen unter dem Apfelbaum.

Albert war unterdessen in die Küche gegangen und sah nach Dora. Er war erstaunt, wie flink sie sich beim Kartoffelschälen anstellte. „So was verlernt man nicht", sagte sie barsch.

Felizitas lief mit der alten Kuhglocke durch Haus und Garten. Bimmelnd mahnte sie die Zusammenkunft an und von allen Seiten kamen sie und setzten sich in den ehemaligen Biergarten. Erika schob Ida und Albert führte Dora am Arm. Klara lugte über die Lesebrille und hob den Kopf. „Alle da?", fragte sie geschäftig.

Murmelnd antwortete die Gemeinschaft.

„So, meine Lieben", fuhr Klara fort. „Auf der Tagesordnung für heute haben wir: 1. Einkaufen. Wer macht das?"

„Ich natürlich", antwortete Albert. „Und ich nehme Henriette mit, die einen Termin bei Dr. Bachheim hat. Wenn sonst noch jemand Wünsche hat, ich erfülle sie schnell und diskret", witzelte er.

Klara quittierte sein Angebot mit einem säuerlichen Lächeln. „Gut. Punkt 2: wer macht am Abend den Friedhofsdienst?"

„Ich", meldete sich Erika zu Wort.

„Und ich", meinte Henriette.

„Ich gehe mit", rief Adelheid, „aber nur, wenn ich morgen …"

„… meine Nussnugatcreme kriege", ergänzte der gesamte Chor. Gelächter folgte.

Felizitas stand auf und holte mehrere Kannen Eistee aus der Küche. Die Versammlung wurde deshalb unterbrochen und sofort plauderten alle munter drauflos. Klara forderte Disziplin und Aufmerksamkeit ein, indem sie energisch mit einem Löffel an ihr Teeglas schlug. „Weiter, meine Damen. Punkt 3 …"

„Es hat an der Türe geklingelt", warf Adelheid ein.

„Ich gehe", erbot sich Felizitas und verließ den Biergarten um, um das Haus herum, nach dem Besucher zu sehen. Alle warteten gespannt, als sie kurz darauf mit einem Herrn erschien. Sie bedeutete ihm mit einer einladenden Handbewegung, an dem Treffen teilzunehmen. Der Mann war untersetzt, schien stark zu schwitzen und trug eine Polizeiuniform. Zielstrebig ging er auf Klara zu und stellte sich neben sie.

Er ergriff sofort das Wort: „Guten Morgen, meine Damen. Mein Name ist Otto Holzhammer und ich bin von der Polizei." Ein Raunen ging durch die Anwesenden. „Ich möchte Sie alle bitten, uns bei der Untersuchung im Fall Senft zu helfen. Alles, was Sie wissen oder beobachtet haben, kann für uns von maßgeblicher Bedeutung sein. Meine Kollegen werden sicher bald da sein. Danke." Mit einer angedeuteten Verbeugung beendete Herr Holzhammer den kurzen Vortrag.

Klara bot ihm einen Stuhl an und dankbar setzte sich der Beamte neben Dora. Die lehnte sich weit nach vorne und sprach den Fremden an. „Ist wer gestorben?", wollte sie wissen.

„Ja. Gestern ... doch ...", antwortete Herr Holzhammer verwirrt.

„So? Wer denn?", fragte sie und kratzte sich hinter dem rechten Ohr.

Der Staatsdiener dachte, die alte Frau hätte ein Problem mit dem Hörgerät, deshalb schrie er: „Gestern wurde der Pfarrer umgebracht!", und wischte sich mit einem schon sichtlich feuchten Taschentuch über die Stirn.

„Ja, ja, das weiß ich doch", maulte Dora missbilligend und bedeutete Klara mit einer Handbewegung, dass sie den Herrn für abgedreht hielt. Klara lachte leise und Dora stupste Erika in die Seite. „Der spinnt doch", stellte Dora fest und rieb an ihrem linken Ohr.

Felizitas wandte sich an den Besucher. „Wann kommen denn Ihre Kollegen?", fragte sie den japsenden Herrn.

„Heute Nachmittag, schätze ich, gnädige Frau. Wir befragen im Augenblick die andere Straßenseite. Wir wollten nur sichergehen, dass möglichst viele Anwohner heute zu erreichen sind. Deswegen bin ich sozusagen die Vorhut ...", teilte er ernst mit.

„Gut, wir werden es sicher einrichten können. Möchten Sie vielleicht ein Glas Eistee, Herr Kommissar?", erkundigte sich Felizitas besorgt.

„Gerne, danke! Ist auch schon sehr heiß heute Morgen, nicht wahr?", sagte er und wischte sich mit dem Hemdsärmel über die Stirn.

„Ja, ja und nehmen Sie doch das Jackett ab, sonst kriegen Sie noch einen Hitzschlag", schlug sie weiter vor. Dankbar befolgte er ihren Ratschlag und setzte sich wieder.

„Wissen Sie schon, woran der arme Mann gestorben ist?", wollte Klara wissen.

„Eigentlich darf ich aus ermittlungstaktischen Gründen nicht darüber sprechen", zierte er sich, flüsterte aber: „Also, wie es im Moment ausschaut, ist er vergiftet worden." Herr Holzhammer fühlte sich wichtig und untermauerte seine Feststellung mit einem ernsten Kopfnicken.

„Also doch?!", rief Klara. „Das ist ja schrecklich. Wer tut denn so etwas?", fragte sie und es war nicht klar, ob sie mit sich selbst sprach oder dem Kommissar die Frage stellte.

„Er war doch noch so jung", warf Felizitas traurig ein.

Adelheid wollte es genauer wissen. „Vergiftet? Mit was denn?", fragte sie sensationshungrig.

„Hat er lange leiden müssen?", schaltete sich Henriette ein, die voller Mitgefühl für den Toten war und sich prompt die Augen wischte.

„Meine Damen, ich kann Ihnen keine weiteren Informationen geben. Leider. Solange die Ermittlungen laufen ... nicht wahr ... verstehen Sie? Wir tun, was wir können und ermitteln in alle Richtungen."

„In alle Richtungen? Was muss ich mir denn darunter vorstellen?", hakte Adelheid neugierig nach.

„Ja, nun. Das heißt: Jeder ist verdächtig, sozusagen ... gell ... gewissermaßen." Holzhammers Diensthemd ließ dunkle Schatten unter den Achseln erkennen. „Und bitte, denken Sie daran: Jede Beobachtung kann wichtig sein", meinte er unheilschwanger. „So, und jetzt muss ich weiter. Vielen Dank für den Eistee, meine Damen." Hastig trank er aus und erhob sich. Er ergriff die Jacke und machte sich auf dem kürzesten Weg hinaus aus dem Garten und zur nächsten Haustüre. Alle blieben einigermaßen ratlos zurück.

„Also ist an der Gerüchteküche doch was dran", stellte Klara fest und Adelheid murmelte geistesabwesend: „Wer hätte gedacht, dass in diesem verschlafenen Nest ein Mord, noch dazu ein so heimtückischer, möglich wäre …"

„Tststs", zischte Dora und fing mit einer einzigen Handbewegung die lästige Fliege ein, die sich eben an ihr Glas setzen wollte.

Während Albert in die Stadt fuhr, um Henriette beim Arzt abzugeben und die Einkäufe zu erledigen, rauchten Adelheid und Erika unter dem Kastanienbaum. Die Beine hatten sie auf einen Stuhl gelegt und auf dem Tisch stand eine frische Kanne Eistee. Klara kam vom Wäscheaufhängen und gesellte sich dazu. „Im Pfarrhaus ist es totenstill", merkte sie an.

„Vielleicht haben sie sich verbarrikadiert, um neugierigen Nachbarn zu entgehen?", meinte Erika und sah Klara eindringlich an.

„Oder sie sind auch Opfer des Giftmörders geworden", witzelte Adelheid und nahm einen tiefen Zug aus der Zigarette.

„Sehr komisch!", antwortete Klara ein bisschen beleidigt.

„Nein. Es ist so", erklärte Adelheid und beugte sich verschwörerisch nach vorne, „die Schwiegermutter hat heute Nacht alle umgebracht, weil sie weder Schwiegertochter noch Enkelkinder leiden konnte."

Worauf Erika meinte: „Geh, sei nicht so böse. Das ist eine frustrierte Schachtel. Der Einzige, den sie je liebte, war der Sohn, - ihr ein und alles."

„Schade nur, dass er eine nichtsnutzige Ehefrau hatte", stichelte Adelheid erheitert weiter.

„Ja", meinte Erika sinnierend, „und dass es nicht sie, sondern ihren Sohn getroffen hat."

„Richtig!", antwortete Adelheid.

„Hm, was, wenn es ursprünglich so angedacht war?", ließ Erika hören.

„Erika, glaubst du wirklich, es hätte die Ehefrau treffen sollen?", erschrocken lehnte sich Klara nach vorne.

„Warum nicht? Könnte doch versehentlich den Falschen erwischt haben, oder?", überlegte sie laut.

„Schon richtig, aber dann wäre es unter Umständen noch nicht vorbei", gab Adelheid zu bedenken.

„Die junge Frau ist gestern noch mit den Kindern weggefahren", antwortete Klara, „Felizitas hat es mir erzählt."

„So? Na, dann warten wir einfach ab, was als Nächstes passiert", meinte Erika und drückte den Zigarettenstummel im Aschenbecher aus.

*

Adolf Kellerbier beobachtete mit seinem Bundeswehr-Nachtglas die Nachbarschaft. Aus dem ersten Stock seines Hauses genoss er einen hervorragenden Blick über die nächstgelegenen Grundstücke. Die Familie Bäuerlein war gerade dabei, das Frühstück im Garten vorzubereiten. „Unglaublich! Um diese Uhrzeit ist eine Hausfrau und Mutter normalerweise mit dem Mittagessen beschäftigt. Auch in den Ferien muss man Disziplin und Benehmen bewahren! Disziplin gehört unabdingbar in jeden ordentlichen Haushalt!", sagte Kellerbier zu seinem Hund. Der Gatte war sehr früh morgens zur Arbeit gefahren. Der Arme. Wenn der wüsste, wie seine Frau herumgammelte. Nächstens musste Kellerbier mal mit dem Mann sprechen und ihm reinen Wein einschenken - so unter Männern, versteht sich.

Kopfschüttelnd wandte er sich einem weiteren Überwachungsobjekt zu. Bei Hartmanns lief der Bengel barfuß hinter dem Rasenmäher her. Hier fehlte eindeutig der Ehemann und Vater. Dieses Lotterleben, das diese allein lebenden Frauen führten ... das kannte man ja ... alles das gleiche Gesindel. Früher, ja früher hätte es so etwas nicht gegeben! Das wusste Kellerbier ganz genau. Und auf dem danebenliegenden Grundstück sonnten sich die beiden Studentinnen in den Liegestühlen - nackt! Ein Skandal! Kellerbier vermerkte alles penibel in seinem „Ordnungsbuch" und sah zur Sicherheit noch mal genau zu den jungen Frauen hin ... tatsächlich... splitterfasernackt...!

Seine Armbanduhr zeigte exakt 11.30 Uhr - Zeit, mit Siegfried Gassi zu gehen. Auf seinen Pfiff hin stand sein gutmütiger Schäferhund neben ihm.

„Komm, Siegfried, es ist Zeit für uns zu patrouillieren", bellte er den Hund an und legte ihm ordnungsgemäß das Halsband und die

Leine an. Im Spiegel überprüfte er den korrekten Sitz der Krawatte und des Jacketts. Er schlüpfte in die braunen orthopädischen Schuhe mit den Spezialeinlagen und zog die Schnürsenkel akkurat zu.

Adolf Kellerbier begann seine Runde immer rechts am Haus vorbei. Seine direkten Nachbarn waren die Damen im ehemaligen Gasthof und bei denen startete er dreimal täglich, immer zu den gleichen Zeiten, seine Streife. Es war seine Pflicht, im Dorf für Ordnung zu sorgen. Die nächste Polizeistation lag 20 Kilometer entfernt und Kellerbier pflegte intensive Kontakte zu den dortigen „Kollegen". Genauer gesagt war es eigentlich nur ein „Kollege". Sein Bekannter war ein ehemaliger Polizist und schon seit Jahren pensioniert. Man traf sich ab und an, tauschte sich aus und ging unverbindlich wieder seiner Wege. Kellerbier war kein ausgebildeter Polizist, sondern pensionierter Finanzbeamter. Einzig er sorgte für die Einhaltung von Recht und Gesetz in Strullenried, denn sonst tat es ja keiner ... außer Dr. Gratewohl, aber dessen alltägliche Erhebung der Verkehrssünder, war Kellerbier zu banal. „Plemplem" lautete Kellerbiers Diagnose bezüglich des Doktors.

Der selbst ernannte Ordnungshüter warf einen aufmerksamen Blick in den Garten der Damen und ging straffen Schrittes weiter die Straße entlang. Genau fünfundvierzig Minuten würde es dauern, bevor Herr und Hund wieder am Ausgangspunkt angelangt wären – immer vorausgesetzt, es gäbe keine Zwischenfälle. Erst letzte Woche wurde er genötigt einzugreifen, als spielende Kinder den zulässigen Lärmpegel überschritten. Er hatte sie darauf aufmerksam gemacht, dass in der Mittagsruhe kein Radau gemacht werden durfte. Und was war der Dank für seine Bemühungen gewesen? Eine der Mütter hatte ihn verbal bedroht! Und, was er als noch viel schlimmer empfand, sie trug keinen BH! Diese nackten Tatsachen hatten ihn fast aus dem Gleichgewicht gebracht. Dieses wackelnde, unästhetische Gebammel ... als sie die Arme hob und ihn einen „notorischen Nörgler und Griesgram" nannte. Kellerbier rang jetzt noch nach Atem, wann immer er daran dachte. Von einer Anzeige hatte er allerdings abgesehen. Sein „Kollege" meinte, er würde sicher den Kürzeren ziehen, sollte es zu einer Verhandlung kommen. „Man weiß doch, wie die Furien vor Gericht auftreten. Da kriegen selbst die Richter Angst ...", vermittelte er Kellerbier glaubhaft.

Entgegen seiner Gewohnheit überquerte Kellerbier die Straße in Höhe des Kindergartens. Jetzt stand er direkt vor dem Pfarrhaus und blickte fachkundig auf den Ort des Verbrechens. Irgendetwas erregte seine Aufmerksamkeit, er konnte es nicht auf Anhieb benennen. Das Anwesen lag ruhig da. Sehr ruhig. Zu ruhig?

Normalerweise drängte er sich seinen Mitmenschen nicht auf. Er respektierte die Intimsphäre Fremder und griff nur ein, wenn es unabdingbar war. Kellerbier wusste, wann es galt einzugreifen. Er überlegte fix und überwand sich dann. Er klingelte. Dann band er Siegfried an den grün gestrichenen Jägerzaun und wartete darauf, dass ihm geöffnet wurde. Er klingelte noch mal und nahm das Haus in genauen Augenschein. Die Läden waren noch geschlossen, kein Laut drang aus dem Pfarrhaus. Kellerbier erinnerte sich, dass gestern, spät am Abend, die Frau des Pfarrers und die Kinder in ihr klappriges Auto gestiegen und davongebraust waren. Doch die Mutter des Verstorbenen müsste im Haus sein ..., dachte er. „Eigentlich könnte es mir egal sein", sprach er zu Siegfried, „doch der Ordnung halber sollte ich vielleicht ..."

Kellerbiers linker Großzeh fing an zu zucken. - Ein untrügliches Zeichen, dass hier etwas nicht stimmte. Er öffnete entschlossen die Gartenpforte und ging schnurstracks auf das Gebäude zu.

*

Felizitas lag auf der Sonnenliege. Sie war mit ihren Gedanken beschäftigt. Der grässliche Schnüffler war gerade am Grundstück vorbeigegangen, der, der verknallt in Caroline war und ihr immer schmachtende Blicke zuwarf. Was für ein Idiot! Als würde er auch nur die kleinste Aussicht auf Erfolg haben, bei Caroline zu landen – einfach lächerlich! Adolf Kellerbier war in Felizitas Augen ein pedantischer Lackaffe, der gerne anderen Leuten das Leben schwer machte.

Die Sonne fand eine Lücke zwischen den Blättern der Kastanie und kitzelte Felizitas an der Nase. Sie grunzte, drehte sich auf die andere Seite und träumte weiter. Seit beinahe zehn Jahren war sie Witwe. Sicher, hier war es schön. Die Gemeinschaft, die schwesterliche Verbundenheit gaben ihr Halt. Und doch! Sie vermisste ihre Kinder und Enkelkinder. Nein, die Letzteren nicht so sehr - die kannte sie kaum. Die Kinder kamen selten zu Besuch. Immer hatten sie andere, wichtigere Termine. Nein, sie würde nicht mehr nachfragen, wann sie wiederkämen. Das sah immer so aus, als würde sie auf nichts anderes warten - und so war es nun wirklich nicht. Aber ab und zu …

Die Wärme machte Felizitas schläfrig und so duselte sie schließlich ein. Der Kopf neigte sich nach rechts und bald darauf zierten feine Speichelfäden ihre schöne, zartgelbe Bluse.

Auf der anderen Seite, hinter dem Gartenzaun, trat Berta Schimmel, eine walkürenhafte Erscheinung, an ihre farbenfroh bestückte Wäscheleine, um die letzten Teile aufzuhängen. Bevor sie den Korb aus dem Keller geholt hatte, hatte sie das Haar gründlich gebürstet, gekämmt und straff zu einem Knoten gebunden. Kein Haar, das nicht an seinem Platz lag! Die Schürze war gestärkt, jede Rüsche gewissenhaft gebügelt. Die Gesundheitsschuhe hatte sie durch vorteilhaftere hellbraune Pumps getauscht. Vorsichtig friemelte sie die Kochwäsche aus dem Knäuel nasser Wäsche und zirkelte alles fein säuberlich in Reih und Glied auf die stramm gespannte Nylonschnur. In ihrer Kittelschürze befanden sich die Klammern. Mit der linken Hand hielt sie das Wäschestück auf der Leine fest, während sie mit der rechten in die Tasche griff und zwei Klammern herausnahm. Dann steckte sie sich eine in den Mund, befestigte mit der anderen das Kleidungsstück und nahm anschließend die Klammer aus dem Mund, um mit deren Hilfe die Wäsche festzustecken. Dann trat sie einen Schritt nach rechts, schob den Korb mit dem Fuß ein Stück weiter und nahm sich das nächste Leibchen. Auf Frau Schimmels Wäscheleine hatten Unterhosen und BHs nichts zu suchen! Die fristeten ihr tageslichtloses Dasein ausschließlich auf der Leine im Keller, in der Kommode oder an Frau Schimmel selbst.

Berta Schimmel, die heute ihren freien Tag genoss, hängte nicht irgendwann die Wäsche auf. Nein. Sie tat dies auch nicht, weil heute ein schöner Sommertag war, sondern nur deswegen, weil sie wusste, dass Adolf Kellerbier hier um kurz nach halb zwölf vorbeikommen würde. Aber so sehr sie auch angestrengt durch die Wäschestücke lugte, von Kellerbier war heute nichts zu sehen. Sie arbeitete nun langsamer. Vielleicht hatte er sich verspätet? Hatte sie sich in der Uhrzeit geirrt? Nein, ein schneller Blick auf die Armbanduhr bestätigte: Sie war eindeutig im Zeitplan.

Kellerbier war doch hoffentlich nichts zugestoßen? Gerade überlegte sie noch, wie sie unauffällig Kellerbiers Aufenthaltsort ermitteln könnte, als sie gegenüber, auf dem Grundstück des Pfarrhauses, eine verdächtige Person ausmachte.

*

Gisela brüllte in der Küche und hätte damit jedem Hauptfeldwebel Ehre gemacht. Die Kartoffeln waren zwar fertig geschält, dank Dora, doch Klara hatte vergessen, den Herd einzuschalten. Das zarte Erbsengemüse war indessen zu einem grün-grauen Brei zerkocht und der Braten würde in zehn Minuten fertig sein. Gisela hatte Klara an die Luft gesetzt und ihr geraten, ihr heute nicht mehr über den Weg zu laufen. Nun versuchte sie zu retten, was zu retten war. Dora hingegen saß seelenruhig und schweigend am Küchentisch und malte Strichmännchen auf die Tischdecke.

Draußen fuhr Albert vor. Zuerst half er Henriette aus dem Wagen und führte sie in den Garten, dann begann er, die Besorgungen auszuladen. Adelheid kam mit ernster Miene zu Albert und wollte helfen. „Ach herrje“, sagte Albert lächelnd, „ich habe deinen Spezialauftrag vergessen …“

Adelheid erstarrte. „Na, aber ist ja kein Beinbruch, ich bin morgen wieder in der Stadt, du kannst mitkommen, wenn …“ Albert zeigte seine schönen gesunden Zähne, auf die Adelheid am liebsten bis zur Besinnungslosigkeit eingeschlagen hätte. „Was? Das traust du dich nicht, Bürschchen ...", entfuhr es ihr lauter als beabsichtigt. „Oder?", schob sie unsicher nach.

Albert zwinkerte Adelheid zu. „He, ich würde doch nie ...", grinste er und zog hinter seinem Rücken die heiß begehrte Ware hervor.

Adelheid ließ alle Haltung fahren und fiel dem jungen Mann um den Hals. „Du böser, böser Schelm, her damit!", forderte sie und begab sich hüpfenderweise ins Haus. Eiligst markierte sie mit einem schwarzen Stift ihren Schatz. „ADELHEID" stand nun in dicken Lettern auf dem Glas. Dann trug sie es feierlich in die Speisekammer, stellte es in das Regal hinter die Abteilung „Hülsenfrüchte" und lächelte - hier würde es keiner suchen ...

Inzwischen hatte Klara ihr Heil im Esszimmer gesucht, wo sie fieberhaft versuchte, den Tisch zu decken. Fahrig klapperte sie mit den Tellern. Aus dem Garten schnitt sie Margeriten und stellte sie in kleine Väschen. Als sie die Blumen auf den Tischen verteilte, kam Adelheid strahlend herein. „Essen wir heute drinnen?", erkundigte sie sich erstaunt.

„Gisela hat es so angeordnet, weil es draußen schon zu heiß ist", antwortete Klara geschäftig. „Außerdem ist Ida nicht fit und Henriette hat auch irgendetwas."

„Was denn?", wollte Adelheid wissen.

„Da fragst du sie am besten selbst. Im Augenblick hat sie jeden Tag ein anderes Zipperlein. Ich bin da nicht auf dem Laufenden", gestand Klara.

„Ich hole das Wasser, dann sind wir fertig", meinte Adelheid und wollte schon loslaufen.

„Könntest du Gisela ausrichten, dass der Tisch fertig ist", fragte Klara und lächelte scheu.

Adelheid hielt einen Augenblick inne. „Kann ich, aber warum willst du es ihr nicht selbst sagen?", erkundigte sie sich verwundert.

„Ich darf ihr nicht mehr unter die Augen treten." Klara druckste herum. „Ich hab' es mal wieder verbockt", räumte sie ein.

Adelheid lachte. „Weißt du, ich glaube, du machst das mit Absicht. Aber keine Sorge, ich gehe für dich." Kopfschüttelnd machte sie sich auf den kurzen Weg in die Küche.

Klara blieb zurück und warf einen letzten Blick auf die hübsch dekorierte Tafel.

Endlich war es so weit. Schnatternd kamen alle an den gedeckten Tisch. Gisela ruderte mit den Schüsseln und gab Anweisung, wo was zu stehen hatte. Folgsam wurde alles nach Wunsch verteilt und die Damen nahmen endlich ihre Plätze ein. Caroline sprach das Tischgebet und Gisela wünschte allen schnaubend einen guten Appetit.

„Eigentlich sollten wir uns angewöhnen, nach dem Essen zu beten", raunte Erika Adelheid zu.

„Ach ja?", fragte die erstaunt.

„Ja. Dann könnten wir uns bedanken, dass wir die Mahlzeit überlebt haben ...", griente Erika und griff nach dem Gemüse. „Hier. Das meine ich", sagte sie und zeigte Adelheid den Inhalt.

„Mmh ... ich verstehe ...", lachend griff Adelheid zu.

Während des Essens plauderte man und Henriette erzählte von ihrem Arztbesuch. Das Mahl war beinahe beendet, da zerriss ein markerschütternder Schrei die Idylle.

Besteck klapperte unsanft auf die Teller. Caroline und Adelheid gewannen zuerst die Fassung wieder. „Was war das?", fragte Adelheid und sah aus dem Fenster.

„Frag lieber: Wer war das?", antwortete Caroline und tupfte mit der Servierte den Mund ab. Beide sahen sich einen Moment an und rückten gleichzeitig die Stühle nach hinten.

„Seid vorsichtig!", rief Klara ihnen hinterher.

„Ich komme mit", plärrte Erika und rannte den beiden nach.

„Soll ich auch mitkommen?", erkundigte sich Gisela, meinte es aber nicht ernst.

„Bleibt sitzen, es macht keinen Sinn, wenn alle losrennen", schaltete sich Henriette ein.

„Ja, da hast du recht. Ich bleibe wohl auch besser hier, oder?", witzelte Ida, schob den Rollstuhl an und rollte zur Terrassentür. Die anderen folgten ihr und setzten sich wie die Täubchen auf der Stange an die Hauswand. Dort warteten sie auf Nachricht. Nur Albert blieb seelenruhig sitzen und aß alleine weiter.

„Zumindest brennt es nirgends", sagte Gisela säuerlich und biss in einen Apfel.

*

Der Tag war warm und sonnig, doch Lampls Gedanken waren eher wolkenverhangen. Die Kollegin lag ihm im Magen. Er konnte heute Morgen nicht frühstücken, weil er verschlafen hatte. Seine Laune war miserabel. Im Auto funktionierte die Klimaanlage nicht und die gefühlten 80 °C ließen die frischen Schokoladenbutterhörnchen blitzschnell welken. Noch dazu kam, dass sein Parkplatz vor dem Präsidium besetzt war! Wütend fuhr er auf den nächsten freien Platz. In der prallen Sonne! Der Wagen würde bis zum Abend so heiß werden, dass Lampl ihn nur noch mit Topflappen anfassen konnte. Rache! dachte er, doch es fiel ihm nichts passendes ein. Mühsam versuchte er sich zu beherrschen. „Gaanz tief einatmen ... und ausatmen ... und einatmen und … ausatmen ..." So hatte er es in der Volkshochschule bei einem Anti- Stressseminar gelernt. „Ruhe kommt von selbst", sagte er sich, „gaaanz ruuuhig!" Aber es half nicht. Nachdem er sein Frühstück vom Beifahrersitz gekratzt hatte, schloss er das Auto ab und schlenderte missmutig ins Präsidium, nicht, ohne im Vorbeigehen einen hasserfüllten Blick auf den Schattenparker zu werfen. Doch dann packte es ihn plötzlich. Er lief zurück, nahm eines seiner Schokoladenhörnchen, biss hinein und schmierte die braune Pampe verärgert an das Fahrzeug, dessen Eigentümer er viel Spaß beim Saubermachen wünschte. Er prägte sich das Kennzeichen ein. Sobald es ihm möglich wäre, würde er den Halter ermitteln und selbstverständlich zur Rede stellen. „Na warte, Freundchen! ..."

Im 3. Stock angekommen, schlurfte er ins Büro. Frau Meier hatte die erste Tasse Kaffee in der Hand und bugsierte sie gekonnt an den Schreibtisch.

„Morgen, Frau Meier."

„Morgen, Chef."

Lampl stellte sich an den Kaffeeautomaten und bediente sich. Auch er jonglierte seinen Pott an seinen Arbeitsplatz. Der Rest der Mannschaft war noch nicht eingetroffen. Lampl rief im Rechner die Seite mit den Fahrzeughaltern auf, gab das Kennzeichen des „Falschparkers" ein und wurde gleich fündig. Zweimal musste er genauestens auf den Bildschirm sehen, er konnte es nicht glauben! Entsetzt fasste er sich an die Stirn. Ich Esel!, dachte er, aber es ließ sich jetzt nicht mehr rückgängig machen.

Siebentisch kam und ließ sich in den Schreibtischstuhl fallen.

„Ergebnisse?", fragte Lampl lapidar und schob das andere Problem beiseite.

„Wohl", meinte Karl Siebentisch und blätterte einen Packen Papier durch.

„Lass uns nachher darüber reden, wenn alle da sind", sagte Lampl und trank von seinem Kaffee.

„Soll ich Ihnen was zu Ihrem Kaffee holen, Herr Lampl?", flötete Frau Meier. Auf ihren Chef ließ sie nichts kommen. Um ihn durfte nur sie sich kümmern. Bis jetzt war das keine Frage. Die Männer rissen sich nicht danach, den Chef zu bemuttern. Aber die Neue? Na, abwarten. Die machte eigentlich nicht den Eindruck, als würde sie sich darum reißen, den Chef zu hofieren. Aber, andererseits, die musste noch Karriere machen ... Ach was, die war viel zu emanzipiert, um dem Alten Honig ums Maul zu schmieren …

„Nein danke, Frau Meier. Ich habe da ..." Lampl fischte das aus der Tüte, was mal ein Schokoladenbutterhörnchen gewesen war und biss hinein.

Frau Meier hing ihren Gedanken nach und bestrich ihr Brötchen sorgfältig mit Honig, als Bruno Kurz die Büros der Mordkommission betrat. „Morgen, Frau Meier", grüßte er im Vorbeigehen und steuerte direkt seinen Platz an.

„Moin, Herr Kurz", antwortete die gute Seele und lächelte Bruno Kurz mit Augenzwinkern zu. Kurzens Kaffee stand schon an seinem Arbeitsplatz. Keine zwei Minuten später traf der Nächste ein. Wortlos setzte sich Holger Gottfried an seinen Rechner.

Lampl fand, es wäre an der Zeit, die Besprechung zu beginnen. Der Hauptkommissar stand auf und ging wortlos ins Besprechungszimmer, die anderen folgten ihm. Er räusperte sich und spülte die warme Schokoladenmasse mit dem restlichen Kaffee hinunter.

„Gut. Fangen wir an. Holger, gibt es was Neues?"

„Nö, Chef, die Vermutung, dass das Opfer vergiftet wurde, hat sich bestätigt. Allerdings wissen wir noch nicht mit welchem Gift. Die Pathologie wird uns baldmöglichst informieren."

„Und der Todeszeitpunkt? Lässt der sich genauer eingrenzen?"

„Der Zeitpunkt des Todes war 14 Uhr plus-minus, Chef."

„Plus-minus, Holger?", fragte Lampl mit hochgezogener Augenbraue.

„Ja, hundertprozentig kann man es halt nicht sagen", antwortete Gottfried.

„Gut, Holger, soll uns fürs Erste reichen. Karl, was hast du?"

„Die Kollegen haben nichts Ungewöhnliches zu berichten, Chef. Die Befragung der Nachbarn wegen Zeugen und so hat bis jetzt nichts ergeben, aber die Kollegen sind noch dran. Heute Nachmittag sind sie fertig, dann weiß ich mehr."

Lampl nickte stumm. „Bruno?", forderte der Kommissar den Kollegen auf, „hast du was von Belang?"

„Die kriminaltechnische Untersuchung hat keine Einbruchsspuren festgestellt, die Fingerabdrücke werden überprüft. Es liegt noch kein eindeutiges Ergebnis vor. Bis die alle zugeordnet werden können, wird' s noch dauern. Sobald die Kollegen was Handfestes haben, rufen sie mich an."

Lampl hakte nach: „Gibt es Erkenntnisse, wie das Gift dahin kam?"

„Können die Kollegen noch nicht genau sagen, aber ..."

In diesem Augenblick betrat Frau Hérisson das Besprechungszimmer. Mit einem lauten Knall schloss sie die Tür und fegte in den Raum. Heute trug sie eine blaue, eng anliegende Lederhose mit weißer, tief ausgeschnittener Rüschenbluse. Den Männern stand der Mund weit offen.

Gut, dass wir keine Fliegen haben, dachte Frau Meier böse, die hinter Hérisson das Zimmer lautlos betreten hatte. Sie sah, dass Lampl die Lippen fest aufeinander presste - kein gutes Zeichen.

Das Telefon klingelte und bevor noch einer der Männer reagieren konnte, hatte Jelle Hérisson den Hörer schon in der Hand.

„Mordkommission, Hérisson am Apparat … ja, gut ... Danke." Sie warf unsanft den Hörer auf die Gabel. Lampls fordernder Blick begegnete ihrem. „Tja, es sieht so aus, als wäre das Gift noch nicht identifiziert", sagte sie und legte eine Kunstpause ein.

„Ja? Und?", fragte Lampl gereizt. „Das wissen wir schon."

„Ja, äh das Zeug muss erst noch ein paar weitere Tests durchlaufen und das wird wohl noch ein bisschen dauern", gab sie schnippisch zurück.

„Wie lange?", fragte Lampl.

„So genau hat es die Labormaus nicht durchgegeben ... sie melden sich", beantwortete Hérisson Lampls Frage.

Kurz nippte an seinem Becher, in dem der Kaffee längst kalt geworden war. „Nicht zu fassen", meinte er, „die haben Zeit ..."

Frau Meier schüttelte ununterbrochen den Kopf. „Der arme Pfarrer, ob er wohl sehr leiden musste?", überlegte sie laut. „Ich habe mal gelesen, dass in Südamerika ..."

„Gut ... äh ...", unterbrach der Kriminalhauptkommissar die Sekretärin.

„Dann machen wir weiter im Programm: Holger, bitte bleib du am Labor dran. Wir brauchen Informationen über das Gift, sobald es bekannt ist."

„Ey, Kapitän", salutierte Gottfried.

Lampl verteilte die Aufgaben weiter. „Bruno, tritt den Kollegen von der Kriminaltechnik noch mal auf die Füße."

„Mach ich."

„Und, Karl, sieh dir bitte die Protokolle der Nachbarn an", bat Lampl. Siebentisch nickte.

„Frau Hérisson, wann kommen die Damen Senft?" Lampl strich auf seiner Liste alles ab.

„Acht Uhr, Herr Lampl, wie angeordnet", entgegnete Jelle Hérisson

eisig.

„Prima, dann werden wir uns auf deren Befragung vorbereiten, Frau Kollegin", antwortete der Kommissar mindestens ebenso unterkühlt.

8.10 Uhr: Die Damen Senft hatten das Präsidium betreten und waren in der Mordkommission eingetroffen. Während die Ehefrau des Toten mit dem Familienauto kam, war die Mutter mit dem Taxi angereist. Die Quittung ließ sie sich beim Pförtner gegenzeichnen. „Für alle Fälle", hatte sie dem armen Mann gesagt. Sollten noch mehr ungeplante Zahlungen auf sie zukommen, würde sie diese gebündelt vom Staat zurückfordern …

Lampl hatte sich mit der Kollegin abgesprochen. Die beiden waren übereingekommen, die Damen einzeln zu befragen. Frau Hérisson sollte die Mutter übernehmen, Lampl sich mit der Witwe unterhalten. Der Kommissar hatte dies nicht uneigennützig arrangiert, er hoffte - nach der gestrigen Erfahrung - die junge Frau Senft wäre nicht solch eine Hyäne wie ihre Schwiegermutter. Die Fragen waren zwischen den beiden Ermittlern abgestimmt. Zwei Kollegen der Schutzpolizei führten die Damen in verschiedene Befragungsräume.

„Schönen guten Tag, Frau Senft, mein Name ist Jelle Hérisson." Die Kommissarin gab der Zeugin freundlich die Hand und setzte sich ihr gegenüber.

„Schönen guten Tag? Sagen Sie mal, wissen Sie eigentlich, mit wem Sie sprechen?" Frau Senfts Augen stierten die junge Frau böse an. „Ich habe gerade meinen Sohn verloren. Meinen Sie nicht, es wäre angebracht, Ihr Beileid auszudrücken? ... Und überhaupt, warum habe ich heute hierherkommen müssen? Wissen Sie, dass ich am Rande eines Herzinfarkts stehe? Normalerweise erfreue ich mich ja bester Gesundheit, sieht man mal von diversen kleineren

Leiden ab, die mich manchmal plagen, aber die Ereignisse gestern lassen mich am Abgrund des Todes stehen. Junge Frau! Ich bestehe darauf, dass ein Arzt in meiner Nähe ist. Haben Sie hier jemanden mit umfangreichen kardiologischen Kenntnissen im Hause?" Sie zog ein großes Taschentuch aus dem Ärmel und schnäuzte geräuschvoll.

„Äh, der Arzt, der jederzeit erreichbar ist, ist unser ... Pathologe, wenn er Ihnen ..."

Kommissarin Jelle Hérisson begann zu schwitzen und versuchte wieder die Oberhand zu gewinnen. Schließlich wurde alles aufgezeichnet und sie wollte nicht wie eine Anfängerin wirken. „Und selbstverständlich spreche ich Ihnen mein Beileid zu Ihrem Verlust aus, Frau Senft. Wie geht es Ihnen denn? Meinen Sie, es wäre Ihnen möglich, mir ein paar Fragen zu beantworten?"

„Gott, ja. Fangen Sie an!", sagte die alte Frau gepresst.

„Gut. Also ..." Jelle Hérisson sammelte sich und fuhr professionell fort. „Wie würden Sie denn den Gemütszustand Ihres Sohnes in der letzten Zeit beschreiben? Litt er an Depressionen - oder hatte er andere Schwierigkeiten, die ihn vielleicht stark belasteten?" Hérisson faltete ihre Hände auf dem Tisch zwischen ihnen und sah Frau Senft wachsam an.

„Fräulein", bellte die plötzlich los, „mein Sohn war gewiss kein Held, aber er hatte gelernt, dass es keinen Sinn macht, vor Aufgaben davonzulaufen, mögen sie auch noch so schwierig sein." Frau Senft tupfte sich mit ihrem bestickten Taschentuch das Dekolleté. „Kann ich hier die Beine hochlegen? Mir läuft bei dieser Hitze das Wasser in die Beine. Und ein Glas Wasser hätte ich auch gerne, wenn es geht, nicht zu kalt ... das verträgt mein Magen nicht ... mein Arzt sagt ...!"

„Wunderbar, Frau Senft", unterbrach Jelle Hérisson den Redefluss der alten Dame und hob die Hände, als würde sie sich ergeben wollen. „Ich lasse Ihnen ein Glas Wasser bringen. Kommen wir zurück auf meine Frage. Hatte Ihr Sohn irgendwelche Probleme?" Kommissarin Hérisson stand auf, ging ans Fenster und sah auf den

Parkplatz hinunter. Sie registrierte nicht, was die Zeugin sagte, war für einen Augenblick mit den Gedanken woanders.

„… und ich habe immer gesagt …", kläffte es hinter ihr.

„Verzeihung, Frau Senft. Wo waren wir? Erzählen Sie doch bitte weiter." Die Beamtin setzte sich. „Was können Sie mir über seine Arbeit sagen? Hatte er Feinde?"

„Da kann ich Ihnen eine Menge erzählen." Olga Senft nahm die Beine vom Stuhl und setzte sich kerzengerade hin. „Passen Sie mal auf, Kindchen", begann sie und hob drohend den Zeigefinger. „Der größte Feind meines Sohnes war er selbst! Wissen Sie, er war ja so ein nettes Kind. Immer folgsam und so lieb. Nach dem Abitur ist er in die Fußstapfen seines Vaters getreten ... Wir waren ja so stolz auf ihn. Aber dann ..." Frau Senft musste ihren Gedankengang unterbrechen, um einen Schluck Wasser zu sich zu nehmen.

„Nachdem er Leandra kennengelernt hatte, setzte er sich in den Kopf, unbedingt Pfarrer werden zu wollen! Dabei war er doch vorher als Sachbearbeiter so glücklich." Olga Senft schniefte. „Mein Martin war ein stiller und ernsthafter Mensch, wissen Sie? Ich bin der festen Überzeugung, dass er sich zu viel zugemutet hat: Theologie studieren und dann eine Lehrtätigkeit anzunehmen, das hätte ich ja verstanden. Aber diese unsägliche Ehefrau hat ihn überredet, eine Pfarrstelle anzunehmen! Wissen Sie eigentlich, wie viele Verrückte da draußen herumlaufen? Martin hat mir Sachen erzählt ... das glauben Sie nicht!" Erneut musste die Zeugin eine Pause einlegen, um zu trinken. „Die beiden hatten auch noch heimlich geheiratet", schluchzte sie. „Ist das zu fassen? Ich war nicht auf der Hochzeit meines einzigen Sohnes. Stellen Sie sich diese Schmach vor! Die halbe Stadt lachte über mich ... Vielleicht hätte sich noch alles zum Guten wenden können, also ich meine, eine Scheidung ist ja heute nichts Besonderes mehr. Nicht wahr? Aber dann warf sie - mir nix, dir nix - ein Kind nach dem anderen auf die Welt. Missratene Rotzgören allesamt! Wissen Sie, ich musste damals darum kämpfen, überhaupt ein Kind zu bekommen und die kriegt alle zehn Monate eines, wie die Karnickel …" Frau Senft hatte sich in Rage geredet und war kaum zu bremsen.

Die Kommissarin musste die Notbremse ziehen. „Ich verstehe, Frau Senft, bitte kommen wir zurück zur Beantwortung meiner Fragen."

„Nein, ich kenne niemanden, der meinem Sohn so etwas antun würde. Und ob er ernsthafte Schwierigkeiten hatte, kann ich Ihnen nicht sagen. Unser Verhältnis war in den letzten Jahren ein wenig ... problematisch, wenn Sie wissen, was ich meine. Wir hatten uns eben wieder etwas genähert ...“

Hérisson hüstelte verlegen. „Können Sie mir sagen, was gestern geschah? Wer war der Besucher, der Ihren Sohn am Nachmittag aufsuchte? Haben Sie jemanden gesehen oder gehört?“

„Das weiß ich nicht. Als es klingelte, hatte ich mich in meinem Zimmer, also im Gästezimmer, aufgehalten. Nach dem Mittagessen lege ich mich immer ein bisschen hin. Ich muss wohl eingenickt sein ...“ Frau Senft lehnte sich erschöpft zurück und hievte die Beine wieder auf den Stuhl. „Kindchen, ich bin müde. Könnte mich einer Ihrer Beamten nach Hause fahren?“, meinte sie matt. „Ich denke, ich kann Ihnen nicht weiterhelfen.“

„In Ordnung, Frau Senft. Reden wir ein andermal. Wollen Sie nicht mit Ihrer Schwiegertochter nach Hause fahren?“, fragte Jelle Hérisson naiv.

„Nein, nur das nicht! Ich kann im Augenblick ihren Anblick nicht ertragen“, entgegnete sie empört. Ächzend raffte sie sich auf, zog an ihrem schwarzen Kleid und nahm die Handtasche. „Bitte, ich bin jetzt so weit“, sagte sie. Ihr „Wir können!“ hörte sich nach einem Befehl an.

Nachdem die Zeugin auf den Heimweg gebracht worden war, kehrte Kommissarin Jelle Hérisson zum Schreibtisch zurück. Das Büro war verwaist. Sie ließ sich lustlos auf dem unbequemen Schreibtischstuhl nieder, stocherte eine Weile in ihrem Rechner herum und blätterte Papiere durch. Niemand kam und so beschloss sie, ein frühes Mittagessen einzunehmen.

Am Fahrstuhl begegnete ihr Lampl. „Na?“, meinte er.

„Na?“, gab sie frech zurück. „Auch Hunger?“ Lampl nickte.

Wortlos fuhren sie in das Erdgeschoss und gingen gemeinsam an die Auswahltheke. Lampl hatte keinen rechten Appetit mehr, als er das Angebot überblickt hatte. Er entschied sich für einen Eintopf undefinierbarer Herkunft, stellte eine Diätlimonade auf das Tablett und wartete vor der Kasse, als er die Kollegin hinter sich bemerkte. Jetzt musste er sich entscheiden, ob er ihr anbieten sollte, mit ihm zu essen, oder ob er sie ignorieren sollte.

Jelle Hérisson nahm ihm die Wahl ab. „Wollen Sie mir aus dem Weg gehen, oder ist es Ihnen möglich, ein kollegiales Verhältnis zu mir aufzubauen?"

„Aber Frau Kollegin, ich hatte schon nach Ihnen Ausschau gehalten und wollte Sie einladen, mit mir zusammen auf der Terrasse zu speisen", antwortete er gönnerhaft und schielte auf ihr Tablett, auf dem sich ein Salat, eine Suppe, das Tagesgericht und zwei Dessertschalen befanden. „Haben Sie schon oft hier in der Kantine gegessen? Ihr Vertrauen in die Kochkunst der Küchenbrigade scheint ja grenzenlos zu sein."

„Machen Sie sich keine Sorgen, Herr Kollege, ich habe schon ganz andere überlebt."

Sie fanden einen freien Tisch draußen, unter einem gewaltigen Sonnenschirm. Schweigend begannen sie ihren Imbiss. Jelle Hérisson löffelte verbissen ihre Suppe. Der Geschmack war nicht zu definieren, irgendetwas zwischen Erbsen - und Fischsuppe mit einem deutlich zu hohen Anteil an gekörntem Suppenextrakt. Ein kurzer verstohlener Blick auf den Aushang mit dem heutigen Speiseangebot ließ sie ernsthaft an ihrem Geschmackssinn zweifeln. Da stand:

Basilikumsüppchen mit Croûtons
Kalbsschnitzel „Hawaii"
Gemischter Salat
Pfirsichtraum

In Ordnung Jelle, das ist ein echter Flop, dachte sie, schluckte aber tapfer diese absonderliche und noch dazu lauwarme Suppe herunter. Dann machte sie sich an das Kalbsschnitzel, das entweder mit einer Kautschukmasse überzogen worden war oder aber weit älter wurde, als es Kälber gemeinhin werden. Der Salat schmeckte wie alle Kantinensalate und der Pfirsichtraum war ein Direktprodukt aus der Tüte ohne Pfirsiche. Lampl hatte seinen Eintopf längst ausgelöffelt, während Hérisson sich noch quälte. Er hatte die Arme verschränkt, die Beine weit unter dem Tisch ausgestreckt, sich lächelnd zurückgelehnt und sah seiner Kollegin mit Bewunderung zu. Frau Hérisson ließ sich nichts anmerken. Entweder schmeckte es ihr wirklich, was Lampl bezweifelte, oder sie hatte sich glänzend unter Kontrolle. Doch beim letzten Bissen verriet sie sich. Die Erleichterung, endlich fertig zu sein, konnte Lampl ihr ansehen.

Er lächelte. „Möchten Sie einen Kaffee?"

„Gerne, danke", antwortete Jelle Hérisson und lehnte sich entspannt nach hinten.

„Espresso? Cappuccino? Latte macchiato?", fragte Lampl höflich.

„Milchkaffee bitte", beantwortete Hérisson seine Frage.

Kommissar Lampl erhob sich, nahm sein Tablett und trug es zur Geschirrrückgabe. Anschließend ließ er sich von dem Automaten einen Milchkaffee und einen Espresso geben. Galant stellte er die Tasse vor die Kollegin und setzte sich. Abwesend rührte er mit dem Plastikstäbchen in seinem Getränk. „Frau Hérisson, wie lief das Gespräch mit der Mutter des Opfers?"

Jelle Hérisson gönnte sich einen Schluck ihres Milchkaffees, der überraschend gut schmeckte und sie beinahe mit dem Mittagessen versöhnte.

„Herr Lampl, für unseren Fall ergab sich aus der Befragung nichts Neues. Die Zeugin haderte mit ihrem Sohn, außerdem hasst sie ihre Schwiegertochter. Ich vermute mal, sie war ihr ganzes Leben unglücklich und wird es bis zum Ende bleiben. Diese Misanthropen wollen gar nichts Gutes in ihren Mitmenschen und dem Leben an sich finden, aber das ist meine persönliche Meinung." Jelle Hérisson trank aus ihrem Becher und setzte ihn auf dem Tablett ab.

„Ja", meinte Kommissar Lampl. „Solche Leute kenne ich auch. Bei der Vernehmung der Ehefrau hingegen kam ein interessantes Detail ans Licht." Lampl legte eine Kunstpause ein. „Frau Senft, also Leandra Senft, erzählte mir glaubhaft, dass an diesem Tag kein

Besucher erwartet wurde. Dennoch hörte sie am Nachmittag die Türklingel. Ihr Mann war wohl gerade im Begriff, sich in den Garten zu setzen, um an der Predigt zu schreiben. Er hörte ebenfalls die Türglocke und rief seiner Frau zu, dass er die Türe öffnen wolle. Die alte Frau befand sich zu diesem Zeitpunkt im oberen Stockwerk. Sie hatte sich nach dem Mittagessen hingelegt, so, wie sie es jeden Tag handhabte."

„Gesehen hat sie ihn aber nicht?", fragte sie.

„Nein. Leider. Wohl auch später nicht, als sie kurz aus einem der oberen Fenster in den Garten sah. Das Opfer und der Besucher saßen unter einem großen Sonnenschirm. Von oben ist es nicht möglich, jemanden, der darunter sitzt, zu sehen." Lampl hatte den Espresso ausgetrunken. Gemeinsam verließen sie die Kantine und fuhren mit dem Lift in die Büros der Mordkommission.

Kurz, Siebentisch und Gottfried lümmelten um Frau Meiers Schreibtisch und hielten ein munteres Schwätzchen. Alle hatten ihre Kaffeetassen in Händen und anscheinend nicht viel zu tun. Frau Meier sah ihren Chef kommen und räusperte sich warnend. Kurz, der mit dem Rücken zur Türe saß, setzte gerade an: „Ich habe gehört, die Neue ist aus ihrer alten Dienststelle rausgeflogen, weil sie und ihr Chef was miteinander hatten. Und als seine Alte das rausgekriegt hat, hat sie ihm Dampf gemacht. Die ist doch die Tochter vom alten Schiefer ..."

Hérissons Lächeln gefror. Sie sagte kein Wort, aber ihr Blick war vernichtend. Lampl überbrückte die Peinlichkeit, bot ihr einen Stuhl an und für kurze Zeit herrschte eisige Stille in den Räumen der Mordkommission.

„Leute, es ist schon Mittag. Bis jetzt haben wir keine Ergebnisse?" Lampl sah seine Mitarbeiter eindringlich an. Kopfschütteln. Karl Siebentisch gab zu bedenken, dass er nach der Mittagspause die Protokolle sichten werde. Bruno Kurz erbot sich mit rotem Kopf und unter Vermeidung eines direkten Blickkontaktes mit Jelle Hérisson, ihm zu helfen.

„In Ordnung", befand Lampl. „Holger tritt seinen Urlaub an. Wir sind also in der nächsten Woche nur zu dritt", dozierte er. Frau

Meier hüstelte und Lampl korrigierte sich. „Ich meine zu viert. Ich schlage vor: Frau Hérisson und Frau Meier überprüfen die finanzielle Lage der Familie Senft und der Schwiegermutter. Holger, dir einen schönen Urlaub. Du hast jetzt noch ein Seminar?"

„Jo. Ich mach mich langsam auf den Weg."

Lampl trat zu Bruno Kurz. „Dir empfehle ich dringend einen zusätzlichen Kurs, zum Beispiel: Der Umgang mit Kollegen", raunte er ihm zu.

Holger Gottfried packte pfeifend die Aktentasche und verabschiedete sich von allen. Frau Meier hatte noch eine Frage. „Wo geht es denn hin?", wollte sie wissen.

„Studienreise, Italien", antwortete er verschmitzt.

„Was studierst du denn in Italien, Holger?", fragte Karl Siebentisch nach.

„Die Frauen", entgegnete Gottfried lachend und machte sich mit einem fröhlichen Winken davon.

Dann klingelte das Telefon, Lampl nahm ab. Er traute seinen Ohren nicht. „Was? Das ist doch nicht Ihr Ernst? Gut…ja…ja...ja... wir kommen." Nachdenklich legte er auf. „Was ist nur aus dieser Welt geworden?", sagte er grübelnd.

„Was ist denn passiert, Chef?", nuschelte Frau Meier. Die Nüsse waren zwar lecker, aber diese feinen Häutchen zwischen den Zähnen ließen sich immer so schwer herauspulen …

„Unser täglich Brot, Frau Meier. Eine Leiche."

„So? Aber wir haben doch schon einen Fall. Wie soll das gehen, jetzt, wo wir eine kleine Besetzung haben?" Frau Meier war entrüstet.

Lampl griff nach dem Schlüssel. „Wir fahren", sagte er bestimmt.

*

Inzwischen waren die Frauen am Pfarrhaus angekommen. Caroline war sich sicher, dass der Ursprung des Geschreis von hier kam. Adelheid betrat das Grundstück, Caroline und Erika folgten ihr.

Siegfried war ein Stück entfernt festgemacht worden. Schweigend zeigte Caroline auf den Hund. Die anderen zuckten mit den Schultern. Als sie sich wieder auf den Weg konzentrierten, schwankte ihnen kreidebleich Berta Schimmel entgegen. „Geht es Ihnen nicht gut?" Caroline legte der aufgeregten Frau die Hand beruhigend auf den Arm. „Kommen Sie, setzen Sie sich hier auf die Bank." Adelheid und Erika blickten sich fragend an.

Frau Schimmel schnappte nach Luft und fächelte sich mit der rechten Hand hektisch vor dem Gesicht herum. „Da", keuchte sie, „da ... da..." Zittrig zeigte sie mit dem Finger in die Richtung, aus der sie gekommen war.

„Wir sollten mal nachsehen", murmelte Erika Adelheid zu.

„Kommst du ohne uns klar?", wollte Adelheid von Caroline wissen.

Caroline nickte. „Los macht schon und dann ruft den Krankenwagen. Ich bleibe hier."

Zaghaft schritten Adelheid und Erika den schmalen Pfad entlang. Als sie am Haselnussstrauch vorbeigingen, trat ihnen plötzlich Adolf Kellerbier in den Weg. „Halt, hier können Sie nicht weiter!", blaffte er sie an.

„Bitte? Na hören Sie mal, was erlauben Sie sich?" Adelheid baute sich zu ihrer ganzen Größe auf und sah ihm böse funkelnd direkt ins Gesicht.

Kellerbier straffte die Schultern. „Meine Damen, Sie können hier nicht weitergehen, dies ist ein Tatort ..."

„Kellerbier", zischte Erika, „mir reißt jetzt gleich der Geduldsfaden, der Tatort ist freigegeben. Der Vorfall ereignete sich gestern. Sie haben hier ebenso wenig zu suchen wie wir ... - wenn wir also gehen, dann alle zusammen." Mit der Hand wies sie ihm die Richtung. „Bitte, nach Ihnen!"

Doch Kellerbier machte keine Anstalten zu gehen. Stattdessen fragte er: „Haben Sie Frau Schimmel gesehen? Sie war eben noch hier."

„Sie ist uns in die Arme gelaufen", bestätigte Adelheid. „Hören Sie, Sie haben ihr doch nichts getan, oder?" Erika mutierte

69

augenblicklich zu einem Preisboxer und stemmte resolut die Arme in die Hüften.

„Nein, was denken Sie?" Kellerbier war offensichtlich entrüstet. „Sie hat mich überrascht, als ich mich über die Leiche beugte", antwortete er kleinlaut.

„Leiche?" Erika sah den Nachbarn mit aufgerissenen Augen an und wich einen Schritt zurück. „Von welcher Leiche sprechen Sie? Gibt es etwa eine neue?" Erika trat einen Schritt näher. „Mann, reden Sie!", fuhr sie ihn unwirsch an.

Kellerbier trat von einem Fuß auf den anderen. „Frau Senft ...", hauchte er. „Rufen Sie die Polizei oder soll ich es tun?", mit glasigem Blick stierte er Erika an. Die wich keinen Zentimeter.

„Welche?", fragte Adelheid.

„Die Alte", erwiderte Kellerbier.

„Zeigen Sie uns, wo sie ist!" Entschlossen nahm Erika Adelheid an der Hand und zog sie mit sich. Kellerbier ging voraus. Weit mussten sie nicht gehen. Kaum zwanzig Meter weiter saß Frau Senft scheinbar friedlich in einem Gartenstuhl und gab keinen Mucks von sich. Erika schlich auf Zehenspitzen an sie heran. Frau Senfts Kopf war zur Seite geneigt, als wäre sie eingenickt. Die Arme hingen schlaff zu beiden Seiten des Stuhls herab. Auf dem Tisch vor ihr lagen Zeitschriften, daneben eine Teetasse und Pralinen, die in der Sonne bereits geschmolzen waren. Erika überprüfte den Pulsschlag. „Nichts", diagnostizierte sie. „Gut, Kellerbier, rufen Sie die Polizei. Ich werde hier aufpassen. Einen Arzt für Frau Schimmel brauchen wir auch, übernehmen Sie das?" Kellerbier nickte und trottete davon. Erika setzte sich auf den gegenüberstehenden Stuhl, Adelheid stellte sich hinter sie. Erika sah die alte Frau an. „So will ich nicht enden", sagte sie flüsternd.

„Wirst du nicht." Adelheid fasste Erika an der Schulter und drückte sie. „Weißt du was?"

„Na?"

„Die sieht immer noch biestig aus, findest du nicht?"

„Mmh."

Adelheid nahm die Pralinen genauer unter die Lupe. „Gib mir deine Brille!", forderte sie Erika auf.

„Wozu? Hast du was entdeckt?"

„Ich denke", meinte Adelheid gedämpft, „das war kein Freitod. Sieh mal da ..."

„Was? Ich sehe nichts." Adelheid gab Erika die Sehhilfe zurück.

„Sieh dir mal genau die Pralinen an, vor allem die da." Sie zeigte auf eine, die aus der Schachtel gefallen war.

„Und was sehe ich da?", fragte Erika und kniff die Augen zusammen.

„Ein kleines Loch ...?"

„Du meinst ...?"

„Genau. Das meine ich." Adelheid richtete sich wieder auf.

Erika stand auf, umrundete die Sitzgruppe, dann schlenderte sie zum Haus.

„Was machst du da?", wollte Adelheid wissen. „Dir ist klar, dass wir in Teufels Küche kommen, wenn ..."

„Keine Sorge, ich schau mich nur um ..." Die Küchentür war offen. Drinnen kochte die Teekanne noch auf ihrem Stövchen.

„Wie lange brennen die Lichter eigentlich?", fragte Erika Adelheid und starrte weiter in das Innere.

„So etwa vier Stunden, schätze ich." Adelheid folgte Erika, peinlich darauf bedacht, nichts zu berühren. Die Küche war penibel aufgeräumt, alles an seinem Platz. Erika sah sich argwöhnisch um. Es würde eine Weile dauern, bis Polizei und Krankenwagen einträfen. Caroline war mit Berta Schimmel beschäftigt und Kellerbier würde sich erst mal um seinen kläffenden Hund kümmern müssen. Mit dem Rockzipfel fasste sie die Fliegentür und zog sie vorsichtig auf. „Hallo? Ist da jemand?", rief sie und kam sich im nächsten Augenblick ein wenig dämlich vor.

„Wer sollte denn hier sein?", fragte Adelheid verwundert. „Der Mörder?"

Erika lief es kalt den Rücken hinunter, sie nahm ängstlich Adelheids Hand. Was, wenn es wirklich kein natürlicher Tod war, der in

Anbetracht des Alters nicht abwegig erschien. Was, wenn irgendwer erst den Sohn und jetzt die Mutter ermordet hätte?

Durch die Küche gelangten sie in den Flur. Alles wirkte leer und unbewohnt. Keine Geräusche waren im Haus zu hören. Auf Zehenspitzen lugten sie in jedes Zimmer, immer darauf bedacht, nirgendwo ihre Fingerabdrücke zu hinterlassen. Überall war es sauber und ordentlich. „Da hat die Alte sicher gestern noch kräftig aufgeräumt", bemerkte Erika.

Die beiden hatten ihren Rundgang beendet und traten wieder auf die Terrasse, als Caroline kam. „Was macht ihr da?", fragte sie anklagend.

„Wir haben uns nur mal alles angesehen", rechtfertigte Erika sich.

„Die da wird uns nicht mehr auf die Finger klopfen, oder?", gab Adelheid zurück und wies mit dem Kinn auf Frau Senft.

Caroline hob den Zeigefinger. „Aber ich! Die Polizei wird gleich da sein. Habt ihr was angefasst?"

Erika schob die Hände in die Hüften. „Für wie blöd hältst du uns eigentlich, hä?", fragte sie hitzig.

„Kommt, lasst uns nicht streiten. Wir warten draußen auf den Kommissar, einverstanden?", beschwichtigte Adelheid.

„Einverstanden", sagte Erika und setzte sich auf die blaue Bank unter dem Küchenfenster. Adelheid setzte sich neben sie. Caroline lehnte sich gegen den rostigen Rosenbogen.

Sie schwiegen, bis Caroline meinte: „Seltsam, die Geschichte, findet ihr nicht?"

Adelheid blickte zu der Toten hinüber. „Ja, erst der Sohn und einen Tag später die Mutter."

„Aber es könnte doch auch ein natürlicher Tod sein! - Trotz allem." Achselzuckend sah Erika zu Caroline.

„Glaubst du das im Ernst?", fragte Adelheid zweifelnd. „Sie macht Tee, nascht dazu Pralinen - und zwar am helllichten Vormittag - blättert in einer von diesen grässlichen Illustrierten und dann ereilt sie der plötzliche Herztod?!" Adelheid schüttelte den Kopf.

Erika gab nicht auf. „Warum nicht?"

„Weshalb sollte sie sich umbringen? Noch dazu so ..." Adelheid verwarf die Möglichkeit. „Glaube ich nicht", sagte sie bestimmt.

„Tja, aber was spricht denn für einen Mord?", wollte Caroline wissen.

„Die Pralinen!", antwortete Adelheid und verschränkte trotzig die Arme.

„Wer kümmert sich eigentlich um Frau Schimmel?", wollte Erika wissen.

„Kellerbier", antwortete Caroline knapp.

Adelheid dachte nach. „Was wollte der denn hier? Hat er dir erzählt, warum er hier im Garten war?"

„Er war mit Siegfried unterwegs. Als er hier vorbeikam, sah er vom Gartentürchen aus, dass Frau Senft im Gartenstuhl saß. Ihre Haltung kam ihm eigenartig vor und sie antwortete nicht, als er sie ansprach. Also entschloss er sich nachzusehen", berichtete Caroline. „So hat er es mir jedenfalls erklärt."

„Und? Denkst du, es stimmt?" Adelheid hatte Bedenken.

Caroline zuckte mit den Schultern. „Bin kein Polizist. Warum sollte es nicht so gewesen sein?"

Erika stand auf. „Schon. Aber, wenn man vom Gartentürchen hierher sehen kann, müsste man dann nicht auch von hier die Pforte sehen können?" Sie stellte sich hinter Frau Senft und schaute in Richtung Straße. „Ich zumindest kann weder die Straße noch die Pforte sehen, nur Grünzeug. Seht selbst!", forderte sie Caroline und Adelheid auf.

„Du hast recht", meinte Caroline nach einigem Zögern und nachdem sie aus mehreren Positionen keine fand, die Kellerbiers Geschichte stützte. Beide sahen sich an. Hatte der ehemalige Finanzbeamte ihnen einen Bären aufgebunden? Und wenn ja, warum?

Wie gestern auch heulten die Sirenen durch das beschauliche Dorf, das bis vor zwei Tagen noch ein unbeschriebenes Fleckchen Erde war ...

*

Lampl stieg aus dem Wagen, die drei Frauen am Gartentürchen lächelten. Er fühlte sich bemüßigt, ihnen die Hand zu reichen. Als er Erikas nahm, ließ sie ihn nicht los: „Im Schatten dieser Weide ruht

ein armer Mensch, nicht schlimm noch gut. Er hat gefühlt mehr als gedacht, hat mehr geweint als er gelacht; er hat geliebt und viel gelitten, hat schwer gekämpft und – nichts erstritten. Nun liegt er endlich sanft gestreckt, wünscht nicht zu werden auferweckt. Wollt Gott an ihm das Wunder tun...“

„Er bäte: Herr, o lass mich ruhn!“, vollendete Adelheid.

Lampl sah den Schalk in ihren Augen. Auch eine Möglichkeit, mit dem Tod umzugehen – ihn nicht ernst zu nehmen, dachte er und räusperte sich. „Äh, hübsches Gedicht. Ich muss jetzt aber mal ...“

Der Notarzt hatte es nicht eilig und schlenderte gemächlich, sein Köfferchen schwingend, über den Gartenweg zur Terrasse. Er setzte sich Frau Senft gegenüber und begutachtete die „Patientin“ schweigend.

Kommissar Lampl trat hinzu. „Und?“, fragte er. „Wie sieht's aus?“ Ein Mitarbeiter der Kriminaltechnik friemelte an der Pralinenschachtel herum, nachdem er vorher ausgiebig die Kamera bemüht hatte. Andere, ebenfalls in weiße Schutzanzüge gekleidete Männer, Imkern ähnlich, wuselten überall in Garten und Haus herum, um Spuren zu entdecken und zu sichern.

„Sieht aus, als wäre sie vergiftet worden“, meinte der Arzt. „Hatten Sie nicht erst gestern einen vergleichbaren Fall, Herr Kommissar? Hab heute davon in der Zeitung gelesen.“

„Tja, leider. War noch dazu der Sohn unseres heutigen Opfers. Heute Vormittag war sie noch bei mir im Büro.“

„Ja, so schnell kann es gehen“, antwortete der Notfallmediziner und beendete die Untersuchung. „Die Kollegen der Rechtsmedizin müssen hier übernehmen.“ Er reichte Lampl die Hand und nickte ihm knapp zu.

„Wer hat Sie eigentlich gerufen?“, wollte Lampl noch wissen.

„Kellerbier“, erklärte er.

„Aha. Und Ihr Name?“

„Dr. Bachheim, freut mich“, erneut drückte er Lampls Hand.

Siebentisch und Kurz befragten Caroline, Erika und Adelheid. Sie hatten sich in den Schatten zurückgezogen, Jelle Hérisson stand daneben und hörte zu.

Kellerbier und Frau Schimmel wurden der Obhut Dr. Bachheims und der Sanitäter übergeben. Kellerbier weigerte sich, ins Krankenhaus zu fahren. Während Berta Schimmel im Rettungswagen auf der Liege festgeschnallt wurde und bereit für den Abtransport war, schlurfte er ziellos im Garten herum.

Lampl beobachtete die Straße und zog die Stirn kraus. Er fürchtete einen Massenauflauf wie gestern, doch die Straße war - noch - menschenleer.

Siegfried hatte mit Herrchens Hilfe den Platz am Zaun verlassen und lag dösend unter einem Baum. Das Quecksilber zeigte knapp 29 °C.

*

Die alten Damen von Gegenüber hatten sich mittlerweile unter die Kastanie geflüchtet und verfolgten das Geschehen. Vor dem Haus formierte sich der zivile Ungehorsam. Unter der Menge hatte sich das Gerücht verbreitet, es ginge ein Serienmörder durchs Dorf. Sprechgesänge setzten ein: „Polizei, fasst das Schwein. Wer soll denn der Nächste sein?" Auch an Lampls Ohren war die Forderung gedrungen. Er trottete betont lässig zu den Kollegen und überlegte, wie er sich am besten aus der Affäre ziehen konnte. Fragend sah er Frau Hérisson an. Die hob die Schultern und schüttelte den Kopf.

„Kümmern Sie sich darum, Frau Hérisson", sagte er und steckte die Hände in die Hosentaschen.

„Was soll ich denen denn sagen? Wir haben doch überhaupt nichts."

„Dann lassen Sie sich etwas einfallen. Die Presse ist mit Sicherheit auch schon eingetroffen. Wir können nicht so tun, als hätten wir die da draußen nicht gehört." Lampl ging der Lärm auf die Nerven, ebenso wie das Geziere seiner Kollegin. Mit kaltem Blick entließ er sie und ging zu Siebentisch, der im Augenblick in ein Gespräch mit den Damen Erika Rossmann, Adelheid Maurer und Caroline von Grupp vertieft war. Offensichtlich amüsieren die sich köstlich, dachte Lampl sauer und beschloss, das Kaffeekränzchen zu torpedieren.

„Wie weit sind Sie mit der Befragung, Kollege Siebentisch?", fragte er barsch und besah sich die Runde mit finsterer Miene.

„Alles im grünen Bereich, Chef", gab Siebentisch unbekümmert zurück. „Die Damen haben nichts bemerkt. Sie trafen erst ein, als schon alles zu spät war, ich meine, als das Opfer schon tot war, Chef." Siebentisch blinzelte durch seine affige Sonnenbrille den Vorgesetzten an.

„Dann nehmen Sie die Personalien auf und kümmern sich um Unterstützung für Frau Hérisson", blaffte Lampl.

Siebentisch entgegnete nichts, sondern machte sich sofort auf den Weg, während Lampl sich statt seiner auf die Bank setzte. Er atmete hörbar aus und sah mit dumpfem Blick auf den Rasen zu seinen Füßen.

„So, Sie haben also nichts beobachten können, ja?", fragte er herablassend und fächelte sich mit einer Frauenzeitschrift, die er eben vom Tisch genommen hatte, Luft zu.

„Ganz recht, Herr Kommissar." Erika ließ sich von seiner schlechten Laune nicht beeindrucken.

„Leider können wir Ihnen im Augenblick nicht helfen", meinte Caroline.

„Ist ja gut", raunzte Lampl. „Mir ist definitiv zu heiß und dieses Dorf hat definitiv zu viele Todesfälle in den letzten Tagen."

„Definitiv", bestätigte Adelheid nickend.

„Relativ recht viele Todesfälle in den letzten Tagen, das meine ich auch", fügte Erika an und stand auf. „Sind wir dann entlassen, Herr Kommissar?"

„Sind Sie", murmelte er und überließ sich seinem Trübsinn. Erika, Adelheid und Caroline verabschiedeten sich und liefen zurück. Auf der Straße hielt die Polizei mit Mühe die Menge im Zaum.

Kellerbier bat darum, sich setzen zu dürfen.

„Hier." Bruno Kurz bot ihm den schattigen Platz an, auf dem vor Kurzem noch die Frauen gesessen hatten. „Name?", fragte Kurz und zückte Stift und Papier.

„Kellerbier, Adolf Kellerbier." Wohnort, Straße, Geburtsdatum, Familienstand, alles beantworte Kellerbier knapp und präzise.

„Wie und wann haben Sie Frau Senft gefunden?", wollte Bruno Kurz wissen.

„Nun, ich habe mit Siegfried meine Runde gemacht und einen Blick hier hereingeworfen. Da sah ich sie. Sie hat auf meinen Gruß nicht geantwortet, deswegen bin ich nachsehen gegangen. Irgendwann tauchte dann plötzlich Frau Schimmel auf ... hab ich mich erschreckt, als sie anfing, so hysterisch zu schreien. Na, und dann dauerte es nicht lange und die Damen von Gegenüber waren da und … na, den Rest kennen Sie ja ..." Kellerbier beendete den Bericht mit hörbarem Ausatmen.

„Gut soweit, Herr Kellerbier. Falls wir noch Fragen haben, melden wir uns, ja?" Bruno Kurz klappte den Notizblock zu und entließ damit Adolf Kellerbier.

Lampl war der Biss abhandengekommen. Ich werde verrückt, dachte er und versuchte zu entspannen. „Ruhe kommt von ..."

„Chef, es gibt da ein Problem, …" Kurz hatte sich vor Lampl aufgebaut und wollte weitersprechen, als ihm der Atem stockte. Langsam, wie in Zeitlupe stand Kommissar Lampl auf und fixierte ihn mit einem kalten Lächeln. Erst flüsternd, dann lauter werdend fauchte er; „Ein kleines Problem? Bruno? Eines? Ich möchte sagen, wir haben hier weitaus mehr als nur ein Problem? Hörst du mich? ICH HABE VIELE PROBLEME!" Lampl setzte sich geschwächt.

„Ist ja gut, Chef", antwortete Kurz ohne Gemütsbewegung. „Kümmern wir uns zuerst um das hier, in Ordnung? Also, dieser Kellerbier scheint mir nicht ganz koscher zu sein."

„Aha. Und worauf führen Sie das zurück, Herr Kommissar?" Lampl akklimatisierte sich allmählich wieder.

„Nun, er war Finanzbeamter."

„Und, weiter?" Lampls Blutdruck erreichte einen erneuten Spitzenwert.

„Diese Tatsache erscheint mir verdächtig ... haha." Kurz lachte über seinen eigenen Witz. „Nein, im Ernst, Adolf Kellerbier hat mit Sicherheit eine Leiche im Keller. Karl und ich haben eine Abfrage gestartet und Frau Meier ..."

Kommissar Lampl starrte mit entleertem Blick auf den Kollegen. „Noch eine Leiche überlebe ich nicht ..."

„Chef, wo denkst du hin? So meine ich das nicht. Kellerbier war früher in eine Ermittlung verwickelt. Das ist Jahre her. Ich werde nachher im Archiv die Akte suchen lassen." Bruno machte sich Sorgen. „Bist du krank? Soll ich ein Glas Wasser holen?"

Lampl schüttelte erschöpft den Kopf. „Fahren wir ins Büro zurück."

Caroline, Adelheid und Erika erreichten das alte Wirtshaus und setzten sich ermattet zu den Freundinnen unter die Kastanie. Gisela hatte die drei bereits vom Küchenfenster aus gesichtet und eilte geradewegs auf sie zu. „Und?", fragte sie gespannt.

„Tot", antwortete Erika und Adelheid setzte ein „Mausetot" hinzu.

„Stimmt also, das alte Weib ist hinüber", stellte Gisela ohne Bedauern fest. „Das ganze Dorf spricht von nichts anderem. Sieh sie dir an. Auf der ganzen Straße Schaulustige", sagte sie ungläubig und machte zur Unterstützung mit dem Arm eine weit ausholende Bewegung. „Und? Wer war's?", wollte sie wissen.

„Keine Ahnung", gab Erika müde zurück.

Adelheid zuckte mit den Schultern. „Die Polizei hat auch keinen Schimmer. Ich persönlich würde ja Kellerbier als Favoriten sehen."

„Ja? Aber der erste Beschuldigte ist es doch nie. Das weiß man doch aus dem Fernsehen. Meistens ist es einer, dem niemand so etwas zutrauen würde." Gisela sah sich regelmäßig Krimis an und war aufgrund dessen auf ihr Fachwissen sehr stolz.

„So? Dann wärst du doch eine ausgezeichnete Verdächtige", antwortete Caroline glucksend.

„Richtig. Auf dich würde keiner kommen", bestätigte Erika. „Sag, wie hast du es gemacht und vor allem - warum?"

Gisela, puterrot im Gesicht, drohte ihnen. „Passt nur auf, dass euch das Essen weiterhin bekommt ...", dann rauschte sie in die Küche, die drei blieben überrascht zurück.

„Touche!", rief Caroline respektvoll und lachte.

Die Polizei packte ein und die Straße leerte sich. Gisela schmollte in ihrem Reich, Caroline und Erika klönten im Garten und passten auf Dora auf, die friedlich auf der Liege schlummerte.

Adelheid nahm vom Paketboten eine Lieferung entgegen, auf die sie gewartet hatte. Vor etwa einem Jahr hatte sie beschlossen, sich Taschengeld dazu zu verdienen. Nun testete sie ungefähr jeden Monat ein neues Produkt, füllte einen Fragebogen aus und bekam dafür ein paar Groschen. Endlich eine sinnvolle Aufgabe, vermutete sie glücklich und öffnete ungeduldig den Karton. Verblüfft stellte sie fest: das übliche Formular und ... eine Rolle Toilettenpapier. Meinetwegen, dann also Klopapier, warum nicht?, dachte sie und wollte es aufräumen, als Gisela missmutig heranschlurfte. Neugierig warf sie einen Blick auf die Post.

„Na, was testest du denn nun wieder an aufregenden Artikeln?", verlangte sie zu wissen und lugte in das Päckchen.

„Ach, weißt du", entgegnete Adelheid und versuchte die Schachtel zu schließen, „diesmal ist es nichts Aufregendes ..."

Fragend sah Gisela Adelheid an: „Lass mal sehen!" Schon hatte sie die Hand in das Päckchen gesteckt und zog lachend den Inhalt heraus. Mit spitzen Fingern hielt sie die Papierrolle in die Höhe. „Ist wirklich nichts Besonderes, da gebe ich dir recht."

Adelheid angelte vergeblich nach der Rolle. „Ist sicher atemberaubend, so nah an der Wissenschaft zu arbeiten?", meinte Gisela feixend und schüttelte sich vor Lachen. „Alles von Anfang an mitzuerleben, was?" Sie warf Adelheid das Zeug zu, drehte sich auf dem Absatz um und ging nach draußen. Ihre Laune hatte sich dramatisch verbessert.

Blöde Kuh, dachte Adelheid grimmig, steckte das Päckchen unter den Arm. Sie deponierte das Forschungsobjekt in der Toilette, nicht ohne es vorher gewissenhaft zu beschriften. „Nur für Adelheid", schrieb sie auf die durchsichtige Plastiktüte, in der sich das Corpus Delicti befand und dem sie in den nächsten Tagen viel Aufmerksamkeit widmen würde...

Ewald Schleich hatte vor ein paar Minuten die Post für die Damen abgegeben. Er haderte mit sich, stand noch im Garten und versuchte Zeit zu schinden. Fieberhaft überlegte er, wie er sein Anliegen vorbringen sollte. Das Schicksal schien ihm gewogen, denn es näherte sich: Frau Gisela. „Frau Huber", rief er, „auf ein Wort, bitte."

Leicht irritiert setzte Gisela ihre Pfunde in Bewegung. „Herr Schleich? Ist noch was? Haben Sie etwas vergessen?"

Gisela sah Ewald Schleich ratlos an. „Nein, eigentlich nicht. Ich hätte ... da eine persönliche Frage an Sie", stammelte er.

„Na?", bohrte Gisela wenig einfühlsam.

„Ja also ... wissen's Frau Gisela, ich würde Sie gerne mal zum Kaffee oder so einladen. Wenn's Ihnen recht wäre, halt..." Hoffnungsvoll hob er den Blick.

„Gewiss, Herr Schleich. Wann immer Sie wollen. Fragen Sie mich doch einfach mal bei Gelegenheit ...", antwortete sie und ließ ihn stehen.

„Aber, aber ... das hab ich doch ...", waren die letzten Worte, bevor Ewald Schleich mit hängendem Kopf das Grundstück verließ.

Die Hitze hatte zugenommen. Bleischwer lag sie den Damen auf den Knochen, weswegen alle in den Schatten flüchteten. Sogar die Kinder waren in den Häusern verschwunden. Das beschauliche Dorfleben schien wieder hergestellt.

Das Dorf scheint ausgestorben, dachte Adelheid. Und wenn es mit dem Sterben in dem Tempo weitergeht, ist es das auch bald. Sie saß beim süßen Nichtstun. Gisela, Erika und Caroline spielten Skat. Ida döste.

Henriette und Klara lagen mit geschlossenen Augen auf ihren Handtüchern in der Wiese, unterhielten sich und kicherten ununterbrochen. „... Jetzt hat sie auch noch ihr eigenes Toilettenpapier. Ist das zu fassen?", lachte Klara und klopfte sich auf die Schenkel.

„Als Nächstes testet sie vermutlich Karamellbonbons ... und das mit den ‚Dritten‘ ...“ Henriettes Bauch schmerzte vom Lachen.

„Aber vorher muss sie einen extra starken Haftkleber nehmen, den sie auch getestet hat und der so gut ist, dass sie die Prothese nicht mehr rausnehmen kann ...“ Klara setzte sich auf und wischte die Tränen aus den Augen.

„Nein! Mit den Bonbons lassen sich die ‚Dritten‘ ganz leicht herausnehmen ...“, spann Henriette den Faden weiter. „Außerdem ...“

Plötzlich zerriss ein ohrenbetäubender Knall die Stille. Albert stürzte aus der Küche und Gisela, wie von einer Tarantel gestochen, machte sich in umgekehrter Richtung auf den Weg. Albert fuchtelte mit den Armen unkontrolliert in der Luft und rief unverständlich: „Katastrophe ... Feuerwehr.“ Er war ganz blass und rang um Atem. „Ist wieder wer gestorben?“, fragte Dora erschrocken. Caroline sah sie an und schüttelte den Kopf. Albert wurde von Caroline und Adelheid in die Mitte genommen und in den Garten geführt. Mit wackeligen Knien nahm er auf einem Stuhl Platz.

„Wer ist denn gestorben?“

Caroline ignorierte Dora und beugte sich zu Albert: „Geht es denn? Was ist passiert?“

„Ich hab mich erschreckt. Siegfried stand plötzlich vor mir“, sagte er kleinlaut.

Erika reichte ihm einen Eistee. „Und?“

„Nichts und. Ich hab mich einfach tierisch erschreckt ... und daraufhin die gute Schüssel fallen lassen.“

„Wo ist er denn jetzt?“, wollte Erika wissen.

„Wer?“, fragte Albert.

„Na, Siegfried!“ Erika verdrehte die Augen.

„Keine Ahnung.“

„Albert, ich bringe dich um ...“, rief Gisela zornig, während sie die Scherben zusammenfegte.

„Diesmal tut sie es sicher“, stammelte Albert und ging zurück, um sich bei Gisela zu entschuldigen.

Erika sah Caroline fragend an: „Wir sollten mal nach dem Hund sehen, oder?"

Caroline nickte. „Da, da hinten liegt er im Gras", sagte sie und lockte ihn zu sich.

Erika tätschelte den dicken Kopf des Hundes. „Na, hat dich der Albert erschreckt? Wo ist denn dein Herrchen?"

„Wo ist Kellerbier?", wollte Gisela aufgebracht wissen, die es Albert überlassen hatte aufzuräumen.

„Das will mir Siegfried nicht verraten", antwortete Erika ernsthaft.

„Witzig!", kommentierte Gisela. Sie streichelte das Tier, Siegfried lag ihr am Herzen.

„Ist der nicht im Krankenwagen weggefahren?" Adelheid war ratlos.

Gisela nahm Siegfried resolut am Halsband und zog ihn in Richtung Heimat. „Ich gebe ihn drüben ab", rief sie den anderen zu. „Gutes Hundchen. Ich bring dich zu deinem bösen Herrchen ..." Auf dem Nachbargrundstück angekommen, band sie den Hund an der Haustür fest und klingelte.

„Ich habe ihn nach Hause gehen sehen", sagte Klara bestimmt. „Er ist ganz sicher ins Haus gegangen, den Hund habe ich aber nicht bei ihm gesehen."

„Vielleicht macht er ein Nickerchen nach all der Aufregung. Wäre ihm nicht zu verübeln", mischte sich Felizitas ein. „Allerdings, dass er seinen Hund nicht mitgenommen hat, finde ich seltsam."

„Womöglich hat er sich davongemacht", mutmaßte Klara.

„Wer?", wollte Erika wissen.

„Na, der Hund!" Klara tippte sich an den Kopf.

„Soll ich rüber gehen und nach ihm sehen?", fragte Adelheid.

„Gisela ist schon drüben", sagte Erika genervt.

„Wir warten", bestimmte Caroline.

Just in diesem Augenblick bog Gisela um die Ecke. „Scheint nicht da zu sein", rief sie achselzuckend.

„Ich sehe mir das jetzt an." Adelheid drehte sich um und stapfte entschlossen davon.

„Du gehst nicht alleine", sagte Caroline bestimmend.

„Gut, ich gehe mit", erbot sich Erika.

„Wartet!", rief Gisela.

Adelheid und Erika untersuchten den Garten. Schließlich war es nicht unmöglich, dass Kellerbier einfach in der Hängematte lag und von der ganzen Aufregung um ihn nichts mitbekommen hatte. Gisela war inzwischen einmal ums Haus gegangen und hatte in jedes Fenster gespäht, ohne Adolf Kellerbier zu finden. Vor der Haustür traf sie die anderen. „Kellerbier scheint nicht da zu sein, jedenfalls habe ich ihn nirgendwo gesehen. Das hier ist Fort Knox, alle Fenster sind geschlossen. Nur da oben ist eines angelehnt, aber da kommen wir nicht dran", stellte sie fest.

Erika stemmte die Arme in die Hüften und trat einen Schritt zurück. „Mit einer Räuberleiter müsste es aber gehen", meinte sie und schaute erwartungsvoll in die Gesichter von Adelheid und Gisela.

„Hä? Das ist doch nicht dein Ernst oder?", fragte Adelheid zweifelnd.

„Doch, ist es", sagte Gisela todernst, als sie Erikas Miene sah.

Erika übernahm das Kommando. „Adelheid, du stehst unten. Mal sehen! Gisela, du stehst Schmiere und ich steige da oben ein. Dann öffne ich euch die Tür und wir suchen das Haus zusammen ab. In Ordnung?"

„Klar", stimmte Gisela begeistert zu. Sie freute sich, den bequemeren Teil zugewiesen bekommen zu haben.

„Meinetwegen. Aber rein gehe ich da nicht", sagte Adelheid mit Bestimmtheit. Sie lehnte sich an die Hauswand, raffte das Kleid über die Knie und faltete die Hände. Erika stieg erst auf einen umgedrehten Eimer, dann auf Adelheids Hände und schließlich auf deren Schultern. „Mach schon", ächzte Adelheid, die fürchtete, nicht lange aushalten zu können. „Was ist? Dauert das noch lange? ... Sag mal, trägst du Strapse? ...", fragte Adelheid atemlos mit puterrotem Gesicht.

„Hä? Was geht dich meine Wäsche an?" Erika suchte nach einer Möglichkeit, sich festzuhalten. „Fall bloß nicht um, klar?", ermahnte sie Adelheid. Erika krallte sich an der Halterung eines Fensterladens fest. „Ich hab's gleich", versprach sie.

Adelheid geriet gefährlich in Schräglage. „Wenn du nicht ... ich kann, nicht mehr ..." Sie spürte einen mächtigen Schmerz in der Hüfte. „Ah ... jetzt mach endlich!", jammerte sie.

„Ich mach ja schon. Jetzt quengle doch nicht." Erika fuhr sich mit der Zungenspitze über die Oberlippe, ein Zeichen höchster Konzentration, und versuchte angestrengt, das Gleichgewicht zu halten. Letztendlich drückte sie das Fenster auf und rollte sich über das Fensterbrett in Kellerbiers Schlafzimmer. Sofort danach war ihr Gesicht wieder zu sehen. „Alles klar, ich komm nach unten", flüsterte sie grinsend und hob zur Bestätigung den Daumen.

Adelheid fasste sich an die schmerzende Hüfte, verfluchte laut Erikas blöde Idee und lief ums Haus, um Gisela zu holen.

„Guten Tag, die Damen!", erscholl es plötzlich hinter ihnen.

Gisela erschrak und stieß unbeabsichtigt einen spitzen Schrei aus.

„Oh, guten Tag, Fräulein Sanft", stammelte sie.

„Besuchen Sie Herrn Kellerbier?", wollte die Lehrerin naserümpfend wissen.

Adelheid nickte heftig, aber stumm, während Gisela sich schnell gefangen hatte. „Ja, ein kurzer Krankenbesuch", sagte sie mit gefrorenem Lächeln.

„Was hat er denn?", fragte das Fräulein misstrauisch.

„Nur ein leichtes Unwohlsein, Schwindel ..., wenn Sie verstehen ...?", flötete Gisela, ohne rot zu werden.

„Oh, ist das wahr? Herr Kellerbier erfreut sich doch immer ausgezeichneter Gesundheit. Richten Sie ihm doch bitte viele Grüße aus, ja? Ich wünsche von Herzen gute Besserung", säuselte sie mit aufgesetzter Höflichkeit.

„Gerne, danke!", antwortete Adelheid und zupfte Gisela am Kleid.

„Joho, die Luft ist rein!", schrie Erika just von der Haustüre.

Fräulein Sanft, die eben im Begriff war, sich zu verabschieden, hob fragend eine Augenbraue. „Ähm, ist alles in Ordnung?", fragte sie voll Argwohn die beiden, die, wie vom Donner gerührt, vor ihr standen.

„Alles vortrefflich, Fräulein Sanft", versicherte Gisela und überkreuzte die Finger, „wir spielen Räuber und Gendarm. Zur Ablenkung wissen Sie."

„Na, dann?!" Mechthild Sanft wollte ihren Heimweg fortsetzen, als sie noch mal innehielt. „Ach, und bevor ich es vergesse, richten Sie Herrn Kellerbier bitte aus, wir freuen uns schon sehr auf seinen Vortrag."

„Gerne, machen wir!" Gisela wandte sich um und hatte Mühe, einen Lachanfall zu unterdrücken. Sie kniff sich in die Wange und verdrehte die Augen.

„Über was spricht er denn?" Adelheid konnte zu Giselas Verdruss nicht den Mund halten.

„Liebe Frau Maurer, wie Sie wissen, treffen wir uns jede Woche zum „Dorfgespräch", belehrte das Fräulein Sanft Adelheid herablassend. „Nächste Woche wird Herr Kellerbier zum Thema: „Morologie - eine Chance für die Zukunft?" dozieren ... Sie sind natürlich herzlich eingeladen, wenn Sie ..."

„Danke, danke. Aber ich fürchte, zur gleichen Zeit findet das Wein-Seminar mit Verköstigung statt – oder, Gisela?" Adelheid schielte, Zustimmung, heischend zu Gisela. „In der Tat, ja, wirklich! Och, DAS tut mir jetzt aber leid, da sind wir schon seit Monaten angemeldet ..."

„Tja, dann. Guten Tag!", wünschte Fräulein Sanft spröde.

„Danke, Ihnen auch einen schönen Tag, Fräulein Sanft", rief Adelheid und zog Gisela mit sich.

„Aha, Weinseminar ..." Gisela zwinkerte Adelheid zu.

Erika stand vor der Tür, Siegfried am Halsband haltend. Schuldbewusst sah sie sich um. Keine Menschenseele mehr zu sehen. „Gisela, kommst du?", fragte sie. Die beiden huschten ins Haus und Adelheid setzte sich hinten in den Garten. Von hier aus konnte sie die Einfahrt beobachten, ohne selbst gesehen zu werden.

Erika entschuldigte sich. „Tut mir leid wegen der Sanft. Ich hab sie nicht bemerkt, meinst du, die hat was mitgekriegt?"

Gisela schüttelte den Kopf. „Ach wo", beschwichtigte sie. „Ist Kellerbier im Haus?"

„Ich glaube nicht. Lass doch Siegfried nach seinem Herrchen suchen", schlug Erika vor.

„Gute Idee! Los, Siegfried, such!", forderte Gisela den Hund auf. Der nahm sofort die Nase nach oben und schnüffelte. Ein kurzes Bellen folgte und Gisela ließ den Vierbeiner laufen. Zielgerichtet spurtete er drauflos, die beiden Damen hinterher. In der Küche angekommen, machte er sich über seinen Napf her.

„Na klasse", meinte Erika, „toller Spürhund." Gisela konnte ein Kichern nicht unterdrücken. „Komm, lass uns selbst nachsehen", flüsterte sie und hakte sich bei Erika unter.

„Aber denkt daran, keine Fingerabdrücke zu hinterlassen", kam es von draußen warnend. „Macht hier hinten ein Fenster auf", bat Adelheid mit leiser Stimme.

„Warum?"

„Als Notausgang", wisperte Adelheid.

„Gute Idee", fand Erika und öffnete eines der Erdgeschossfenster. Anschließend inspizierten die beiden auf Zehenspitzen das gesamte Haus.

„Alles sehr ordentlich", bemerkte Erika bewundernd.

„Preußisch korrekt", meinte Gisela anerkennend und wischte mit dem Finger, den sie mit einem Taschentuch umwickelt hatte, über den Türstock.

„Und?", fragte Erika neugierig.

„Kein einziges Staubkorn." Gisela nickte.

„Falls wir eine Putzhilfe brauchen, sollten wir bei Kellerbier nachfragen." Erika nahm ihr Taschentuch und zog den Kühlschrank auf. „Tipptopp", urteilte sie und nahm sich eine Karotte.

„Bett gemacht", meldete Gisela kurze Zeit später von oben.

„Hund satt", berichtete Erika von unten.

Schließlich trafen sie sich wieder in der Küche - von Kellerbier keine Spur.

„Hast du im Keller nachgesehen?", fragte Gisela.

„Da gehen wir lieber zusammen hin", antwortete Erika und schleppte Gisela mit sich.

„Wow ...", rief Erika. „Sieh dir das an!"

Voller Neugier kam Gisela um die Ecke. „Na so was!! Das macht der also ... interessant."

„Und schau mal hier drüben", forderte Erika Gisela auf.

„Das hatte ich befürchtet ...", meinte Gisela unerschrocken.

„Nichts von Kellerbier zu sehen, komm, lass uns nach oben gehen, einverstanden?", fragte Erika und lief voraus.

Ratlos traten sie wieder in die Sonne, wo Adelheid nervös wartete. „Und? Habt ihr ihn gefunden?", wollte sie wissen.

„Sehen wir so aus?" Erika konnte sich keinen Reim machen und stocherte mit der Schuhspitze im Rasen.

„Dafür fanden wir eine Spielzeugeisenbahn und einen Fitnessraum mit Solarium", verriet Gisela.

„Aha!" Adelheid schien nicht erstaunt. „Unser Problem ist damit aber kein Stück gelöst", stellte sie fest.

„Mal im Ernst", überlegte Gisela. „Kellerbier würde nie den Hund irgendwo alleine zurücklassen. Irgendetwas ist hier faul." Gisela begann, sich ernsthaft Sorgen zu machen.

„Wir könnten die Polizei rufen", schlug Adelheid vor.

„Lasst uns zuerst rübergehen und mit den anderen sprechen", lautete Erikas Vorschlag.

„Na gut", stimmte Gisela zu, „wir nehmen Siegfried mit - den können wir nicht alleine hier lassen." Die beiden anderen nickten und warteten auf Gisela, die das Fenster schloss, den Vierbeiner an die Leine nahm und die Tür zuzog. Missmutig trappten sie zurück. Gisela band Siegfried am Baum fest und Adelheid belohnte sich mit Süßem aus der Küche. Erika berichtete und stellte am Ende die Frage: „Sollten wir die Polizei informieren - oder lieber noch abwarten?"

„Meine Güte", meinte Caroline, wenig damenhaft, „was, wenn der alte Spießer nur eine Runde um den Block läuft, oder sich im

„Fetten Schwein" einen hinter die Binde kippt? Ist doch kein Grund, gleich die Pferde scheu zu machen."

„Ja, warten wir ab!", war auch die Meinung der anderen.

„Wie wäre es denn, wenn einer beim Wirt nachsieht, ob Kellerbier vielleicht dort ist?", schlug Klara vor.

Aller Augen richteten sich auf Albert. „Klar, bin dabei. Will jemand mit?" Stummes Kopfschütteln. „Einverstanden", sagte er im Aufstehen, „ich geh' auf eure Kosten - quasi dienstlich - einen heben ... so macht Arbeit Spaß."

„Aber nicht zu viel, hörst du!", rief Adelheid kauend und ließ Siegfried etwas von der köstlichen Wurst, die sie ihm mitgebracht hatte, zukommen.

*

Kommissar Lampl stiefelte missmutig, mit ausholenden Schritten, als müsse er seine üble Laune betonen, in die Abteilung der Kriminaltechnik. Trotz der drückenden Hitze war in den Fluren kein Fenster geöffnet. Aus einem der Räume hörte er gedämpftes Gemurmel. Ohne anzuklopfen, riss er die Tür auf. Die Anwesenden verstummten augenblicklich und sahen ihn fragend an.

„Habt ihr Ergebnisse in der Sache Senft?", wollte er unfreundlich wissen und stellte sich demonstrativ breitbeinig auf. Gustav Mann drückte sich schwerfällig aus seinem Sitz und nickte stumm. „Kommen Sie mit, ich hab da was Interessantes gefunden", meinte er und ging voraus. Drei Türen weiter bot er dem ermittelnden Beamten einen Stuhl an und griff nach einem Packen Papier. Er setzte sich Lampl gegenüber und sortierte die Blätter. „Hier, das ist wirklich ein Ding", sagte er und strich über seinen Bart.

„Machen Sie es nicht so spannend. In einfachen Worten bitte", bat Lampl schwitzend.

„Martin Senft wurde vergiftet. Aber das wussten Sie ja schon." Lampl nickte: „Ja."

Der Labortechniker ließ es ruhig angehen. „Das Gift ist im Grunde nichts Besonderes. Jeder kann es herstellen und die Zutat ist denkbar simpel."

„Prima. Und? Was ist es denn nun?" Lampl begann ungeduldig mit dem rechten Bein zu wippen.

„Dem Opfer wurde Evonin verabreicht, ein Alkaloid. Außerdem fanden wir Evonosid, ein herzwirksames Gift. Beides findet man in einer Pflanze, einem Spindelstrauch." Mann suchte in den Unterlagen nach dem passenden Foto und hielt es Lampl unter die Nase. „Hier ist es, das Pfaffenhütchen. Es wächst an jeder Straßenecke. Erste Anzeichen einer Vergiftung zeigen sich etwa fünfzehn Stunden nach der Einnahme. Übelkeit, Durchfälle und Kreislaufstörungen sind die Folge. Das bezieht sich auf eine geringe Dosis." Er ließ dem Kommissar Zeit, sich die Fakten einzuprägen und lehnte sich zurück.

„Und?", fragte Lampl unwirsch.

„Ich habe eine Konzentration gefunden, die darauf schließen lässt, dass das Opfer wenigstens 50 Früchte, bzw. die Samen eingenommen haben muss. Das wirkte natürlich schneller und ist in dieser Menge tödlich!", dozierte er.

„Pfaffenhütchen. Sie meinen dieses Gewächs, das überall wie Unkraut wächst?" Lampl beugte sich nach vorne, um das Foto aus der Nähe zu sehen.

„Richtig, Herr Kommissar. Ich sagte doch: Es ist für jeden zu haben."

Lampls miese Laune begann sich zu verflüchtigen. „Ja, schon, aber ist das nicht ... schräg? Verzeihung, soll das ein Witz sein? Da wird der Pfaffe mit Pfaffenhütchen getötet ... und ... irgendwie fehlen mir die Worte ..."

Mann kippelte ungeduldig auf dem Stuhl. „Früher hat man das Zeug zu Pulver verarbeitet und als Ungeziefervertilgungsmittel eingesetzt. Bei Krätze und Läusen. Heutzutage findet es keine Verwendung mehr." Gustav Mann stand auf, reichte Lampl die Hand, sagte mit schiefem Grinsen: „Alles klar, Herr Kommissar?", und fand den Scherz gelungen.

Lampl ignorierte die fade Anspielung und eilte zurück in sein Büro. Die Gedanken kreisten um den perfiden Zufall? Hinweis? Was sollte das???

Als er die Glastür der Abteilung öffnete, bemerkte er, dass alle zusammensaßen und auf ihn warteten. Siebentisch und Frau Meier schaufelten Kuchen in sich hinein und Frau Hérisson nippte an einem Glas Wasser, in dem eine dünne Scheibe Zitrone ihre Runde drehte, als sie mit dem Löffel darin rührte. Mit hochgezogener Augenbraue nickte er ihnen wortlos zu, um dann in knappen Worten die Kollegen ins Bild zu setzen. Frau Meier schob den Kuchenteller angeekelt weit von sich. Karl Siebentisch, unbeeindruckt weiter mampfend, erklärte, die Straßenbefragung habe nichts ergeben. Niemand schien auch nur in der Nähe gewesen zu sein. Weder beim ersten noch beim zweiten Tötungsdelikt. „Null. Nix", offenbarte er und griff zum nächsten Stück Kuchen.

„Könnte immer noch Selbstmord sein", erwog Kommissarin Hérisson vorsichtig, „auch wenn kein Abschiedsbrief vorhanden ist."

Lampl schüttelte vehement den Kopf. „Das macht keinen Sinn. Bei beiden nicht. Denken Sie daran, wie Frau Senft auftrat. Wirkte sie auf Sie depressiv?"

Hérisson erinnerte sich ungern an diesen Vormittag. „Nein", antwortete sie wahrheitsgemäß, „nicht im Mindesten."

„Ich denke nicht, dass alle zwei sich selbst töteten. Nein, ich bin sicher: Alle beide wurden durch eine oder mehrere Personen umgebracht. Es war Mord. In beiden Fällen - und davon gehen wir ab sofort auch aus. Und ... meist morden Frauen mit Gift ..."

„Wir müssen mehr über das private Umfeld in Erfahrung bringen", forderte Hérisson. „Die Witwe ist bei ihren Eltern. Ich werde da morgen hinfahren."

„Ja, das halte ich für absolut nötig. Wir müssen ihr auf den Zahn fühlen." Lampl beendete die Zusammenkunft. „Aber für heute machen wir Feierabend", sagte er und griff nach einer Flasche Wasser.

90

*

Kommissar Lampl hatte ein reichlich ambivalentes Verhältnis zum „nach Hause kommen". Zwar genoss er einerseits, dass er niemandem Rechenschaft ablegen musste, andererseits wäre es schön, wenn er sich um solche profanen Dinge wie einkaufen, kochen und waschen nicht kümmern müsste. Eine Ehefrau wäre auch in anderer Hinsicht wünschenswert...

Er leistete sich von seinem Gehalt eine Zugehfrau, doch die war schon wieder bei ihrer Familie, wenn Lampl die Wohnungstüre öffnete. Johanna hinterließ regelmäßig Briefchen, in denen sie ihm alles Wichtige, seine Wohnung betreffend, schilderte, um freie Tage bat oder sich beschwerte. Heute ließ sie sich über den Schmutz in der Küche aus. Er habe einen Saustall hinterlassen. Die eingebrannten Nudeln mit Tomatensoße hätten mehr als eine Stunde Arbeit gekostet, um sie vom Kochfeld zu kratzen. Der Spiegeleier- und Ketchup-Orgie wäre nur mit dem Hochdruckreiniger beizukommen, der sei aber in diesem Haushalt nicht vorhanden. Im Eisschrank läge außer einer schwarzen, matschigen Banane und einem Liter saurer Milch noch ein Schnitzel von vorletzter Woche. Sie wünsche guten Appetit und „ein schönes Wochenende", schrieb sie.

Solche Äußerlichkeiten beeindruckten Lampl im Allgemeinen in keinster Weise. Doch jetzt hatte er enormen Hunger und ein Blick in den Kühlschrank bestätigte Johannas Aufzählung, anscheinend nichts zu essen im Haus. Er könnte es schaffen, in den Tante-Emma-Laden zwei Straßen weiter zu gehen und sich mit Fertigpasta, ausreichend für die nächsten paar Tage, einzudecken, überlegte er. Oder sich erst frisch machen und zu Enzo oder in die „Sonne" gehen. Eine gute Alternative!

Abendessen stressfrei war ihm deutlich sympathischer und so entledigte er sich seiner zerknitterten Hose und des zerknautschten, Schweiß durchtränkten Hemdes, sprang unter die kalte Dusche, jodelte dabei und seifte sich kräftig ab. Dann schlüpfte er in eine leichte Leinenhose, griff sich das rosafarbene Hemd, von dem seine Exfrau immer gesagt hatte, damit könne er zwar nie eine Frau erobern, hätte aber tolle Chancen, eine fettleibige Tunte abzuschleppen, zog es mit geschlossenen Knöpfen über den Kopf und beglückwünschte sich zu Johannas Bügelkunst.

Er steckte Mobiltelefon, Portemonnaie und Schlüssel ein und verließ, noch unentschlossen, was er essen wollte, die Wohnung. Vor der Haustüre musste er sich entscheiden. Nach rechts zu Enzo oder nach links in den Biergarten der „Sonne". Lampl bevorzugte die italienische Bewirtung und wandte sich nach rechts.

*

„Gute Nacht, Klara."
„Gute Nacht, Dora."

„*Was hast du gemacht?* "

„*Das wollte ich nicht, ehrlich.* "

„*Ist mir klar.* "

„*Wir müssen es nochmal versuchen.* "

„*Spinnst du?* "

„*Rede nicht so mit mir!* "

„*Hör' mal. Wenn wir weitermachen, haben sie uns bald. Wir müssen aufhören.* "

„*Skrupel?* "

„*Nein. Überlebensstrategie. Überleg' doch: Hätte die Polizei schon von uns gehört, säße sie uns längst im Nacken.* "

„*Meinst du?* "

„*Du nicht?* "

„*Ich finde, wir sollten es zu Ende bringen.* "

„*Nein. Lass uns erst mal abwarten.* "

„*Ich weiß nicht, wo sie sich aufhält.* "

„*Bei ihren Eltern.* "

„*Toll. Dann ist das doch geklärt.* "

„*Nein. Ich sage dir: Wir warten ab.* "

„*Worauf? Bis die Polizei vor deiner Tür steht?* "

„*Nein. Ich hör' mich weiter um. Sollte ich auch nur den kleinsten Verdacht haben, dass sie uns ins Visier nehmen, melde ich mich.* "

„*Und dann?* "

„*Geht jeder von uns seiner Wege.* "

„*Und lässt hier alles stehen und liegen?* "

„*Klar. Was hält dich hier?* "

„*Ich hab' mir hier was aufgebaut und keine Lust, es an die Wand zu fahren.* "

„*Tut mir leid. Aber mein Hemd ist mir näher ... als deine Hose.* "

Über allen Gipfeln
Ist Ruh`,
In allen Wipfeln
Spürest du
Kaum einen Hauch;
Die Vöglein schweigen im Walde.
Warte nur!
Balde
Ruhest du auch.

J. W. v. Goethe

Freitag

Auch heute strahlte die Sonne vom Himmel. In der letzten Nacht hatte eine Wolkenfront leichten Landregen gebracht, doch der war schon zur Gänze verdunstet, als Adelheid die Vorhänge zurückzog. Motiviert durch den Duft des frischgebackenen Brotes, der durch das ganze Haus waberte, beschleunigte sie das Aufräumen des Zimmers und beendete ihre Toilette in Rekordzeit. Danach hüpfte sie die Treppen hinunter und rannte förmlich zum Gartentor, um die Zeitungen zu holen.

Auf dem Rückweg holte Albert sie ein. „Guten Morgen meine Schöne", sülzte er mit breitem Grinsen. Adelheid, schon in die Lektüre vertieft, erwiderte ein unkonzentriertes „Morgen" und schlurfte in ihren Pantoffeln den Weg entlang, ohne weiter Notiz von dem jungen Mann zu nehmen. Albert hielt Adelheid mit einer neckenden Verbeugung die Türe auf. „Vorsicht Stufe!", sagte er und Adelheid verharrte verblüfft. „Wieso Stufe?", fragte sie verwirrt und sah ihn an.

„War ein Scherz, um deine Aufmerksamkeit zu gewinnen, meine Schöne", antwortete er und ließ dabei ein umwerfendes Lächeln aufblitzen.

„Hanswurst", murrte Adelheid und schlappte kopfschüttelnd an ihm vorbei in die erfrischend kühle Küche.

Drinnen beherrschte Gisela die Bühne und verkündete hektisch. „Ich denke, es gibt heute Mittag nur eine kleine kalte Mahlzeit. Ich koche uns aber ein paar Liter Eistee. Wir müssen alle viel trinken." Ächzend ließ sie sich auf den wackeligen Küchenstuhl plumpsen, der daraufhin eine bedrohlich anmutende Schlagseite bekam.

Die Tür flog auf und drohte augenblicklich aus den Angeln zu springen als Klara den Raum betrat. „Hat irgendjemand dem Hund etwas zu fressen gegeben?", rief sie ohne Gruß erbost.

Gisela sprang erschrocken auf. „Och, den habe ich ja ganz vergessen. Ich kümmere mich gleich darum. Hat er was angestellt?"

„Kann man sagen. Er scheint sich das Obst vom Tisch gemopst zu haben", erklärte Klara mit einer ausgeprägten Zornesfalte auf der Stirn.

„Ach so. Ist doch nicht weiter schlimm", meinte Gisela leicht verwundert und winkte ab.

„Naja, wie man es nimmt. Jedenfalls hat seine Verdauung eingesetzt und die Geschichte liegt nun unter der Kastanie ..." Naserümpfend rauschte Klara ab.

„Ich seh' nach", murmelte Gisela und verschwand mit Eimer und Besen in den Garten.

Adelheid, hatte die Zeitung neben sich liegend, stocherte in ihrer Nussnugatcreme und kleisterte den Belag dick aufs Brot. Albert setzte sich neben sie. „Und?", fragte sie mit vollem Mund und ohne von der Lektüre aufzusehen. „Hast du Kellerbier gefunden?"

„Nein. Ich fürchte, wir müssen die Polizei einschalten", antwortete er, „aber zuerst will ich mit euch darüber sprechen."

„Hat denn niemand den alten Griesgram gestern noch gesehen?", fragte sie.

„Keiner. Zumindest die nicht, die ich gesprochen habe."

„Soso", meinte Adelheid und biss noch einmal herzhaft zu.

„Jo, ich mach' dann jetzt Kaffee für alle." Albert ging und hörte Gisela draußen mit dem Hund schimpfen.

Caroline schlenderte mit Erika am Arm in die Küche. „Ah, Albert, mein Lieber, was hast du über Kellerbier in Erfahrung bringen können?", fragte sie gut gelaunt.

„Also, gefunden habe ich ihn nicht. Aber seine Spielkameraden haben ein bisschen geplaudert. Hat mich allerdings ein paar Bier gekostet. Ich hoffe, die Spesen werden mir ersetzt?", berichtete er, ließ das Wasser laufen und füllte den Filter mit Kaffeepulver.

„Natürlich, lass dir das Geld von Gisela geben." Caroline setzte sich und sah Adelheid zu.

Erika nahm einen Kaffeebecher und stellte sich neben Albert. „Und? Jetzt lass dir nicht alles einzeln aus der Nase ziehen. Welche unglaublichen Geheimnisse wurden da gestern am Stammtisch offenbart?"

„Verdammte Schweinerei." Gisela kam schnaubend in die Küche und wusch sich mit Ekel im Gesicht gründlich die Hände. „Dass so ein kleines Lebewesen so eine große Sauerei hinterlassen kann …"

„Gisela, du unterbrichst die aufregende Schilderung über unseren allseits beliebten Nachbarn. Setz` dich hin und hör` mit zu!"

Caroline rutschte auf und sicherte sich damit den Logenplatz. Auch Erika setzte sich und klopfte einladend auf den Nebenstuhl. „Nimm Platz, Albert, und erzähle mir eine schöne Geschichte", bat sie. Nun schlurften auch Felizitas und Dora durch die Türe und sahen sich fragend um.

„Ist wieder jemand gestorben?", wollte Dora wissen.

„Setz dich dahin!" Felizitas schob Dora in die Ecke und rückte den Stuhl für sie zurecht. Dann holte sie sich einen Becher Tee mit reichlich Zucker.

„Du sollst doch keinen Zucker in deinen Tee geben, Felizitas", mit erhobenem Zeigefinger näherte sich Klara und schob sich im Gehen ein Stück Käse in den Mund. „Ist was?", fragte sie unschuldig.

Felizitas sah in ihre Tasse. „Ich rühre ja nie um …"

„Das werden wir vermutlich nie erfahren, da immer irgendeiner von euch den armen Albert unterbricht." Caroline wurde langsam ungeduldig.

„Unterbrechen? Er hat doch gar nichts gesagt." Erika stand wieder auf und stellte schon mal die Teller fürs Frühstück auf den Tisch.

Gisela half ihr. „Setzt euch! Wir machen jetzt Frühstück. Da haltet ihr meist den Mund und Albert kann endlich erzählen", bestimmte sie entschieden.

„Henriette", rief Erika durch die offene Tür. „Kommst du runter? Frühstück ist fertig."

Einen Augenblick später humpelte Henriette mit schmerzverzerrtem Gesicht in die Küche.

„Was ist denn mit dir?", fragte Erika.

„Hab' mir beim Zähneputzen den Fuß verstaucht." Mit leidendem Blick ließ sich Henriette auf den nächstbesten Stuhl fallen. Erika verstand nicht und zuckte mit den Schultern. Sie und Klara sahen sich ahnungslos an. „Ich erzähle es euch später." Henriette wollte es dabei erst mal bewenden lassen und winkte ab.

Dora war nun nicht mehr bereit, noch länger zu warten. „Darf ich jetzt frühstücken? Ich hab einen Bärenhunger. Ist denn noch was von dem kalten Hühnchen übrig?", rief sie in die Menge und nahm einen Teller. Caroline schüttelte missbilligend den Kopf.

„Ist was? Was schaut ihr denn so?" Dora wurde unsicher und stellte den Teller wieder zurück. „Sagt schon, ich muss an den Fernseher, da kommt meine Lieblingssendung."

„Ruhe jetzt!", mahnte Erika unwirsch. Sie hatte nun wirklich die Faxen satt.

Albert begann zu erzählen...

*

Lampl wurde von seinem Radiowecker unsanft aus den Träumen gerissen. Ein Eunuch jammerte, statt zu singen. Mühsam tastete er nach dem plärrenden Gerät, das schon vor dem Aufwachen für schlechte Laune sorgte, und feuerte es vom Nachttisch - das Ding war augenblicklich ruhig. Mit einem Auge schielte er auf den Boden. Da wird wohl ein neuer fällig, dachte er und schälte sich aus dem warmen Bett. Blind stolperte er über seine Hose, stieß sich den Zeh am Türrahmen und rutschte anschließend auf dem Badevorleger aus. Dank einer akrobatischen Einlage gelang es ihm, den Sturz abzufangen. So aus seinem Halbschlaf erwacht, starrte er in den Spiegel. „Wie ein Strauchdieb siehst du aus", sagte er an das Spiegelbild gerichtet. Keine halbe Stunde später saß er auf einem der beiden hässlichen Küchenstühle und schlürfte, um wach zu werden, einen viel zu starken Kaffee. Er tröstete sich mit der Aussicht, dass es nur noch ein paar Stunden bis zum Wochenende waren...

Im Auto sann er über den Fall nach, kam aber zu keinem Ergebnis. Mittags wollten sie sich alle zusammensetzen, um noch vor dem Wochenende zu planen, wie die nächsten Schritte aussehen sollten. Er holte seine unvermeidlichen Butterhörnchen und fuhr dann ohne Umschweife ins Präsidium.

*

Jelle Hérisson war bereit für den Tag. Der Wagen stand direkt vor der Haustür und fünfunddreißig Minuten später erreichte sie den malerisch gelegenen Hof, auf dem Leandra Senft mit ihren Kindern untergekommen war. Ein adretter Garten begrüßte sie zur Rechten. Eingezäunt vom klassischen Jägerzaun, blühten Stauden und einjährige Blumen in kunterbunten Farben. Zur Linken der Misthaufen, geradeaus ein Bauernhaus wie aus dem Bilderbuch. An allen Fenstern Blumentöpfe, üppig bepflanzt und sichtlich mit viel Liebe gepflegt. Die roten Fensterläden standen in reizvollem Kontrast zum gelb gestrichenen Haus. Spalierrosen rankten sich an den Wänden empor und an der Scheunenwand hatte ein Apfelbaum seinen Platz gefunden. Bis auf die Geräusche aus dem Stall war nichts zu hören. Zielstrebig schritt die Kommissarin auf den Eingang zu.

Die leichten Sommerschuhe knirschten auf dem Kiesweg und jedes Steinchen bohrte sich in ihre Fußsohlen. Vorsichtig klopfte sie an die Tür. Als keiner antwortete, drückte sie die Klinke herunter und trat ins dunkle Innere. Ein langer Flur breitete sich vor ihr aus, mit mehreren Türen auf beiden Seiten. Instinktiv nahm sie die erste auf der rechten Seite - und richtig, hier befand sich die Küche. Eine betagte Frau werkelte an einem alten Ofen und schien den Ankömmling nicht zu bemerken. Hérisson räusperte sich.

„Sind's krank, Fräulein?", sagte die Frau, ohne sich umzudrehen.

„Äh, nein. Ich wollte Sie nicht erschrecken." Die Kommissarin lief ein paar Schritte auf sie zu. „Mein Name ist Jelle Hérisson, ich bin mit Frau Senft verabredet. Ist sie da?"

„Die kommt gleich", bekam sie zur Antwort. „Setzen Sie sich an den Tisch, ich bring Ihnen den Kaffee. Sie möchten doch einen, oder?" Jelle Hérisson nickte.

„So, lassen Sie sich den schmecken", meinte sie freundlich und entblößte ihren einzig verbliebenen Zahn. Jelle lächelte die Alte an.

„Ich bin die Oma von der Frau Senft, wissen Sie?", sagte sie, nickte und schlurfte an den Herd zurück.

Mit beiden Händen um die Tasse führte Jelle Hérisson das Getränk an den Mund. Der aufsteigende Duft erinnerte sie augenblicklich an ihre Kindheit und die Ferien auf dem Land - Muckefuck …

Während Hérisson sich ihren Gedanken hingab, betrat Leandra Senft die Küche und kam herzlich auf die Kommissarin zu.

„Aha, Sie haben meine Oma schon kennengelernt, Frau Kommissarin?"

„Ja, danke. Sie hat mir einen Kaffee gebracht." Jelle hielt die Tasse zur Bestätigung in die Luft.

„Wenn Sie nichts dagegen haben, bringe ich uns ein kleines Frühstück nach draußen und wir sprechen im Garten miteinander", bot Leandra an. „Der Morgen ist zu schön, um drinnen zu sitzen, finden Sie nicht?" Frau Senft griff nach einem Tablett.

„Sehr gerne, eine gute Idee", lobte Hérisson und vergaß beinahe, dass sie aus dienstlichen Gründen hier war.

„Nehmen Sie einfach schon draußen Platz, ich bin gleich da."

„Ja … soll ich vielleicht was mitnehmen …?", erbot sie sich.

„Nicht nötig. Bin in fünf Minuten bei Ihnen", sagte Frau Senft und stellte Teller und Tassen auf das Tablett. Hérisson bedankte sich bei der alten Frau.

„Ist schon recht", meinte die, währenddessen sie einen Teig von gewaltigen Ausmaßen knetete.

Jelle trat vom Dunkel ins Licht. Der Tisch war nicht zu übersehen. Neben der Haustür stand er wuchtig unter einem Geflecht aus Weinreben im lichten Schatten. Sie setzte sich, wandte sich der Sonnenwärme zu und wartete. Herrlich! dachte sie. Hier könnte ich es auch aushalten ... Unvermittelt tauchte die Gastgeberin auf, verteilte die mitgebrachten Sachen auf dem Tisch und forderte Jelle auf zuzugreifen.

Hérisson beobachtete ihr Gegenüber aufmerksam. Das Gesicht rosig, die Haare in der Sonne glänzend, wirkte sie gänzlich anders, als die Kommissarin sie in Erinnerung hatte. „Wie geht es Ihnen?"

„Danke, den Kindern und mir geht es gut. Hier gibt es viel zu tun, wissen Sie, und ich vergesse dabei, warum ich hier bin."

„Hat man Ihnen mitgeteilt, dass Ihre Schwiegermutter plötzlich - äh - verstorben ist?", wollte die Kommissarin wissen und biss in das Brot mit der köstlichen Marmelade.

„Ja, einer Ihrer Kollegen hat gestern angerufen." Leandra Senft schwieg einen Moment. „Ist es nicht schrecklich?" Sie sah die Kommissarin an.

„Haben Sie sich mit Ihrer Schwiegermutter gut verstanden?" Jelle nippte am Kaffee.

Ein trockenes Lachen kam als Antwort: „Haben Sie eine Schwiegermutter?"

„Nein", Jelle Hérisson schüttelte den Kopf. „Ich lebe alleine", erklärte sie unnötigerweise.

Leandra Senft zuckte mit den Schultern. „Es ist ja kein Geheimnis. Alle haben mitbekommen, wie meine Schwiegermutter über mich herzog und - glauben Sie mir: Mir gegenüber hat sie sich nicht anders verhalten. Sie hasste mich. Sie mochte ihre Enkelkinder nicht. Ich glaube, auch ihren Mann hat sie verachtet. Sie liebte eigentlich nur sich selbst ... vielleicht ein klein wenig auch ihren

Sohn. Dennoch hat sie ihn kleingeredet und verspottet, ihn bei jeder Gelegenheit lächerlich gemacht."

„Das hört sich ein bisschen verbittert an."

„Ja, da könnten Sie recht haben", antwortete sie zurückhaltend. „Bitte. Nehmen Sie doch noch von der wunderbaren Erdbeermarmelade, wirklich, sie ist ganz frisch", betonte Leandra Senft traurig.

Jelle griff zu. Sie schmeckte tatsächlich köstlich. Leider musste sie langsam auf des Pudels Kern kommen, deswegen fragte sie ohne Umschweife: „Hätten Sie einen triftigen Grund, Ihre Schwiegermutter zu töten, Frau Senft?"

Leandra lachte gequält: „Nein, nicht einen, Hunderte!"

*

Kommissar Lampl war nach dem Besuch im Labor in einer Verfassung, die irgendwo zwischen Verzweiflung und Erstaunen einzuordnen war. Das Ergebnis der toxikologischen Untersuchung des zweiten Opfers war abgeschlossen, Frau Senft starb an einer Vergiftung mit Parathion, einer Substanz, die als Insektengift eingesetzt wurde. Doch mehr noch verblüffte Lampl die Auskunft des Laboranten, wonach das Gift landläufig als „Schwiegermuttergift" bekannt war...

Im Büro angekommen, steuerte er automatisch die Fenster an und riss alle bis zum Anschlag auf. Sein Bedürfnis nach frischer Luft wuchs mit jeder Minute und bis die anderen eintreffen würden, war noch genügend Zeit für ein gepflegtes Tässchen Kaffee.

Karl Siebentisch, heute mit zu viel Pomade im lichten Haar, durchschritt als Erster die Tür zum Besprechungszimmer. „Hallo, Chef", begrüßte er launig den Vorgesetzten.

„Tag", grüßte der kurz angebunden zurück. Beide vertieften sich schweigend in Papiere, bis Kommissarin Hérisson die Bühne betrat.

„Tag zusammen", rief sie in die Runde. „Hat jemand Frau Meier zu ihrer Frisur gratuliert? Sie sieht wirklich gut aus", sagte sie anerkennend.

Lampl und Siebentisch sahen sich fragend an. „Sie hat eine neue Frisur?", fragten sie gleichzeitig.

„Ja, meine Herren. Ich schlage vor, Sie sehen es sich an und beglückwünschen unsere Mitarbeiterin." Lachend wies sie mit dem Finger in Richtung Vorzimmer.

Bruno Kurz war spät dran. Im Laufschritt durchmaß er das Sekretariat und rief Frau Meier ein „Sieht toll aus" zu. Hechelnd nahm er Platz und entschuldigte sich.

„Was war?", wollte Siebentisch mit einem Blick auf die Uhr vorwurfsvoll wissen.

„Mayeraufderhut hatte mich aufgehalten. Er will, dass ich nebenbei in einer sehr sensiblen Sache ermittle", erklärte Kurz.

„Was meint er?", fragte Lampl, Böses ahnend.

„Es gab gestern eine Sachbeschädigung auf dem Parkplatz. Irgendein Weihnachtsmann hat Mayeraufderhuts Wagen beschmiert ..."

„Das kann sicher warten. Wir haben schließlich Wichtigeres zu tun, gell Chef", befand Frau Meier glücklich und überprüfte mit den Händen den Sitz ihrer Frisur, als sie ins Besprechungszimmer trat.

Lampl gab ein Brummen zur Antwort. „Was haben wir?", fragte er.

*

„Nun spann uns nicht auf die Folter!" Adelheid war nicht nur neugierig, sondern auch ungeduldig.

„Also", begann Albert geheimnisvoll, „den Kellerbier kennt niemand so richtig. Er ist vor Jahren hierhergezogen. Keiner weiß was über sein Vorleben ..."

„Wie sich das anhört. Als sei er eines Tages aus dem luftleeren Raum aufgetaucht", maulte Adelheid verschnupft.

Albert hatte ihren Kommentar gehört. „Wenn du mich nicht dauernd unterbrechen würdest, wüsstest du schon mehr", gab er amüsiert zurück. „Kellerbier war und ist unbeweibt, zumindest hat nie jemand ein weibliches Wesen an seiner Seite gesehen", fuhr er fort. „Er arbeitete bis zu seiner Pensionierung beim Finanzamt und ist aus unerfindlichen Gründen hierhergekommen. Warum ausgerechnet nach Strullenried, weiß keiner. Das Haus hatte er über einen Makler gekauft. In den Vereinen hat er sich nie engagiert, eigentlich nirgendwo, bis auf die Geschichte, die die Sanft organisiert. Irgendwas mit ...“

„Dorfgespräch“, warf Gisela ein und zwinkerte Erika zu.

„Genau“, bestätigte Albert. „Für Aufregung sorgte alleine seine pedantische Art. Ein-, zweimal gab es handfeste Auseinandersetzungen ... ja - und Siegfried war von Anfang an mit dabei.“ Albert lehnte sich zufrieden zurück und verschränkte die Arme.

„Das war's? Das ist alles? Da hätte ja ich noch mehr rausgefunden!“, Adelheid war sichtlich enttäuscht.

„Was du da erzählst, wussten wir schon, da ist nichts Neues dabei, mein Lieber“, tadelte Gisela.

„Und dafür schicken wir dich auf unsere Kosten ins fette Schwein?“, stellte Erika pikiert fest. „Wie groß ist denn die Zeche ausgefallen?“, wollte sie von Albert wissen.

„Ich habe mich einladen lassen. Die waren da alle ganz wild darauf, etwas über euch zu erfahren ...“, grinste Albert und warf Gisela eine Kusshand zu.

Gisela tippte sich an die Stirn. „Spinner!“

„Ich finde, wir sollten jetzt auf jeden Fall die Polizei benachrichtigen“, meinte Klara und die Köpfe ringsum nickten zustimmend.

Caroline stand auf. „Ich übernehme das“, sagte sie und ging entschlossen zum Telefon.

„Ich gehe mit dem Hund, will jemand mit?“, fragte Erika und nahm Siegfried an die Leine.

Henriette meldete sich. „Wenn wir über den Friedhof laufen - ich muss die Blümchen gießen“, erklärte sie und zog Dora mit sich. Die Freundinnen hatten noch nicht das Grundstück verlassen, als Adelheid angerannt kam.

„Nehmt ihr mich mit?", bat sie. Schweigend überquerten sie die Straße und setzten den Weg an den Gärten vorbei durch die kleine Gasse, die zur Kirche und dem Friedhof führte, fort.

„Eigentlich war er immer ein Kotzbrocken", begann Erika. „Ich glaube, mir wird er nicht fehlen."

„Schon, aber wie er auf einmal verschwunden ist, finde ich unheimlich", meinte Henriette.

Adelheid schubste mit der Schuhspitze Steinchen vom Fußweg. „Wenn man bedenkt, was alles in den letzten Tagen um uns herum passiert ist ... ich kann ihn auch nicht leiden ... aber, falls ihm etwas zugestoßen sein sollte ..."

Siegfried schien indessen mit seinem Leben zufrieden. Fleißig schnüffelte er an jeder Ecke und an jeder zweiten hob er das Bein.

*

Caroline hatte sich direkt mit dem Chef der Mordkommission verbinden lassen. Sie glaubte nicht ernsthaft an ein Verbrechen, nein, sie hatte nur das Gefühl, Kommissar Lampl war für die Aufklärung von Kellerbiers Verschwinden zuständig.

„Lampl", meldete er sich knapp, als Frau Meier den Hörer an ihn weiterreichte. Er legte die Stirn in Falten, hörte zu und antwortete einsilbig. „Gut, ja, ich kümmere mich darum ... Nein, sie müssen nichts tun ... ja ... bis gleich." Dann gab er das Telefon an Frau Meier zurück und seufzte tief.

„Chef? Probleme?", wollte Siebentisch wissen.

Lampl sah ihn müde an. „Kann man sagen. Einer unserer Zeugen ist verschollen. Adolf Kellerbier ist seit gestern wie vom Erdboden verschluckt. Eine der Nachbarinnen hat angerufen. Ich fürchte, wir müssen jetzt wieder da raus." Er nahm die Schlüssel und wartete, bis Hérisson und Siebentisch ihm folgten.

„Könnten die Kollegen die Vermisstensache übernehmen?", fragte Siebentisch.

„Nein", erwiderte Lampl, „der Mann ist Teil einer Mordermittlung. Was, wenn der Mörder ihn entführt hat - oder Kellerbier der Täter ist?"

Bruno Kurz klemmte sich inzwischen hinter den ersten, noch nicht aufgeklärten Vermisstenfall: Frau Päch war seit Tagen verschwunden, bis jetzt hatten sie nicht einen Hinweis, wo sich die alte Dame aufhalten könnte. Kurz ging, auf Lampls Anweisung hin, noch mal alle Protokolle durch.

Zur Sicherheit hatte Lampl die Kriminaltechniker nach Strullenried beordert. Als der Konvoi vor dem Haus des Vermissten eintraf, lief ihnen Caroline von Grupp entgegen.

„Schön, dass Sie da sind", begrüßte sie Kommissar Lampl und erklärte ihm auch gleich, dass im Haus sicher Spuren ihrer Freundinnen zu finden seien, die am Vortag nach dem Mann gesucht hatten.

„Die sind da eingestiegen?" Lampl traute seinen Ohren nicht.

„Na, wir wollten sichergehen, dass Herr Kellerbier nicht einem häuslichen Unfall zum Opfer gefallen ist." Caroline war pikiert und änderte ihren Tonfall. „Wir haben nur versucht zu helfen ...", sagte sie verärgert.

Lampl hoffte einzulenken. „Schon gut. Ich hatte nur den Eindruck, Sie ... alle sind nicht mehr ... die Jüngsten und unter Umständen nicht besonders sportlich … ich will sagen: Das hätte ich Ihnen einfach nicht zugetraut, gnädige Frau."

Caroline zog aristokratisch die Augenbraue nach oben und entgegnete blasiert: „Den Alten traut man heutzutage im Allgemeinen nicht mehr viel zu, nicht wahr?"

Lampl wand sich: „Äh, jedenfalls danke, gnädige Frau. Wir werden hier unsere Arbeit tun. Dürfte ich später bei Ihnen reinschauen und Sie beantworten mir ein paar Fragen?"

„Wenn Sie glauben, dass wir dazu imstande sind, gerne." Freifrau Caroline von Grupp entfernte sich gemäßigten Schrittes und überließ alles Weitere den Beamten der Polizei.

Die Spaziergänger hatten inzwischen den Friedhof erreicht. Erika band Siegfried an der Mauer fest, dann bummelten sie gemeinsam die schmalen Pfade entlang. Am Brunnen füllte Dora eine Gießkanne mit Wasser. Henriette tauschte die abgebrannte Kerze aus der Laterne gegen eine neue und zündete sie an. Erika wischte Blätter vom Grabstein, Adelheid setzte sich auf die Bank in unmittelbarer Nähe und sah den anderen zu. Danach hielten sie kurz inne, teilten ihre Gedanken aber nicht.

Fräulein Sanft pflegte das Grab der Eltern, zwei Reihen weiter harkte Mai Ling Biederwolf die Erde auf der Ruhestätte ihrer Schwiegereltern.

Adelheid schlenderte hinüber und versuchte ein Gespräch einzuleiten. „Hallo", begann sie.

„Oh, hallo", kam es zurück.

„Wie geht's?"

„Danke. Gut."

„Was sagen Sie zu den unheimlichen Vorfällen, die sich ja unglücklicherweise zu häufen scheinen." Adelheid verschränkte die Arme hinter dem Rücken.

„Ja, ist schlimm. Aber: Leben wird gegeben und wird genommen. Ist so", antwortete Frau Biederwolf in holprigem Deutsch.

„Das ist richtig. Haben Sie schon gehört, Herr Kellerbier ist verschwunden." Adelheid wollte wissen, was die Nachbarin über die Neuigkeit dachte.

„Ja?", achselzuckend machte sie mit dem Handrechen weiter. „Tut mir leid, ist ein guter Freund von Ihnen?"

„Oh, nö. Eigentlich nicht. Ich dachte nur, vielleicht haben Sie ihn gestern gesehen ... nachdem die Polizei abgerückt ist?"

„Nein." Mai Ling Biederwolf drehte Adelheid den Rücken zu, was Adelheid als Gesprächsende wertete.

„Na dann. Auf Wiedersehen, Frau Biederwolf", grüßte sie und zog unbefriedigt ab. Die anderen warteten schon.

„Was habt ihr gesprochen?", wollte Erika wissen.

„Ich habe sie gefragt, ob sie Kellerbier gestern gesehen hat", antwortete Adelheid und rückte die Grabvase gerade.

106

„Und? Hat sie ihn gesehen?" Erika schob die Vase wieder zurück.

„Nein."

„Hallo, Fräulein Sanft", rief Dora laut über die Grabreihen. Mechthild Sanft nickte pikiert und wandte sich wieder ihrer Aufgabe zu.

Schweigend und ein wenig bedrückt liefen sie zum Ausgang zurück. Siegfried begrüßte sie schwanzwedelnd, Erika band ihn los und sie setzten den Spaziergang fort.

„Das Leben ist kurz", stellte Erika mit einem Seufzen fest.

„Ja, aber das merkst du erst, wenn du alt bist", erwiderte Henriette, „und das ist auch gut so."

„Wenn man jung ist, scheint das Alter Lichtjahre entfernt." Erika zog an Siegfrieds Leine.

„Was soll das? Wollt ihr mich deprimieren? Ich fühle mich jugendlich, bin nur äußerlich alt." Adelheid blieb stehen. „Im Ernst, wie alt fühlt ihr euch? Könntet ihr das an einer Zahl festmachen?"

„Nein", meinte Erika, nachdem sie überlegt hatte. „Du hast recht. Ich fühle mich jünger als ich bin, aber so viel ist sicher: Ein Backfisch bin ich nicht mehr. Das steht außer Frage", lachte sie.

„Ja, mir geht es auch so", bestätigte Henriette seufzend. „Aber unser Alter hat einen immensen Vorteil: Wir sind schon so alt, dass wir uns alles erlauben können. Die Leute halten uns doch schon lange für unzurechnungsfähig."

Erika hielt inne. „Wisst ihr noch?", fragte sie: „Hoch mit den Wolken geht der Vögel Reise, die Erde schläfert, kaum noch Astern prangen, verstummt die Lieder, die so fröhlich klangen, und trüber Winter deckt die weiten Kreise. Die Wanduhr tickt, im Zimmer singet leise

Waldvöglein noch, so du im Herbst gefangen. Ein Bilderbuch scheint alles, was vergangen, du blätterst drin, geschützt vor Sturm und Eise…", rezitierte sie und Adelheid fuhr fort: „So mild ist oft das Alter mir erschienen: Wart nur, bald taut es von den Dächern wieder und über Nacht hat sich die Luft gewendet…"

Henriette beschloss: „Ans Fenster klopft ein Bot' mit frohen Mienen, du trittst erstaunt heraus – und kehrst nicht wieder, denn endlich kommt der Lenz, der nimmer endet."

Dora ächzte und alle lachten. Adelheid blieb stehen, band sich die Schnürsenkel der Gesundheitsschuhe neu. „Ich würde zu gerne herausfinden, was da passiert ist."

„Was genau meinst du damit?" Erika blieb ebenfalls stehen und wartete. „Du denkst, wir sollten Kellerbier suchen?"

Henriette wischte sich eine Fliege von der Nase. „Im Ernst? Wir als Mrs. Marples?"

„Ich finde, wir sollten nicht untätig bleiben. Kellerbier ist doch schließlich unser Nachbar." Adelheid strahlte.

Henriette und Erika sahen sich an. „Ach, du bist um deinen lieben Nachbarn besorgt? Nein, wie mitfühlend", zogen sie sie auf.

„Na, wir haben doch sowieso nichts Besseres zu tun", beharrte Adelheid.

„Schon, aber ...", warf Erika ein und Henriette fiel ihr ins Wort: „Klara wird uns sofort für debil erklären, da bin ich sicher. Wenn wir mit so einer Idee kommen ..."

Adelheid wollte sich damit nicht zufriedengeben. „Ach was! Wir könnten, völlig zwanglos, einfach mit der Befragung der Anwohner beginnen. Am besten gleich", entschied sie und war nicht mehr zu bremsen. Als sie Frau Gutkorn in ihrem Vorgarten erblickte, nutzte Adelheid die Gelegenheit für einen ausgiebigen Plausch unter Nachbarn. Über das Wetter, die Politik und die aktuellen Ereignisse im Dorf ...

*

Lampl sah sich in Kellerbiers Garten um. Er fand ein schattiges Plätzchen unter der Markise und setzte sich. In Gedanken war er schon bei einem guten Abendessen, als sich unvermittelt Frau Hérisson zu ihm gesellte.

„Darf ich?", fragte sie. Ohne eine Antwort abzuwarten, nahm sie Platz.

„Bitte", gab Lampl wortkarg zurück. Eine Weile saßen beide schweigend im Schatten, bis Lampl eine Frage hatte: „Was halten Sie von den Ereignissen, Frau Kollegin?"

Hérisson atmete aus und dachte laut nach: „Ehrlich, ich weiß nicht, was ich von alldem halten soll. Fassen wir zusammen: Der örtliche Pfarrer wird gemeuchelt, einen Tag später wird seine Mutter dahingerafft, ebenfalls durch die Hand eines Mörders, vielleicht sogar desselben. Dann verschwindet ein Nachbar, der die zweite Leiche entdeckt hat, auf mysteriöse Weise spurlos. Und ... das war's."

„Richtig", bestätigte Lampl, „und was haben wir bis jetzt herausgefunden?"

„Nicht viel ... mit anderen Worten: Wir haben nichts!", antwortete sie ernüchtert.

Lampl nickte matt: „Das bringt es wohl auf den Punkt."

„Wie machen wir weiter, Herr Lampl?"

„Das ist eine gute Frage, auf deren Antwort ich ..."

Siebentisch trat schwitzend zwischen die beiden und zog den Notizblock aus der Hosentasche.

Und?", fragte Lampl, noch nachdenkend. „Was hast du?"

„Jo, also: Was ich bis jetzt habe, ist Folgendes: Der Kellerbier hat eine Menge Geld auf dem Konto. Die Unterlagen sind alle sehr ordentlich abgeheftet und übersichtlich. Er hat ein Bankkonto in der Schweiz mit rund 1,5 Millionen. Auf dem Girokonto sind es knapp 2000 Euro. Er hat kaum feste Ausgaben, es gibt in den letzten Auszügen keine ungewöhnlichen Kontobewegungen."

„Schön", kommentierte Lampl. „Weiter?"

„Er war verheiratet, ist aber seit Jahren verwitwet. Kinderlos. Im Kalender stehen nur Termine beim Tierarzt, wann die Mülltonnen geleert werden und ein paar Namen, vermutlich Geburtstage. Nur eines ist merkwürdig ..."

Lampl richtete sich auf. „Ja?", fragte er, auf eine spektakuläre Entdeckung hoffend.

„In einem schwarzen Notizbuch hat er Namen mit Uhrzeiten notiert, daneben stehen Abkürzungen." Siebentisch reichte dem Vorgesetzten jenes ominöse Buch und setzte sich ungefragt.

Lampl schlug es auf. Auf den Seiten waren Tabellen eingetragen worden. Die erste Spalte enthielt Datum und Uhrzeit, in der zweiten befanden sich Namen und in der dritten besagte Kürzel. „Was soll s.w. d. M.P. heißen?" Lampl sah seinen Mitarbeiter ratlos an: „Oder das hier: o. o. b.?"

Siebentisch zuckte mit den Achseln. „Keine Ahnung. Aber ich kann die Herrschaften aufsuchen und fragen, was sie an den Tagen und zu den genannten Uhrzeiten gemacht haben. Vielleicht hilft das weiter?"

„Gut, Karl. Fang am besten gleich damit an. Der letzte Eintrag war gestern …

*

Adelheid plauderte munter drauflos. Frau Gutkorn beantwortete alle Fragen. Nach dem Gespräch war Adelheid nicht schlauer als vorher. Geknickt kehrte sie zu den Freundinnen zurück.

„Na, hat sie dir den Mörder genannt?", wollte Erika feixend wissen. „Oder hat sie dir wenigstens sagen können, wo Kellerbier steckt?"

Adelheid winkte ab. „Ach, ihr seid nur nicht mutig genug, die Sache anzugehen", sagte sie beleidigt.

Erika hakte sich bei ihr unter und munterte sie auf: „Keine Sorge, wir kriegen schon noch was raus. Lasst uns erst einmal nach Hause gehen. Ich habe einen Mordsappetit auf ein riesengroßes Erdbeereis mit viel Sahne."

„Gute Idee", lobte Dora und hing sich bei Henriette ein. Gemütlich schlenderten sie heimwärts.

Als die Damen und Siegfried zuhause ankamen, standen Gisela und Caroline am Zaun und beobachteten die Polizei, die auf dem Nachbargrundstück akribisch ihre Arbeit machte. Dora, Adelheid, Erika und Henriette gesellten sich dazu. Gisela berichtete, dass die

Polizei sogar Kellerbiers Komposthaufen auseinandergenommen hatte und schüttelte den Kopf. „Glauben die denn, der hat sich da versteckt?", fragte sie, bekam aber keine Antwort. Alle starrten fasziniert auf das Schauspiel.

Wie beiläufig fragte Erika: „Duhu, Caroline, bist du nicht auch der Meinung, wir könnten der Staatsgewalt ein wenig unter die Arme greifen?"

Caroline wandte sich Erika zu: „Du willst Detektiv spielen? Du spinnst. Und sicher ist das auf deinem Mist gewachsen, nicht wahr, Adelheid?" Caroline nahm Adelheid ins Visier, doch die wich keinen Zentimeter und tat ahnungslos.

„Ist doch eine grandiose Idee", behauptete sie, „stell dir vor, wir würden bei der Aufklärung des Falles Erfolg haben, wir wären plötzlich in aussichtsreicher Position für die Verhandlungen mit dem Gemeinderat und dem Bürgermeister, hm?"

Caroline nickte. „Das hast du dir ja fein ausgedacht. Aber wenn nicht, falls wir uns lächerlich machen, dann sind wir erledigt", gab sie zu bedenken.

„Caroline hat recht", schaltete sich Henriette ein, „wenn wir denen einen Grund liefern, der uns nicht nur alt und hochgradig senil aussehen lässt, sondern auch noch vollkommen dämlich, dann können wir das Projekt vergessen und uns entweder direkt auf dem Friedhof einmieten oder die Fahrkarte ins Pflegeheim lösen."

Adelheid wischte den Einwand zur Seite. „Es muss doch niemand wissen, dass wir uns in die Geschichte einmischen. Sollten wir Erfolg haben, werden wir uns groß in Szene setzen lassen. Wenn nicht, weiß doch keiner was davon ..."

Gisela schien nicht abgeneigt. „Einen Versuch wäre es doch wert ...", meinte sie lau.

Adelheid gab die Parole aus. „Grandios siegen oder mit Pauken und Trompeten untergehen ...", scherzte sie und klopfte Gisela aufmunternd auf die Schulter.

Caroline blickte hinüber, wo Kommissar Lampl sich gerade in den Schatten setzte. „Gut", sagte sie ergeben.

Adelheid rieb sich die Hände. „Endlich ist hier mal was los."

*

Klara musizierte verdrossen. Die Finger wollten nicht so richtig und die Augen schmerzten schon. Mit einem schrägen Akkord beendete sie die Klavierstunde und gesellte sich betrübt zu den anderen Damen ins Esszimmer.

An einer Ecke saßen die Verschwörer - Caroline, Erika, Henriette, Adelheid und Gisela und tuschelten. Dora strickte.

„Na, was habt ihr Wichtiges zu besprechen?", wollte Klara wissen und zog sich einen Stuhl heran.

Als wären sie beim heimlichen Naschen erwischt worden, sahen sich die fünf an.

„Ja, also", begann Henriette, „wir haben uns da was überlegt …"

„Aber es ist nur so eine Idee", versuchte Erika abzuwiegeln, und wurde von Caroline unterbrochen.

„Wir werden uns in die Ermittlungen einschalten, Punktum!"

Klara glaubte, nicht richtig verstanden zu haben: „Bitte? Ihr wollt was?"

„Ermitteln", brach es aus Adelheid hervor.

Klara tippte sich an die Stirn: „Ähm, gut, habt ihr heute alle eure Tabletten ordnungsgemäß eingenommen?" Sie lächelte und stand auf. „Ich denke, wir sollten uns ums Essen kümmern."

„Habe ich es nicht gleich gesagt?", flüsterte Henriette Gisela zu.

*

Kommissar Lampl wollte nur noch seine Ruhe. Inzwischen war der Tag bis zum frühen Abend fortgeschritten und sein Magen meldete sich mit der klaren Anweisung, endlich etwas Brauchbares zu essen aufzutreiben. Während die Kollegen im Haus des Vermissten in dessen Vergangenheit gruben, fand er es an der Zeit, den Damen im Haus gegenüber einen Besuch abzustatten. Entschlussfördernd kam hinzu, dass es aus dieser Richtung verdächtig gut nach Essbarem roch. Er näherte sich der Gartenpforte, als Siegfried sich ihm in den Weg stellte.

„Du hast mir jetzt noch gefehlt …", meinte er unsicher zu dem Vierbeiner. Der Hund fletschte die Zähne und knurrte den Staatsdiener an. Unschlüssig verharrte Lampl, bis Erika ihn rettete.

„Ach, Herr Kommissar, kommen Sie herein, der tut Ihnen nichts", rief eine ältere Frau, die der Kommissar als „Erika" in Erinnerung hatte. Geschickt nahm sie das Haustier am Halsband und winkte den Beamten auf das Grundstück.

„Mir wäre es lieber, wenn der Hund angebunden wäre", gestand Lampl.

„Haben Sie Angst?", fragte sie.

„Na ja, schlechte Erfahrungen, wissen Sie", antwortete er und grinste bübisch.

Erika hatte Mitleid mit dem Hund und führte Siegfried an den Zaun, wo sie ihn festband. „Nun kommen Sie schon. Ich beiße nicht", meinte sie glucksend und Lampl fand den Witz nicht sonderlich gelungen. Gisela freute sich über seinen Besuch und lud ihn spontan zum Essen ein. Dankbar nahm Lampl die Einladung an.

Kommissar Lampl lehnte sich entspannt zurück. Er hatte ausgezeichnet gegessen und fühlte sich in der Gesellschaft der Damen wider Erwarten wohl. Zu seiner Rechten saßen Erika Rossmann und Adelheid Maurer, zu seiner Linken Caroline von Grupp. Gegenüber hatte Gisela Huber Platz genommen. Erwartungsvoll sah sie nach dem Essen den Kommissar an.

„Na, Ihnen hat es geschmeckt, Herr Kommissar", stellte sie zufrieden fest.

„Ausgezeichnet", antwortete er und sprach der Köchin ein dickes Lob aus. Gebauchpinselt bot ihm Gisela daraufhin einen Kaffee an.

„Gerne! Hätten Sie auch die Möglichkeit, einen Espresso zu zubereiten?"

„Selbstverständlich! Warten Sie einen Augenblick, ich bin gleich wieder da", flötete sie und entschwand.

„Na, da haben Sie ja einen tollen Fang gemacht." Caroline von Grupp, die während des Essens sehr still gewesen war, lächelte dem Beamten verschwörerisch zu.

„Ja? Sie meinen Frau Huber? Eine so gute Küchenmeisterin hätte ich gerne zur Freundin", gab Lampl unumwunden zu.

„Sorgen Sie dafür, dass sie Sie adoptiert, dann haben Sie ausgesorgt", riet Caroline und zwinkerte ihm zu.

„Wie weit sind Sie mit Ihren Ermittlungen, Herr Kommissar?" Erika konnte ihre Neugier nicht im Zaum halten.

„Tja, Frau Rossmann. Viel haben wir noch nicht in Erfahrung gebracht. Aber Sie können versichert sein, wir tun unser Bestes."

Adelheid ließ einen Versuchsballon steigen: „Wussten Sie eigentlich, dass Kellerbier im Gefängnis gewesen sein soll? Fräulein Sanft hat mir das erzählt, natürlich im Vertrauen." Adelheid stupste Erika kumpelhaft den Ellenbogen in den Oberarm. „Wegen Betrug", fügte sie hinzu.

Lampl schluckte. „Und woher will Fräulein Sanft davon wissen?"

„Das hat ihr Kellerbier selbst erzählt, in einer stillen Stunde, als die beiden ein Gläschen Likör zu viel hatten …" Adelheid grinste diebisch.

Lampl nickte. Nein, er hatte keine Ahnung, aber das teilte er den Damen nicht mit. Lächelnd widmete er sich wieder seinen Gastgeberinnen. Gisela erschien mit einem Espresso. Auf die Untertasse hatte sie ein Plätzchen gelegt.

„Bitte sehr, Herr Kommissar", sagte sie und stellte formvollendet die Tasse auf den Tisch. Er bedankte sich artig und setzte die Konversation mit den Damen höflich fort, obwohl es ihn wurmte, dass sie mehr zu wissen schienen als die Polizei.

So verging die Zeit, bis Karl Siebentisch das Grundstück betrat und dem Chef mitteilte, dass die Untersuchungen vor Ort abgeschlossen seien. Kommissar Lampl dankte galant für die Gastfreundschaft, deutete bei Gisela einen Handkuss an, der sie erröten ließ, und machte sich davon. Fröhlich winkend stieg er ins Auto.

„Weißt du, ich habe den Eindruck, die wissen nichts", meinte Erika zu Caroline, als sie beide, am Gartenzaun stehend, dem leitenden Beamten zuwinkten.

„Als Adelheid von dem Gespräch mit Fräulein Sanft erzählte, war ich mir sicher: Das hatte er nicht gewusst", sagte Caroline und fasste Erika unter.

Die schüttelte den Kopf. „Das glaube ich auch. Ein Grund mehr, weiterzumachen, findest du nicht?"

Caroline nickte. „Wollen wir doch mal sehen, ob wir für die Polizei etwas tun können", meinte sie.

In weinseliger Heiterkeit beendeten die Damen den Tag.

Kommissar Lampl hingegen war alles andere als gut gelaunt...

*

Kaum saß er im Wagen, stellte er Siebentisch zu Rede. „Ich hörte, Kellerbier war schon mal im Knast, warum weiß ich nichts davon?"

„Wer sagt das?", fragte Siebentisch.

„Das haben mir die Damen erzählt. Angeblich hat er es einer Nachbarin im Suff gebeichtet."

„Kann ich mir nicht vorstellen, es müsste doch sonst eine Akte darüber geben." Siebentisch kratzte sich verunsichert am Kopf. „Aber ich werde das mal überprüfen, Chef, gleich als erstes, wenn wir wieder im Büro sind", versprach er.

Während der restlichen Fahrt hüllten sich beide in Schweigen.

Siebentisch verkroch sich augenblicklich hinter seinem Schreibtisch, als sie das Dienstzimmer erreichten und Kommissar Lampl stiefelte zu Frau Meier, die gerade hingebungsvoll ihre Stifte nach der Größe sortierte.

„Gibt es Neues, Frau Meier?", wollte er entnervt wissen.

„Nö, Chef. Ein Anruf für Frau Hérisson. - Wohl privat, nehme ich an", sagte sie missbilligend und zog die Nase kraus, „ein Telefonat mit Mayeraufderhut, er will Sie sprechen - hat aber noch Zeit, meinte er. Ein unerfreuliches Gespräch mit der Reinigung, die wollen wissen, was sie mit dem Anzug machen sollen, der schon seit vier Monaten bei ihnen zur Abholung liegt. Sie bitten unverzüglich um Rückruf, sonst geben sie ihn in die nächste Altkleidersammlung. Hier ist die Nummer. Die Leute haben schon achtmal angerufen, Chef." Frau Meier überreichte Lampl einen Zettel, auf dem alles penibel vermerkt war und sah ihn ärgerlich an: „Und wenn es recht ist, würde ich jetzt Feierabend machen, ich habe nämlich noch einem Termin." Damit packte sie den letzten und kleinsten Stift an seinen Platz und griff zur Handtasche.

„Bis Montag!", rief sie allen zu und rauschte hinaus.

„Viel Spaß!", schrie Siebentisch ihr nach.

„Wobei?", wollte Lampl wissen.

„Na, heute ist Freitag, da ist Frau Meier im Kochklub", antwortete Siebentisch. „Da ist sie seit Jahren. Jede Woche ein neues Rezept und frische Männer", witzelte Siebentisch grinsend.

„Seit Jahren?", fragte Lampl erstaunt. Mit erhobener Augenbraue und leisem Entsetzen nahm Lampl zur Kenntnis, dass er keine Ahnung hatte, womit sich die Kollegen in der Freizeit beschäftigten. „Ich fahre jetzt in die Reinigung und anschließend nach Hause. Wenn du noch was findest, ruf mich an." Kommissar Lampl griff bedächtig zu den Autoschlüsseln: „Sag mal Karl, hast du auch ein ausgefallenes Hobby, von dem ich nichts weiß?"

„Filethäkeln."

*

„Gute Nacht, Felizitas."
„Gute Nacht, Caroline."

116

„ *Und?* "

„ *Alles still.* "

„ *Die Polizei war überall.* "

„ *Na, was hast du denn gedacht?* "

„ *Keine Ahnung.* "

„ *Wie machen wir weiter?* "

„ *Was meinst du?* "

„ *Das Problem ist ja noch nicht aus der Welt geschafft, oder?* "

„ *Nein. Aber es wird schwieriger.* "

„ *Was schlägst du vor?* "

„ *Auffällige Unauffälligkeit.* "

„ *Hä?* "

„ *Na, ganz einfach: Wir bleiben völlig ruhig.* "

„ *Aha, und das kannst du?* "

„ *Fällt mir schwer. Hast du einen besseren Vorschlag?* "

„ *Nein. Einverstanden. Alles ganz normal weiterlaufen lassen.* "

„ *Unsere Aktivitäten stellen wir ein?* "

„ *Nein, Idiot. Wir müssen nur vorsichtiger sein.* "

„ *Gut.* "

„ *Bis morgen.* "

„ *Ja, bis morgen.* "

Mein Esel sicherlich
Muss klüger sein als ich.
Ja, klüger muss er sein!
Er fand sich selbst in Stall hinein
Und kam doch von der Tränke.
Man denke!

G. E. Lessing

Samstag

Nachdem Jelle Hérisson den ganzen Tag Umzugskisten und Kartons geleert und deren Inhalt in die Schränke eingeräumt hatte, freute sie sich auf einen entspannten Abend in der Stadt. In der Zeitung hatte sie von einem historischen Fest gelesen, das heute seinen Höhepunkt hatte. Sie verwendete viel Mühe auf ihr Aussehen, hatte sogar das alte Kostüm herausgeputzt und war am Schluss mit ihrem Spiegelbild sehr zufrieden. Die Attribute der modernen Welt, also Mobiltelefon und Schlüssel, steckte sie in den kleinen Beutel aus Samt, ebenso Geld und Papiertaschentücher. Heute würde sie sich amüsieren. Dazu war sie fest entschlossen.

*

Kommissar Lampl hatte miserabel geschlafen und quälte sich schon um 6 Uhr 50 aus den Federn. Schlaftrunken schlich er in die Küche und setzte die alte Kaffeemaschine in Gang. Während das Wasser gluckste und gurgelte, schleppte er sich ins Badezimmer und nahm eine eiskalte Dusche. Er schlang das letzte saubere Badetuch um die Hüfte und ging tropfend zurück an die dampfende Kaffeemaschine. In der verkalkten Kanne befanden sich nur ein paar Tropfen und deshalb beschloss er, erst mal die Zeitung aus dem Briefkasten zu holen. Barfuß tapste er hinunter und wieder hinauf. Die Wohnungstüre war ins Schloss gefallen, der Schlüssel lag auf dem Garderobenschrank ... Langsam wurde Lampl wach.

118

Seufzend machte er sich auf den Weg eine Treppe tiefer. Bevor er die Hand an der Klingel hatte, öffnete Frau Federwein.

„Na, Kommissärchen, wieder den Schlüssel nicht zur Hand?", lächelte die Nachbarin schelmisch und entblößte ihre leere Mundhöhle. Die „Dritten" trug sie nur zum „Ausgehen".

Lampl trat von einem Fuß auf den anderen. „Liebe Frau Federwein, wo wäre ich nur ohne Sie?", säuselte der Kommissar frierend.

„Meistens draußen", gab sie schlagfertig zurück und nestelte aus der Kittelschürze den großen Schlüsselbund, der eines Schlossbesitzers oder eines Gefängniswärters würdig gewesen wäre.

„Kommen's!", rief sie lauter als nötig und schlurfte in ihren Filzpantoffeln den Treppenabsatz hinauf. Oben angekommen, schloss sie die Türe zu Lampls Wohnung auf und verabschiedete sich mit einem Klaps auf dessen Hinterteil. „Mei, a bisserl jünger, wenn i wär …" Sie beendete den Satz nicht und machte kehrt. Vor sich hin singend, schlurfte sie nach unten, nicht ohne Lampl noch ein: „Bis zum nächsten Mal" hinterherzurufen.

Bester Laune begab er sich eine Stunde später auf den Streifzug, der ihn zuerst auf den örtlichen Wochenmarkt und anschließend quer durch die Stadt führen sollte. Zögernd ging er, nachdem er den Marktplatz erreicht hatte, von Stand zu Stand und kaufte gemäß seiner Zutatenliste ein. Nachdem er alles erstanden hatte, bummelte er bedächtig zurück. Plötzlich blieb er stehen. Im Kaufhaus an der Ecke war die Herren - Sommerkleidung mit ordentlichem Rabatt angeboten. Da musste er zuschlagen. Voller Vorfreude betrat er die Herrenabteilung und suchte eine Verkäuferin. Nicht lange - und er hatte eine kompetent erscheinende Dame gefunden.

„Verzeihung, ich suche nach Angeboten von Herrenhemden", sprach er die große Blonde mit der üppigen Oberweite an. Sie musterte ihn abschätzend. Lampl hatte schon immer die Fähigkeit der Verkäuferinnen bewundert, die mit einem Blick die Konfektionsgröße feststellen konnten.

„Mein Lieber, Sie sind eher ein Fall für eine komplette Modeberatung. Größe 41, oder?", meinte sie geringschätzig.

Lampl war sich nicht so sicher. „Ja, glaube schon", gab er ohne Überzeugung zurück.

„Na, dann folgen Sie mir bitte", sagte die Blondine herablassend.

Mit hängendem Kopf schlich er hinter ihr her. Er bereute zunehmend, sich überhaupt in das Geschäft begeben zu haben, doch ein Entrinnen schien ihm jetzt unmöglich. Dann blieb das Schlachtschiff vor ihm plötzlich stehen.

„Hier haben wir die aktuellste Herrenkonfektion. Sie haben Glück, gerade heute Morgen haben wir die Preise gesenkt. Darf ich Ihnen dieses unauffällige, schlichte, doch überaus elegante Hemd in Ihrer Größe zeigen?" Emotionslos ließ sie die Hand über den Warentisch schweben. „Zu Ihrem Teint empfehle ich dieses wasserblaue Hemd in changierender Optik mit Oxfordkragen in bügelfreier Qualität. Sie können es selbstverständlich auch in Eigelb oder Algengrün haben. Dazu dann vielleicht die knitterarme Freizeithose mit fleckabweisender Teflon-Ausrüstung und Vielzwecktaschen?", fragte sie desinteressiert.

Lampl war bedient. Er beschloss kurzerhand, dass er nun doch nichts brauchte, zumindest nicht für die nächsten zehn Jahre. Wortlos ließ er die wortgewaltige Dame stehen und verließ fluchtartig das Modegeschäft.

Zuhause angekommen, verstaute er die Einkäufe in Kühlschrank und Vorratskammer. Eigentlich hatte er jetzt keine allzu große Lust mehr, sich ein Ein-Personen-Menü zu kochen. Heutzutage war es, Gott sei Dank, kein Problem mehr, an jeder Ecke etwas zu essen zu bekommen. Hatte er nicht in der Stadt ein Plakat gesehen, auf dem ein Fest angekündigt war? Doch, heute Abend. Es fiel ihm wieder ein. Irgendwas Historisches. Da gab es immer reichlich Deftiges. Das war es! „Mmh, Schmalzbrot und dunkles Bier ...."

*

Die Sonne schien prächtig und keine der Bewohnerinnen hielt es lange im Haus aus. Alles drängte nach draußen. Gisela trug dem

Rechnung und arrangierte das Frühstück unter der Kastanie. Erika kam mit einem Korb voll frischem Gebäck zurück. Siegfried begrüßte sie und bekam zur Belohnung ein Stück Wurst. Kopfschüttelnd klopfte sie dem Hund auf den Rücken und lief geradewegs Gisela in die Arme.

„Wasch dir bitte die Hände, bevor du die Sachen in den Brotkorb legst", ermahnte sie Erika.

„Jawohl, Frau Oberin", gab Erika belustigt zurück.

Klara klimperte auf dem Klavier immer dasselbe Stück rauf und runter, es schien einfach nicht zu passen. Entnervt schlug sie schließlich den Deckel zu und gesellte sich zu den anderen nach draußen.

Henriette pflückte von der Wiese ein paar frische Margeriten, die sie dann sorgsam in die Vase auf dem Tisch stellte und beobachtete dann Caroline, die heute eine Gehhilfe dabei hatte. Den Stock benötigte sie auch, um ihre Mitbewohnerinnen zu dirigieren. „Adelheid!", rief sie durch den Morgen, „Könntest du die Auflagen für die Stühle holen?"

„Zu Befehl, Euer Gnaden!", mit einer Verbeugung nahm Adelheid die Order entgegen. „Polster kommen gleich, sehr wohl."

Dora wurde von Felizitas begleitet und Albert brachte Ida an den Tisch. Langsam legte sich der Trubel, alle genossen die samtweiche Luft, die ihren Appetit anregte und sie kräftig zugreifen ließ. Adelheid schwelgte in Süßem und hatte für Dora, die sich ein Pfund Wurst auf ihr Brötchen lud, keinen Blick.

Auch auf den Nachbargrundstücken war das Leben erwacht. Überall, bis auf Kellerbiers Grund und Boden, klapperte Geschirr und schwirrten Stimmen. Fahrräder quietschten, Hunde bellten. Rasensprenger waren geöffnet und entließen ihr kühles Nass auf Rasen, Beete und johlende Kinder. Gegen Mittag würde der Geruch von Grillfleisch und Würstchen über dem Dorf hängen.

Das Frühstück der Damen dauerte nun schon mehr als zwei Stunden. Niemand hatte es eilig. Die Gespräche, getragen von einer unbestimmten Leichtigkeit, plätscherten dahin. An einer Ecke des

Tisches saßen die selbst ernannten Kriminalistinnen und diskutierten über die effektivste Vorgehensweise.

„Wir müssen mehr über die Opfer in Erfahrung bringen", sagte Gisela bestimmt.

„Alle Nachbarn befragen ist unmöglich, wir machen uns doch nicht lächerlich", meinte Erika kopfschüttelnd und griff nach der Marmelade.

„Nein, es muss eine andere Möglichkeit geben", warf Henriette ein.

„Richtig!", fand Caroline. „Ich hätte da einen Vorschlag. Ich weiß nur nicht, ob euch das gefällt. Es würde bedeuten, wir müssten einen Mitwisser ins Boot holen." Erwartungsvoll sah sie in die Runde.

„Wen meinst du? Lass es raus!" Gisela rutschte auf ihrem Stuhl aufgeregt nach vorne.

Caroline lehnte sich wissend zurück: „Gut. Ich denke, wir müssen Albert einweihen."

Nach einer Denkpause ergriff Adelheid das Wort. „Eigentlich keine schlechte Idee", befand sie.

Erika war begeistert. „Nein, das ist ein fantastischer Gedanke. Wir sollten ihn in jedem Fall ins Vertrauen ziehen. Er könnte auch bei anderen Dingen nützlich sein." Vor Begeisterung schlug sie sich mit der Hand auf den Schenkel.

„Albert, ja? Warum nicht, er muss uns aber schwören, niemandem etwas zu verraten." Gisela reagierte zur Überraschung der anderen ein wenig abweisend.

„Einverstanden?", fragte Caroline in die Runde. Alle gaben ihr Einverständnis stumm nickend.

Adelheid stopfte den letzten Bissen in den Mund und wappnete sich für die verantwortungsvollen Aufgaben im Dienste der Wissenschaft. „Wenn ihr entschuldigt", sagte sie mit vollem Mund, „ich muss noch eine Untersuchung durchführen ..."

Gisela machte Platz. „Viel Erfolg", wünschte sie und zwinkerte ihr zu.

„Wer wird ihn fragen?", wollte Henriette wissen.

„Caroline natürlich", bestimmte Erika.

Während alle beim Abräumen halfen und dabei plapperten wie Gänschen, blieb Caroline sitzen und rief Albert zu sich. Leise redete sie auf ihn ein. Belustigt hörte er zu und willigte schließlich ein zu helfen. Eine Stunde später trafen sich die sechs konspirativ auf dem Friedhof.

„Ein besserer Treffpunkt ist dir nicht eingefallen?", fragte Henriette dünnhäutig.

„Was hast du? Es ist nicht Mitternacht und Vollmond, oder?" Erika konnte nicht so recht nachvollziehen, welche Probleme Henriette mit dem Versammlungsort hatte.

„Still jetzt! Streitet euch nicht! Ich habe mit Albert gesprochen, er ist bereit, uns zu unterstützen. Wir müssen allerdings so ein Dings ins Haus holen." Caroline humpelte zur nächstgelegenen Bank und setzte sich stöhnend. „Verteilt euch ein wenig und seht nicht so schuldbewusst aus!", verlangte sie.

Erikas Verwunderung war ihr anzusehen: „Dings?"

„Einen Rechner, so ein tragbares Teil ... ein Klapprechner eben", antwortete Caroline gedämpft und sah sich nach Zeugen ihrer Zusammenkunft um.

„Warum brauchen wir einen Rechner? Falls Klara uns auf die Schliche kommt, bringt sie uns sowieso glatt um", gab Gisela zu bedenken.

Erika war mutiger. „Schnickschnack", meinte sie, „wenn wir im Interdings was ausspähen wollen, müssen wir eben so einen Klappdings haben. Meinetwegen können wir das in meinem Zimmer machen."

„Nein, das geht auf keinen Fall! Die Dinger strahlen doch, oder?" Henriette, die mit Erika ein Zimmer teilte, war nicht begeistert. „Albert könnte das auch zuhause machen", forderte sie energisch.

„Aber, Henriette, wir schaukeln das schon." Adelheid kam richtig in Fahrt. „Er soll das Dingsda bei mir aufstellen", schlug sie vor. „Gisela, hättest du was dagegen?"

„Nein. Ich wollte schon lange mal sehen, wie das mit dem Internetz so funktioniert", sagte sie gelassen.

„Internet heißt das." Henriette schüttelte genervt den Kopf.

„Richtig, da soll es Partnerbörsen geben", meinte Adelheid schelmisch. Alle lachten und die anderen Besucher des Friedhofs nahmen dies mit einigem Befremden und erbosten Blicken zur Kenntnis: Natürlich, die schon wieder!

*

Gegen 20 Uhr war Jelle Hérisson ausgehfertig. Ein letzter Blick in den Spiegel ließ sie zwar zweifeln, ob der Aufwand nicht doch ein wenig übertrieben war, aber, was soll's, dachte sie, es kennt mich ja hier niemand.

Zu Fuß schlenderte sie die Straßen Richtung Altstadt entlang, bis sie an eines der Stadttore kam. Sie entrichtete ihren Obolus und tauchte in eine veränderte Welt ein. An Feuerschluckern, Gauklern, an Marktfrauen und Spielmännern vorbei bis zum Rathausplatz spazierte sie über das Kopfsteinpflaster. An jedem anderen Tag hätte sie sich maßlos geärgert über diesen Straßenbelag, war er doch der Tod aller schönen, hohen Damenschuhe.

Sie sah sich um und stellte fest, sie fiel überhaupt nicht auf. Zwar war sie die Einzige weit und breit, die eine venezianische Maske trug, aber genau die gab ihr das Gefühl, unerkannt, ja unsichtbar zu sein und sich frei bewegen zu können. Voller Vorfreude setzte sie sich an einen der freien Tische und bestellte mutig ein dunkles Bier.

„Nein, noch nichts zu essen. Ich habe im Augenblick nur Durst", meinte sie zu der jungen Frau, die, als Magd verkleidet, die Gäste bediente. Kurze Zeit später stand ein beachtenswerter Humpen vor ihr, randvoll mit kühlem Nass. Sie kippte einen großen Schluck in die ausgetrocknete Kehle. Lecker! Und das Zeug machte auch satt. Da konnte sie sicher am Essen sparen.

Die Musik war erträglich laut. Am Nebentisch wurde ordentlich gebechert. Jelle Hérisson begann sich zu entspannen, sie genoss das

124

Treiben um sich herum, lauschte den Gesprächsfetzen nach, die sie von den Vorübergehenden aufschnappte und bestellte noch ein Bier.

*

Kommissar Lampl war jetzt für seine Begriffe lange genug durch die Menschenmassen gepresst und gestoßen worden. Zeit, sich ein ruhiges Plätzchen zu suchen und etwas Essbares aufzutreiben, dazu ein süffiges Dunkles. Mitten im größten Durcheinander saß eine Frau ganz alleine an einem Tisch. Sie sah ein wenig verloren aus und wirkte ein bisschen deplatziert.

„Darf ich?", fragte er, setzte sich jedoch ohne eine Antwort abzuwarten der einsamen Dame gegenüber und hielt zugleich nach der Bedienung Ausschau. Und da kam sie schon. Ein fesches Mädel mit wachen Augen. „Ein Dunkles und Schupfnudeln, bitte", schrie er sie an. Die Musik war so ohrenbetäubend, dass man sich nur plärrend unterhalten konnte. Die Magd lächelte und nickte verstehend.

„Gut, kommt gleich", brüllte sie zurück.

Lampl richtete es sich auf seinem Platz gemütlich ein, will sagen, er rutschte so lange auf der Bank hin und her, vor und zurück, bis er den Eindruck hatte, gemütlich zu sitzen.

Dann wandte er sich seiner Tischdame zu. Lächelnd meinte er: „A bisserl laut, gell." Die Dame mit der Maske nickte steif, erwiderte aber kein Wort. „Was hamm' s denn gess'n?", bohrte er nach. Sie wackelte mit dem Kopf. Sollte wohl heißen, sie hatte noch nichts gegessen. Oder, überlegte der Kommissar weiter, sie ist schon so betrunken, dass sie nicht mehr sprechen kann. „Sind Sie schon lang da?", versuchte er es wieder.

„Ähäh", kam es von gegenüber, untermauert mit einem erneuten Kopfschütteln.

„Mahlzeit", erschallte es rechts hinter ihm. Knallend landete der Teller mit den Schupfnudeln und dem Kraut vor dem Kommissar, gefolgt von einem großen Krug dunklem Bier. Lampl wickelte das Besteck aus und begann zu essen. Von der anderen Seite kein Wort, das ihm anstandshalber „guten Appetit" gewünscht hätte. Auch gut, dachte Lampl und futterte genüsslich die Kartoffelnudeln.

Jelle Hérisson war beinahe das Bier im Halse steckengeblieben, als sie den Herrn erkannte, der sich uneingeladen an den Tisch setzte. Zwei Möglichkeiten hatte sie: Entweder sie gab sich zu erkennen oder sie tat geheimnisvoll. In ihrem Inneren ging sie das Für und Wider durch. Das Bier hatte ihre Denkleistung beeinträchtigt, das Hirn arbeitete träge und es war schwierig, sich überhaupt zu erinnern, was sie sich überlegen wollte …

„M'seit", lallte sie. Aber ihr Gegenüber überhörte es.

Genießerisch stopfte Lampl das fette Essen in sich hinein. Er nahm einen Schluck aus dem Krug, spülte damit die letzten Kraut- und Speckteile nach unten. Die Frau an seinem Tisch starrte ausdruckslos vor sich hin. Sie schunkelte. Lampl war sich nicht sicher, ob sie sich mit der Musik bewegte oder nur versuchte, gerade zu sitzen. Mit einem Blick auf ihr Getränk meinte er. „War wohl ein bisschen zu viel, oder? Wie wäre es mit einem Kaffee?" Er beugte sich weit nach vorne, um eine eventuelle Antwort verstehen zu können.

„Daxi", seufzte sie und setzte einen dicken Rülpser hinterher.

„Ah, gut", erwiderte Lampl. „Soll ich Sie zum Taxistand bringen? Der ist da drüben", sagte er mitfühlend.

Die Dame mit der Maske nickte heftig. Plötzlich hielt sie sich die Hand vor den Mund.

„Die Toiletten sind da." Mit dem Zeigefinger deutete er die Richtung an. „Ist aber ein Stück bis dahin. Schaffen Sie das?", erkundigte er sich.

Sie schüttelte abermals den Kopf. Sie tat ihm leid. „Kommen Sie, ich helfe Ihnen", bot er an. Sie standen auf. Lampl steckte der Kellnerin Geld zu und gab ihr zu verstehen, dass somit die Zeche für beide bezahlt war. Die Magd nickte und wünschte mit einem mitleidigen Blick auf die Angetrunkene einen schönen Abend. Galant nahm Lampl den Arm der Unbekannten und steuerte sicher die Toilettenhäuschen an. Als sie angekommen waren, überließ er sie den geübten Händen der Reinemachefrau und wartete ein paar Meter weiter.

Jelle Hérisson entleerte sich auf der peinlich sauberen Toilette. Die Reinigungskraft reichte ihr wortlos ein mit „Kölnisch Wasser" getränktes Tuch. Dankbar betupfte sie damit Gesicht und Dekolleté. Anschließend drückte sie der Toilettenfrau ein üppiges Trinkgeld in die Hand, entschuldigte sich umständlich und verließ über die Hintertür die Räumlichkeiten. Sie kämpfte sich ohne Hilfe bis zum nächsten Taxistand durch, stieg in das erste Auto und ließ sich geradewegs nach Hause fahren. Dann fiel sie ins Bett und sank augenblicklich in einen traumlosen Schlaf.

Dreißig Minuten später machte sich auch Kommissar Lampl auf den Nachhauseweg. Irgendwie war es ihm hier zu laut geworden. Außerdem ärgerte er sich über die schöne Unbekannte, die ihn, den edlen Ritter, so schnöde hatte stehen lassen. Zu Hause angekommen, sah er sich im Fernsehen die Zusammenfassung der Bundesliga an. Bei dem nachfolgenden Horrorfilm schlief er, vor dem Apparat sitzend, ein.

*

Am Nachmittag, die Damen hatten sich zu ihrer Siesta zurückgezogen, stahl sich Albert leise in Giselas und Adelheids Zimmer:

„Du musst deinen Frisiertisch ein wenig abräumen", meinte Albert und sah mit Unverständnis auf das Sammelsurium an Flaschen, Tiegeln, Tuben, Döschen und Flakons.

Gisela nickte und stöhnte ergeben. „Und wo soll ich damit hin?", fragte sie und zeigte mit einer fahrigen Handbewegung auf den Schreibtisch, auf dem mindestens genauso viele Schönheitsutensilien standen.

„Vielleicht ein Teil aufs Fensterbrett und den Rest ins Bücherregal?", schlug Albert vor. „Da ist noch ausreichend Platz."

„Meinetwegen. Wenn es einer guten Sache dient." Missmutig räumte und schob Gisela die Gegenstände auf die Seite und verteilte sie im ganzen Raum.

„Danke. Komm, setz` dich zu mir!", forderte Albert sie auf.

Fasziniert beobachtete Gisela, wie er den tragbaren Rechner auspackte und diverse Kabel und Stecker in die passenden Buchsen hineindrückte. „So, in zwei Minuten geht es los", meinte er und klopfte auf der Tastatur herum. Gisela schaute gebannt zu.

„Was willst du wissen?"

„Alles über die Senfts und Kellerbier, das weißt du doch, deswegen sitzen wir hier." Gisela sah ihn zweifelnd an.

„Gut, fangen wir mit Kellerbier an." Albert schrieb Kellerbiers Namen in eine Zeile und tippte dann auf eine von den größeren Tasten. Die Oberfläche veränderte sich und Albert lehnte sich nach vorne. Konzentriert durchsuchte er die Textstellen und rollte auf der Seite nach unten.

Gisela hielt den Atem an. „Hast du was gefunden?"

„Gleich, hab noch etwas Geduld", erwiderte er. „Hier. Ist das nicht ein Bild von ihm?", fragte Albert und zeigte auf ein für Gisela verschwommenes Foto.

„Warte, ich muss die Brille holen. Das Bild ist so klein." Hektisch hantierte sie auf ihrem Nachttisch herum. Dann setzte sie sich atemlos wieder neben Albert.

„Schau genau hin. Ich kann es ein wenig vergrößern … hier …"

„Ja, das ist er. Aber er ist jünger und der Name stimmt nicht", meinte Gisela erstaunt.

„Ist mir auch schon aufgefallen", antwortete Albert nachdenklich.

„Alfons Kellner", las sie. Gisela rieb sich die Augen. „Was bedeutet das?"

„Das weiß ich auch nicht. Aber ich werde es herausfinden." Albert hieb wieder auf den Apparat ein.

„Gut, bleib hier. Ich gehe nach unten. Es ist Zeit für meinen Nachmittagskaffee. Wenn ich nicht auftauche, fällt das auf. Ich werde sagen, du bist in der Stadt verabredet und kommst nachher noch mal vorbei." Gisela nahm die Brille ab, strich sich den Rock glatt und lächelte Albert verschwörerisch zu. „Ich bringe dir eine Kleinigkeit nach oben, in Ordnung?"

„Ja, gerne. Am besten gleich zwei Stücke von deinem wunderbaren Kuchen, bitte."

Caroline saß draußen mit dem Rücken an der Wand vor der Küche. Die Schmerztabletten hatten zwar gewirkt, doch jetzt war sie erschöpft.

Gisela setzte sich mit ihrer großen Tasse Kaffee zu ihr. „Wie geht es dir?", wollte sie mitfühlend wissen.

„Gut, ein wenig müde. Erzähl, habt ihr schon etwas entdeckt?"

„Einen Namen."

„Einen Namen? Wessen?"

„Keine Ahnung, Albert ist noch dran. Wir haben Kellerbiers Foto gefunden, doch darunter steht ein anderer Name: Alfons Kellner", informierte Gisela die Freundin.

„Alfons Kellner? Der Name kommt mir bekannt vor …" Caroline änderte ihre Sitzposition.

„Tatsächlich? In welchem Zusammenhang?" Gisela sah Caroline eindringlich an.

Erika gesellte sich dazu und wurde von Gisela umfassend ins Bild gesetzt, während Caroline angestrengt nachdachte. „Lasst mich überlegen", sagte sie. „Kannst du mir inzwischen ein Glas Wasser bringen?" Caroline legte die Hand bittend auf Erikas Unterarm.

„Natürlich." Erika stand auf und streichelte Carolines Wange. „Willst du dich nicht lieber ein wenig in den Schatten legen?"

„Gerne. Hilfst du mir?" Erika fasste Caroline am Arm und zog sie auf die Beine. Langsam liefen sie auf die Liege unter der Kastanie zu. Caroline setzte sich vorsichtig, Erika und Gisela hoben ihr die Beine hinauf. Gisela postierte das Kissen unter Carolines Kopf. „Ruh dich aus. Ich komme gleich wieder, ja?"

Behutsam breitete Erika eine leichte Decke über Caroline, strich ihr übers Haar und ging dann in die Küche. Gisela lief ihr hinterher.

Gisela rührte die Schlagsahne. Zwei Kuchen standen auf der Anrichte. Erdbeere und Aprikosen. Erika griff nach einem Wasserglas, füllte es und stellte es auf ein Tablett. „Darf ich?", fragte sie zaghaft.

Gisela nickte und wischte sich mit dem Handrücken die schweißnasse Stirn. „Nimm nur. Bei der Hitze haben die meisten nicht viel Hunger", sagte sie und löffelte die Sahne in eine Glasschüssel.

„Na, dann hole ich mir nachher vielleicht ein zweites", meinte Erika und schnitt sich ein großes Stück vom Erdbeerkuchen.

„Sahne?", fragte Gisela.

„Klar. Her damit!" Erika bediente sich großzügig.

„Ich stelle ein Stück für Caroline zur Seite. Pass drauf auf", mahnte Gisela und verließ für einen Moment die Küche, um dem Spion in der oberen Etage eine Stärkung zu bringen.

Henriette und Adelheid saßen im Esszimmer. Sie hatten alle Fenster aufgerissen, um für Durchzug zu sorgen. „Erkältet euch nicht!", rief Gisela ihnen im Vorbeigehen zu. Doch die beiden waren in ihr Spiel vertieft und hatten die Welt um sich herum völlig ausgeblendet. Adelheid führte. Ihr Stapel war deutlich größer als der von Henriette.

„Noch zwei Pärchen und ich habe gewonnen", stellte Adelheid, nicht ohne Stolz, fest.

„Ja, ich weiß, ich kann auch zählen. Aber falls ich verliere, verlange ich ein neues Spiel, ist doch klar, oder?"

Adelheid lachte. „Sicher, kein Problem. Ich hoffe nur, du kannst die Niederlagen alle verkraften", meinte sie spöttisch.

„Noch hast du mich nicht geschlagen, meine Liebe." Henriette nahm einen Schluck Kaffee und drehte betont bedächtig eine Karte um. Dann, um Zeit zu schinden, legte sie die Hand ans Kinn, überlegte und tippte mit der anderen verschiedene Kärtchen an. Bei einer blieb der Zeigefinger liegen. Henriette murmelte Unverständliches und ließ sich Zeit. Adelheid wiegte sich in Sicherheit und lehnte sich zufrieden zurück. Doch plötzlich griff Henriette zu einer anderen Karte und wandte sie blitzschnell um. „Bingo!", rief sie triumphierend und legte das passende Pärchen auf ihren Stapel.

Adelheid schmollte. „Ich hätte gerne ein Stück Kuchen, du auch?", fragte sie beleidigt.

„Ja, bring mir eins mit." Henriette kugelte sich vor Lachen.

„Doofe Kuh, du weißt genau, dass wir nur zusammen gehen. Los, schwing' deinen ehemaligen Luxuskörper hoch und geh mit mir in die Küche", forderte Adelheid.

Henriette hakte sich bei ihrer Freundin ein. „Sei doch nicht immer gleich so eingeschnappt, du weißt doch, wie ich es meine. Außerdem ist das Spiel noch nicht entschieden", tröstete sie Adelheid.

Gisela saß am Küchentisch und löste Kreuzworträtsel.

„Na, was fehlt dir noch?", wollte Adelheid wissen.

„Gewaltherrscher mit acht Buchstaben…"

„Caroline", platzte Henriette heraus und alle drei kicherten.

Felizitas, Klara und Dora hatten sich im Salon der Handarbeit gewidmet. Sie arbeiteten seit Monaten unermüdlich ein einem Tafeltuch, das sie mit winzigen Mustern und Blumen bestickten. Während der Nadelarbeit unterhielten sie sich und tauschten alte Geschichten aus.

Der Nachmittag neigte sich dem Ende zu und man erfreute sich des frühen Abends, brachte er doch ein wenig Abkühlung und somit körperliche Erleichterung. Gisela begann zeitig, den Gemüsegarten zu gießen und Henriette half ihr. Erika und Adelheid übernahmen den Friedhofsdienst und gingen mit Siegfried ausgedehnt „Gassi". Caroline erholte sich. Von Neugier getrieben, machte sie sich auf den Weg in Adelheids und Giselas Zimmer.

*

Mitten in der Nacht fuhr Lampl aus dem Schlaf hoch. Im Nacken schmerzte es und das linke Bein war eingeschlafen. Mühsam rappelte er sich auf und schlurfte ins Schlafzimmer. Bevor er auf dem ungemachten Bett sein Haupt ablegen konnte, fiel ihm ein, dass er vergessen hatte, den Kollegen Siebentisch anzurufen, um sich nach den neuesten Entwicklungen zu erkundigen. Fluchend fischte er in seiner Hose nach dem Mobiltelefon. Er knipste die Nachttischlampe an und wählte Karls Nummer.

„Siebentisch", kam es schlaftrunken an sein Ohr.

„Karl, hier Lampl, was gibt's Neues?" Der Kommissar bemühte sich um einen wachen Ton.

„Eh, ja, Chef. Also, wir haben die Hundestaffel nach Hause geschickt. Ich warte auf Nachricht aus dem Archiv und sehe mich gerade im Netz nach Kellerbier um." Karl Siebentisch löste seine Krawatte und legte die Beine auf den Schreibtisch. „Sonst ist alles in Ordnung."

„Aha, gut. Dann also gute Nacht, und wenn sich was tut, dann ruf mich an." Die Augen schon geschlossen, sank Lampl nun endgültig in den Schlaf …

*

Albert saß seit Stunden vor dem Rechner. Die Augen schmerzten und er verspürte einen unglaublichen Durst. Gisela schnarchte auf dem Sessel, Adelheid schlummerte friedlich in ihrem Bett. Albert überlegte, wie er, ohne sie zu wecken, in die Küche gehen konnte, um eine Flasche Wasser zu holen. Oder, noch besser, ungesehen aus dem Haus zu kommen und nach Hause zu fahren. Er schaltete den Rechner aus und ließ das Nachtlämpchen brennen. Umsichtig legte er Giselas Beine auf den kleinen Hocker und deckte sie fürsorglich zu. Im Halbdunkel schlich er zur Tür, um auf Zehenspitzen nach unten zu tapsen. Nirgendwo schien Licht. Die Haustüre war sicher zugeschlossen und Gisela hatte bestimmt den Schlüssel abgezogen. Die Küchentüre ließ sich leise öffnen, das wusste er. Er hielt am Kühlschrank kurz inne und griff zielsicher nach einer der Wasserflaschen. Als er sie ansetzte, um direkt daraus zu trinken, hörte er ein Geräusch. Schlich da jemand ums Haus? Er drehte die Flasche wieder zu und lugte durch eines der Fenster nach draußen. Niemand zu sehen. Albert stellte die Flasche behutsam auf der Anrichte ab und öffnete die Türe in den Garten. Er hörte nichts, aber sein Gefühl sagte ihm, dass da irgendjemand war. Vorsichtig setzte er den rechten Fuß, dann den linken… Der Schlag auf den Kopf traf ihn unvorbereitet, Albert wurde schwarz vor Augen. Er knickte ein und fiel wie in Zeitlupe zu Boden.

*

Erika schreckte hoch. „Was war das?", rief sie halblaut in die Dunkelheit. Schnell warf sie die Bettdecke von sich und erstaunlich flink lief sie die Treppe hinunter. Überall brannte Licht. Aus der geöffneten Küchentür hörte sie Wehklagen und die aufgebrachte Caroline mit jemandem schimpfen.

„Bist du von allen guten Geistern verlassen ...?", setzte sie gerade an.

„Aber ich wollte doch nur …"

Erika beäugte die Anwesenden. „Was ist denn hier los?", fragte sie schlaftrunken.

Weinend schniefte Adelheid in ihr Taschentuch. „Na, ich dachte, da wäre ein Einbrecher, … ich konnte doch nicht wissen …"

„Ist schon gut", versuchte Gisela sie zu trösten. „Caroline, es ist ja nicht viel passiert. Adelheid ist ganz aufgelöst. Wir sollten uns alle ein bisschen entspannen." Gisela reichte Adelheid ein weiteres Taschentuch.

Caroline schien ihren Ausbruch zu bereuen. „In Ordnung", meinte sie versöhnlich und Gisela nickte: „Henriette, könntest du bitte nach Albert sehen?"

„Ist nichts Ernstes, das wird schon wieder." Albert kühlte weiterhin die Beule mit einem Eisbeutel, den ihm Felizitas gegeben hatte. „So fest hat sie ja nicht zugeschlagen." Er zwinkerte Adelheid zu, die erleichtert lächelte.

„Wir sollten jetzt alle wieder zu Bett gehen. Es ist beinahe drei Uhr. Albert, du kannst im Gästezimmer schlafen." Gisela hatte ungefragt das Kommando übernommen und die anderen waren dankbar für ihre praktische Art. Wortlos stiefelten sie in die Zimmer.

„Setz dich bitte einen Augenblick", bat Gisela Albert. „Caroline und ich würden gerne wissen, ob du schon etwas herausgefunden hast?"

Albert schüttelte den Kopf. „Nichts Konkretes, nur einige dubiose Geschichten", berichtete er.

Adelheid kam mit tränennassen Augen zurück. „Ich konnte nicht schlafen und ... und bin noch mal runter, durch die Haustür, um im Garten eine zu rauchen ... und ich dachte plötzlich, da wäre ein Fremder im Haus ... ich ... bitte, bitte, verzeih, Albert ... tut es noch sehr weh?", schluchzte sie.

„Nun halt die Luft an!" Gisela herrschte die verzweifelte Adelheid an. „Setz dich. Albert hat uns was zu erzählen."

„Wirklich?"

Wieder öffnete sich die Tür, Dora tippelte barfuß herein. „Ist jemand gestorben?", fragte sie.

„Noch nicht", sagte Caroline gallig.

*

„Gute Nacht, Henriette."
„Gute Nacht, Erika."

„Was willst du?"
„Hör mal, so sprichst du nicht mit mir."
„Sorry. Ich habe nicht viel Zeit."
„Aha, was ist denn so dringend?"
„Die Sportschau."
„Spinnst du?"
„Wieso?"
„Haben wir keine anderen Probleme?"
„Schon, aber bitte nicht jetzt."
„Ich denke, du hast den Ernst der Lage nicht begriffen."
„Doch, hab ich. Aber nicht jetzt!"
„Ach? Wann dann?"
„Nachher! So in zwei Stunden."
„Tut ... tut ... tut ..."

Nun ist es still um Hof und Scheuer,
Und in der Mühle ruht der Stein;
Der Birnbaum mit blanken Blättern
Steht regungslos im Sonnenschein.
...

T. Storm

Sonntag

Jelle Hérisson erwachte in ihrer Verkleidung, quer über dem Bett liegend. Der Kopf schmerzte, sie fühlte sich unwohl. Mühsam rappelte sie sich hoch, um dann vor dem Bett auf den Boden zu plumpsen. Sie streifte das Kleid ab und floh unter die Dusche. Während das heiße Wasser ihren Körper hinunterrann, versuchte sie sich die Erinnerungen an den gestrigen Abend ins Gedächtnis rufen. Sie schämte sich, so entgleist zu sein und hoffte, dass Lampl sie nicht erkannt hatte. Unmöglich, oder? Und falls er sie doch durchschaut hatte? Nein, beruhigte sie sich. Es kann nicht sein, was nicht sein darf.

Die Ungewissheit ließ sie den ganzen Tag nicht zur Ruhe kommen. Sie stürzte sich in hektischen Aktionismus. Zuerst verbannte sie das Kostüm in den Altkleidercontainer, danach bügelte und putzte sie bis in den späten Nachmittag, gönnte sich ein leichtes Abendessen und zog sich schließlich, als es nichts mehr zu tun gab, mit einem Buch ins Bett zurück. Sie konnte sich nicht auf den Inhalt konzentrieren, las die letzte Stelle dreimal und hatte sie doch nicht verstanden. Irgendwann legte sie die Lektüre entnervt zur Seite, stellte den Wecker, löschte das Licht. Doch auch der Schlaf wollte sich nicht wie gewohnt einstellen. Morgen musste sie Lampl gegenüberstehen...

*

Kommissar Lampl hatte friedlich schlummernd die halbe Nacht in seinem Bett verbracht. Am Morgen erwachte er unsanft durch Schmerzen am Rücken, ausgelöst durch das Mobiltelefon, auf dem er gelegen hatte. Wie gerädert kroch er ins Badezimmer und gönnte seinem geschundenen Körper ein muskelentspannendes Vollbad. Danach fühlte er sich wieder halbwegs bereit, den Anforderungen des Junggesellenalltags entgegenzutreten. Zuerst aber musste dem Bad eine Weile der Ruhe folgen. Dazu eignete sich nichts besser als ein wunderbarer schwarzer Kaffee, schweigend eingenommen auf der „Dachterrasse", die in Wirklichkeit ein mickriger, ungepflegter Balkon war. Auf der Hollywoodschaukel richtete er sich mit einem Buch häuslich ein und blieb dort den größten Teil des Tages. Das gleichmäßige Quietschen der Schaukel störte ihn dabei kein bisschen. Er unterbrach seine Lektüre nur zur Herstellung weiterer Kaffees und dem Entleeren der Blase von Zeit zu Zeit. Am frühen Abend besann er sich auf die gestrigen Einkäufe. Voller Leidenschaft und Muße werkelte er so lange in der Küche, bis er seine Art der „Picata Milanese" hergestellt hatte. Stolz holte er das gute Geschirr aus dem Schrank, lud das Essen darauf und ließ sich sein Mahl auf der Terrasse schmecken.

Später rief er bei den Kollegen an, um zu fragen, ob sich in der Vermisstensache Kellerbier etwas Neues ergeben hatte. „Na, da hammer nix", meinte der Diensthabende. Lampl nahm die Nachricht unaufgeregt zur Kenntnis.

*

Ein sonniger Sonntag auf dem Lande. Was mochte es Schöneres geben? Dr. Dung, seines Zeichens Tierarzt und hingebungsvoller Pomologe begutachtete seine Bäume. Die Blüte war gut gewesen, die Bienen machten fleißig ihre Arbeit. Ja, es würde eine gute Ernte geben, soweit nicht irgendeine Katastrophe dazwischen käme. Dr. Dung war begeistert von seiner neuesten Schöpfung: Er hatte einen ‚Malus baccata' mit einem ‚Red Delicious' gekreuzt. Das Ergebnis war äußerst vielversprechend. Leuchtend hingen schon die kleinen

Früchte am Baum. In diesem Jahr hatte er auf Spritzmittel verzichtet. Er sonnte sich in seinem Erfolg und lächelnd roch er an einem Äpfelchen, sog den Duft bis in die letzte Alveole seiner Lungen ein.

*

Im ehemaligen Wirtshaus waren die Bewohnerinnen schon früh am Morgen auf den Beinen. Vor allem Gisela hielt bei diesem Wetter nichts im Haus. Ihre Pflänzchen bedurften der Pflege und bereitwillig ließ sie ihnen zukommen, was immer sie brauchten. Adelheid und Erika schmauchten hinten im Garten und fläzten sich in den Liegestühlen. Schweigend lagen sie in der Sonne, spürten die Wärme auf der Haut und genossen die sonntägliche Ruhe im Dorf. Ein Tag, an dem kein Nachbar es wagte, die quälende Säge anzuwerfen. Atempause für Rasenmäher, Heckenschere, Hochdruckreiniger und Bohrmaschine. Mit anderen Worten: der Tag des Herrn!

Klara und Felizitas gingen regelmäßig in die Kirche. Während Gisela die Küchenarbeit vorschob, hatten die beiden Qualmschachteln keine hinreichende Erklärung, den Gottesdienst zu schwänzen. Ida war wegen ihrer Erkrankung entschuldigt und Dora eine notorische Langschläferin. Caroline mochte die moderne Art nicht, in der heutzutage die Gottesdienste gestaltet wurden. Henriette hingegen entschied nach der Befindlichkeit, ob - oder ob sie nicht mitging.

Und so schoben sich meist Klara und Felizitas jeden Sonntag um kurz vor 9 Uhr in die Kirchenbank. Frisch frisiert, machten sich die zwei auf den Weg. In der rechten Tasche das Geld für den Klingelbeutel, in der Linken das Geld für die Opferdose. Beide saßen immer in der letzten Reihe, so hatten sie den Überblick und konnten alle und alles im Auge behalten. Auf das Gesangbuch verzichteten sie, kannten sie doch sämtliche Choräle auswendig. Nachdem sich herumgesprochen hatte, dass aus verständlichen Gründen heute ein Ersatzmann die Predigt halten würde, quoll das kleine Gotteshaus beinahe über. Nur zu Weihnachten war die Kirche ähnlich gut besucht. Trotzdem ergatterten die beiden Damen ihre Stammplätze und freuten sich auf eine dramatische Vorstellung. Höflich wurde sich zugenickt und man beobachtete genau, wie die Anwesenden gekleidet waren und ob sie lange genug still in der Bank standen, bevor sie sich setzten.

Felizitas hatte schon den ersten ‚Aufreger' gesichtet: „Guck mal, der Hut." Sie zeigte mit dem Finger auf eine Frau, die ein monströses Wagenrad auf dem Kopf balancierte. Klara schnalzte missbilligend mit der Zunge. Der Kirchendiener drängte jedem Besucher das Gesangbuch auf und hatte Mühe, dabei stehen zu bleiben.

„Ist er betrunken?", wollte Klara von Felizitas wissen, nachdem sie ihm eine Weile zugesehen hatte.

„Scheint so. Vielleicht hat er den Wein dekantieren müssen", mutmaßte Felizitas und blickte besorgt hinüber. Sie knuffte Klara in die Seite. „Schau, da sind Biederwolfs."

Mit einem Kopfschütteln bedachte Felizitas das unerwartete Auftreten der Nachbarn. „Vielleicht erwarten sie eine Sensation", meinte Klara und wunderte sich ebenfalls. Da der Organist noch nicht anwesend war, stimmte der Kirchenchor auf der Empore leise das Eingangslied an. Endlich läuteten die Glocken, der Geistliche marschierte mit den Gemeindevertretern ein. Klaras schmerzverzerrtes Gesicht ließ Felizitas ahnen, welche Pein sie litt, als der Gesang anschwoll.

„Die werden es nicht mehr lernen", prophezeite sie. Felizitas nahm Klaras Hand und drückte sie zum Trost.

Der Chor, voll Inbrunst, schmetterte die letzte Strophe und kam dann endlich ans Ende. Für einen kurzen Moment herrschte erhabene Stille, als jäh die Kirchentüre mit lautem Knall ins Schloss fiel. Der Orgelspieler erschien und nahm schnell seinen Platz ein. „Der kommt immer zu spät", beschwerte sich Klara.

„Nun, er hat sicher den Wecker nicht gehört. Er ist doch taub." Felizitas regte sich nicht mehr darüber auf, schließlich ging das schon seit Jahren so. Dann lief alles wie gewohnt. Mit Spannung erwartete die Gemeinde, was der Prediger in seinem Sermon über die aktuellen Ereignisse verkünden würde, aber die Menge wurde enttäuscht. Kein einziges Wort über die letzte Woche!

„Was soll das?", zischte Klara Felizitas zu. „Er tut ja gerade so, als ob nichts geschehen wäre."

Auch Felizitas war ratlos. „Vielleicht ermittlungstaktische Gründe?", mutmaßte sie.

„Bitte?" Klara nahm die Brille ab und putzte sie mit einem blütenweißen Taschentuch. „Er hat zwar eine schöne Stimme", urteilte sie nach der Predigt. „Aber außer Phrasen und endlosen Wiederholungen hatte er nichts zu sagen", befand sie. „Hast du dem Text folgen können?", wandte sie sich an Felizitas.

„Äh, nein, ich glaube, ich bin nach zwei Minuten ausgestiegen. Um was ging es?", fragte sie arglos.

„Du Glückliche", antwortete Klara und rüstete sich für den Aufbruch.

„Und?", wollte Gisela, die gerade den Braten mit Soße begoss, von den Heimkehrern wissen. „Wie war der Gottesdienst?"

„Wie immer", antwortete Klara und streifte sich die Handtasche vom Arm.

Henriette hatte Mitleid mit Siegfried und band ihn vom Baum. Bis zum Mittagessen war noch Zeit, deshalb machte sie in seiner Begleitung einen Spaziergang durch die stillen Straßen des Dorfes. In den Gärten richtete man sich für den Tag ein. Männer fuhrwerkten am Grill herum, während die Jugend entweder faul im Schatten saß, oder, wenn noch jünger, auf dem Grün tobte.

Frau Schimmel, in Kittelschürze und kanariengelben Gummischuhen, wieder genesen, plauschte mit der Lehrerin, Fräulein Sanft, am Zaun. Winkend grüßte Henriette und ging mit falschem Lächeln an ihnen vorbei. Dank Siegfried wurde sie nicht aufgefordert, sich der Unterhaltung anzuschließen. Mai Ling und Nigel Biederwolf hatten es sich in ihrem aufblasbaren Planschbecken gemütlich gemacht und kicherten. Siegfried kläffte ihnen zu und hob das Bein am Ende des Grundstücks.

„Kluger Hund." Henriette kraulte anerkennend seinen dicken Kopf.

Erika schnippelte Karotten für das Sonntagsessen. Neben ihr saß Dora, die aus sanftem Schlummer geweckt worden war und hingebungsvoll einzelne Blättchen von der Petersilie zupfte.

Caroline hatte sich in den Schatten der Kastanie zurückgezogen und schrieb an ihre Brieffreundin. Gisela putzte mit Leidenschaft an den Küchenschränken herum und pfiff dabei einen alten Schlager.

„Lass das doch!", meinte Erika und griff nach dem Gemüsetopf.

„Mir ist gerade danach", gab Gisela zurück und kniete sich hin, um die Schublade unter dem Herd zu reinigen.

„Du bist mir im Weg", giftete Erika und klopfte mit den Fingern auf der Arbeitsplatte.

„Gut, gut. Ich gehe schon." Ächzend kam Gisela wieder auf die Beine und warf grätig den Lappen in den Eimer, dass es nur so spritzte. Eingeschnappt verließ sie die Küche und ging hinaus in den Garten. Dort schnappte sie sich die Sonntagszeitung und machte sich an das Kreuzworträtsel.

Oben tauschte Klara das Sonntagskleid gegen ein luftiges Sommerkleid, während Felizitas nach Ida sah. Danach übernahmen sie das Tischdecken und das Anrichten der Speisen.

Pünktlich zum Mittagessen erschien der zerknautschte Albert und setzte sich ungewaschen und unrasiert mit an den Tisch. Hemmungslos schaufelte er das köstliche Mahl in den Mund.

„... nach'm Essen geh ich an d' Weiher", ließ er sich undeutlich vernehmen und die anderen nickten nur stumm. Es war so warm, dass es nicht möglich war, viele Worte zu machen.

„Für Mitte Juni ist es wirklich zu heiß", meinte Gisela. „Meine Kräuter leiden. Ich komme kaum mit dem Gießen hinterher. Seit zehn Tagen hat es nicht mehr ordentlich geregnet. Ist das zu fassen? Ich kann mich nicht erinnern, wann wir zuletzt so einen trockenen Sommer hatten", jammerte sie.

Felizitas antwortete matt: „Rede nicht so viel, ich kann nicht denken bei den Temperaturen."

„Da kommt Besuch", bemerkte Klara und alle Köpfe drehten sich zur Gartenpforte.

Der Tierarzt betrat just in diesem Augenblick das Grundstück. Rotgesichtig schritt er weit ausholend auf die ermattete Tafelrunde zu.

Albert aß noch. „Platz anbieten", nuschelte er.

Klara nickte und stand auf. „Herr Doktor Dung, schön, dass Sie uns besuchen", sagte sie und deutete mit der Hand auf einen freien Stuhl zwischen Adelheid und Henriette. „Bitte, nehmen Sie doch Platz."

„Möchten Sie mit uns essen?", fragte Gisela und griff nach einem Teller.

„Danke. Ja. Nein."

Gisela und Klara sahen sich an.

„Danke für die Begrüßung. Ja für den Platz und nein für den Teller. Verzeihen Sie, ich möchte Sie nicht vor den Kopf stoßen, aber ich esse mittags nie. Meine Frau kocht immer für den Abend ... und jetzt ist sie ja, wie Sie wissen, auf Kur ... in der Schweiz. Ich habe mir einfach abgewöhnt, mehr als zwei Mahlzeiten am Tag zu mir zu nehmen, außer einem Apfel gegen Mittag esse ich nichts ... herzlichen Dank für das Angebot", erklärte er umständlich. Der Doktor setzte sich endlich und wollte gerade sein Erscheinen erklären, als sich Dora einschaltete.

„Herr Doktor. Gut, dass Sie gekommen sind. Ich hätte da eine Frage: Wissen Sie, meine Verdauung macht mir Sorgen. Könnte ich morgen in Ihre Sprechstunde ..."

Erika nahm Doras Hand und flüsterte ihr ins Ohr. „Dora, er ist der Tierarzt, nicht dein Hausarzt."

„So? Ist er kein Hausarzt? Schade. Er sieht nett aus. Kann ich nicht doch in Zukunft zu ihm gehen?"

„Nein, du gehst zu Doktor Bachheim. Falls du akute Beschwerden hast, wird Albert dich morgen zu ihm fahren. In Ordnung?"

„Wenn du meinst." Dora schmollte.

Klara richtete das Wort erneut an Dr. Dung. „Was können wir für Sie tun?", fragte sie und löffelte den Nachtisch.

„Tja, meine Damen, es ist mir ein wenig unangenehm, aber ich meine … vielmehr, ich sollte … nun ja, kurzum: Ich habe Herrn Kellerbier gefunden."

Erika zog die Nasenwurzel kraus. „Tatsächlich? Warum rufen Sie nicht die Polizei. Sie sucht doch nach ihm."

„Nun, das hätte ich getan, aber gewisse Umstände zwingen mich …", stammelte er.

Gisela war nahe daran, die Geduld zu verlieren. „Machen Sie es nicht so dramatisch. Was ist denn nun?"

„Hühnerstall." Gepresst wiederholte Dr. Dung: „Im Hühnerstall ist Kellerbier."

Die anderen saßen mit geöffneten Mündern da. Albert fielen die Karottenstückchen auf den Teller und Felizitas stieß ihr Wasserglas um. Das Geräusch erweckte die Versammlung wieder zum Leben, ein Raunen ging durch die Gemeinschaft.

„Tot oder lebend?", fragte Erika ungerührt und alle Blicke richteten sich auf den Tierarzt.

„Lebendig."

„Schade", kam es kaum vernehmbar aus Adelheids Richtung.

„Und weiter?" Caroline wurde nachdrücklicher. „Warum kommen Sie zu uns. Wäre es nicht sinnvoller, den Arzt zu rufen und die Polizei?"

„Aber er ist doch Arzt", meinte Dora und guckte verständnislos in die Runde.

„Er ist Tierarzt", wiederholte Erika.

„Wer? Kellerbier?" Dora war irritiert.

„Nein, Dr. Dung." Erika verlor beinahe den Faden. „Herr Doktor, nun sprechen Sie schon", forderte sie ihn auf.

„Kellerbier sitzt in meinem Hühnerstall und das wohl seit seinem Verschwinden. Zumindest sieht er so aus", merkte er an. „Er redet wirres Zeug und will nur mit Ihnen reden." Dr. Dung wischte mit dem Handrücken die Schweißperlen von der Stirn.

„Mit wem will er sprechen?", wollte Gisela wissen.

„Mit Frau von Grupp. Und nur mit ihr." Dung griff wahllos nach einem vollen Wasserglas und leerte es in einem Zug.

Caroline war im Begriff, sich zu erheben. „Ach, papperlapapp! Rufen Sie die Polizei und meinetwegen den Notarzt. Der kennt das Örtchen nun ja schon. Ich wüsste beim besten Willen nicht, wie ich Ihnen helfen sollte, tut mir leid."

„Bitte, gnädige Frau, Sie müssen mitkommen." Dr. Dung sprach eindringlich weiter. „Ich weiß nicht, wozu er fähig ist. Aber ich sage Ihnen, sein Anblick ist … ist Furcht einflößend."

„Da haben Sie es", meinte Caroline. „Glauben Sie im Ernst, ich lasse mich von einem wohl um den Verstand Gekommenen abmurksen? Nein, nein. Ersuchen Sie anderweitig um Hilfe."

„Bitte! Ich verspreche, es wird Ihnen nichts geschehen. Ich werde Sie im Notfall verteidigen. Aber Sie müssen mich begleiten", flehte er.

Caroline überlegte und ließ sich schließlich nach einigem Hin und Her erweichen. Dann bat sie Erika, den Arzt zu Dungs Anwesen zu schicken. „Wenigstens ihn. Die Polizei können wir ja auch nachher informieren", sagte sie und nickte ihrem Gast zu. „Gut, fahren wir."

„Danke!" Dr. Dung sprang auf Caroline zu und ergriff ihre Hände. „Ich danke Ihnen vielmals."

Kopfschüttelnd ließ sich Caroline vom Tierarzt ans Auto führen, als sich Gisela neben ihr aufpflanzte. „Ich komme mit", sagte sie und der Tonfall duldete keinen Widerspruch. Caroline nickte ergeben. „Wie du willst."

Während der Doktor die Türen für die Damen öffnete und ihnen beim Einsteigen behilflich war, wählte Erika die Nummer von Dr. Bachheim.

Nach kurzer Fahrt erreichten sie das Anwesen des passionierten Apfelliebhabers.

„Was werden Sie zu meinem Schutz unternehmen?", wollte Caroline wissen, als sie sich mit Giselas Hilfe aus dem Wagen schälte.

„Nun, ich, äh … ich werde Sie mit einer Waffe verteidigen. Allerdings denke ich, es wird nicht nötig sein. Eher wird er sich selbst verletzen. Er scheint Sie sehr zu verehren, gnädige Frau", mit einem

Diener und einer einladenden Handbewegung wies er den Damen den Weg.

Der Hühnerstall stand am anderen Ende des Grundstückes. Um dorthin zu kommen, mussten die Frauen sich durch mannshohes Gestrüpp kämpfen. „Die Gartenarbeit liegt mir nicht so sehr", entschuldigte sich Dung.

„Mähen könnte man trotzdem", murmelte Gisela.

Kurz vor Erreichen des Ziels nahm Dr. Dung eine imposante Mistgabel in die Hand.

„Damit wollen sie mich unterstützen?" Caroline blieb stehen.

„Dort drüben", wies der Doktor die Richtung und streckte dabei sein quadratisches Kinn energisch nach vorne.

Vor der Stalltür straffte sich Caroline. „Warum eigentlich ich? Hat er keinen Psychiater?"

Dr. Dung antwortete, indem er die Schultern nach oben zog und dann wieder fallen ließ.

Gisela griff das Beil, das auf dem Hackstock neben dem Hühnerstall lag, wog es in der Hand. „Dir wird nichts passieren. Eher spalte ich diesem Eierdieb den Schädel", kläffte sie und kniff mit Angriffslust die Brauen zusammen.

Dr. Dung trat an die Tür, klopfte und rief: „Herr Kellerbier? Ich bin es. Ich habe Ihnen Frau von Grupp gebracht. Sie darf nur eintreten, wenn Sie mir versprechen, dass Sie ihr nichts tun. Haben Sie verstanden?" Atemlos warteten sie auf Antwort.

„Soll reinkommen", hört man dumpf von drinnen. Dung nickte den Frauen zu und flüsterte: „Nur zu, ich gebe Ihnen Deckung." Er tat einen Schritt zur Seite und öffnete die Tür. Innen war es trotz des strahlenden Tages stockfinster. Carolines Augen benötigten einige Zeit, um sich an die Dunkelheit zu gewöhnen. „Sapperzement", fluchte Gisela, die über einen Eimer gestolpert war.

„Kellerbier, wo sind Sie?", rief Caroline und wartete, um Kellerbiers Aufenthaltsort zu eruieren.

„Hier", kam es knapp.

Caroline wandte den Kopf nach links. Da saß Kellerbier, anscheinend nackt, auf einer alten Kartoffelkiste und schnitzte an einem Ast herum. Er sah sehr verwahrlost aus, Caroline hatte Mühe, ihn zu erkennen. In der Tat, Kellerbiers sonst so akkurat rasiertes Gesicht war schmutzig und voller grauer Bartstoppel. Er hatte rote Striemen und Schürfwunden an den Armen. Sein Haar, sonst exakt geschnitten und gekämmt, hing ihm wie Sauerkraut in die Stirn, war verklebt und mit Blättern durchsetzt. Caroline ahnte, dass der Nachbar eine Weile draußen gewesen sein musste, vermutlich seit seinem Verschwinden.

„Sind Sie verletzt?", wollte sie wissen.

„Nein."

„Was machen Sie da?", fragte sie.

„Ich schnitze."

„Was schnitzen Sie?"

„Männchen."

„Männchen? So wie der Michel, ja?" Caroline ging zwei Schritte auf Kellerbier zu.

„Michel?" Kellerbier hatte keine Ahnung, was die Freifrau meinte.

„Michel von Löneberga. Der wird, wann immer er etwas angestellt hat, in den Schuppen gesperrt und schnitzt dann Figuren."

„Ja, richtig. Und manchmal hat er nichts verbrochen, muss aber dennoch in den Schuppen …" Kellerbier klang traurig.

„Soll ich näherkommen?", wollte Caroline wissen.

„Ja, bitte. Aber schicken Sie den Drachen wieder nach draußen."

„Den Drachen?"

„Er meint mich", flüsterte Gisela Caroline ins Ohr. „Ich gehe hier nicht weg, sag ihm das."

„Gut, Frau Huber wird nach draußen gehen. Aber die Türe bleibt offen. Einverstanden?" Caroline drehte sich zu Gisela um und bedeutete ihr, sich zu entfernen.

„Ich bleibe", zischte die Köchin leise.

„Nein, du gehst!", befahl die Freifrau.

Böse sah Gisela Kellerbier an und schielte dann zu Caroline. „Ich behalte dich im Auge", wisperte sie und ging rückwärts auf die Tür zu.

„Tu das", nickte Caroline. „Gut, Kellerbier, kommen wir zur Sache. Was wollen Sie von mir?"

*

Erika hatte den Hausarzt erreicht. Zwar hatte dieser keinen Notdienst, war aber trotzdem bereit, sofort zu helfen und versprach, sich gleich auf den Weg zu machen. Erika legte den Hörer auf die Gabel.

„Sollten wir nicht die Polizei rufen?", fragte Henriette besorgt.

Erika sah auf die Uhr. „Wir warten noch", bestimmte sie und der Unterton duldete eindeutig keinen Widerspruch.

Nur das Ticken der Uhr war zu hören, die Minuten verrannen quälend langsam. Die Köpfe gesenkt, standen sie und warteten …

*

„Nun, Kellerbier, was zum Teufel fällt Ihnen ein, hier so einen Hokuspokus abzuziehen? Wollen Sie unbedingt in die psychiatrische Abteilung eingewiesen werden?" Caroline hatte sich auf einen alten Schemel gesetzt und ließ Kellerbier nicht aus den Augen. Während sie versuchte, möglichst elegant ein Bein über das andere zu schlagen, antwortete Kellerbier:

„Liebe gnädige Frau, ich habe mir nichts zuschulden kommen lassen." Kellerbier schnitzte, die Holzstückchen flogen durch den Stall und Caroline versuchte, nicht die Geduld zu verlieren.

„Wenn Sie nichts verbrochen haben, warum sind Sie dann untergetaucht? Und nun lassen Sie das mit dem Messer, es macht mich nervös." Caroline drückte den Rücken durch und bewahrte Haltung.

Beinahe schüchtern kam die Antwort aus der Ecke. „Mir ist ein Malheur passiert und ich wusste mir nicht zu helfen", erklärte Kellerbier und legte das Messer und sein Werkstück zur Seite.

„Na, hören Sie! Inzwischen wird nach Ihnen polizeilich gesucht. Sie sind auf der Fahndungsliste, dort wo sonst nur die Terroristen stehen, Kellerbier! Jetzt im Ernst - was ist passiert und flunkern Sie nicht, verstanden?" Caroline war laut geworden, hatte sich aber gleich wieder im Griff.

Stockend begann Kellerbier zu erzählen: „Als der Krankenwagen mit Frau Schimmel abfuhr, wollte ich nur nach Hause. Es ist mir alles zu viel gewesen. Meinen Siegfried hatte ich total vergessen. Ich lief und lief immer weiter. Die Gedanken kreisten in meinem Kopf. Ich konnte sie nicht abschalten. Wissen Sie, dieses Durcheinander im Dorf, wo doch das Leben sonst immer einfach und friedlich war ... wo ich mich sicher und zuhause fühlte ... Ich machte mir Sorgen, alles würde im Chaos versinken ... ich ... hatte große Angst ..."

Kellerbier schniefte hörbar und rutschte auf seiner Kiste nach hinten. „Überall Tote ...", jammerte er und zuckte nervös.

Caroline konnte nicht sehen, ob er weinte. Geduldig meinte sie: „Warum sind Sie dann nach Ihrem Spaziergang nicht einfach nach Hause gegangen?" Sie schnalzte tadelnd mit der Zunge. Nie hätte sie vermutet, dass die Vorkommnisse diesem Mann so zusetzten.

„Nun", flüsterte Kellerbier. „Ich bin über eine Leiche gestolpert", brach es aus ihm heraus, er schluchzte hemmungslos.

Caroline blieb der Mund offen stehen, sie versuchte das Gehörte richtig einzusortieren. „Sie haben noch einen Toten gefunden?", fragte sie fassungslos.

Dr. Dung und Gisela wurden währenddessen unruhig. Das anhaltende Geheule veranlasste sie, in den Stall zu treten und nach dem Rechten zu sehen. Der Veterinär ging dabei geduckt und bedeutete Gisela, es ihm gleich zu tun. Gisela zeigte ihm den Vogel und nahm stattdessen das Beil fester in die Hand. Caroline bemerkte die beiden, Kellerbier schnappte nach Luft und Gisela fiel über den Eimer, mit dem sie schon vorher Bekanntschaft gemacht hatte. Sie

schien sich ernstlich verletzt zu haben und schrie kurz auf. Kellerbier unterbrach erschrocken sein Klagen, wohingegen Caroline
blitzschnell reagierte.

„Gisela, mach, dass du rauskommst und nimm den Pomologen
gleich mit. Ihr wartet, bis ich euch rufe. Los, raus!" Erbost warf sie
ihnen eine Kartoffel hinterher, doch Dung hatte die Türe schon geschlossen und das Gemüse polterte unsanft zu Boden.

Kellerbier schien durch diese Unterbrechung wenigstens wieder
zu sich gekommen zu sein, er stellte das Gezeter ein.

„Berichten Sie mir den ganzen Vorfall, Kellerbier, und ziehen
Sie sich endlich was über." Caroline hob aristokratisch die rechte
Braue. Kellerbier nickte und griff nach einem der Kartoffelsäcke.
Mit dem Messer schnitt er ihn auf und schlüpfte ungelenk hinein.

„Danke", meinte sie und empfand ein wenig Mitleid mit dem
sonst so miesepetrigen Zeitgenossen. „So, und nun erzählen Sie!",
forderte sie ihn auf und war gespannt auf seine Geschichte.

*

Erika saß mit den anderen im Garten, als mit quietschenden
Reifen ein Auto vor dem Grundstück hielt. Dr. Bachheim sprang
eilig aus dem Fahrzeug. Unter den Arm seine Tasche geklemmt,
stürmte er mit ausladenden Schritten direkt durch die Gartenpforte
zur Eingangstüre. Dora stieß beinahe mit ihm zusammen, als sie
gerade dabei war, das „geliehene" Glas Heidelbeeren aus Giselas
Speisekammer zurückzustellen.

Mit großen Augen sah sie den Mediziner an. „Ist wer gestorben?" Dabei klappte der künstliche Zahnersatz von oben auf den
von unten, was ein unangenehmes Geräusch verursachte und Dr.
Bachheim erschaudern ließ.

Dann stand plötzlich Erika hinter ihm. „Was machen Sie denn
hier?"

Erschrocken drehte er sich um. „Sie haben angerufen, oder?",
wollte er bestätigt wissen.

„Ja sicher. Aber ich habe doch ausdrücklich gesagt, Sie sollen zum Tierarzt fahren." Erika schüttelte missbilligend den Kopf.

Dr. Bachheim war verwirrt. „Zum Tierarzt? Warum?"

Erika schob den Doktor auf die Straße. „Das werden Sie schon sehen, machen Sie sich endlich auf den Weg, Mann!" Drohend zeigte sie mit dem Finger in die richtige Richtung. „Na, nun los", sagte sie und wedelte mit den Händen, als wolle sie eine lästige Fliege verscheuchen.

*

Inzwischen hatten es sich Kellerbier und Caroline so gemütlich wie möglich gemacht. Will sagen, Caroline lehnte an einem ausgedienten Traktorreifen und Kellerbier hatte sich zusätzlich eine alte Pferdedecke um die Schultern gelegt.

„Wissen Sie, bevor ich hierher kam, hieß ich Alfons Kellner. Ich war ein gesuchter und später auch verurteilter Betrüger", gestand er.

„Kellerbier, ich bin entsetzt!", unterbrach ihn die Freifrau. „Warten Sie ... Alfons Kellner ... der Name sagt mir was, ... war das nicht so eine Robin–Hood-Geschichte?"

Kellerbier lächelte zaghaft. „Richtig. Ich bewundere Ihr Gedächtnis, gnädige Frau. Damals war ich Prokurist bei einem internationalen Unternehmen. Gleichzeitig setzte ich mich ehrenamtlich für eine Hilfsorganisation ein. Als diese in finanzielle Schwierigkeiten geriet, habe ich Gelder aus der Firma, nun, sagen wir, umgeleitet, wenn Sie verstehen, was ich meine ... Es sollte nur kurzfristig sein", fügte er entschuldigend hinzu.

Caroline grinste milde zurück. „Ich erinnere mich. Das ging damals durch alle Zeitungen und viele forderten einen Freispruch für Sie, nicht wahr?"

„Daraus wurde nichts. Ich musste für vier Jahre ins Gefängnis. Danach habe ich mich unter falschem Namen hier niedergelassen", gestand er.

„Ja, und als angeblich ehemaliger Finanzbeamter. Bitte sprechen Sie weiter, Kellerbier. Oder soll ich Herr Kellner sagen?"

„Nein. Kellner ist begraben. Bleiben wir bei Kellerbier." Er kämpfte mit den Tränen. „Ein besonders geselliger Typ bin ich nicht, wie Sie wissen. Siegfried ist meine ganze Familie."

„Gut, darüber können wir ein anderes Mal reden", würgte Caroline ihn ab. „Aber was ist nach dem Tod von Frau Senft passiert?" Caroline beugte sich nach vorne und legte undamenhaft die Hände auf die Knie.

„Ich sagte ja schon", fuhr Kellerbier fort, „dass ich Angst hatte. Mir war alles zu viel, zu eng und ... ich wollte nur weg. Mit meiner Vorgeschichte? Wieder Gefängnis? Wissen Sie, ich wusste, wie das aussah. Alle sind sicher auf die Idee gekommen, dass ich die alte Frau auf dem Gewissen habe. Oder? Sie nicht auch? Warum sollte ich sonst abgehauen sein ..."

„Na, zumindest für einen Moment kam mir der Gedanke, allerdings ist mir kein Motiv in den Sinn gekommen, welches Sie gehabt haben könnten", gab Caroline zu.

„Meine Furcht, verdächtig zu sein, hat mich erst recht zwielichtig aussehen lassen. Wissen Sie, in eine Haftanstalt gehe ich nie wieder." Erschöpft ließ Kellerbier die Schultern hängen. „Ich habe nachgedacht, abgewogen, mir meine Aussage zurechtgelegt, mir den Kopf zerbrochen. Und dann stolperte ich." Kellerbier hielt die Luft an, Caroline tat es ihm gleich. „Und?", drängte sie.

„Da hing sie", flüsterte er und zitterte.

„Wer?"

„Die Leiche!" In Kellerbiers Augen stiegen Tränen und Caroline presste sich entsetzt die Hand auf den Mund.

*

Gisela bewunderte währenddessen die neueste Züchtung des leidenschaftlichen Apfelzüchters.

„Den dürfen Sie gerne versuchen!" Lächelnd bot Dr. Dung Gisela die Frucht an. Beide schienen vergessen zu haben, weshalb sie eigentlich hier waren. Gisela nahm geziert den winzigen Apfel, rieb ihn an ihrer Bluse ab und biss herzhaft hinein. Dabei sah sie dem Veterinär in die Augen und bemerkte im selben Augenblick hinter ihm den Wagen, der in viel zu hohem Tempo den Berg hinunterfuhr, um dann in halsbrecherischer Weise vor dem Grundstück zu halten.

Dr. Bachheim griff nach der Notfalltasche und machte sich schleunigst auf den Weg. Suchend sah er sich um und erspähte das Paar, das romantisch unter dem Apfelbäumchen stand. Mit schnellen Schritten war er ihnen nähergekommen.

„Wo?", fragte er atemlos. Die zwei sahen ihn verständnislos an.

„Was?", wurde er von Dr. Dung gefragt.

„Wo? Wer?", wiederholte Bachheim seine Frage.

„Warum?", wollte die Frau wissen.

„Weshalb warum?", gab der Arzt zurück.

„Weshalb wo?", schaltete sich Dung erneut ein.

„Weshalb wer?", fragte Gisela ratlos.

„Wie? Wo? Wer?", Dr. Bachheim kratzte sich verwirrt am Kopf.

„Warum wie? Was? Wer? Wo?", wollte Dr. Dung genauer wissen.

„Gisela!" Aus dem Stall wurde ihr Name gerufen und plötzlich kam Gisela wieder zu sich. „Da! Nervenzusammenbruch! Kellerbier!", rief sie dem Hausarzt zu und wies mit dem angebissenen Apfel auf die Stallung.

„Äh", meinte Dr. Dung zu Gisela und zeigte auf die Frucht.

„Gut, bisschen sauer", befand sie und schlenderte auf den Hühnerstall zu. Der Tierarzt folgte ihr gehorsam wie ein Hündchen.

Drinnen werkelte der Doktor an seinem Patienten. Kellerbier wirkte seltsam gelöst und heiter - ohne Beruhigungsmittel.

Caroline lächelte ihm zu und klopfte ihm freundschaftlich auf die Schulter. „Wir sehen uns gleich", sagte sie gütig und hakte sich bei Gisela und Dr. Dung unter. „Kommt, Kinder, wir fahren nach Hause."

„Und was ist mit Kellerbier?", wollte Gisela wissen.

„Alles in Ordnung, meine Liebe. Ich habe Hunger, was tischst du uns heute Abend auf?"

„Arme Ritter", meinte Gisela launig. „Sie sind herzlich eingeladen, Herr Dr. Dung."

„Danke. Darf ich für den Nachtisch sorgen? Ich hätte da hervorragende Äpfel anzubieten ..."

*

Erika trat nervös von einem Bein aufs andere, Henriette war nun zum vierten Mal auf der Toilette - immer wenn auch sie musste. Adelheid bekämpfte ihre Unruhe mit einer Unmenge an Nussnugatbroten, eben strich sie die fünfte Scheibe zentimeterdick ein.

Ida las Dora aus einem Märchenbuch vor, Felizitas und Klara lieferten sich im Garten ein hitziges Wortgefecht über Sinn und Zweck des Tragens von Stützstrümpfen im Sommer. Plötzlich hielten sie inne, als draußen Dr. Dung seinen Wagen parkte und den Damen beim Aussteigen half.

Adelheid lief ihnen entgegen und bestürmte Caroline mit Fragen.

„Nun lass mich doch erst mal ankommen", verlangte Caroline und setzte sich auf einen Gartenstuhl. „Ich erzähle gleich. Zuerst muss ich mit der Polizei sprechen", erklärte sie und ließ sich den Apparat bringen. Gisela reichte ihr wortlos Lampls Visitenkarte. In einem kurzen Gespräch teilte sie ihm mit, dass Kellerbier wieder wohlbehalten zurück sei, er jedoch dringend eine Aussage machen müsste.

Lampl bedankte sich und war erleichtert. Er meinte, Kellerbiers Bericht hätte sicher Zeit bis zum nächsten Tag. Er würde jetzt jedenfalls nicht ins Büro fahren. „Ja, ich werde die Kollegen informieren, dass sie die Suche abbrechen können", versprach Lampl und legte auf.

Wenig später brachte Dr. Bachheim Kellerbier nach Hause, der sich reinigte und anschließend bei den Nachbarinnen vorsprach.

Caroline empfand echtes Mitleid mit dem unmöglichen Nachbarn. Als er ihr im Stall seine Geschichte erzählte, hatte er nicht mehr so griesgrämig und unsympathisch gewirkt. Ja, still und mitgenommen von all diesen Ereignissen, hatte er ein wenig an ihrer Seele gerührt und sie war bereit, ihm in den nächsten Tagen zu helfen. Vielleicht konnte man aus diesem ungenießbaren Zeitgenossen doch noch ein annehmbares Mitglied der Gesellschaft machen...?

Nachdem Gisela ein passables Mahl aufgetischt hatte, saß man lange zusammen und lauschte gespannt der Geschichte von Alfons Kellner, alias Adolf Kellerbier. Und nicht nur das Mondlicht trug dazu bei, dass Kellerbier nun in einem besseren Licht saß ...

*

„Gute Nacht, Kellerbier."
„Gute Nacht, gnädige Frau."

Sonntag, 21.25 Uhr

„Blöd."

„Was?"

„Jetzt läuft gerade der Tatort."

„Mir fehlen die Worte."

„Ruf doch später noch mal an."

„Du wirst mir jetzt zuhören und keine dummen Kommentare abliefern, klar?"

„Gut. Was willst du?"

„Hat sich was bei dir getan?"

„Eigentlich nicht."

„Was soll das heißen?"

„Keine Bange. Ich habe alles im Griff."

„Wenn ich das höre, läuten bei mir die Alarmglocken."

„Beruhige dich. Es ist wirklich alles in Ordnung."

„Wir haben eine Bestellung."

„Ach? Ist doch gut, oder?"

„Ich weiß nicht. Ich finde, wir sollten das noch verschieben."

„Auch gut. Ist der Kunde damit einverstanden?"

„Das kriege ich hin."

„Bestens ... Also, ich muss dann mal ..."

„Was denn?"

„Na, sehen, wer der Mörder ist."

Es ließ sich ein Kamel, das mit gebognem Knie
Vor seinem Meister lag, mit Waren stark belasten,
Man brachte Sack und Pack und manchen schweren Kasten,
Dies alles litt das gute Vieh,
Es muckste nicht einmal, bis es bei sich verspürte,
Dass es die volle Ladung führte ...

M. G. Lichtwer

Montag

Bevor Lampl noch richtig wach war, klingelte es. Barfuß und schlaftrunken, in seiner Lieblings-Pyjamahose, die auch zugleich die einzige war, die er besaß, drückte er auf den Türöffner, der die Haustüre unten entriegelte. Er wartete lange, dann läutete der Wecker erneut...

*

Jelle Hérisson hatte nicht ausgeschlafen, doch der Wecker kannte kein Erbarmen. Benommen wankte die Kommissarin in die Küche, startete die Kaffeemaschine, öffnete die Balkontüre und goss die noch spärliche Bepflanzung. Anschließend trank sie den frischen Kaffee in der Sonne, den herrlichen Blick auf die Dächer der Stadt genießend. Kleine Wölkchen zeichneten Schäfchen in den Himmel und ein sanfter Wind sorgte für deren Bewegung. Gegenüber riss jemand den Rollladen nach oben und die Nachbarin darunter turnte auf ihrer Yogamatte. Der nahe Kirchturm verkündete die Zeit: 7 Uhr. Fünfundvierzig Minuten später war sie bereit für den neuen Arbeitstag. Aus dem Briefkasten fischte sie im Vorbeigehen die Tageszeitung und stöckelte dann zu ihrem Auto. Umständlich fingerte sie den Autoschlüssel aus ihrer viel zu großen Handtasche, wobei sie sich ernsthaft überlegte, warum sie einen vertrockneten Meisenknödel, Blumendraht, einen verbogenen Blechlöffel und ein Probepäckchen Kürbiskernöl mit sich rumschleppte. Der Weg zum

Kommissariat war in exakt acht Minuten geschafft, sie erreichte ihren Arbeitsplatz mit dem Glockenschlag 8 Uhr.

Leider waren nicht alle heute so pünktlich - abgesehen von Frau Meier. Die hatte die Schutzhaube des Bildschirms abgenommen, ordentlich gefaltet in der passenden Schublade verstaut, die Post sortiert und den Kaffeebecher schon zum dritten Mal gefüllt ...

Frau Hérisson grüßte mit einem aufgekratzten „Guten Morgen", setzte sich an den Schreibtisch und wartete. „Wo sind die anderen?", fragte sie.

Die Sekretärin sah auf die große Uhr an der Stirnseite des Zimmers und zählte: „Drei, zwo, eins." Die Türe tat sich auf und Kommissar Lampl betrat das Büro. Frau Meier zählte weiter: „Fünf, vier, drei, zwo, eins." Siebentisch schlurfte herein und Bruno Kurz folgte ihm auf dem Fuße. Hinter dem Rücken hatte er ein mitgenommenes Blümlein gehalten, das er jetzt an Frau Hérisson weitergab. „Tschuldigung, wegen letzter Woche", meinte er und griente.

Nachdem sich der Chef der Mordkommission sortiert hatte, rief er die Mitarbeiter in den Konferenzraum. Frau Meier übernahm das Lüften und öffnete die Fenster, ließ die Jalousien ein Stück weit herunter und wischte die Kaffeeflecken vom Tisch. Mit knappen Worten brachte Lampl seine Kollegen auf den neuesten Stand der Dinge. Das Wiederauftauchen des Vermissten erzeugte Erleichterung. Lampl kündigte an, dass besagter Herr in etwa einer Viertelstunde hier vorstellig werden und er ihn selbst befragen würde. Siebentisch und Kurz sollten sich um die letzten Hintergrundinformationen der beiden Verstorbenen kümmern und ihm um 12 Uhr berichten. Frau Hérisson fiel die Aufgabe zu, den Chef zu begleiten.

*

Ein Klopfen an der Türe beendete die Besprechung. Frau Meier sprang dienstbeflissen auf und öffnete. Draußen stand Adolf Kellerbier, begleitet von Caroline von Grupp.

Kellerbier, jetzt wieder als solcher erkennbar, verneigte sich galant vor der Bürokraft und wünschte, den Kommissar zu sprechen.

Frau Meier ließ sich vom ritterlichen Gebaren des älteren Herrn nicht beeindrucken.

„Kommissar Lampl ist gleich für Sie da. Sie sind etwas zu früh ..., bitte folgen Sie mir in den Verhörraum", sprach sie hölzern und ging voraus. Caroline und Kellerbier folgten still.

„Bitte, nehmen Sie Platz", sagte Frau Meier leicht unfreundlich.

Beide warteten nur wenige Minuten, dann traten Lampl und Hérisson hinzu.

„So, Sie sind wieder da. Fabelhaft. Lassen Sie uns Ihre Geschichte hören, Herr Kellner." Lampl lehnte sich mit dem Rücken an die Wand, die Hände in den Hosentaschen. Frau Hérisson setzte sich den Zeugen gegenüber und schaltete das Tonbandgerät ein.

Kellerbier zuckte mit keinem Muskel, als der Kommissar seinen Namen nannte. „Meinen richtigen Namen kennen Sie, Herr Kommissar? Ich gehe davon aus, dass Sie über meinen Werdegang informiert sind. Was Sie nicht wissen, ist, was sich nach dem Tod von Frau Senft zugetragen hat. Ich möchte vorausschicken, dass ich an ihrem Hinscheiden keinerlei Schuld trage. Ich weiß, ich wirkte verdächtig, vor allem mein Verschwinden gab sicher Anlass dazu. Aber verstehen Sie mich. Einen kauzigen Einzelgänger verdächtigt man sehr schnell. Obendrein, wenn man herausgefunden hat, dass dessen Angaben nicht stimmen. Ich gebe zu, mein Verhalten war nicht in Ordnung. Bitte, glauben Sie mir. Ich habe weder mit dem Tod dieser Frau etwas zu tun, noch bin ich für den Tod der anderen Frau im Wald verantwortlich ..."

Jelle Hérisson unterbrach ihn rüde: „Welche Tote im Wald?" Sie setzte sich alarmiert auf.

Lampl tat einen Schritt auf den Tisch zu und stützte die Hände darauf ab. „Wovon reden Sie?", wollte er wissen und nahm Kellerbier genau ins Visier.

„Na, von der Toten im Wald. Unterhalb des Aussichtspunktes auf dem Berg. Sie wissen schon, an der Bundesstraße."

Caroline schaltete sich ein. „Herr Kommissar, Sie haben doch gestern mit mir telefoniert. Ich habe Ihnen mitgeteilt, dass Herr Kellerbier dringend eine Aussage machen müsse, oder?" Caroline war pikiert und trommelte ungehalten auf die Tischplatte.

„Äh, ja. Schon. Aber niemand hat mir was von einer neuen Leiche erzählt", verteidigte sich der leitende Beamte.

„Nun, Frau, äh ... Grupp ...", setzte Hérisson an und wurde prompt von Kellerbier unterbrochen, der die Kommissarin mit einem finsteren Blick belegte: „Von Grupp, wenn ich bitten dürfte."

Hérisson ignorierte ihn. „Wo genau ist die Tote zu finden?", fragte sie eisig.

„Etwa fünfzig Meter unterhalb besagtem Aussichtspunkt, in schwierigem Gelände. Sie hängt in einer Fichte, etwa zwanzig Meter über dem Boden", gab Kellerbier schaudernd zu Protokoll.

„Wer ist sie?", hakte Lampl nach.

„Ich glaube, sie ist mir unbekannt", meinte Kellerbier und erwiderte den aggressiven Blick des Kommissars.

„Wie, Sie glauben, Sie kennen sie nicht?" Der Kommissar trat näher an den Tisch.

„Na, ich konnte ihr Gesicht nicht erkennen."

Caroline schaltete sich ein. „Herr Kellerbier hat einen Schock erlitten, Herr Kommissar. Sie können gerne mit Dr. Bachheim sprechen, der ihn gestern behandelte. Ich bitte Sie, Herr Kommissar, nicht so rüde zu uns zu sein." Sie erhob sich würdevoll. „Herr Kellerbier und ich werden nun nach Hause fahren. Für weitere Fragen steht er Ihnen selbstverständlich zur Verfügung. Aber nun müssen Sie ja wohl erst die Angaben überprüfen und die arme Frau aus dem Baum holen, nicht wahr?"

Auch Kellerbier stand auf und schob den Stuhl zurück. „Wir empfehlen uns", sagte er und nahm Carolines Arm.

*

Kommissar Lampl trat fluchend in den Flur, preschte ins Büro und verlangte brüllend nach seinen Mitarbeitern.

Frau Meier, gerade im Begriff, ihre selbst gebackenen Voll-kornplätzchen dekorativ auf einem Teller zu verteilen, ließ vor Schreck die Plastikdose fallen.

„Kurz, Siebentisch, sofort zu mir!", brüllte Lampl.

Mit ahnungslosen Mienen setzten sich die Herren gemächlich in Bewegung. „Was hat er denn?", fragte Bruno Kurz flüsternd Karl Siebentisch. Doch der zuckte nur mit den Schultern. „Ich gehe jede Wette ein, wir werden es in weniger als zwei Minuten ganz genau wissen", versprach er.

Frau Hérisson telefonierte an ihrem Tisch, um die Einsatzkräfte und die Spurensicherung an den mutmaßlichen Fundort zu beor-dern, danach folgte sie den anderen. Lampl setzte die Kollegen ins Bild. „... etwa zwanzig Meter über dem Boden ...", hörte sie, bevor Siebentisch eine dumme Frage stellte.

„Ja, Chef, warum hast du die Aussage nicht schon gestern aufgenommen?"

„Wir sind soweit", sagte Frau Hérisson und der Kommissar warf ihr einen dankbaren Blick zu.

*

Nachdem Caroline früh das Haus verlassen hatte, um mit dem ‚Kotzbrocken', wie Gisela ihn voll Ingrimm immer noch nannte, in die Stadt zu fahren, schien sich der sonst so geregelte Tagesablauf heute nicht einstellen zu wollen. Gisela zürnte der Freundin, die nun plötzlich Gefallen an diesem Misanthropen hatte. Albert kümmerte sich im Obergeschoss um Ida. Erika ging Gisela zur Hand, was die-se aber nicht zu schätzen wusste. Klara kam mit Dora und Siegfried gerade vom ‚Gassi gehen' zurück. Adelheid schmauchte wieder hinten im Garten und das noch vor dem Frühstück! Irgendwie lief hier heute nichts, wie es sollte. Voller Groll beschloss Gisela, eine Pause einzulegen und das Angebot vom Postboten anzunehmen.

Könnte jedenfalls nichts schaden, sich hier ein wenig unsichtbar zu machen, dachte sie bitter. Kurz nachdem die Küche aufgeräumt, der Gartentisch abgedeckt und alle fertig für den Tag waren, stand Caroline in der Türe.

„Hast du deinen neuen Freund schon abserviert?", fragte Gisela boshaft.

„Ach woher. Er ist im Haus und ruht sich aus. Dr. Bachheim wird ihn nachher besuchen und Klara und Dora geben gerade den Hund bei ihm ab. Stell dir vor, sie wollen Siegfried öfter ausleihen und mit ihm spazieren gehen", meinte sie schmunzelnd. „Ihr habt mir doch Frühstück aufgehoben? Ich habe jetzt Appetit." Caroline streifte die Handtasche vom Arm, wischte mit dem Spitzentaschentuch über ihre Stirn.

„Jawohl, gnädige Frau, in der Kammer stehen die Reste. Guten Appetit wünsche ich", antwortete Gisela spitz, dann rauschte sie davon.

Caroline schüttelte den Kopf, nahm sich anschließend, was sie für ein stärkendes Mahl benötigte auf ein Tablett, trug es hinaus und kostete von Giselas wunderbarer Marmelade. Felizitas leistete ihr bald Gesellschaft.

*

Lampl schwitzte, nicht, weil es heute heiß war, sondern wegen seines Fehlers. Er wusste, er hätte hellhöriger sein müssen und wenn er schon keine Lust hatte, die hanebüchene Geschichte des Alten zu hören, so hätte er jedenfalls dafür sorgen müssen, dass sich jemand anderer das anhörte. Nun waren sie also erneut unterwegs aufs Land. Die Kollegen von der Streife, die sich weit besser hier draußen auskannten als die Herrschaften aus den Büros, hatten inzwischen den Fundort abgesperrt.

Für Siebentisch, der den Wagen lenkte, war es kein Problem, den Einsatzort zu finden. Mit quietschenden Reifen und einem ordentlichen Ruck kam das Auto zu stehen. Frau Hérisson wirkte ein bisschen blass, ließ sich aber nichts anmerken.

Bruno Kurz grinste breit, klopfte dem Kollegen anerkennend auf die Schulter. „He, hat sich gelohnt, dein Fahrtraining. Wirst immer besser", lobte er.

Karl Siebentisch war stolz und glücklich, bis er seinem Chef ins Gesicht sah …

„Noch ein Stück da entlang", dirigierte der Streifenpolizist, „Sie können es nicht verfehlen." Lampl nickte ihm ein „Danke" zu und machte sich, gefolgt von seinem Tross, wortlos auf den Weg.

Hérisson hatte im Büro ihre Schuhe getauscht, als sie hörte, es ginge in den Wald. Lampl starrte jetzt auf die Wanderstiefel und lästerte: „Na, Frau Kollegin, Sie sind für jede Situation gerüstet, wie ich sehe."

„Danke, ja meistens", gab sie eine Spur zu schnippisch zurück.

„Gehen Sie privat öfter wandern?", wollte Lampl wissen.

„Manchmal", antwortete Jelle ausweichend.

„Sehen Sie sich die beiden an …", meinte Lampl und reckte das Kinn. Die Kommissarin war stehen geblieben und blickte zurück. Kurz und Siebentisch benahmen sich wie zwei Kinder, die zum ersten Mal in den Wald gehen durften. Sie hatten sich mit Stöckchen bewaffnet und inspizierten Pilze am Wegesrand.

Lampl rief ihnen grinsend zu: „Kommt Kinder, die Arbeit ruft, spielen könnt ihr nachher wieder." Hérisson warf Lampl einen amüsierten Blick zu. Karl und Bruno sahen auf und ließen schuldbewusst von den Pilzen ab.

Nicht lange, und man hatte das Ziel erreicht. Die Feuerwehr war gerade dabei, die Frau aus dem Baum zu bergen, es sah grotesk aus, wie sie so in dem Baum hing. Der Gerichtsmediziner schnallte den Sicherheitsgurt ab, mit dessen Hilfe er die Tote vorab untersucht hatte.

„Ah, die Dame und die Herren der Mordkommission", begrüßte er sie süffisant. „Und jetzt wollen Sie gleich wissen, wann und wie die Frau gestorben ist, ja?", lachte er und zog die Handschuhe aus.

„Ja. Und dann hätten wir gerne gewusst, wer die Frau ermordet hat", ergänzte Kurz schlagfertig.

„Das müsst ihr schon alleine machen. Aber ich kann euch zumindest bis heute Abend die ersten beiden Fragen beantworten", sagte er und ließ sie stehen.

„Na, dann kümmern wir uns um die letzte Frage", meinte Hérisson ehrgeizig und ignorierte Siebentisch, der um sich schlug und versuchte, damit die Insekten zu vertreiben. Bruno Kurz sprach mit dem Kollegen der Spurensicherung, der eben vom Aussichtspunkt zurückkam.

Lampl unterhielt sich mit dem Chef der Truppe. „Wann werdet ihr fertig sein?", fragte er.

„Kann sich noch eine Weile hinziehen. Es ist hier ziemlich unübersichtlich und es gibt enorm viele Spuren, vermutlich von Ausflüglern, da wird es schwer zu unterscheiden, von wem was stammt. Wir haben keine Ausweispapiere gefunden, noch sonst einen Hinweis darauf, wer die Frau ist. Tut mir leid." Achselzuckend wandte er sich wieder seinen Aufgaben zu.

Frau Hérisson war ein paar Meter nach oben gestiegen, hatte sich umgesehen, und rutschte auf dem Hosenboden wieder herunter. Sie stellte sich neben den Chef. „Gibt es eine Vermisstenanzeige, auf die die Beschreibung der Frau passen würde?", fragte sie und klopfte Erde von der Hose.

„Nur eine", meinte Lampl und beobachtete den Kollegen. „Wir können Siebentisch mit der Aufgabe betrauen … wenn er alle Insekten erschlagen hat."

*

Siegfried döste friedlich in der Sonne. Eben kam Ewald Schleich die Straße entlang, der nicht ahnte, dass Gisela im Schatten auf ihn lauerte. Als der Briefträger am Haus eintraf, pflanzte sie sich plötzlich vor ihm auf.

„Herr Schleich, schön, dass ich Sie treffe", gurrte sie, die Arme in die Hüften gestemmt. „Wie wäre es, wenn wir heute nach Dienstschluss einen Kaffee zusammen trinken würden? Sie holen mich ab

und wir fahren gemeinsam in die Stadt. Na, was halten Sie davon?",
fragte sie forsch.

Ewald Schleich war perplex, mit einem solchen Überfall hatte
er nicht gerechnet. „Liebend gern, Frau Huber ... so ... gegen ...
sagen wir ... 15 Uhr. Ja?", stotterte er.

„Pünktlich", verlangte Gisela und ließ den Postboten, nachdem
sie hatte, was sie wollte, einfach stehen.

„Hier, Ihre Post ...", rief er. Mit hochrotem Kopf, aber glücklich, setzte er seine Runde fort.

*

Lampl und Hérisson gingen schweigend den Waldweg zurück.
Am Auto angekommen, beschloss der Kommissar, selbst zu fahren.
„Und was ist mit Kurz und Siebentisch?", wollte die Kommissarin
wissen.

„Sollen mit der Streife zurückfahren", antwortete er mürrisch.
Kommissar Lampl fuhr unter Einhaltung aller Vorschriften zum
Büro. Während der ganzen Fahrt hatten die beiden Kollegen kein
Wort gewechselt. Ebenso wortlos liefen sie nach oben und setzten
sich an ihre Tische. Frau Hérisson durchbrach als Erste die Stille.
„Wie machen wir weiter?", fragte sie den Vorgesetzten.

Mit verschränkten Armen saß der Kommissar an seinem Platz
und stierte aus dem Fenster. Er drehte den Bürostuhl mit den Füßen
und nahm die Arme hinter den Kopf, fragend sah er die Mitarbeiterin an. „Was schlagen Sie vor, Frau Kollegin?", er schien zu lächeln.

Jelle Hérisson wippte mit ihrem Stuhl und steckte einen Stift in
den Mund. „Ziemlich verfahrene Situation", analysierte sie. „Ich
denke nicht, dass die Frau im Baum etwas mit den beiden anderen
Verbrechen zu tun hat. Wir sollten ein zweite Gruppe bilden und
den jüngsten Fall parallel untersuchen." Sie nahm den Stift wieder
aus dem Mund und wartete auf eine Antwort.

„Hm", machte der Kommissar leise, seine geschlossenen Augen
ließen auf Nachdenken schließen.

Jelle Hérisson wippte weiter und hatte sich fast in den Schlaf gekippelt, als Lampl jäh hochfuhr. „Kommen Sie, Frau Kollegin. Ich brauche einen Kaffee", rief er und stürmte aus dem Raum. Jelle Hérisson erwachte mühevoll aus ihrem Kurzkoma und folgte ihm quasi blindlings.

Frau Meier blieb mitten im Sekretariat beim Abzählen der Kopien wie eingefroren stehen. „Jetzt kann ich wieder von vorne anfangen", schimpfte sie und befeuchtete den rechten Zeigefinger mit reichlich Speichel.

*

Die Sekretärin des Kommissariats war eben im Begriff, die kopierten Exemplare für Mayeraufderhut zu ordnen und in handliche Stapel aufzuschichten, als Siebentisch und Kurz debattierend ins Büro kamen. Die Türe flog mit lautem Knall zu und wirbelte Frau Meiers Arbeit kurzerhand vom Tisch. Einem Schreianfall nahe, griff sie sich an die Stirn und funkelte die beiden mit schmerzverzerrtem Gesicht an. Die Beamten, vom Drama völlig unberührt, diskutierten weiter. Frau Meier schloss das Fenster und ging stöhnend daran, die verstreuten Blätter wieder einzusammeln, als Kommissar Lampl und Frau Hérisson sich einfanden. „Und?", fragte die Kommissarin in Karls Richtung. „Habt ihr was?"

Siebentisch kratzte sich am Kopf, mit wichtiger Stimme vermeldete er dann: „Wir haben sie identifiziert." Erwartungsvoll sahen die anderen ihn an.

„Und?", hakte Lampl nach. „Wer ist sie?"

Siebentisch blätterte umständlich in seinem Notizblock. „Die einzige Beschreibung, die passt, ist die von einer gewissen Frau Genoveva Maria Päch, 78 Jahre, wohnhaft im Altenheim „Abendruh". Seit letztem Dienstag vermisst gemeldet von der Heimleitung. Verwitwet, drei Kinder, sonst keine Verwandten. Die Kinder leben, laut Frau Spitzkopf, der Leiterin des Heimes, alle im Ausland, beziehungsweise im Norden. Zur Identifizierung wird sie heute Nachmittag in die Pathologie kommen. Die Kinder

165

verständigen wir, wenn wir sicher sind. Erste Ergebnisse aus der Gerichtsmedizin erwarten wir morgen früh." Mit einem „Fertig!" beendete Siebentisch seinen Report.

„Leute, wir machen jetzt erst mal Mittag und sehen uns in einer Stunde wieder", verkündete Lampl, der eine Pause brauchte.

Frau Meier warf sich schützend auf ihre fertig gestapelten Kopien, als die Türe des Besprechungszimmers erneut aufging und hörte viermal das Wort „Mahlzeit" an sich vorüberziehen, als die Kollegen geschlossen zur Kantine marschierten.

*

Ida fühlte sich krank. Nichts konnte sie heute dazu bewegen aufzustehen und den Tag wie gewohnt mit den anderen zu verbringen. Klara machte sich große Sorgen und sprach mit Engelszungen auf sie ein. Doch Ida schüttelte nur stumm den Kopf.

„Möchtest du etwas essen? Soll ich dir einen schönen Kaffee holen, vielleicht mit einem stibitzten Keks?", fragte sie hoffnungsvoll. Ida lächelte müde und schloss die Augen.

„Willst du heute nichts sagen?", bohrte Klara weiter und streichelte behutsam Idas Hand.

„Ich möchte einfach nur hier liegen und niemanden sehen. Bitte verstehe mich nicht falsch, ich weiß deine Aufmerksamkeit zu schätzen", antwortete Ida matt.

„Gut. Wie du magst. Ich sehe nachher wieder rein. Einverstanden?"

„Bleibt mir ja wohl nichts anderes übrig, du Klette." Ida grinste. Klara stand vorsichtig auf und verließ auf leisen Sohlen das Zimmer.

Adelheid lungerte vor der Tür. „Was hat sie?", fragte sie und versuchte, einen Blick auf Ida zu erhaschen.

„Eine kleine Unpässlichkeit, denke ich. Wir lassen sie ein bisschen schlafen und sehen später nach ihr."

Klara schob Adelheid von der Tür weg. „Hast du schon gefrühstückt?"

„Nö, hatte noch keinen Hunger", gab Adelheid kleinlaut von sich.

Klara sah sich die Freundin genauer an. „Mach dir keine Sorgen, Ida braucht einfach eine Auszeit. Das wird schon wieder", meinte sie, war aber selbst nicht ganz überzeugt.

Auch Albert stand hilflos vor der Zimmertüre. „Sie wollte nicht, dass ich sie aus dem Bett hole", klagte er und ließ die Schultern hängen.

Adelheid beendete die ratlose Versammlung. „Kommt, wir plündern Giselas Vorratskammer", sagte sie und zog die anderen mit sich in die Küche.

Gisela, ganz in ihrem Element, hantierte mit der Schöpfkelle in der Luft herum und schimpfte. „Ihr müsst wenigstens warten, bis ich sie aus dem Fett nehmen kann." Murren kam von den umstehenden Damen, die mit Tellern bewaffnet, in einer Reihe standen.

„Was ist denn hier los?", wollte Klara wissen.

Erika, die letzte in der Schlange, drehte sich zu ihr um. „Gisela hat Krapfen gebacken", sagte sie und grinste in freudiger Erwartung des Backwerkes.

„Krapfen? Mitten im Sommer, morgens? Ist was Besonderes?", fragte sie erstaunt.

Henriette, die weiter vorne stand, raunte ihr zu: „Gisela hat heute ein Stelldichein."

„Woher weißt du das?"

„Hab gehört, wie sie den armen Schleich genötigt hat, mit ihr in der Stadt einen Kaffee trinken zu gehen", erzählte Henriette triumphierend und zwinkerte mit dem rechten Auge. Albert pfiff anzüglich und schnappte sich einen Teller.

Adelheid prustete. „Na, sieh mal einer an", sagte sie, und Klara gluckste.

Gisela füllte unterdessen die ersten Teilchen mit Marmelade. In ihr Gesicht, rosig vor Anstrengung, war ein versonnenes Schmunzeln geraten.

*

Frau Spitzkopf war eine Frau der Sorte: „Nein, danke!" So empfand es zumindest Kommissar Lampl, als er der unsympathischen Dame im Vernehmungszimmer gegenübersaß. „Frau Spitzkopf, wie lange war Frau Päch Insassin ihres Heimes?", fragte er die Leiterin des Altenheims „Abendruh` - das Heim für Senioren mit besonderen Ansprüchen". So stand es im Flugblatt, das Frau Spitzkopf, quasi als ihre Legitimation, auf den Tisch gelegt hatte.

„Laut meinen Unterlagen ist sie vor knapp drei Jahren zu uns gekommen", antwortete sie näselnd.

„Sie kannten sie persönlich, nehme ich an? Hat sie sich in letzter Zeit verändert, wurde sie depressiv oder war sie krank? Irgendein Anhaltspunkt, der einen Selbstmord erklären könnte?" Lampl lehnte sich auf dem unbequemen Stuhl zurück und sah seinem Gegenüber in die Augen.

„Nun, äh, wissen Sie, Herr Kommissar, in Zeiten wie diesen ist es für das Pflegepersonal und die Heimleitung nicht immer leicht, sich umfassend um jeden unserer Patienten zu kümmern. Wir tun wirklich, was wir können, aber auch uns sind Grenzen gesetzt, wenn Sie verstehen, was ich meine." Geziert schlug sie ein Bein über das andere und fingerte aus der Handtasche ein Päckchen Erfrischungstücher.

„Verzeihen Sie, gnädige Frau", Lampl nahm das Faltblatt in die Hand, „wie ich hieraus ersehen kann, umsorgen Sie Ihre Patienten in besonderer Art und Weise. Intensive Pflege und Zeit für Gespräche, nicht nur abfertigen und abrechnen. Das steht hier." Er hielt ihr die Broschüre unter die Nase. „Ich vermute, das beinhaltet vor allem den persönlichen Kontakt - oder gehe ich da fehl in der Annahme?" Lampl ließ das Stück Papier auf den Tisch zurücksegeln.

„Ja, ja, natürlich, Herr Kommissar. Wir haben außergewöhnlich gutes und ausreichendes Personal. Das kann ich Ihnen versichern. Doch ich selbst bin leider nicht immer in der glücklichen Lage, unsere Gäste genau kennenzulernen. Wissen Sie, die Verwaltungsaufgaben verlangen mir viel ab und manchmal bleibt dann das Menschliche ein wenig auf der Strecke. Ich bedaure das selbst sehr, Herr Kommissar." Frau Spitzkopf betupfte die Handgelenke vornehm mit den Feuchttüchern und sah Lampl erwartungsvoll in die Augen.

„Mmh, ja. Wer von Ihren Angestellten kannte denn nun Frau Päch gut genug und kann mir ein paar verlässliche Angaben machen?" Lampl fixierte die „feine" Dame mit zusammengekniffenen Brauen.

„Nun, also Milka, nehme ich an...", und nach kurzem Überlegen, „ja, ich denke, sie kannte Frau Päch wohl am besten."

„Gut, dann möchte ich mit ihr sprechen. Bitte richten Sie ihr aus, dass ich sie am späten Nachmittag hier sehen will." Lampl war erleichtert, Frau Spitzkopf loszuwerden.

„Da muss ich erst den Dienstplan überprüfen, ob das geht", meinte sie wichtig und erhob sich geziert.

„Nein, gute Frau. Sie wird hier sein, Dienstplan hin oder her, sonst lasse ich sie von den Kollegen abholen. Haben wir uns verstanden?" Lampl stand nun seinerseits auf und presste die Handflächen auf den Tisch, um nicht die Fassung zu verlieren.

„Äh ... gut, ja natürlich." Mit einem aufgesetzten Lächeln verließ sie den Raum.

„Karl!", brüllte Lampl.

Siebentisch war sofort zur Stelle. „Ja Chef?" Fast hätte er salutiert, da Lampl einen Kasernenhofton anschlug, der Siebentisch augenblicklich in seine Militärzeit katapultierte.

„Hol mir eines der missratenen Kinder von Frau Päch zur Identifizierung der Leiche. Die Schnepfe von der Heimleitung hat die Frau höchstwahrscheinlich noch nie gesehen."

Lampl war deprimiert und brauchte jetzt erst einen anständigen Kaffee und - wenn es sein musste - einen von Frau Meiers trockenen Keksen.

*

Henriette saß scheinbar entspannt auf der Bank, die gegenüber der Einfahrt der Familie Bäuerlein stand. Sie summte leise ein Lied und wiegte eine Axt in der Hand. Ihr Blick ging ins Leere...

Klara hatte sie erspäht, als sie mit Siegfried unterwegs war. Sie wusste, was die Freundin bewegte. „Darf ich mich zu dir setzen?", fragte sie.

„Die Säge", zischte Henriette wie von Sinnen, „beinahe jeden Tag diese verdammte Säge! Lärm macht krank, wusstest du das? Er tötet jeden Tag meine Nerven."

„Ja, höre ich", antwortete Klara.

„Wenn der nicht bald aufhört, bringe ich ihn um. Warum müssen Männer immer mit einem lauten, schweren Gerät die Umwelt terrorisieren? Ist das noch aus der Zeit, als sie Neandertaler waren? Sind das Männlichkeitssymbole oder sind sie einfach nur taub, dumm und ignorant?" Henriettes Puls war gefährlich angestiegen.

Klara nahm Zeige- und Mittelfinger von Henriettes Handgelenk. „Liebchen, du musst dich nicht so aufregen. Das ist nicht gut für dich."

„Ich weiß, aber ich kann nicht anders. Dieses Geräusch bringt mich um den Verstand. Da, ... hörst du...? Jetzt hängt wieder ein Scheit in der Säge fest ... dieses ... Gequietsche ... oh." Henriette zitterte und stöhnte gequält auf.

„Komm, komm schon, Henriette. Siegfried, du und ich machen jetzt einen schönen Spaziergang. Wir laufen, bis wir das Ding nicht mehr hören, einverstanden?" Klara zog Henriette auf die Beine und nahm ihr sanft die Waffe aus der Hand. Widerstrebend folgte ihr Henriette, aber nicht ohne sich mehrmals umzusehen und ein unheimliches „Irgendwann ..." zu murmeln.

Klara hakte sich bei ihr unter und warf das Werkzeug über den Zaun, nahm Siegfried kurz an die Leine und marschierte entschlossen mit beiden los.

*

Caroline trommelte nervös mit dem rechten Zeigefinger auf der Tischplatte herum. Adelheid und Felizitas waren unverkennbar genervt. „Bitte, kannst du das lassen?", fragte Adelheid schon zum hundertsten Mal.

„Was? ... ach so, ja, tut mir leid. Ich bin ein wenig angespannt." Abwesend sah Caroline Adelheid an.

„Nun mach dir doch nicht so viele Sorgen. Du bist gut vorbereitet. Was soll passieren?", versuchte Adelheid, Caroline zu beschwichtigen und goss sich und den beiden anderen frischen Limetten-Eistee ins Glas.

„Ich stehe alleine gegen eine Übermacht an Pappnasen, die glauben, mit mir können sie machen, was sie wollen, meine Liebe. Die Mehrheit dieser Esel schließt sich, ohne selbst zu denken, dem Obermufti an, der so selbstgerecht und dämlich ist, dass ihn die Schweine beißen. Wer weiß, was die sich ausgedacht haben, um mir eins auszuwischen und da darf ich wohl zu Recht ein bisschen nervös sein, oder?"

„So schnippisch kenne ich dich gar nicht." Adelheid war beleidigt.

„Du kennst *die* nicht, diese Ignoranten. Das sind alles ausgewachsene, alte ... grrr ... Hornochsen!" Caroline redete sich in Rage, ganz entgegen ihrer sonst so ruhigen, eher besonnenen, aristokratischen Art.

„Hornochsen sind per Definition wiederkäuende Paarhufer, sie leben meist in Rudeln und sind ausschließlich Pflanzenfresser und Nestflüchter." Adolf Kellerbier tauchte plötzlich wie aus dem Nichts auf. „Meine Damen", meinte er servil, „kann ich Ihnen behilflich sein?"

Caroline musste gegen die Sonne sehen und beschirmte ihre Augen mit der Hand. „Setzen Sie sich, Kellerbier! Ich muss sonst zu Ihnen aufblicken."

„Danke, gnädige Frau." Umständlich rückte er den Holzstuhl zurecht und blickte dann neugierig in die kleine Runde. „Mein Angebot gilt noch. Kann ich Ihnen helfen?", erkundigte er sich.

171

„Frau von Grupp bereitet sich auf die Sitzung heute Abend vor", erklärte Adelheid und fingerte aus dem Glas ein Limettenstückchen.

„Möchten Sie Eistee?", fragte Felizitas und schenkte ein, bevor er antworten konnte.

„Danke! Wunderbar!" Schmatzend lobte Kellerbier das Getränk und stellte das Glas vorsichtig auf dem dafür vorgesehenen Untersetzer ab. „Gehe ich recht in der Annahme, dass heute der Rat über Ihren Antrag zum Bau einer Garage Stellung nehmen wird?" Mit treuherzigem Blick sah er Caroline an.

„Lassen Sie den Hundeblick, Kellerbier! Ich bin heute nicht zu Scherzen aufgelegt. Sollte das Gremium unsere Anfrage ablehnen ...", ließ Caroline den Satz unvollendet und fegte unwirsch ein Blütenblatt vom Tisch.

„Gibt es denn ernsthafte Gründe, die für einen abschlägigen Bescheid sprechen würden?"

„Für die Herrn", meinte Caroline verächtlich, „heißt Meinungsaustausch: Sie kommen mit Ihrer Meinung rein und in jedem Fall mit deren Meinung wieder raus. Verstehen Sie mich?" Caroline trank einen ordentlichen Schluck. „Und nein, es gibt keinen Umstand, den Antrag abzulehnen, denn: noch geht es um eine Voranfrage. Ich bin zu vernünftigen Kompromissen bereit, so die Herrschaften uns entgegenkommen."

„Natürlich. Man müsste den Rat mit seinen eigenen Waffen schlagen." Kellerbier dachte nach.

„Ich bin für jede gute Eingebung dankbar", entgegnete Caroline und ließ sich erschöpft in den Stuhl zurückfallen.

„Adelheid!" Gisela schrie aus der Küchentüre in den Garten. „Wo bist du?"

„Oh, Mist! Ich bin mit Helfen dran", flüsterte Adelheid ertappt und verschwand, mit dem Zeigefinger vor dem Mund, um den anderen Stillschweigen abzuverlangen, vom Tisch und flitzte flugs um die Hausecke, die von Gisela nicht eingesehen werden konnte.

Beinahe wäre sie hier mit Erika zusammengestoßen, die gerade vom Wäscheaufhängen zurückkam. „Alles klar?", fragte sie.

„Klar, warum?", wollte Adelheid wissen.

„Na, kommt am Nachmittag nicht der Nachlassverwalter mit deinem Erbe?"

Adelheid schlug sich mit der flachen Hand an den Kopf. „Meine Güte! Den habe ich völlig vergessen. Wir hatten am Freitag telefoniert und uns für heute verabredet. Gut, dass du mich erinnerst. Danke!" Adelheid schlich sich, von Gisela ungesehen, in ihr Zimmer.

Erika stellte den leeren Wäschekorb an die Hauswand und spazierte mit den Händen in der Schürze unbedarft in die Küche. In Ermangelung eines verdienten Opfers schnappte sich Gisela Erika. „Kannst du mal helfen?", fuhr sie die Freundin herrisch an.

Erika, gelassen und entspannt durch tägliche meditative Übungen, antwortete ausgeglichen. „Ruhe kommt von selbst, meine Liebe. Was kann ich tun?"

„Ich muss zum Friseur und werde heute irgendwie nicht mit den Vorbereitungen fürs Mittagessen fertig", jammerte Gisela.

„Ich helfe dir, keine Frage, aber ...", sagte Erika ruhig.

„Aber was? ..."

„Aber heute ist Montag und da haben die Friseure ..."

„... zu!" Gisela hatte schreiend den Satz beendet. Wie vor den Kopf geschlagen, ließ sie sich auf den nächsten Stuhl fallen.

„Keine Sorge. Ich kann dir doch die Haare machen, was meinst du?", bot Erika an. Gisela blickte bekümmert auf Erikas Haarpracht. „Ehrlich? Nein danke ... bei aller Liebe ...", meinte sie mit starrem Blick auf den zerzausten Kopfbewuchs ihrer Freundin. „Ich denke, ich werde heute einen Hut tragen und morgen zum Friseur gehen."

Achselzuckend hakte Erika das Angebot ab. „Gut, dann sag mir, was ich für dich in der Küche tun soll ...", erbot sie sich.

*

Kommissar Lampl hatte die trockenen Kekse seiner Sekretärin mit reichlich Kaffee hinuntergespült. Geholfen hatte es nicht. Er hatte keine Ahnung, wo er nun ansetzen sollte. Die Idee der Kollegin, die Ermittlungen zu trennen, war durchaus sinnvoll. Allerdings: Bei dem Todesfall aus dem Altenheim war eher mit einem Unfall oder einem Selbstmord zu rechnen. Das konnte die Gerichtsmedizin demnächst bestätigen, hoffte er. Es wäre ausreichend, einen Mann darauf anzusetzen. Größere Probleme bereiteten ihm die beiden anderen Todesfälle. Für den Nachmittag beschloss er deshalb, die Aufgaben zu verteilen. Endlich einen halbgaren Plan in Händen, stiefelte Lampl ins Besprechungszimmer.

Siebentisch lümmelte sich telefonierend in seinem Sessel, während Kurz einen Tage alten Kuchen aus der Kantine gabelte. Frau Hérisson saß am geöffneten Fenster. Siebentisch legte den Hörer auf.

„Karl, wie weit bist du mit den Angehörigen von Frau Päch?", fragte Lampl.

„Ich hab mit der Tochter gesprochen. Ihr Bruder, also der Sohn der Verstorbenen, macht in der Nähe Urlaub. Er wird in etwa einer Stunde hier sein." Karl Siebentisch zeichnete ein Häkchen in sein Notizbuch.

„Gut, dann sieht die Aufgabenverteilung folgendermaßen aus: Karl, nach der Identifizierung durch den Sohn sprichst du mit der Pflegerin Milka irgendwas. Den Namen findest du im Protokoll von der alten Spitzkopf. Nimm ihre Personalien auf und versuche, so viel wie möglich von ihr über Frau Päch zu erfahren. Rede auch mit den anderen Pflegekräften. Ich vermute, keiner hat sie besser gekannt als das Personal. Bruno, du siehst dir die Bewohner dieses feinen Hauses an. Frau Hérisson, Sie bitte ich, den persönlichen Hintergrund von Leandra Senft noch mal zu durchleuchten. Frühere oder noch bestehende Beziehungen, Klatsch, Tratsch und so weiter. Ich werde mich noch mal mit unserem ersten Opfer beschäftigen. Wir treffen uns um 18 Uhr wieder hier. Noch Fragen?" Lampl stapelte seine Papiere zusammen.

„Haben wir etwas übersehen?", wollte Kommissarin Hérisson wissen.

„Nein, ich denke nicht. Aber wir wissen noch immer nicht alles. Irgendwo muss es was geben, was alles erklärt. Motiv und Gelegenheit. Ich kann in den bisherigen Aussagen nichts erkennen."

Sie nickte verstehend. „Die Auswertung der Fingerabdrücke hat nichts ergeben", teilte sie Lampl bedauernd mit.

Lampl zuckte mit den Schultern. „Dachte ich mir schon."

Nach der Identifizierung durch den Sohn und der Befragung der Pflegerin fuhren Kurz und Siebentisch zum Seniorenheim. „Ich gehe da nicht gerne rein", meinte Kurz in die Stille.

„Warum? Angst vor den Alten?", flachste Siebentisch.

„Nein, Idiot. Du arbeitest dein Leben lang, ziehst die Kinder groß, bezahlst dein Häuschen ab und irgendwann stecken sie dich einfach in so ein Heim, wo du dir nicht mal mehr die Farbe deiner Bettwäsche aussuchen darfst. Aus deinem selbstbestimmten Leben wird plötzlich eines, in dem du nichts mehr zu sagen hast. Und am Ende hast du keine Möglichkeit, dich zu wehren. Davor hab ich Schiss."

Karl Siebentisch nickte zustimmend. „Ja, da hast du recht. Aber es muss ja nicht so laufen, oder?"

*

Frau Hérisson setzte sich an ihren Schreibtisch und nahm sich die Protokolle zu den Aussagen von Leandra Senft vor. Wenn man bedachte, dass sie bis jetzt die einzige Nutznießerin war, dann musste man dieser Frau nochmals genauer auf den Zahn fühlen. Jelle Hérisson beschloss, noch einmal mit der Witwe zu sprechen. Sie griff nach der Handtasche, meldete sich bei Frau Meier mit knappen Worten ab und fuhr hinaus aufs Land.

*

Kommissar Lampl hatte ein Gespräch mit dem Vorgesetzten des Pfarrers vereinbart. Außergewöhnlich pünktlich erreichte er den klassizistischen Bau in der Innenstadt. Von der Parkgarage im Kellergeschoss gelangte er problemlos in den 4. Stock. Gleich hinter der ersten Türe lag das Sekretariat. Lampl klopfte und wurde prompt hereingebeten.

„Mein Name ist Lampl, ich ...", sagte er.

Die Vorzimmerdame unterbrach ihn: „Gehen Sie durch. Der Chef erwartet Sie schon." Sie sprang auf und öffnete Lampl die imposante lederbezogene Doppeltüre. An einem wuchtigen Schreibtisch, halb verborgen hinter Papierstapeln und Aktenbergen, saß der ehemalige Dienstherr von Senft.

„Nehmen Sie bitte Platz." Der Dekan dirigierte den Ermittler in eine Ecke des Zimmers, unmittelbar am Fenster, wo er ihm die Hand reichte und sich in einen der Sessel fallen ließ. „Beatus ille, qui procul negotiis, nicht wahr?", meinte er lächelnd.

„Äh, ja. Das ist richtig", antwortete Lampl ahnungslos.

„Wie kann ich helfen, Herr Kommissar?"

„Alles, was Sie mir über Herrn Senft sagen, kann mir helfen?", sagte Lampl ohne Einleitung.

„Wo soll ich anfangen?", fragte der distinguierte Herr, der dem Kommissar lässig gegenübersaß und der zur Vorbereitung auf das Gespräch bedächtig und sehr gewissenhaft die Brillengläser mithilfe seines gestärkten Stofftaschentuchs putzte.

*

Jelle Hérisson ließ den Wagen auf der gekiesten Fläche ausrollen. In der Ferne konnte sie die Sprösslinge des Ehepaars Senft ausmachen. Sie spielten und waren scheinbar fröhlich bei der Sache.

Auf der Bank vor dem Küchenfenster duselte die Großmutter von Leandra Senft. Auf Zehenspitzen schlich die Kommissarin an ihr vorbei ins Innere des Hauses. An der Küchentüre angekommen, klopfte sie vorsichtig. Frau Senft öffnete persönlich, offensichtlich überrascht. „Nanu? Hatten wir einen Termin, Frau Hérisson?" Sie stellte den eben abgetrockneten Teller in den Schrank.

„Nein. Aber ich habe noch ein paar Fragen. Können wir uns vielleicht nach draußen setzen?" Jelle Hérisson unterstrich die Bitte, indem sie mit der Hand in die gewünschte Richtung wies.

„Gerne. Nehmen Sie Platz, ich mache uns eine Tasse Kaffee, in Ordnung?" Unaufgeregt legte die junge Witwe das Geschirrtuch aus der Hand und füllte die Kaffeemaschine mit Wasser.

Die Ermittlerin nickte und stöckelte zur Haustüre hinaus. Zehn Minuten später trug Leandra Senft ein Tablett mit Kaffee und frischem Erdbeerkuchen an den Tisch.

*

Adelheid hüpfte von einem Fuß auf den anderen. Felizitas riss der Geduldsfaden. „Jetzt hör' mit dem Zappeln auf, du machst mich ganz verrückt."

„Entschuldige, Felizitas. Ich bin so nervös." Adelheid ging dazu über, sich am Hals zu kratzen, die ersten roten Flecken wurden sichtbar.

„Setz' dich sofort dahin und bleib ruhig! Was soll Herr Zopf denn denken, wenn du wie ein aufgescheuchtes Huhn durch die Gegend rennst?" Felizitas bedauerte fast, sich bereit erklärt zu haben, ihrer Freundin beizustehen, wenn der Jugendfreund anreiste.

„Wie lange noch?", fragte Adelheid atemlos.

„Meine Güte. Du bist wie ein quengelndes Kleinkind." Felizitas sah auf die Uhr, zum x-ten Mal innerhalb der letzten halben Stunde. „Falls er pünktlich ist, ist er in genau acht Minuten da."

„Was es wohl ist?"

„Was *was* ist?", wollte Felizitas ungeduldig wissen.

„Na, was Ferdinand mir hinterlassen hat?" Adelheid wippte mit dem rechten Bein.

„Na, ich denke, du wirst es gleich erfahren. Da kommt ein großes Auto mit Anhänger." Gespannt sahen die beiden dem Fahrer zu, der direkt vor dem Gartenzaun anhielt. Ein junger Mann, etwa 50

Jahre alt, stieg aus und öffnete die Beifahrertüre. Er half einem betagten Herrn aus dem Wagen, nahm seinen Arm, hakte ihn unter, gab ihm in die rechte Hand einen Spazierstock und setzte ihm einen Hut auf. Dann machten die beiden sich auf den Weg zur Gartenpforte. Adelheid hielt die Luft an.

„Nun geh` schon!" Felizitas stieß ihren Ellenbogen in Adelheids Oberarm und erweckte sie damit aus einem tranceähnlichen Zustand.

Zögernd ging Adelheid auf die Männer zu. Am Gartentürchen angekommen, fragte sie schüchtern: „Wunibald?"

Der alte Mann sah auf und lächelte. „Adelheid ..."

Sie reichte ihm die Hand. „Komm rein! Möchtest du unter der Kastanie sitzen?" einladend wies Adelheid den Weg.

„Ja, sehr gerne." Langsam führte der Begleiter Wunibald Zopf an den Stuhl.

„Eistee?" Gisela war plötzlich, wie aus dem Boden geschossen, vor ihnen aufgetaucht.

„Ich dachte, du bist schon weg?", vorwurfsvoll schaute Adelheid die Freundin an, die ganz und gar in sattes Beige gehüllt war.

„Gleich, ich wollte euch schnell eine Erfrischung bringen", flötete sie und stellte das Tablett auf den Tisch. Winkend dackelte sie auf ihren außergewöhnlich hohen Schuhen davon.

„Bemerkenswerte Erscheinung", kommentierte Wunibald Giselas Aufmachung.

„Sie ist unterwegs zu einem Stelldichein", antwortete Adelheid kopfschüttelnd.

„Liebe Adelheid, darf ich dir meinen Sohn Ferdinand vorstellen?" Wunibald Zopf wies auf seinen Begleiter.

„Küss die Hand, gnädige Frau." Mit angedeutetem Handkuss begrüßte Wunibalds Sohn galant die Jugendfreundin seines Vaters.

Adelheid errötete wie ein Backfisch. „Bitte, nehmen Sie doch Platz", hauchte sie. „Das ist meine Freundin Felizitas ..."

Wunibald ergriff Adelheids Hände. „Weißt du noch ...", begann er.

*

Im Seniorenheim ‚Abendruh` hatten Kurz und Siebentisch die Befragungen während der letzten Mahlzeit des Tages durchgeführt. Der eine war den Pflegekräften dauernd im Wege, die versuchten, den Bewohnern die Tabletts zu bringen, der andere führte seine Gespräche mit Leuten, die entweder den Mund voll hatten oder mit äußerster Konzentration ihre Brote schmierten - alles nicht besonders befriedigend und schon gar nicht ergiebig. Jetzt, um 18.30 Uhr, nach knapp zwei Stunden, trafen sich die beiden ermattet wieder vor dem Haupteingang. Sie gingen ihre Listen durch und stellten fest, dass sie eine Bewohnerin nicht befragt hatten. Kurz machte sich abermals auf zu Station 2.

Die diensthabende Schwester sah ihn böse an: „Wie lange wollen Sie mir noch im Weg sein?"

„Nur noch eine Frage: Wo ist Frau Perlwitz, Schwester?"

„Die ist seit heute Vormittag im Krankenhaus. Sie hat nichts mehr gegessen, jede Nahrungsaufnahme verweigert, weswegen ihr Diabetes entgleiste."

„Gut, dann besuche ich die Dame in der Klinik, haben Sie vielen Dank."

„Warten Sie!"

„Ja?"

„Wenn Sie sie sehen, bestellen Sie ihr bitte einen schönen Gruß und sagen Sie ihr: Wir vermissen sie." Abrupt ließ sie ihn stehen.

„Na, das hat aber gedauert!" Siebentisch saß im Auto und blätterte in seinen Aufzeichnungen.

„Wir müssen noch ins Krankenhaus, Frau Perlwitz befragen." Kurz startete den Dienstwagen.

Auf dem öffentlichen Parkplatz ging nichts mehr. Bruno Kurz steuerte deswegen das Auto in Richtung Notaufnahme. Auch dort waren alle Stellplätze belegt, weswegen er spontan das Blaulicht aufsetzte und den Wagen vor der Ambulanz stehen ließ.

179

Siebentisch hechtete hinter ihm her. „Spinnst du? Du kannst doch nicht das Auto hier stehen lassen, während wir eine einfache Zeugenbefragung durchführen." Siebentisch hatte Mühe, mit dem Kollegen Schritt zu halten.

„Wir sind gleich wieder weg. Hab dich nicht so!"

*

Auf der Bank vor dem Haus hatte sich eine einseitige Unterhaltung entwickelt. Leandra Senft war am Ende ihrer Geschichte angelangt.

„Sagen Sie, Frau Senft ..."

„Leandra. Bitte nennen Sie mich nicht Frau Senft, das hört sich nach meiner Schwiegermutter an." Sie lachte.

„Gut, Leandra. Werden Sie nun wieder hier wohnen?"

„Erst mal schon. Aus der Dienstwohnung muss ich in ein paar Wochen raus sein." Sie legte die Gabel auf den fein säuberlich aufgegessenen Kuchenteller.

„Wie geht es dann weiter?", fragte Jelle Hérisson mitfühlend.

„Ich werde mir Arbeit suchen und die Kinder großziehen - weiter reicht mein Plan noch nicht ..."

„Gut. Ich habe keine weiteren Fragen."

„Würden Sie zur Beerdigung kommen, Frau Kommissarin?"

„Wenn Sie möchten, sehr gerne", antwortete Jelle aufrichtig.

Dankbar nahm Leandra Senft die Hände der Beamtin. „Danke. Wir werden ihn nächste Woche in aller Stille hier auf dem Friedhof beisetzen. Das hätte er sich so gewünscht."

„Und Ihre Schwiegermutter?"

„Die findet ihre Ruhe bei ihrem Gatten."

Jelle Hérisson hatte das Gefühl, als hätte Leandra Senft gerade gezwinkert - aber vielleicht täuschte sie sich auch. Die Kommissarin erhob sich und reichte Leandra Senft die Hand. „Ich wünsche Ihnen von Herzen alles Gute."

„Danke, Ihnen auch!" Leandra lächelte.

„Eines noch, Leandra. Könnten Sie mir die Telefonnummer Ihres Jugendfreundes geben? Nur für den Fall, dass wir noch mit ihm sprechen müssten", bat Jelle.

„Natürlich, einen Moment, ich habe den Zettel noch in meiner Tasche."

*

Die Gespräche wurden im Wesentlichen von Adelheid und Wunibald geführt, die eine Anekdote nach der anderen austauschten. Nicht immer zotenfrei, aber unterhaltsam. Ferdinand und Felizitas begnügten sich mit der Zuschauerrolle.

„Nun aber müssen wir langsam zum Zweck meines Besuches kommen, liebe Adelheid." Wunibald Zopf blickte Adelheid tief in die Augen und überreichte ihr einen Briefumschlag. „Der ist für dich persönlich."

„Meine Güte. Ich bin ganz aufgeregt."

Felizitas schaltete sich ein. „Möchtest du, dass wir gehen, wenn du den Brief liest?", fragte sie.

„Nein, bitte bleib bei mir!", flehte Adelheid und hielt Felizitas fest.

Ferdinand Zopf hob die Augenbraue und verschränkte die Arme vor der Brust. Wunibald stützte sich auf den Stock und betrachtete den Boden zwischen seinen Füßen, während Felizitas einfach nur die Luft anhielt.

Fieberhaft las Adelheid die Zeilen und ließ dann die Hände sinken. Tränen kullerten aus den sonst so lustigen Augen.

Felizitas war besorgt. „Ist alles in Ordnung?" Sie reichte ihr ein Taschentuch.

Adelheid schüttelte den Kopf. „Kannst du mir sagen, wie das funktionieren soll?", wollte sie von Zopf Senior wissen.

„Nein", meinte der lachend, „aber ich kenne dich, du wirst sicher eine Lösung finden."

„Stell sie mir bitte vor", lächelte Adelheid jetzt schon wieder und half ihrem Jugendfreund auf die Beine. Dann schlenderten die beiden an die Straße. Felizitas folgte ratlos, nur Zopf junior schien erleichtert. Er war es auch, der den Anhänger öffnete und Adelheid half, hineinzusteigen. Felizitas hielt sich erwartungsvoll am Gartenzaun fest.

Klara, eben mit dem Mittagsschläfchen fertig und mit einer Tasse frischem Kaffee in der Hand, stellte sich neben sie. „Was ist denn hier los?"

„Ich weiß nicht, ob ich das wissen will", flüsterte Felizitas und erntete einen verwirrten Blick von Klara.

Da kam plötzlich Bewegung in die Szene. Adelheid verließ den Anhänger und führte an einem Strick ein ... Kamel.

Klara fiel die Tasse aus der Hand und Felizitas fasste sich ans Herz. „Meine Güte!", riefen beide gleichzeitig und bestaunten Adelheid, die breit grinsend das Kamel an ihnen vorbei in den Garten zog.

„Das ist Rosinante. Sie frisst alles außer Schokolade", rief sie ihnen strahlend zu. Wunibald Zopf drehte sich zu den beiden - sichtlich geschockten - Frauen um.

„Rosinante ist auch eine ältere Dame, meine Damen. Machen Sie sich keine Sorgen, alles wird gut." Dann schlurfte er Adelheid hinterher, während Felizitas bei Klara Halt suchte und Klara mit weit geöffnetem Mund schlicht um Atem rang.

*

Kommissar Lampl dankte seinem Gastgeber und verabschiedete sich. Nachdenklich ging er zum Auto. Martin Senft war ein passabler Theologe, redlich, mit mittelmäßigem Talent zur Predigt, der versucht hatte, es allen recht zu machen und daran oft gescheitert war. So lautete das Fazit seines Vorgesetzten. Über Privates wusste er wenig. Lampl ließ den Wagen an und fuhr auf direktem Weg durch einen warmen Sommernachmittag ins Präsidium, er war frustriert. Knurrig grüßte er die Sekretärin und blieb vor Siebentischs Arbeitsplatz stehen.

„Wie weit seid ihr?", wollte er wissen.

„Wir haben alle Zeugenbefragungen abgeschlossen und gehen davon aus, dass der Tod von Frau Päch ein Unfall in Folge ihrer Demenzerkrankung war. Vorbehaltlich der Ergebnisse aus der Gerichtsmedizin natürlich."

Lampl nickte. „Natürlich. Hast du was von unserer Kollegin gehört?" Lampl stand auf, öffnete das Fenster und setzte sich wieder.

„Nein", meinte Siebentisch.

„In Ordnung. Dann warten wir auf sie und Bruno." Kommissar Lampl blickte ins Leere, seine Gedanken schweiften ab, während Karl Siebentisch an einer Banane nuckelte und Musik hörte.

*

Während Nigel Biederwolf mit seiner Gattin im Sprudelbad planschte und neckische Spielchen spielte, saßen Felizitas und Klara auf der Bank im hinteren Teil des Gartens. Dora hatte sich dazu gesetzt und alle drei schwiegen einvernehmlich. Vom Nachbargarten wehte unterdrücktes Gegluckse herüber. Adelheid plauderte angeregt mit ihrem Jugendfreund und Zopf junior bürstete hingebungsvoll das Kamel.

„Wo hast du denn Henriette gelassen?", wollte Felizitas von Klara wissen.

„Die hat sich oben hingelegt", antwortete Klara. „Ich hätte nie gedacht, dass man sich in ein Geräusch so hineinsteigern kann."

„Du meinst die Kreissäge?"

„Ja." Kopfschüttelnd sah Klara sich um. „Ehrlich, ich verstehe es nicht", flüsterte sie.

„Jeder hat einen Auslöser, der ihn unter Umständen zum Mörder machen könnte. Bei Henriette ist es eben dieser hässliche Klang ...", meinte Felizitas und gähnte herzhaft. „Weißt du eigentlich, was Kamele für Laute von sich geben? Oder was die so fressen?"

„Na, zumindest muss Adelheid ihre Schokolade nicht mit ihm teilen", lachte Klara.

„Ins Gras beißen?", fragte Dora und stupste Felizitas in den Arm.

„Nein Dora. Noch ist niemand gestorben", sagte Felizitas sanft, „zumindest nicht, bis Gisela nach Hause kommt." Klara und Felizitas prusteten hemmungslos.

„Bis Gisela nach Hause kommt ... ich krieg` mich nicht mehr ein ..." Klara begann zu weinen - vor Lachen.

„Gras. Das Kamel frisst Gras", bemerkte Dora und tippte sich an die Stirn.

Adelheid verabschiedete den alten Freund und dessen Sohn am Gartenzaun. „Wir bleiben in Verbindung, ja?", mahnte Adelheid und fasste Wunibald an den Händen. „Versprichst du es mir?", fragte sie eindringlich.

„Natürlich. Jetzt, wo ich dich wiedergefunden habe", lächelte Wunibald herzlich.

„Kommt gut nach Hause!" Adelheid umarmte ihren Freund und führte ihn an die Beifahrertüre. Winkend stand sie am Straßenrand, bis das Auto samt Anhänger außer Sicht war. Dann schlenderte sie verträumt in den Garten und gesellte sich zu den Freundinnen. Dora war wieder eingenickt und die beiden anderen gackerten munter. Klara hatte sich eben von dem Lachanfall erholt, doch als sie Adelheid sah, brach sie erneut in unkontrolliertes Lachen aus: „... bis Gisela nach Hause kommt ... ich kann nicht mehr. ... Erbarmen!"

Strahlend schaute Felizitas zu Adelheid. „Keine Sorge, sie berappelt sich schon wieder ... Irgendwann - hoffe ich ...", meinte sie beschwichtigend.

Erika werkelte in Giselas Gemüsegarten. Sie hatte der Freundin versprochen, sich heute um die Pflanzen zu kümmern. Ganz in Gedanken lockerte sie rings um die Freilandtomaten die Erde auf, als sich ein Schatten auf sie legte. Mit der Hand auf dem Rücken richtete sie sich auf. „Jetzt lasst mich doch meine Arbeit machen", maulte sie. Als Antwort erhielt sie jedoch nur ein sanftes Brummen, woraufhin sie sich umdrehte. Kreidebleich fing sie an zu stottern. „Da, da, da ... Gisela ... dda ... Klara ... ADELHEID!!!!!!" Um Luft ringend, klammerte sie sich an der Tomatenstange fest.

Klara hatte den Hilfeschrei vernommen und eilte mit Adelheid und Felizitas schleunigst herbei. Als sie um die Ecke bogen, bot sich ihnen ein friedfertiges Bild. Erika an der Tomatenstange, die sich schon bedenklich verbogen hatte - und kaum zwei Meter entfernt, an irgendwelchem Grünzeug knabbernd, das Kamel.

„Gisela wird dich ganz sicher umbringen!", zischte Felizitas Adelheid zu, während Klara die erstarrte Erika behutsam von der Stange pflückte. Schuldbewusst sammelte Adelheid ihr Erbe ein und zog es in den hinteren Teil des Gartens, wo sie es festband und Rosinante ins Gewissen redete.

„Gisela wird mich teeren, federn und vierteilen ... seht nur, was aus den Bohnen geworden ist ..." Erika zeigte mit zitternder Hand auf die abgefressenen Stummel.

„Warum hast du sie nicht festgebunden?", fragte Klara Adelheid vorwurfsvoll.

„Hab ich doch", maulte die beleidigt.

„Ja, jetzt!", tadelte Klara.

„Ich mag sowieso keine Bohnen", befand Felizitas grinsend und lief, um ein paar Tropfen von Giselas Beruhigungselixier zu holen.

Erikas Gesichtsfarbe wurde nach der Einnahme langsam wieder normal und auch die Schnappatmung wurde bald durch eine normale Frequenz ersetzt.

*

Jelle Hérisson hatte alle Fenster im Auto heruntergelassen und ließ sich den warmen Wind durch die Haare wehen. Es rauschte in ihren Ohren und so bekam sie nicht mit, dass das Mobiltelefon in ihrer Handtasche unablässig bimmelte.

Am anderen Ende der Leitung legte Frau Meier mit einem Achselzucken wieder auf. „Nur der Anrufbeantworter, Chef."

Lampl ging knurrend ins Besprechungszimmer zurück, als Bruno Kurz einen Stapel Papier auf den Tisch warf.

„Was ist das?", wollte Lampl wissen.

„Der vorläufige Befund vom Doktor über Frau Päch."

„Mmh. Und? Was Auffälliges dabei?" Lampl betrachtete ausgiebig seine Schuhspitzen.

„Nö, nix. Jedenfalls kein Fremdverschulden. Die toxikologische Untersuchung steht allerdings noch aus." Bruno Kurz plumpste in den Drehstuhl und rollte rückwärts zur Kaffeemaschine. Im Sitzen goss er sich einen Becher ein und musterte anschließend naserümpfend den Inhalt, daraufhin leerte er die Tasse ins Spülbecken.

„Ist was mit dem Kaffee?", fragte Siebentisch.

„Das war doch kein Kaffee, höchstens die Entkalkungsbrühe", meinte Kurz angeekelt.

„Ich hab' mir wirklich Mühe gegeben." Pikiert verschränkte Karl Siebentisch die Arme vor der Brust, setzte demonstrativ seine Kopfhörer auf und hörte die Ouvertüre aus dem „Ring".

Jelle Hérisson trat durch die Türe der Abteilung und stellte elegant die Handtasche auf dem Boden neben ihrem Arbeitsplatz ab. Sie tippte Siebentisch auf die Schulter.

„Ah. Da sind Sie ja!" Siebentisch legte die Kopfhörer zur Seite.

„Ja, da bin ich", antwortete die Kommissarin und griff zu einer Flasche Mineralwasser. „Ich komme gerade von Frau Senft. Sie erwähnte einen Jugendfreund, einen gewissen Moritz Friedrich. Sie hat ihn vor ein paar Wochen zufällig wiedergetroffen. Mehr habe ich nicht. Die Frau hat, wie es scheint, nichts zu verbergen."

„Die waren mal zusammen?", fragte Kurz nach.

„Ja."

Lampl nickte. „Bleiben Sie dran, Frau Kollegin. Was den Fall Päch angeht: Der ist für uns erledigt. Die Gerichtsmedizin geht von Unfall oder Suizid aus."

Siebentisch hatte seine Blockadehaltung aufgegeben, verschränkte die Arme hinter dem Kopf und legte die Beine auf den Tisch. „Somit sind wir wieder alle bei Senft, richtig?"

Sein Vorgesetzter sah ihn stirnrunzelnd an. „Ja, sind wir. Allerdings fehlen uns immer noch Mörder und Motiv."

„Haben wir das eine, haben wir das andere", gab Bruno Kurz geistreich zu Gehör.

„Danke, Bruno! Da wäre ich nie drauf gekommen", war die nicht freundlich gemeinte Antwort seines Chefs.

„Ich werde jetzt mal sehen, was es über diesen Friedrich gibt." Hérisson schaltete den Rechner an.

Karl Siebentisch sah erwartungsvoll in Lampls Richtung. „Soll ich die Kollegin unterstützen?"

„Nein. Ist nicht nötig. Macht Feierabend! Wir sehen uns morgen. Ich bleibe noch", sagte Lampl und zog einen Stuhl neben Herissons Schreibtisch.

Frau Meier hatte ihre Sieben Sachen zusammengepackt und war auf dem Sprung. „Bis übermorgen, Herr Kommissar", rief sie eingeschnappt.

„Übermorgen?", hakte Lampl nach.

„Ja. Haben Sie vergessen, dass ich morgen meinen jährlichen Komiteebeitrag leisten muss? Dieses Jahr bin ich sogar Vorsitzende der Prüfungskommission." Frau Meier legte die Stirn in tiefe Falten.

„Oh, nein, natürlich hab ich es nicht vergessen. Ich dachte nicht daran, dass das schon morgen ist." Lampl hatte den Eindruck, sich rechtzeitig aus der Affäre gezogen zu haben.

„Ich glaube Ihnen kein Wort. Ich weiß ja, dass Sie das lächerlich finden. Da können Sie mir nichts vormachen." Frau Meier zog gekränkt von dannen. Zurück blieben ein betroffener Kommissar und eine belustigte Kommissarin.

„Was prüft sie denn morgen?", fragte Jelle interessiert, kaum, dass die Tür ins Schloss gefallen war.

„Kochklub. Sie küren die Kartoffelsuppenkönigin. Hat Siebentisch gesagt."

„Ach!?"

*

187

Man saß in der Runde und bestaunte das exotische Tier. Erika hatte sich wieder gefangen und Adelheid hantierte, ganz gegen ihre Gewohnheit, fleißig in der Küche.

„Was macht Adelheid da drinnen?", wollte Caroline wissen. Alle lauschten dem Geklapper und Gefluche, das aus der Küche kam.

„Sie macht Abendessen", antwortete Klara und starrte auf das Kamel.

„Adelheid macht freiwillig was in der Küche?" Henriette traute ihren Ohren nicht.

„Schlechtes Gewissen", deutete Erika Adelheids Einsatzfreude.

„Gisela wird sie umbringen ...", mutmaßte Caroline.

„Wer ist gestorben?"

„Adelheid, noch heute Nacht ..." Felizitas prustete los und die anderen ließen sich davon anstecken.

Dora blickte angestrengt in die Ferne. „Ich glaube, langsam werde ich verrückt. Ich sehe in unserem Garten ein Kamel", flüsterte sie Klara zu, die ihr daraufhin über das Gesicht strich.

„Du bist nicht geisteskrank. Da steht wirklich ein Kamel", sagte sie sanft.

Caroline wirkte verzweifelt und stöhnte. „In zwei Stunden muss ich vor den ‚Hohen Rat' und mir ist nichts eingefallen, was ich denen um die Ohren hauen kann. Und nun haben wir auch noch ein Kamel. Das wird unsere Position nicht verbessern", orakelte sie bitter.

„Nein", meinte Klara, „im Gegenteil."

„Essen ist gleich fertig. Könnte mir bitte jemand helfen?", flötete es aus dem Haus.

Einvernehmliches Schweigen, keine rührte einen Finger.

„Meine verehrten Damen. Ich habe die Lösung!" Kellerbier lief in leichtem Trab den Weg entlang. Alle Köpfe flogen in seine Richtung.

„Na, da bin ich gespannt." Caroline setzte sich kerzengerade hin und erwartete die Rettung.

„Ich …" Kellerbier ging plötzlich wie in Zeitlupe und blieb dann mit offenem Mund und ausgestrecktem Zeigefinger stehen. „Was … was ist das???"

„Ein Kamel", antwortete Caroline trocken, als wäre das völlig normal.

„A … aha." Kellerbier ließ sich ungefragt auf dem nächstbesten Stuhl nieder und wiederholte sein „Aha" mehrmals, bevor er wieder zu sich kam.

Adelheid hatte inzwischen begonnen, das Abendessen nach draußen zu tragen. Klara erhob sich und machte für Ida eine Portion zurecht. „Fangt ohne mich an", meinte sie, „ich bleib bei Ida, bis sie fertig ist."

Kellerbier wurde von Caroline eingeladen. „Essen Sie!", forderte sie ihn auf. „Es ist vielleicht unsere Henkersmahlzeit. Die von Adelheid ist es in jedem Fall." Sie zwinkerte Adelheid zu, die mit hängendem Kopf die Teller austeilte.

„Kommt Albert auch zum Essen?", fragte Adelheid Felizitas.

„Der hat frei. Ich denke, er kommt morgen zum Frühstück."

„Schade, da wirst du leider nicht mehr dabei sein …" Henriette konnte sich den spitzen Kommentar einfach nicht verkneifen.

*

„Viel gibt es nicht über Moritz Friedrich." Jelle Hérisson lehnte sich zurück. „38 Jahre, Eltern beide Psychologen, ein Bruder. Er studierte Biologie und Chemie, ist bei einer großen Firma als Forschungsleiter. Nicht verheiratet, keine Kinder und nie strafrechtlich aufgefallen."

Lampl wippte mit dem Stuhl. „Mager", meinte er. „Wir sollten ihn uns trotzdem ansehen, vielleicht ergibt sich im Gespräch ein Anhaltspunkt." Lampl balancierte seinen Bleistift auf der Oberlippe. „Was meinen Sie, Frau Kollegin?"

„Ich rufe ihn an und bestelle ihn für morgen hierher." Die Kommissarin griff zum Telefon, während Lampl sich für den Feierabend rüstete.

„Meine Damen", Kellerbiers Stimme erhob sich feierlich über die versammelte Gesellschaft, „ich war so frei, mir das Papier zum Denkmalschutzgesetz zu verinnerlichen ...", Kellerbier räusperte sich vernehmlich, „... und ich denke, ich habe einen Ansatzpunkt gefunden." Er legte eine Kunstpause ein, um den Frauen die Gelegenheit zu geben, ihm Bewunderung zu schenken.

„Lassen Sie hören!", forderte Erika den Nachbarn auf.

„Nun, ich zitiere: Artikel 5 - Nutzung von Baudenkmälern." Ein kurzer prüfender Blick in die Runde bestätigte Kellerbier, dass die Damen an seinen Lippen hingen und so fuhr er bestärkt fort: „Baudenkmäler sollen möglichst entsprechend ihrer ursprünglichen Zweckbestimmung genutzt werden. Werden Baudenkmäler nicht mehr entsprechend ihrer ursprünglichen Zweckbestimmung genutzt, so sollen die Eigentümer und die sonst dinglich oder obligatorisch zur Nutzung Berechtigten eine der Ursprünglichen gleiche oder gleichwertige Nutzung anstreben. Soweit dies nicht möglich ist, soll eine Nutzung gewählt werden, die eine möglichst weitgehende Erhaltung der Substanz auf die Dauer gewährleistet ..." Er setzte seine Lesebrille ab und lächelte Caroline aufmunternd zu. „Was halten Sie davon, meine Liebe?", fragte er Beifall heischend.

„Es lebe die wohlklingende Beamtensprache", lobte Klara spöttisch.

Caroline von Grupp dachte mit voller Konzentration nach. „Kellerbier, Sie schwadronieren. Wir sprechen hier über eine neu zu bauende Garage und nicht über den Umbau des Hauses, der ja schon erfolgte."

„Bis auf den Lift", bemerkte Felizitas.

„Nun, äh. Also: Es ist im Prinzip ganz einfach: Die Garage wird so ausgeführt, dass, rein äußerlich, kein Unterschied zum Wohnhaus besteht. Und das wäre eine Änderung Ihres ursprünglichen Planes: Der Bau wird, als Zugeständnis sozusagen, an die Grundstücksgrenze gesetzt. So bleibt das denkmalgeschützte Haus unverändert erhalten. Ich nehme an, früher gab es eine Scheune auf dem Grundstück?"

„Ja, die stand dort an der Grenze zu Ihrem Garten." Caroline strich sich über ihre aristokratische Nase. „Sie haben recht, man könnte denen das so verkaufen. Gut gemacht, Kellerbier!", lobte sie.

Adolf Kellerbier wuchs ein Stück. „Danke, gnädige Frau."

„Warum haben wir das nicht gleich so geplant?", wollte Erika wissen.

„Weil … ich weiß auch nicht." Caroline schüttelte den Kopf. „Bitte entschuldigen Sie mich einen Augenblick. Ich werde unseren Architekten bitten, uns hier ein wenig früher als vorgesehen zu treffen."

„Wir haben einen Architekten?", fragte Henriette Erika.

„Vermutlich seit einer Minute. Lass Caroline mal machen. Ich denke, ihre blitzenden Augen bedeuten, dass der Gemeinderat keine Chance mehr hat …"

Adelheid nahm sich ein Radieschen. „Ich denke, irgendjemand schuldet Caroline noch einen Gefallen – und den wird sie jetzt einfordern."

Dora griff gierig zum Nachtisch.

*

Unterdessen war man im Kommissariat bereit für den Aufbruch. Jelle Hérisson hatte den Termin mit Moritz Friedrich auf 9 Uhr gelegt. Lampl und sie verließen zusammen das Büro, gingen einträchtig nebeneinander zum Fahrstuhl. „Möchten Sie noch etwas trinken, Frau Hérisson?" Lampl stellte seine Frage ohne Gefühlswallung, er wollte nur die peinliche Stille überbrücken.

„Nein, danke. Heute nicht. Aber wenn es Ihnen recht ist, würde ich meinen Einstand am Freitag geben. Ich dachte, die Abteilung trifft sich dann bei Enzo?" Die Kommissarin starrte beharrlich auf die Anzeigetafel.

„Gerne, danke!" Lampl atmete erleichtert aus, als der Lift im Erdgeschoss ankam und sie beide ausspuckte. „Na, dann bis morgen", sagte er und ließ ihr den Vortritt.

„Ja, bis morgen, schönen Feierabend", antwortete sie und stakste entschlossen zum Parkplatz.

Hübsche Beine ..., dachte er.

Gottseidank kein Wort über den Samstag, dachte sie.

*

Caroline war mit männlicher Verstärkung, Kellerbier und einem gewissen Professor Tran in das Rathaus gefahren, um die leidige Sache ein für alle Mal zu klären.

Professor Tran, der ein ehemaliger Zögling von Caroline und, wie es der Zufall wollte, der Schwiegersohn des Bürgermeisters war, ließ sich nicht lange bitten. „Sie hätten schon viel früher mit mir sprechen können", meinte er belustigt.

„Sicher. Eigentlich halte ich nichts von Mauscheleien. Nur in diesem Fall sehe ich keinen anderen Weg."

„Da haben Sie sicher recht." Er legte Carolines Arm in seinen, was Kellerbier grimmig zur Kenntnis nahm und führte sie zum Wagen. „Frau von Grupp, ich brauche fünf Minuten mit dem Bürgermeister", versprach er und half ihr beim Einsteigen.

„Kellerbier soll auch mit!", befahl die Freifrau und beide fügten sich.

Adelheid hatte alleine alles abgeräumt und abgewaschen. Ida war von Klara nach dem Abendessen ins Bett gebracht worden, es ging ihr nicht besser. Als Dora anfing, im Liegestuhl wie ein Seemann zu schnarchen, wurde sie von Erika und Henriette sanft angestupst und auf ihr Zimmer begleitet. Der Rest saß lachend zusammen und drückte Caroline die Daumen. Hauptsächlich aber warteten die Damen hier, um Giselas Heimkehr beobachten zu können. Adelheids Herzklopfen nahm mit jeder Stunde zu.

Der Mond leuchtete hell am Himmel, die Grillen zirpten und Adelheid hatte mehr als ein Dutzend Mücken erschlagen, als Erika ein Geräusch vernahm. Leise stellten alle ihre Gläser ab.

„Da kommt jemand", flüsterte Henriette.

„Pst", gab Erika zurück, den Zeigefinger auf den Mund drückend.

„Sie kommen näher", raunte Felizitas, „müssten jetzt vor der Gartentüre stehen." Adelheid war schlecht vor Angst. Vorsichtig schlichen die alten Mädchen um die Hausecke und versuchten einen Blick zu erhaschen.

„Ich glaube, sie verabschieden sich gerade." Erika kniff die Augen zusammen. „Mist, ich habe die falsche Brille auf. Kannst du was sehen?", wollte sie von Felizitas, die ihr auf die Füße trat, wissen.

„Ich kann kein Wort verstehen. Aber ich sehe, dass sie sehr nahe beieinanderstehen." Felizitas reichte Erika die Brille. „Hier, sieh selbst."

„Er hat den Arm um sie gelegt." Klara klang aufgeregt.

„Gisela ist ganz atemlos", meinte Felizitas.

„Wie willst du denn das erkennen?" Erika schüttelte den Kopf.

„Sie hat die Hand auf ihrer Brust. Das macht sie nur, wenn sie nach Luft schnappt", beharrte Felizitas und nahm Erika die Gläser wieder ab.

Adelheid erstarrte und die anderen hielten in der Bewegung inne. „Achtung! Er nimmt ihre Hand."

„Ein Handkuss", kommentierte Felizitas bewegt.

Henriette nestelte in der Hosentasche nach einem Taschentuch.

„Gott, wie süß." Klara lächelte und freute sich für ihre Freundin.

„Los, sie kommt. Wir müssen hier verschwinden." Erika blies zum dringenden Rückzug. Behände schlichen sie an den Tisch und nahmen atemlos Platz.

„Wir müssen wenigstens so tun, als würden wir uns unterhalten", mahnte Klara.

„Gut. Lasst uns über Carolines Plan sprechen, was haltet ihr davon?", wollte Erika von den anderen wissen und schon entspann sich ein reger Wortwechsel.

Plötzlich ein nervenerschütternder Schrei!

*

Nigel Biederwolf hatte gerade begonnen, das Sprudelbad mit Chemie auf Vordermann zu bringen. Im dürftigen Schein der Taschenlampe versuchte er, das Ergebnis auf dem Teststreifen abzulesen. Doch da war einfach nichts zu machen. Er konnte die Farbunterschiede zwischen Test- und Kontrollstreifen nicht erkennen. Im Übrigen fühlte er sich beobachtet. Nicht, dass es ihn wirklich gestört hätte, würde ein Nachbar, oder besser, eine Nachbarin einen Blick über die Hecke riskieren und ihn im Adamskostüm sehen. Aber dieses Gefühl, dass einer herumlungerte, der hier nichts verloren hatte, störte ihn. Biederwolf wusste, dass was faul war.

„Ist da jemand?", rief er in die Nacht, und ging an der Strauchreihe entlang. Ab und zu teilte er die Äste, um auf die andere Seite sehen zu können. „Hallo?" Ein merkwürdiges Geräusch ließ ihn zusammenfahren. Hektisch lief er zurück zum Planschbecken und griff nach seinem Badehöschen. Umständlich zog er es über und bewaffnete sich mit der Taschenlampe und dem neben dem Becken stehenden Federballschläger. Dann pirschte er sich erneut an die Stelle, an der er dieses unheimliche Grummeln gehört hatte. Mit der Lampe in der einen und dem Schläger in der anderen Hand pflückte er die Zweige auseinander. Heißer Atem schlug ihm ins Gesicht. „Boah, du blöder Hund. Wer bist du? Kannst du dir nicht wenigstens die Zähne putzen, bevor du Leute erschrecken willst?" Biederwolf schickte sich an, sich durch die Hecke zu schlängeln. „Na warte ..."

Als er den Schrei hörte, gefror dem muskulösen Kegelbahnbetreiber das Blut in den Adern. Er ließ die Waffen fallen und trat schleunigst den Rückzug an. Beherzt sprang er auf halbem Wege durch die Grundstücksgrenze zurück und spurtete ins sichere Haus.

Gisela klammerte sich am Tonnenhäuschen fest. Aus ihrer Kehle war gerade das Grauen entwichen. Fassungslos stand sie einem Untier gegenüber, das sie zu Tode erschreckt hatte. Erika war als Erste bei ihr, versuchte sie zu beruhigen und führte sie an den Tisch. Alle redeten durcheinander, Gisela fächelte sich hektisch Frischluft zu.

„Warum habt ihr mich nicht abgefangen und vorher gewarnt?"

„Wir wollten deinen romantischen Abend nicht stören und ..." Erika knetete die Hände.

„...Und eigentlich hätte Rosinante festgebunden sein müssen. Ich verstehe nicht, warum sie schon wieder vorne am Gartenzaun war, ehrlich, es tut mir leid." Adelheid hatte Tränen in den Augen, die im Mondlicht glitzerten.

Henriette goss ein Glas Wein ein und reichte es Gisela mit beruhigenden Worten. Klara übernahm es, Gisela über die Ereignisse des Nachmittags aufzuklären.

Die Zikaden zirpten, die Nacht war duftend und warm. Nur Adelheid konnte es nicht genießen...

*

„Gute Nacht, Adelheid."
„Gute Nacht, Rosinante."

„ Und? "

„ Wie und? "

„ Ich denke, wir haben nichts zu befürchten. "

„ Im Augenblick ... "

„ Ja, sicher. Wir müssen eben wachsam sein. "

„ Trotzdem ... "

„ Wie? Angst? "

„ Nein. "

„ Ich habe einen neuen Kunden ... "

„ Was? Sollten wir nicht vorsichtig sein, solange die Polente noch hier schnüffelt? "

„ Nun hab dich doch nicht so. "

„ Wie viel? "

„ Mehr als sonst. Ich habe einen Risikozuschlag verlangt. "

„ In Ordnung. Wann? "

„ Donnerstag. "

Denk' an deine Jugendsonne,
Wenn dich's in der Seele friert;
Träum von Jugendglück und Wonne,
Wenn es Herbst im Herzen wird.

...

B. vom Berge

Dienstag

Die Vögel zwitscherten lieblich, die Sonne versprach einen wunderschönen Sommertag. Der Wetterdienst hatte ihn als den bisher wärmsten des Jahres angekündigt.

Im Haus herrschte hingegen eisige Stimmung. Zumindest zwischen Gisela und Adelheid war die zwischenmenschliche Beziehung deutlich abgekühlt, gefühlt etwa am Gefrierpunkt. Henriette und Erika gaben sich Mühe die beiden zu versöhnen, bis jetzt konnten sie jedoch wenig ausrichten. Die Fronten waren verhärtet...

Doch auch andere sorgten in der letzten Nacht für reichlich Ärger. Caroline war sehr spät und, was alle schockierte, angetrunken nach Hause gekommen. Sie hatte sich sogar auf Kellerbiers Arm stützen müssen. Auch er nicht mehr nüchtern, hatte angeboten, Caroline ins Bett zu bringen!

„Flegel", rügte ihn Henriette daraufhin mit Verachtung und jagte ihn mit der Drohung, ihm eine Ohrfeige zu verpassen, davon.

Adelheid machte sich ungewohnt beflissen nützlich. Schon morgens um 6 Uhr war sie in den Garten geschlichen, hatte Rosinante mit Futter versorgt, ihr einen Eimer Wasser hingestellt und sich mit ihr, zugegebenermaßen etwas einseitig, unterhalten. Sie streichelte dem Tier behutsam über Stirn und Nase und flüsterte ihm ins Ohr. Anschließend vergewisserte sie sich, dass das Kamel am Baum festgemacht war und trotzdem genügend Auslauf hatte.

Gisela hatte die halbe Nacht nicht geschlafen. Die Aufregung über diese „böse Überraschung" brachte sie so in Wallung, dass sie sich lange Zeit einfach nicht beruhigen konnte. Als sie dann endlich einschlief, träumte sie davon, dass Schleich ihr seine „innige Ver-

197

bundenheit" gestand. Solchermaßen der inneren Ruhe beraubt, stand sie kurz nach 6 Uhr auf und begann zu backen. - ihre Art der Stressbewältigung. Ausgerechnet Adelheid war heute auch so früh aus den Federn geschlüpft. Brummig gewährte Gisela ihr einen „guten Morgen" und ließ sie dann links liegen.

Gegen 8 Uhr tröpfelte die Belegschaft in die Küche. Auf Giselas gereizte Anweisung hin wurde der Tisch draußen gedeckt. Albert nahm das Tablett für Ida und machte sich auf den Weg zu ihr. Es war noch keine Zeit gewesen, ihn über die Neuigkeiten zu informieren. Egal, dachte Gisela, ein Blick in den Garten und er weiß Bescheid.

Klara und Caroline kamen just die Treppe herunter. Caroline, blass und still, hielt sich am Geländer fest. Klara hingegen schnatterte und schien ganz aufgekratzt.

„Wo kommt dieses Geräusch her?", wollte Albert von Klara, seiner Tischnachbarin wissen.

„Welches Geräusch?" Klara stellte ihre Tasse brav auf die Untertasse.

„Na, das da ... hörst du es nicht?" Albert suchte im Brotkorb nach dem passenden Gebäckstück.

„Du meinst dieses ... Mahlen?" Klara blieb ganz gelassen.

„Mahlen?" Albert hielt einen Moment inne.

„Na hört sich das für dich nicht an, als ob da Zähne aufeinander mahlen?", fragte Klara mit einem mitfühlenden Lächeln.

Albert war leicht verwirrt. „Könnte sein", meinte er.

„Das ist Rosinante", klärte Adelheid ihn auf.

„Rosinante? Ist Don Quichotte gestern hier eingetroffen?" Albert hatte endlich sein nächstes Frühstückchen gefunden und schnitt es beherzt auseinander.

„Die Rosinante ist kein Pferd, unsere Rosinante ist ein Kamel." Adelheid verschränkte die Arme vor der Brust und war jetzt auf Auseinandersetzung gepolt.

„Mmh ... aha ... und gleich werdet ihr mir Sancho Panza vorstellen, oder?" Albert biss herzhaft in das Brot und sah belustigt zu Adelheid hinüber. Die war nun überhaupt nicht mehr zu Scherzen aufgelegt und funkelte ihn an.

„Rosinante ist ein Kamel. Ich habe sie von einem guten Freund geerbt. Es ist das Einzige, was mir von ihm geblieben ist ..." und dann setzte sie für alle laut vernehmlich hinzu: „Nur, dass ihr es wisst: Wenn Rosinante gehen muss, gehe ich auch." Bockig sprang sie auf und lief in ihr Zimmer. Die anderen blieben in der Bewegung erstarrt zurück.

*

Lampl schälte sich aus dem Bett. Auch er hatte in der letzten Nacht nicht gut geruht. Träume verfolgten ihn. Immer sah er die alte und nun tote Frau Senft vor sich. Mit erhobenem Zeigefinger wollte sie ihm etwas mitteilen, aber er konnte sie nicht verstehen. Sie stand inmitten von wuchernden Pflanzen und hatte eine grässliche, aus den 1970er Jahren stammende Kittelschürze an. Schon das Muster dieses Kleidungsstückes raubte ihm fast den Verstand. Grell orangegrüne Kringel, die sich zu bewegen schienen und pulsierten, sorgten dafür, dass er sich im Schlaf beinahe übergeben hätte. Seine Großmutter hatte auch derartige Schürzen getragen und in den Taschen die Schlüssel, die Taschentücher nebst allerlei Krimskrams verstaut.

Lampl erwachte lange vor der eingestellten Zeit auf dem Wecker und stand schließlich entnervt auf. Draußen ging die Sonne auf, es würde sicher ein heißer Tag werden.

Er machte sich für die Arbeit fertig, stürzte eine Tasse Kaffee hinunter und verließ das Haus. Seine Lieblingsnachbarin, Frau Federwein, rollte die Tonnen für die Müllabfuhr auf die Straße. Galant bot er ihr Hilfe an und zu seiner Überraschung nahm sie an. Kurzatmig gestand sie ihm, dass es mit zunehmendem Alter nicht mehr so einfach sei, alles pflichtschuldig zu erledigen, aber mit seiner Hilfe, meinte sie keck, wäre es ja sogar ein Spaß. Die beiden schäkerten noch ein Weilchen, dann war es höchste Zeit aufzubrechen.

Jelle Hérisson hatte wunderbar geschlafen. Erfrischt sprang sie aus dem Bett und sah der Stadt beim Aufwachen zu. Auf der Straße tummelten sich die ersten Eiligen, hier und da wurden erst die Rollos aufgezogen. Auf den Balkonen sah man Frauen und Männer, die ihre Blumen gossen und an der Ecke standen schon die ersten Schulkinder, die auf den Bus warteten.

Die Kommissarin legte, wie jeden Tag, größte Sorgfalt auf ihre Garderobe und war pünktlich startklar.

Punkt 8 Uhr trafen Lampl und Hérisson ein. Siebentisch und Kurz folgten auf dem Fuße. Da die „gute Seele" heute nicht zugegen war, musste ein anderer die wichtige Aufgabe des Kaffeekochens übernehmen. Doch leider fand sich kein Freiwilliger. Lampl entschied, das Vernünftigste sei wohl zu losen. Eifrig schrieb er Zettelchen mit den Namen der Kollegen, seinen eigenen ließ er weg und legte die vier gefalteten Wahlscheine in die leere Keksdose von Frau Meier. Da er Frau Hérissons Namen auf zwei Briefchen geschrieben hatte, schöpfte niemand Verdacht, dachte er.

Die Kollegin wurde zur Glücksfee, zog einen Zettel aus der Dose und gab den Gewinner preis. „Lampl!", verkündete sie mit fester Stimme.

Wortlos bestückte er die Kaffeemaschine und nutzte die nächste Gelegenheit, mit Frau Hérisson vertraulich zu sprechen. Lampl sah ihr tief in die Augen. „Stand da wirklich mein Name auf dem Papier, werte Kollegin?"

Lächelnd legte sie eine Hand auf Lampls Arm. „Ich habe sehen können, dass Sie meinen Namen zweimal geschrieben haben und bin davon ausgegangen, dass Sie Ihren wegließen ..." Augenzwinkernd ging sie in das Besprechungszimmer voraus. Lampl starrte auf ihre wohlgeformten Beine und folgte ihr kopfschüttelnd.

Siebentisch und Kurz gingen ihre Notizen durch. Kommissar Lampl bat um Ruhe. „Um 9 Uhr haben wir ein Gespräch mit dem Jugendfreund von Frau Senft. Das übernehmen Frau Hérisson und ich. Bruno, ich möchte, dass du dich hinter das Ergebnis der Bankauskunft klemmst. Karl, wir haben noch nichts über die Angestellten der Kirche. Könntest du das übernehmen?"

„Wir haben die Mitarbeiter noch nicht befragt?" Jelle Hérisson zog ihre hübsche Augenbraue nach oben.

„Doch, haben wir. Allerdings fehlt uns noch die Sekretärin, die hatte bis gestern Urlaub." Siebentisch war rot geworden.

„Und sonst?", hakte die Kommissarin nach.

Lampl las die Aufzählung ab. „Es gibt noch eine Reinigungsfrau, den Mesner, den Gärtner und eine Aushilfskraft im Büro."

„Uns fehlen noch die Sekretärin und der Gärtner. Über die Aussagen der anderen liegen Protokolle vor." Siebentisch machte Häkchen in seiner Liste.

„Warum wurde der Gärtner nicht befragt?" Hérisson kräuselte die Nase.

„Der hatte auch Ferien und soll erst heute im Laufe des Tages aus Mallorca zurückkommen", antwortete Siebentisch beflissen.

„Wer sagt das?" Jelle Hérisson ließ nicht locker.

Siebentisch kratzte sich am Kopf: „Die Zugehfrau."

Hérisson nickte zufrieden. „Gut, die wissen sowieso immer alles ganz genau. Wer wird die beiden befragen?"

„Siebentisch kümmert sich um den Gärtner, Bruno um die Sekretärin. Man hat mir versichert, dass sie heute wieder im Büro sein wird. Es handelt sich um eine gewisse Frau" … er blätterte in Papieren ... „Frau Ranghild Walentin, 54 Jahre, ledig." Lampl sah auf und dann wieder in seine Aufzeichnungen: Der Gärtner, Gabriel Fingerhut, 58 Jahre, verheiratet, wohnhaft im Waldmeisterweg 24."

Jelle Hérisson goss sich eine Tasse Kaffee ein, nahm beherzt den ersten Schluck und verzog keine Miene.

Moritz Friedrich saß in einem Zimmerchen, das als Vernehmungsraum genutzt wurde. Ein Beamter hatte ein Glas Wasser vor ihn hingestellt und wartete mit dem Zeugen auf die Kommissare. Der hochgewachsene, ungepflegte Mann inspizierte seine Fingernägel, als Hérisson und Lampl eintraten.

„Guten Tag, Herr Friedrich, schön, dass Sie es sich einrichten konnten." Lampl reichte ihm die Hand. „Meine Kollegin, Frau Hérisson." Mit einer Handbewegung wies er in ihre Richtung.

„Freut mich. Wir haben gestern miteinander telefoniert, Sie erinnern sich?" Die Kommissarin setzte sich auf den Stuhl, den ihr Lampl zurechtgerückt hatte.

„Nun", fing Lampl an, „wie Sie vielleicht wissen, ist in der letzten Woche der Ehemann ihrer Freundin ums Leben gekommen ..." Lampl fingerte einen Krümel vom Tisch.

Leandra hatte Jelle von Friedrichs Eifersuchtsdramen berichtet. Mehrmals hatte sie ihm mit der Polizei gedroht, sich jedoch immer wieder auf ihn eingelassen. „Was war damals der Grund für Ihre Trennung?", fragte Hérisson deshalb.

„Sie warf mir vor, besitzergreifend zu sein, sie zu bevormunden."

Die Kommissarin nickte: „Sie waren eifersüchtig?"

Moritz Friedrich kaute auf seinen Nägeln. „Eine Freundin von Leandra war neidisch und trieb einen Keil zwischen uns", sagte er nuschelnd.

„War es nicht eher so, dass Leandra einen anderen Mann kennenlernte und Sie sich mit dem Ende Ihrer Beziehung nicht abfinden wollten?"

„Hat Sie das gesagt?"

„Sie erzählte mir auch, dass Sie sie verfolgten und mehrmals bedroht hatten."

„Wegen diesem Idioten? Der war mir doch egal."

„Sie haben sich mit ihm geprügelt."

„Einmal", gab Friedrich zu.

„Sie wollten die Beziehung zu Leandra aufrechterhalten, richtig?" Hérisson klopfte ungeduldig mit dem Stift auf die Unterlage.

„Hören Sie! Der Kerl war ein Stiefellecker. Eine unterwürfige, verlogene und verzogene Memme ohne Rückgrat. Ich weiß nicht, was sie an ihm gefunden hat. Ist mir übrigens bis heute schleierhaft. Aber deswegen bringe ich ihn doch nicht um. Das hätte ich vor Jahren tun können und hab es nicht getan. Warum also jetzt?" Friedrich lehnte sich zurück und sah Lampl und Hérisson herausfordernd an.

„Sie trafen Leandra vor Kurzem wieder. Vielleicht sind Ihre Gefühle für sie noch nicht erloschen?", bohrte Jelle weiter.

„Klar. Ich bringe den Deppen um und halse mir gleichzeitig die trauernde Witwe samt ihren Blagen auf. Für wie blöd halten Sie mich?

Ich hab mit der ganzen Sache nichts zu tun. Das können Sie mir glauben." Der Zeuge nahm einen Schluck Wasser und stellte zornig das Glas wieder zurück.

Moritz Friedrichs Antworten war plausibel, wenn auch nicht befriedigend, fand Lampl.

„Haben Sie einen festen Wohnsitz, Herr Friedrich?"

„Ich bin nicht offiziell gemeldet, wenn Sie das meinen", gab er an. „Ich bin derzeit bei einem Freund untergekommen."

„Mmh ... ich nehme an, Sie bleiben dort nur vorübergehend?"

„Ja, das nehmen Sie richtig an."

„Wie verdienen Sie Ihren Lebensunterhalt?" Kommissarin Hérisson schrieb alle Angaben eifrig mit.

„Ich schreibe Bücher."

„Bücher?"

„Ja, meist Fachliteratur."

„Aha. Welches Fach, wenn ich fragen darf?"

„Botanik. Manchmal verfasse ich Sprüche für Glückwunschkarten und einen Roman habe ich auch geschrieben."

„Wer hat das nicht?", meinte Lampl aus der Ecke.

„Bitte?" Moritz Friedrich sah ihn an. „Wie meinen Sie das?"

„Na, viele haben in ihren Schubladen ein Buch, meist einen Verkaufsschlager, es muss nur veröffentlicht werden ..." Lampl hob belustigt die Augenbrauen.

„Meiner ist schon erschienen, Herr Kommissar", antwortete Friedrich eingeschnappt.

„Kenn' ich den?", fragte Lampl gelangweilt.

„Nein, vermutlich nicht."

„Dachte ich mir. Wie heißt ..."

Jelle Hérisson wollte jetzt endlich fertig werden und unterbrach das Geplänkel: „Wo waren Sie letzten Mittwochnachmittag?"

„Letzten Mittwoch? ... Am Schreibtisch. Hatte am Freitag Abgabetermin und musste am Donnerstag den Brief zur Post bringen. Am Mittwoch saß ich ab Vormittag bis weit nach Mitternacht am Rechner, um alles fertigzumachen." Friedrich wirkte nicht die Spur nervös.

„Kann das jemand bezeugen?"

Der Zeuge zuckte mit den Schultern: „Klar, mein derzeitiger Vermieter. Der war auch den ganzen Nachmittag zuhause." Moritz Friedrich nahm einen Schluck Wasser.

*

Bruno Kurz klingelte an der Türe. „Pfarramt" stand auf dem Schildchen. Es dauerte eine Weile, bis von drinnen Schritte zu hören waren. Eine untersetzte Frau, Mitte fünfzig, öffnete.

Ranghild Walentin bat den Beamten mit den Worten: „Ich habe Sie schon erwartet", in ihr Vorzimmer. „Bitte nehmen Sie Platz, Herr Kommissar", sagte sie. „Möchten Sie etwas zu trinken?" Sie räumte auf dem Schreibtisch, der mit Aktenordnern und losem Papier übersät war, ein Eckchen frei. „Tut mir leid, dieses Durcheinander, aber ich bin erst heute wieder zum Dienst erschienen und ... aber das wollen Sie sicher gar nicht wissen." Sie lächelte. „Limonade?"

„Äh, ja gerne. Danke." Bruno Kurz wartete, bis Frau Walentin ein Glas für ihn und eines für sich eingeschenkt hatte.

„Prost", rief Kurz und erhob das Glas.

„Ja." Sie nippte nur.

„Frau Walentin. Was können Sie mir über Pfarrer Senft sagen?", begann Kurz.

„Was wollen Sie denn so wissen?" Ranghild Walentin nahm einen kleinen Schluck aus ihrem Glas.

„Na, hatte der Pfarrer Feinde? Gab es in letzter Zeit Ärger? Wie war das Verhältnis der Eheleute? Und alles, was Sie an Klatsch und Tratsch aufgeschnappt haben."

„Alles? Wirklich alles, Herr Kommissar?", rief die Sekretärin entsetzt.

„Ähm, ja. Alles, Frau Walentin." Bruno Kurz lächelte, aber ihm war durchaus bewusst, dass er mit der Aufforderung unter Umständen in einen Ameisenhaufen gestochen hatte.

*

Karl Siebentisch kurvte jetzt zum neunten Mal um denselben Häuserblock. Zwar hatte er die Adresse gefunden, aber noch keinen freien Parkplatz. Und das auf dem Land, dachte er verärgert. Überall blockierten Fahrräder und Roller Autoparkplätze. Da, endlich fuhr ein Pkw aus einer Lücke. Siebentisch stellte seinen Wagen so dicht an den Ausparkenden, dass der ihn beinahe geschrammt hätte. Wütend rief der Autofahrer ihm etwas zu. Karl Siebentisch ignorierte ihn großzügig - sonst hätte er ihn vielleicht wegen Beamtenbeleidigung anzeigen müssen. Als er aus dem Auto kletterte, wurde ihm bewusst, welchem Kühlschrank er gerade entstiegen war. Schon beim Abschließen der Autotür lief Siebentisch der Schweiß am Rücken hinunter.

Er fragte einen kleinen Jungen nach der Hausnummer 24. Der Rotzbengel wurde frech: „Kannse nich lesen, Oppa? Du stehst doch davor?" Siebentisch hielt an sich, um den Dreikäsehoch nicht an den Ohren zu ziehen. „Hier", sagte er leise zu dem Zwerg und zeigte ihm seinen Dienstausweis, „wenn du noch mal so pampig bist, werde ich dich verhaften! Haben wir uns verstanden, mein Sohn?"

Der Junge sah ihn mit großen Augen an und nickte. Karl Siebentisch machte sich bereit, um die staattragende Macht, die von seinem Amt ausging, vor dem Knirps zu demonstrieren. „Aus dem Weg!", verlangte er schneidig. Siebentisch stürmte in den Hausflur und schloss die Tür geräuschvoll hinter sich.

Nachdem er mehrmals vergeblich die Türglocke betätigt hatte, kam ihm vom Stockwerk darüber eine Nachbarin entgegen. „Der is nich da", sagte sie und schleppte einen vollen Wäschekorb nach unten.

„Wissen Sie, wann er zu Hause ist?", rief er der Frau hinterher.

„Nee." Sie blieb einen Moment stehen und dachte nach.

Siebentisch schöpfte Hoffnung. „Nee, weiß ich nich."

Missmutig setzte sich Siebentisch auf die unterste Stufe. Was tun? Warten!

*

„Wie alt ist Rosinante?", wollte Albert wissen.

„30 Jahre", antwortete Adelheid stolz und streichelte das Tier an der Flanke.

„Und wie alt kann sie werden?", fragte er weiter und berührte zaghaft die andere Flanke.

„Etwa 40 bis 50 Jahre", sagte Adelheid, während sie Rosinante ein Büschel Gras reichte.

„Dann ist sie mit Abstand die Jüngste bei euch", lachte Albert. „Ich mag sie. Sie erinnert mich an dich."

„Was?" Adelheid spielte nun die Entrüstete. „An mich? Wieso?"

„Sie ist geduldig und vorwitzig wie du", sagte er schlicht und fasste ein bisschen mehr Zutrauen zu dem imposanten Tier. Albert griff den Strick und führte Rosinante ein Stück weiter.

„Was machst du denn da?", fragte Adelheid und lief den beiden hinterher.

„Wenn ihr beide hierbleiben wollt, müsst ihr euch mit Gisela gut stellen", erklärte er mit einem Augenzwinkern.

„Und?"

„Deswegen müssen Rosinante und Gisela Freunde werden ..." Albert zog das Kamel in die Nähe der hinteren Küchentür und band es fest. „So, das müsste reichen. Komm", forderte er sie auf, „wir sollten Futter besorgen. Und ich weiß auch, wo wir genügend und vor allem umsonst bekommen ..." Albert ging auf die Gartenpforte zu, schnappte sich unterwegs die Schubkarre und Adelheid folgte ihm vertrauensvoll.

Gisela blickte finster aus der Glastür. „Nicht, dass du meinst, ich finde deinen Anblick schön", sprach sie zu dem Wüstentier, „aber wenn du schon mal da bist, hier ...", sie öffnete die Türe und schaute sich verstohlen um. „Hier, lass es dir schmecken!", sagte sie und hielt Rosinante eine Schüssel mit Karottenabfällen unter die Nase. Gisela sah zu, wie Rosinante fraß und erzählte ihr von ihrer Verabredung mit Ewald Schleich. Oben hörten Klara und Erika am geöffneten Fenster mit großen Ohren zu.

*

Lampl war angefressen. Die Befragung hatte nichts gebracht. Als sie schweigend ins Büro kamen, erledigte Jelle Hérisson still ihre Aufgaben und tippte die Protokolle.

„Hunger?", knurrte Lampl seine Kollegin gegen Mittag an. Und weil sie in der Tat Appetit hatte und den bärbeißigen Mann vor sich keinesfalls noch mehr auf die Palme bringen wollte, stimmte sie nickend zu.

Stumm bestiegen beide den Fahrstuhl und fuhren nach unten. Vor der Kantine blieben sie am Aushang mit dem heutigen Angebot stehen. Lampl las vor:

Petersiliensüppchen
Allerlei vom Grill
Erdbeerfantasie

„Hört sich toll an", ermunterte Hérisson ihren älteren Kollegen.

„Mmh, ... wenn man das bekommen würde, was man sich vorstellt. Ich schätze, die Petersiliensuppe ist eine undefinierbare Suppe in fragwürdiger Farbe, in der, wenn alles gut geht, zwei Blättchen Petersilie schwimmen. Allerlei vom Grill heißt: Reste von gestern, frisch gerillt, sprich aufgewärmt und die Erdbeerfantasie ist zum großen Teil Fantasie mit einer einsamen Erdbeere oben drauf ..." Lampl steckte die Hände in die Hosentaschen und drehte sich zu

Jelle um. „Wissen Sie was, ich lade Sie auf eine Bratwurstsemmel ein. Gleich gegenüber vom Haupteingang. Da weiß man wenigstens, was drin ist. Na? ... Wie wär's?" Lampl schien entschlossen und so antwortete Hérisson mit einem knappen: „Gehen wir."

Nachdem sie den Eingangsbereich verlassen hatten, überquerten sie die Straße und setzten ihren kurzen Fußweg in Richtung Fußgängerzone fort. Am Anfang der verkehrsberuhigten Zone stand ein Imbisswagen, von dem eine deftige Brise herüberwehte.

„Hallo Andi", begrüßte Lampl den stattlichen Herrn hinter dem Tresen.

„Hallo Lampl, na, wieder nix Gescheites in der Kantine heute?", wollte der Wirt wissen.

„Bisschen viel Fantasie für meinen Geschmack. Du weißt ja, ich bin da einfach strukturiert ... Gib uns bitte erst mal zwei kleine Bier und dann zwei von deinen fantasielosen, aber wunderbaren Bratwurstsemmeln." Lampls Laune besserte sich zunehmend im Dunst des Grills.

Sie mussten nicht lange warten. Lampl zahlte und trug alles an eine Parkbank in der Nähe. Beide setzten sich und begannen zu essen.

„Is gesund", rechtfertigte sich Lampl und popelte irgendwas aus den Zähnen.

„Mmh, stimmt. Zumindest sitzen wir an der frischen Luft." Hérisson hatte Schwierigkeiten, die Semmel so zu halten, dass nichts daneben ging und gleichzeitig die Flasche festzuhalten.

Schweigend aßen sie eine Weile, dann durchbrach Hérisson die Ruhe. „Sie haben da was ..." Mit den Augen fixierte sie einen Fleck auf Lampls Hemd.

Seelenruhig suchte der das Oberteil ab. Als er den Senfklecks fand, wischte er mit der Servierte die gelbe Masse kräftig ab. Zurück blieb eine große hellgelbe Stelle, auf der sich die Krümel der zerriebenen Papierserviette gleichmäßig verteilt hatten.

„Moment, bin gleich wieder da." Jelle stand unvermittelt auf und benetzte ihr Taschentuch am Brunnen. „Darf ich?", fragte sie, wartete die Antwort nicht ab, sondern rubbelte mit dem nassen Tuch an Lampls Brust.

„Danke, Mutti", antwortete Lampl belustigt auf den erfolgreichen Versuch seiner Kollegin, aus ihm wieder einen Beamten mit sauberer Weste zu machen.

„Gerne." Jelle lächelte. „Wenn Sie einverstanden sind, sorge ich für den Nachtisch." An einem Obst- und Gemüsestand ergatterte sie eine Schale Erdbeeren und wusch sie unterwegs im Brunnenwasser ab. Dann setzte sie sich neben Lampl, einträchtig nahmen sie das Obst, Stück für Stück und ohne ein Wort.

„Hab ich wieder gekleckert?", fragte Lampl in gespieltem Entsetzen.

„Ich sehe nichts. Kaffee?"

„Ja, aber den hole ich. Muss dafür schnell um die Ecke. Bin gleich wieder da." Lampl schlenderte los, Jelle lehnte sich zurück und hielt das Gesicht in die Sonne. Als sich ein Schatten auf sie setzte, wusste sie, der Kaffee war da.

„Gift weist meist auf eine Frau hin." Jelle hielt die Augen geschlossen, während sie mit Lampl sprach.

„Schon, aber wir haben weit und breit keine Frau mit einem Motiv, ausgenommen die überlebende Frau Senft." Lampl tat es Hérisson nach und hielt sein Gesicht auch zur Sonne gewandt.

„Es gibt noch nicht mal jemanden aus dem Umkreis der alten Frau Senft, der einen Anlass hätte." Jelle nippte vorsichtig an dem heißen Becher. „Was halten Sie von Friedrich?"

„Wir überprüfen seine Angaben. Raus ist er jedenfalls noch nicht."

Lampl tupfte sich die Stirn. „Angefangen hat es mit dem Pfarrer ..."

„Vielleicht ist seine Mutter nur deshalb gestorben, weil sie irgendetwas wusste." Jelle schlug die Beine übereinander.

„Das hätte sie uns gesagt." Lampl wischte sich über die Oberlippe.

„Ja. Aber wenn der Mörder dachte, die Alte hätte was gesehen, gehört, gewusst ..." sie wippte mit dem Fuß.

„Dann hat er sich geirrt." Lampl atmete tief durch.

„Er konnte kein Risiko eingehen." Jelle schlug die Augen auf.

„Es muss mit der Ankunft der alten Frau zusammenhängen."

„Oder besser: ab dem Zeitpunkt, als sie eingetroffen war. Trinken Sie aus. Wir sehen uns die Protokolle noch mal daraufhin an." Lampl kippte den letzten Schluck hinunter.

*

Bruno Kurz war am Ende. Er hatte stundenlang der Sekretärin zugehört und mitgeschrieben. Ihm brummte der Schädel, er hatte Durst und Hunger. Bevor er nach oben ging, wollte er in der Kantine essen. Er hatte seine Beute schon anvisiert, da stellte sich ihm Mayeraufderhut in den Weg: „Sagen Sie mal, Kurz, so heißen Sie doch, oder?"

„Ja." Kurz stierte auf die Flasche kühlen Wassers.

„Wie macht sich denn die neue Kollegin?" Mayeraufderhut bohrte mit einem Zahnstocher in seinem Mund.

„Ja, gut." Kurz befeuchtete nervös seine Lippen.

„Richten Sie Lampl bitte aus, er möge doch morgen etwa um 9 Uhr zu mir kommen." Mayeraufderhut schnippte den Zahnstocher in die Luft und ging, den Mitarbeitern jovial zuwinkend, davon.

„Morgen, 9 Uhr. Jawohl." Bruno Kurz griff sich das Tablett und eine Flasche Wasser, die er sofort austrank.

*

Karl Siebentisch wartete noch immer auf der Treppe, als sein dienstliches Mobiltelefon klingelte.

„Ja?", meldete er sich. „Frau Hérisson, ja ... ich warte noch auf Herrn Fingerhut ... nein, habe ihn noch nicht angetroffen ... am Arbeitsplatz? ... ja, wäre auch möglich." Siebentisch kratzte sich am Kopf. „Äh, Frau Kollegin ...... aha ... ja ... danke." Siebentisch schlug sich vors Hirn. Mann, darauf hätte ich auch selbst kommen können, dachte er. Jelle Hérisson antwortete er auf die Frage, warum er nicht schon längst Fingerhut am Arbeitsplatz aufgesucht hatte: „Nun, ich wollte erst mit seiner Frau sprechen ... um mal vorzufühlen ... die Lage sondieren, nicht wahr? Aber im Augenblick ist halt niemand zu Hause. Nein, kein Problem ... ich war eben im Begriff, meine Taktik zu ändern ... ja ... dann auf Wiederhören."

Karl Siebentisch erhob sich ächzend, streckte den Rücken, packte das Telefon ein und machte sich achselzuckend auf den Weg zur angegebenen Adresse.

*

Erika rempelte Klara an und bedeutete ihr, still zu sein. Klara nickte – sie hatte verstanden. Beide erwarteten voll Spannung, was Gisela Rosinante und nicht ihnen anvertrauen wollte. Gisela streichelte hingebungsvoll das Tier und hatte es schon längst ins Herz geschlossen, die anderen mussten das ja nicht wissen.

Zärtlich flüsterte Gisela dem Kamel ins Ohr. „Soll ich dir erzählen, was gestern passiert ist? Aber sag's nicht den Mädels. Ich merke doch, wie sie sich vor Neugier schier umbringen, keine will fragen - alle Hasenfüße! Dabei ist gar nichts gewesen. Ewald hat mich schön ausgeführt und wir haben uns ganz wunderbar unterhalten. Über seine Arbeit, die Leute, dies und das. Und als er mich nach Hause brachte, bat er um eine Verabredung für die nächste Woche. Und weißt du was? Ich hab' gleich zugesagt." Gisela kraulte Rosinante hinter den Ohren. „Ich freue mich darauf."

Klara schloss behutsam das Fenster. „Hab' ich dir nicht gleich gesagt, da ist nichts?" Klara war erleichtert, Erika ein wenig enttäuscht. „Schade. Noch mal hautnah an einer romantischen Liebesgeschichte dran zu sein, hätte mir gefallen. Schließlich kommt so etwas in unserem Alter doch eher selten vor", resümierte sie.

„Ja, aber stell dir vor, Gisela würde sich bei Nacht und Nebel mit dem guten Ewald davonmachen", gab Klara zu bedenken.

„Genau, wer würde dann so wunderbar für uns sorgen?" Erika öffnete leise die Zimmertüre.

„Ach du! Denkst auch nur an deine Bequemlichkeit und das gute Essen."

„Du nicht?" Erika bedeutete Klara kichernd, still zu sein, dann huschten die beiden die Treppe hinunter.

Caroline erholte sich nur langsam von dem anstrengenden Abend. Sie ließ sich von Henriette zum dritten Mal erzählen, wann und in welchem Zustand sie in der letzten Nacht nach Hause gekommen war. „Ich habe *was* gemacht?" Caroline betupfte die Stirn zum wiederholten Male mit einem feuchten, kalten Tuch, das Henriette immer wieder frisch machte. „Oh ... wirklich ... das habe ich gesagt?"

Henriette versuchte sie zu trösten: „Nun sei doch nicht so streng mit dir selbst. Es war eine Ausnahmesituation. Niemand konnte wissen, dass der Bürgermeister so trinkfest ist." Henriette streichelte Carolines Hand.

„Schon, aber dass ich mich hinreißen ließ, mich mit ihm zu messen ... ich bin ein alter Esel." Caroline verlangte nach Wasser.

„Immerhin hast du ihn am Ende unter den Tisch getrunken." Henriette musste lachen und Caroline stimmte schließlich mit ein.

„Und? Und das ist das Wichtigste: Wir können endlich die Garage bauen. Ich habe zwar vorläufig nur eine mündliche Zusage..."

„Aber bei so vielen Zeugen?"

„... die auch alle angetrunken waren. Oh, Henriette, mir tut der Kopf so weh." Caroline von Grupp legte ermattet die Hand über die Augen.

„Ruh' dich aus. Ich bringe dir gleich eine kleine Stärkung."

Henriette stand auf und ging in die Küche, um mit Gisela zu besprechen, welcher Art denn diese Labsal sein könnte, während Caroline sich zurücklehnte und die Augen schloss.

Gisela hatte längst angefangen, für Caroline eine stärkende Hühnersuppe zu kochen.

Als Henriette in die Küche kam, nickte sie anerkennend. „Du hast wirklich eine Antenne für Bedürftige", meinte sie und schnupperte am Suppentopf.

„Meinst du?" Gisela schmunzelte. „Danke fürs Kompliment. Könntest du nach Ida sehen? Das Süppchen köchelt noch ein paar Minuten."

„Ist was nicht in Ordnung?", wollte Henriette beunruhigt wissen.

Gisela rührte in der Suppe. „Ich mach mir ein wenig Sorgen um unsere Seniorin. Das Wetter sorgt nicht gerade dafür, dass sie sich wohlfühlt. Ida scheint mir heute ein wenig unruhig zu sein."

„Keine Angst, ich sehe nach. Caroline braucht etwas Ruhe", sagte Henriette augenzwinkernd und machte sich auf den Weg in die obere Etage. Wenn es anderen nicht gut ging, vergaß sie ihre eigenen Zipperlein...

Klara und Erika deckten den Tisch ein, als Kellerbier um die Ecke bog.

„Meine Damen!", grüßte er, den Strohhut lüftend und marschierte in Richtung Küchentür.

„Halt! Hier kommen Sie heute nicht rein!" Gisela hatte sich im Türrahmen aufgebaut und schien nicht willens, auch nur einen Zentimeter zu weichen.

„Verzeihung?" Kellerbier prallte mit seiner Freundlichkeit bei Gisela ab wie ein Regentropfen auf einem Lotusblatt.

„Frau von Grupp ist unpässlich – tut mir leid." Gisela hatte die Haltung eines Preisboxers angenommen und fixierte Kellerbier böse.

„Ähm, ja. Ich bedaure, dies zu hören. Bitte richten Sie ihr doch aus, ich würde mich sehr freuen, wenn sie mich aufsuchen könnte, sobald es ihr wieder besser geht." Kellerbier verneigte sich galant und bat darum, sich entfernen zu dürfen.

„Dürfen Sie, dürfen Sie!" Gisela wedelte mit der Hand und sah ihm nach, als er den Rückzug antrat. Klara und Erika, die den Vorfall beobachtet hatten, applaudierten spontan. Gisela bedachte sie wortlos mit einem finsteren Blick und ging zurück an ihren Suppentopf.

Adelheid und Albert kamen mit einer Schubkarre Heu zurück.

„Was wird das denn?", wollte Erika wissen.

„Für Rosinante", ächzte Adelheid und bugsierte die Karre neben Giselas Gemüsebeet.

Albert, einen Grashalm zwischen den Lippen und die Hände in den Hosentaschen, schlenderte hinter Adelheid her. „War meine Idee", sagte er nuschelnd.

„Und auf den Gedanken, einer alten Frau zu helfen, bist du nicht gekommen?", wollte Klara, die Arme in die Hüften gestemmt, wissen.

„Ich wollte keine Hilfe!", schaltete sich Adelheid röchelnd und mit rotem Kopf ein, „Rosinante gehört schließlich mir und ich bin für sie verantwortlich. Klar?" Völlig außer Atem ließ sich Adelheid auf die kleine Bank am Gewächshaus sinken.

„Albert!" Gisela war wieder in der Türe erschienen. „Du denkst doch daran, mich heute Nachmittag zum Friseur zu fahren?"

„Selbstverständlich, stets zu Diensten", erwiderte er beflissen.

„Gut. Dann könnten wir jetzt essen." Gisela verschwand im Inneren.

*

Karl Siebentisch war einmal ganz durchgebraten. Jedenfalls fühlte er sich so. Er hoffte inbrünstig, zügig die Zeugenbefragung abschließen zu können, um schnellstmöglich wieder im klimatisierten Büro zu sein.

Das Jackett ließ er diesmal im Wagen. Suchend betrat er das Grundstück durch die Gartenpforte. „Hallo?", rief er zaghaft ins Blaue. „Ist hier jemand? Herr Fingerhut, sind Sie da?"

„Wer sind Sie und was wollen Sie hier?" Eine ältere Frau stand plötzlich vor Siebentisch und bedrohte ihn mit einem Besenstiel. Er nahm aus Gewohnheit sofort die Hände hoch.

„Mein Name ist Karl Siebentisch und ich bin Kriminalbeamter. Ich möchte Herrn Fingerhut sprechen. Ist er da?" Siebentisch fürchtete sich vor alten Frauen, besonders, wenn sie bewaffnet waren.

„Zeigen Sie mir Ihre Marke!", forderte sie ihn auf.

„Ähm, ich habe keine Marke, bei uns gibt es Dienstausweise, gnädige Frau ... wenn Sie gestatten, ich habe ihn hier in meiner ..., Mist, die Jacke ist im Auto ...“

Hilfesuchend sah er sich um. „Wenn Sie darauf bestehen, könnten wir zusammen zum Wagen gehen. Der Dienstausweis ist im Jackett ...“ Siebentisch schwitzte.

„Ach, papperlapapp, Sie bleiben hier stehen! Verstanden?“ Siebentisch nickte schweißgebadet.

„Mechthild? Mechthild ... komm doch mal!“ Berta Schimmel war wild entschlossen, diesen Kerl dingfest zu machen.

Mechthild Sanft schob ihren breiten Sonnenhut aus dem Gesicht. „Was ist denn?“, fragte sie. Allmählich fühlte sie sich von Berta genervt. Trotzdem ging sie sie suchen. „Meine Güte, was machst du da?“, stellte sie ihre Freundin zur Rede.

„Ich halte einen Eindringling fest.“ Berta Schimmel wechselte den Besen in die andere Hand. „Der ist hier einfach aufgetaucht. Kennst du den?“ Sie stellte die Beine breit, um das Gleichgewicht zu halten und für einen Angriff gerüstet zu sein.

„Nun, ähm, sind Sie nicht einer der Kommissare aus der Stadt?“, fragte Mechthild.

„Ja, gnädige Frau. Schön, dass wir uns wiedersehen ...“

„Lass den Kommissar in Ruhe, Berta!“ Mechthild Sanft nahm Berta Schimmel die Waffe aus der Hand. „Sie müssen verzeihen, aber seit den jüngsten Vorfällen sind wir alle ein wenig überreizt, Herr Kommissar.“ Die Lehrerin lächelte.

Siebentisch zog die Krawatte zurecht und gab sich große Mühe, Verständnis zu heucheln. „Natürlich. Das verstehe ich sehr gut. Bitte entschuldigen Sie, dass ich Sie erschreckt habe. Vielleicht können Sie mir helfen? Ich bin auf der Suche nach Herrn Fingerhut. Kennen Sie ihn?“

„Gabriel? Natürlich kenne ich ihn, was denken Sie?“ Fräulein Sanft klimperte mit den Wimpern – so kam es Siebentisch wenigstens vor.

215

„Wissen Sie, wo ich ihn finde?" Siebentisch hatte das Gefühl, in den Schuhen zu schwimmen. Entnervt nahm er die Krawatte ab und stopfte sie in die Hosentasche.

„Bitte. Herr Fingerhut ist dort drüben und versorgt die Kaninchen der Kinder." Mechthild Sanft wies die Richtung und fasste ihre Freundin am Arm. „Komm, Berta, wir zwei machen uns jetzt eine schöne Tasse Tee. Auf Wiedersehen, Herr Kommissar." Mechthild Sanft hatte ein entzückendes Lächeln, fand Karl Siebentisch.

*

Bruno Kurz teilte seinem Chef mit, dass sein Chef, also Mayeraufderhut, ihn, also Lampl, morgen um 9 Uhr zu sprechen wünschte.

„Sonst noch was?", knurrte, Lampl missmutig.

„Durst" Kurz setzte die nächste Flasche an und trank sie aus.

Lampl und Hérisson sahen schweigend zu und staunten.

„Und?", fragte Lampl unwirsch. „Hat sich irgendwas wirklich Wichtiges bei der Befragung ergeben?" Er riss das Fenster auf und schaltete die Klimaanlage aus.

„Eigentlich nicht." Bruno Kurz schielte auf den Schalter für die Anlage. Wenn er gefragt würde, würde er es genau andersherum machen: Fenster zu und Klimaanlage an. Aber ihn fragte ja keiner.

„Was heißt das im Einzelnen?" Frau Hérisson fächelte sich mit dem letzten Rundschreiben Luft zu.

„Ich bin sicher, das wollen Sie gar nicht wissen. Jede Menge Getratsche und Klatsch. Nichts Konkretes jedenfalls." Kurz öffnete wieder eine Flasche Wasser.

„Willst du dich nicht mal untersuchen lassen?" Lampl zog die Nase kraus.

„Hä? Untersuchen?" Kurz trank die Flasche aus.

„Ich habe gehört, wenn man viel Durst hat, kann das auf Diabetes hinweisen. Du solltest mal zum Arzt gehen", riet er dem Kollegen.

„Danke, Herr Doktor. Ich habe einfach nur Durst." Kurz griff erneut zum Wasser.

Karl Siebentisch hatte endlich den Zeugen Fingerhut gefunden. Vorher hatte er sich durch dichtes Grün schlagen müssen. Seine Arme waren mit Schrammen übersät. „Hallo? Herr Fingerhut?" Siebentisch wischte sich den Schweiß von der Stirn.

„Warum sind Sie nicht da rumgegangen?" Unaufgefordert half Gabriel Fingerhut dem Kommissar, die Blätter, Spinnen und Käfer von Hemd und Hose zu entfernen.

„Die Damen zeigten mir den Weg und ich dachte, es ginge durch die Pampa. Hoffentlich habe ich nichts kaputt gemacht." Entschuldigend hob er die Schultern.

„Nein, ist schon in Ordnung. Sie wollten mich sprechen?" Fingerhut streichelte ein hellbraunes Kaninchen und reichte einem anderen ein Büschel Heu. „Sind die Kaninchen der Kinder. Frau Senft meinte, ich sollte mich um sie kümmern, bis sie weiß, wie es weitergeht", erklärte er.

„Verstehe! Können Sie mir ein paar Fragen zur Familie Senft beantworten?" Siebentisch fahndete noch nach einem unsichtbaren Spinnenfaden, der ihm im Gesicht hing.

„Natürlich, Herr Kommissar. Vielleicht wäre es angenehmer dort drüben im Schatten? Ich habe noch etwas Kühles zu trinken, wenn Sie mögen." Fingerhut machte eine einladende Bewegung und Karl Siebentisch nahm hocherfreut an.

*

„Adelheid, würdest du bitte so nett sein und heute den Garten gießen?" Gisela spitzte die Lippen und säuselte in süßlichem Ton.

„Aber ich ... ja, gut, natürlich." Adelheid ballte die Faust unter dem Tisch. Sicher, sie hatte etwas gutzumachen, aber irgendwann musste es doch genug sein. Eigentlich hätte sie sich heute an ihre Abschlussbeurteilung des „Studienobjektes Toilettenpapier" setzen wollen, aber das konnte natürlich auch bis morgen warten. Zähneknirschend stand sie auf und begann den Tisch abzuräumen. „Soll ich deine Giftkräuter auch wässern?", fragte sie mit ausdruckslosem Gesicht.

Die Äußerung brachte Gisela auf die Palme. Nach außen blieb sie ruhig, meinte aber stichelnd: „Natürlich, meine Liebe. Und ich danke dir dafür. Soll ich dir aus der Stadt vielleicht etwas mitbringen? Eine Mistgabel zum Beispiel oder einen neuen Sattel?"

„Nein, danke", war alles, was Adelheid darauf zu antworten hatte.

Die umsitzenden Damen neigten, teils verlegen, teils vergnügt das Haupt und verfielen dann in lärmende Geschäftigkeit. Gisela griff nach Hut und Tasche, schnappte sich die Autoschlüssel und rief Albert.

„Wann willst du ihr denn verzeihen?", wollte der wissen und nahm Gisela am Arm.

„Vielleicht morgen." Gisela zwinkerte Albert zu und ging majestätisch den Gartenweg entlang.

Maulend werkelte Adelheid in der Küche. „Die blöden Kräuter werde ich nicht gießen, das steht fest. Auf die bin ich sowieso allergisch – die können meinetwegen vertrocknen, dann hat Rosinante wenigstens Abwechslung auf dem Speiseplan", sagte sie und ließ den Wasserhahn an.

Erika und Klara, die in der Küche halfen, sahen sich nur grinsend an.

*

Siebentisch, der quasi schräg gegenüber von Adelheid auf dem Grundstück des ehemaligen Dorfpfarrers auf der schattigen Bank saß, hatte im Augenblick mehr Spaß als sie. Karl Siebentisch hielt ein kaltes Getränk in der Hand und plauderte mit Gabriel Fingerhut. Wirklich interessant, dachte Siebentisch, was für ein Leben dieser Mann gehabt hatte. Fingerhut neigte zwar dazu, ein wenig zu schwadronieren, doch dem Beamten machte es trotzdem Freude, ihm zuzuhören. Nein, seine Frau lebe nicht mehr bei ihm, erzählte der Zeuge. „Die ist das ganze Jahr im sonnigen Süden. Wegen Depressionen", fügte er hinzu. Fingerhut fragte, ob der Herr Kommissar noch nachgeschenkt haben wolle oder von den köstlichen Keksen naschen mochte. Siebentisch wollte und reichte sein Glas noch mal über das kleine Tischchen.

*

Im Kommissariat wartete man auf Siebentischs Ankunft und schlug die Zeit tot. Bruno Kurz beugte sich über einen nagelneuen Prospekt mit unerhört teuren Kaffeevollautomaten. Er murmelte allerhand Zahlen und Kommentare. Kommissar Lampl hatte die Beine hochgelegt und blätterte in den Fallakten. Jelle Hérisson suchte in ihrer Handtasche nach der Zahnbürste oder wenigsten einem Zahnstocher, mit dessen Hilfe sich die Kernchen aus den Zähnen pulen ließen, die die Erdbeeren hinterlassen hatten.

*

Beim Friseur war nicht viel los. Gisela musste kaum warten und hatte keine Gelegenheit, die spannende Geschichte irgendeines verarmten Hochadeligen fertig zu lesen. Angelique hatte den Platz für sie vorbereitet und legte ihr soeben Halskrause und Umhang um.

„So, Frau Huber. Was darf es denn heute sein?", wollte die dralle, platinblonde Friseurin wissen und lächelte Gisela im Spiegel an.

„Ich möchte etwas ausprobieren, aber Sie müssen mir sagen, wenn Sie das für zu verwegen halten, ja?" Gisela senkte die Stimme. „Also ... ein bisschen schneiden. Und dann hätte ich gerne ein wenig Farbe ..." Gisela wartete gespannt auf die Antwort von Angelique angesichts ihres gewagten Wunsches.

„Ja, gut. Ich hol' dann mal die Farbkarte, gell?", sagte sie leidenschaftslos, Kaugummi kauend, und schlurfte in ihren Gesundheitspuschen in den hinteren Teil des Salons.

Sie kam zurück, breitete eine große, aufklappbare Karte aus und entnahm daraus fertige Strähnen, die sie an Giselas Kopf hielt. „Wie finden Sie das?", fragte sie und beugte sich tief zu Giselas Ohr hinunter: „Sieht sicher heiß aus, glauben Sie mir. Damit wirken Sie mindestens zehn Jahre jünger." Angeliques Lächeln wurde breiter. „Und dem Herrn Schleich wird's sicher auch gefallen", versprach sie augenzwinkernd. Gisela klappte der Unterkiefer auf die Brust.

Frau Tannenbaum, eine korpulente Dame Ende sechzig, die sich auch im Salon „Chez Angelique" befand, mischte sich ungefragt ein. „Sie waren doch gestern mit dem Herrn Schleich im Café „Lovely", gell? - Wobei sie das Wort „Lovely" wie „Lofelei" aussprach. - Ich hab' Sie da gesehen. Wie haben denn die Kuchen geschmeckt? Wissen Sie, ich war da noch nicht. Das ist mir immer zu teuer und ich sag' eh immer: Den besten Kuchen gibt es bei mir zu Hause." Frau Tannenbaum lachte wie eine Ziege und Gisela fand plötzlich, so sah Frau Tannenbaum auch aus: wie eine dumme Ziege. Ihr mausgrauer Hosenanzug hatte schon bessere Tage gesehen, die fliederfarbene Bluse biss sich mit dem blaustichigen Haar.

Bevor Gisela überhaupt zu einer Antwort ansetzen konnte, äußerte sich Angelique. „Also, die Torten schmecken fan- tas-tisch! Und die Inhaber - kennen Sie die auch, Frau Tannenbaum? Die sind ja so nett. Schwul halt, aber entzückend." Angelique rollte den Frisierwagen neben Gisela. „Und? Nehmen wir die Farbe?", fragte sie.

„Wenn Sie meinen, aber es soll bitte nicht so auffällig aussehen", meinte Gisela noch zweifelnd.

„Vertrauen Sie mir, Frau Huber. Meine Kunden sind alle mit meinem Urteil zufrieden. Sonst würden sie ja nicht mehr kommen, gell Frau Tannenbaum?" Die Friseurin kicherte und begann damit, die Farbe anzurühren.

„Da haben's recht, Frau Angelique", meckerte Frau Tannenbaum und befeuchtete den Zeigefinger, um umzublättern. „Und das die zwei schwul sind, das ist doch nicht ihre Schuld, gell. Dafür können die doch nichts. Das ist halt wie eine Krankheit, sagt mein Mann."

„Möchten Sie einen Kaffee, Frau Huber?", fragte Angelique weiterrührend.

„Äh, nein, danke. Aber wenn Sie mir bitte ein Glas Wasser hätten?"

„Natürlich. Einen Moment." Angelique stellte die Schüssel mit der Farbe ab und schlurfte wieder nach hinten.

„Hat man den Mörder eigentlich schon gefunden?", fragte Frau Tannenbaum weiterlesend.

„Nein, nicht, dass ich wüsste", antwortete Gisela.

„Ist ja schlimm, was auf der Welt alles so passiert?" Frau Tannenbaum blätterte um. „Zum Abendessen gucken wir die Nachrichten. Da muss man immer sehen, wie die Kinder verhungern, da schmeckt es einem fast nicht mehr, gell?"

Gisela wartete auf ihr Wasser und Erlösung. Sie murmelte als Antwort irgendwas Unverständliches und hoffte, die Frau würde endlich den Mund halten.

„Gibt es denn schon einen Verdächtigen?", fragte Frau Tannenbaum weiter.

„Das weiß ich nicht." Gisela überkreuzte die Beine. „Ich bin ja nicht bei der Polizei."

„Also, die Leute sagen ja, es gäbe da eine ganze Menge an möglichen Schuldigen", sagte sie flüsternd, ihre opulenten Ohrringe bimmelten wie Christbaumkugeln.

„So? Und wen verdächtigen die Leute?"

„Zuerst ist doch die Ehefrau hochgradig verdächtig, oder? Und dann der Nachbar, Sie wissen schon, der, mit dem jeder im Dorf schon mal Streit hatte ... mei und ..." Frau Tannenbaum schwieg schlagartig, Angelique war mit dem Wasser zurück.

Schweigend ließ Gisela die Prozedur des Färbens über sich ergehen. Eine Weile wurde kein Wort gesprochen. Dann bekam Gisela ein buntes Magazin in die Hand gedrückt, mit dem sie sich die nächsten zwanzig Minuten beschäftigen sollte.

Angelique und Frau Tannenbaum unterhielten sich scheinbar prächtig, als Gisela unter der Trockenhaube saß. Was die beiden sprachen, konnte sie nicht verstehen – es interessierte sie auch nicht.

*

Im Garten, unter einer Schatten spendenden Markise und mit einem gekühlten Getränk, ließ es sich gut aushalten. Karl Siebentisch hatte bei der angeregten Plauderei mit Gabriel Fingerhut schlicht die Zeit vergessen. Der selbst gemachte Tee, den die beiden tranken, schmeckte vorzüglich. Der Kriminalbeamte fühlte sich so wohl, dass er dem Gegenüber beinahe das „Du" angeboten hätte. Nach einem Blick auf die Uhr traf ihn jedoch fast der Schlag. „Meine Güte, ich muss mich auf die Socken machen ..." Überstürzt verabschiedete sich Siebentisch von Fingerhut und lief in leichtem Trab zum Auto. Als er in das aufgeheizte Fahrzeug stieg, merkte er plötzlich, wie müde er war. Aber es half ja nicht. Er musste jetzt möglichst schnell ins Präsidium. Über die Funkfernsteuerung seines Wagens wählte er die Nummer von Frau Meier.

„Hérisson, Apparat Frau Meier", meldete sich die Kollegin.

Siebentisch war erstaunt. „Hallo? Ist da nicht die Frau Meier?", fragte er träge.

„Wenn hier die Frau Meier wäre, hätte sich auch die Frau Meier gemeldet. Wer ist denn da?" Jelle Hérisson klang verärgert.

„Siebentisch, Karl", antwortete er und wich im letzten Augenblick einem Fahrradfahrer aus, der vorschriftsmäßig unterwegs war. Als er den Wagen wieder in der Spur hatte, telefonierte er weiter:

„Hallo? Frau Hérisson? Sind Sie es?"

„Siebentisch? Sind Sie betrunken?", fragte sie streng.

„Betrunken? Davon kann keine Rede sein. Ich habe den halben Nachmittag Tee getrunken. Und mich mit ... mit ... unterhalten ..." Karl Siebentisch kam sich selbst sehr unkonzentriert vor.

„Wo sind Sie jetzt?" Jelle Hérisson hatte den Lautsprecher eingeschaltet, so konnten die Kollegen mithören.

Lampl kam an den Apparat: „Karl? Ist alles in Ordnung?", wollte er beunruhigt wissen.

„Sicher ... ich hab mich mit dem Dings unterhalten ... Zeuge ... nett ... und Tee getrunken ..." Siebentisch fühlte sich fabelhaft, ein wenig müde zwar, aber ansonsten - „fa-bel-haft ... geht es mir ... bin bald da ... oh, hoppla ..."

„Karl? ... Karl? ... was ist denn?" Lampl wechselte einen besorgten Blick mit den Kollegen, da meldete sich Siebentisch wieder. „... hab wohl gerade was überfahren ... ist aber nichts passiert ... bis später ... Schatzi." Die Verbindung rauschte, dann war sie unterbrochen.

„Bruno, kannst du mal deinen Prospekt auf die Seite legen?", fragte Lampl unwirsch.

„Sicher, Chef." Bruno Kurz tat es nicht gern, aber er tat es.

„Frau Hérisson, versuchen Sie bitte, mit Karl noch mal eine Verbindung zu bekommen. Und du, Bruno, geh zu den Kollegen in der Zentrale und ortet ihn. Irgendwas stimmt da nicht." Kurz verließ das Büro und eilte nach unten. Lampl rief bei den Kollegen der Streife an und bat um Unterstützung. Frau Hérisson wählte sich die Finger wund – Siebentisch antwortete nicht.

*

Adelheid kleckerte trotzig mit dem Wasser im Gemüsebeet. Erika und Klara saßen auf der Bank und zogen sie auf. „Na, machst du das auch richtig?" Erika konnte Gisela wunderbar imitieren.

„Du hast da die Gurken vergessen", beanstandete Klara und zeigte demonstrativ auf das Gemüse.

„Und immer schön gleichmäßig und nur untenrum gießen, hörst du?" Erika bog sich vor Lachen.

„Dumme Gänse!", rief Adelheid zurück, konnte aber selbst das Kichern nicht unterdrücken.

„Immer einen weichen Strahl verwenden, ja? Und guck genau hin, ob irgendwo Schädlinge zu sehen sind ..." äffte Erika Gisela nach.

„Pock pock pock", schnatterten Klara und Erika im Chor.

Caroline kam mit einem wagenradgroßen Sonnenhut zu den dreien. „Na?", fragte sie, „ihr amüsiert euch prächtig, wie ich höre."

„Jo!" Erika machte auf der Bank Platz, sodass sich Caroline zu ihnen setzen konnte. „Ich war gerade bei Ida. Sie ist furchtbar müde und bittet darum, heute nicht mehr gestört zu werden." Caroline machte ein besorgtes Gesicht.

„Mach dir keine Sorgen", riet Klara, „sie fängt sich sicher wieder." Erika nickte zustimmend.

„Adelheid, du gießt gerade deine Füße", kommentierte Caroline trocken.

*

Lampl war in sein Fahrzeug gehechtet und startete es. Über Funk war er mit der Einsatzzentrale und Bruno Kurz verbunden. „Was Neues von Siebentisch?", fragte er die Kollegen.

„Bis jetzt nicht", kam es knarzend zurück.

„Ich fahre ihm entgegen. Wir bleiben in Verbindung." Lampl fuhr unter Missachtung aller Regeln der Straßenverkehrsordnung, doch dafür mit eingeschalteter Sirene und Blaulicht durch den einsetzenden Berufsverkehr. „Schickt die Streifen in der Umgebung los, sie sollen ihn, falls sie ihn sehen, anhalten." Kommissar Lampl blickte angestrengt auf die Straße.

„Wo genau sollen die Kollegen suchen?", kam es anklagend aus dem Lautsprecher.

„Alle Zufahrten und die Umgehungsstraße selbst." Lampl querte eine Kreuzung im blinden Vertrauen darauf, dass die anderen Autofahrer schon aufpassen würden.

„Wir haben zwei Wagen auf der Umgehungsstraße, einen in jeder Richtung."

„Gut. Hoffen wir, dass wir ihn schnell finden." Lampl ließ den Motor nach der Kurve aufheulen.

Hérisson war zu Kurz in die Zentrale geeilt. Auch Mayeraufderhut befand sich zum Leidwesen der beiden in der Einsatzzentrale. Er stand hinter dem Kollegen, der den Einsatz koordinierte. „Was, bitteschön, ist hier los?", wollte er von Kurz und Hérisson wissen.

„Der Kollege Siebentisch war auf dem Rückweg von einer Befragung ...", setzte Kurz an und Hérisson vollendete den Satz: „...

wir hatten mit ihm gesprochen und den Eindruck, als wäre er krank. Leider wurde die Verbindung unterbrochen. Wir wissen also nicht genau, was passiert ist."

Mayeraufderhut nickte. „Ich will das mal so stehen lassen und hoffen, dass keiner zu Schaden kommt ..."

„Lampl hier. Ich bin jetzt auf der Umgehungsstraße und fahre in westlicher Richtung. Wo genau sind die Kollegen?"

„Einer in Höhe der Abfahrt ..."

„Lampl hier, Siebentisch kommt mir gerade entgegen. Ich werde versuchen, ihn zu stoppen ..." Lampl riss das Lenkrad nach links und bremste. Wie im Film hielt er das Auto an und wirbelte eine Staubwolke auf.

Karl Siebentisch, der mit Tempo vierzig auf der Bundesstraße fuhr, hatte Mühe, den Wagen vor sich zu erkennen. Die Augen fielen ihm immer wieder zu und so sah er erst im letzten Moment, dass da ein Auto quer stand. Der Vollidiot war ausgestiegen und schien zu winken.

„Ja, du Nebochant!", rief er in plötzlicher Erregung. „Du bist hier mitten auf der Straße!" Siebentisch bremste vorsichtig ab. „Na warte, dich kauf ich mir!", sagte er laut und ließ den Wagen ausrollen. Hinter ihm bildete sich im Nu ein Stau und der Autofahrer nach ihm ließ das Fenster herunter, um ein paar unflätige Worte in Siebentischs Richtung zu schreien.

Siebentisch drückte die Tür auf und wollte aussteigen, doch der Sicherheitsgurt war noch eingerastet. Leise vor sich hin schimpfend versuchte er, den Verschluss zu lösen.

Urplötzlich stand Lampl neben ihm. „Ja, wo kommst jetzt du her?", wollte er von seinem Chef wissen und blinzelte in die Sonne.

„Steig aus, Karl!", forderte Lampl ihn auf.

„Jetzt? ... Was is' los? ... Herrschaft, hab' ich einen Geschmack im Mund ... geh, hast du mir was zu trinken ...?" Siebentisch nestelte immer noch an dem Gurt herum.

Lampl beugte sich über den Kollegen, öffnete den Verschluss und half ihm beim Aussteigen. Inzwischen trafen die beiden Streifenwagen ein.

„Sagt in der Zentrale Bescheid, dass wir ihn haben und sie sollen einen Krankenwagen schicken", ordnete Lampl an.

Die Polizisten regelten den Verkehr an Siebentischs und Lampls Autos vorbei. Als sich die Situation etwas entspannt hatte, fuhren sie die Wagen auf den Standstreifen und schalteten die Warnblinkanlagen ein. Siebentisch stand leicht schwankend neben der Straße.

Ein Kollege von der Streife reichte ihm eine Flasche Wasser. „Nach Alkohol riecht er jedenfalls nicht", meinte er überzeugt und kratzte sich am Hinterkopf. „Brauchst du uns noch, Lampl?", fragte er.

„Danke. Ich denke nicht. Ich warte auf den Sani. Danke Kollegen." Lampl beobachtete Siebentisch weiter aufmerksam.

„Die von der Zentrale wollen wissen, was er hat", sagte einer der Streifenbeamten geniert.

„Sag ihnen, es sieht nach einem Hitzschlag aus", antwortete Lampl und führte Siebentisch in den Schatten.

Die Besatzungen der Streifenwagen fuhren ab, Lampl und Siebentisch blieben am Straßenrand sitzen.

„Macht`s mir Meldung, sobald ihr wisst, was mit Siebentisch ist. Klar?" Mayeraufderhut rauschte grußlos aus der Zentrale.

Jelle Hérisson und Bruno Kurz dankten dem Einsatzleiter und verkrümelten sich kleinlaut. Schweigend gingen sie gemeinsam ins Büro zurück.

Gerade, als Kurz die Türe öffnete, klingelte das Telefon.

„Lampl meint, wir sollen ins Krankenhaus fahren. Siebentisch wird dort gleich eintreffen." Jelle Hérisson sammelte ihre Utensilien in der Handtasche zusammen.

„Und was sollen wir da?", fragte Kurz.

„Keine Ahnung", sagte sie schulterzuckend.

*

Angelique schwenkte die Trockenhaube zur Seite und bat Gisela, ihr ans Waschbecken zu folgen. Frau Tannenbaum, nun ihrerseits unter der Haube und scheinbar gefesselt von der bunten Lektüre, bemerkte nicht, wie sich die Türe öffnete und Albert den Salon betrat.

„Gisela", tönte er, „bist du hier irgendwo?"

Ein dumpfes Geräusch kam vom Waschbecken. Albert ging darauf zu. „Gisela?", fragte er sicherheitshalber noch mal nach.

Angelique bearbeitete Giselas Kopfhaut. „Einen Augenblick noch, wir sind mit dem Waschen gleich fertig. Setzen Sie sich doch", forderte sie Albert auf.

„Dauert es noch lange?", wollte er wissen.

„Dass die Männer es nie erwarten können, bis wir Frauen fertig sind. Dabei geben wir uns doch nur für euch so viel Mühe", piepste Angelique und kraulte weiter Giselas Kopf.

„Schon recht", maulte Albert und sah sich suchend nach einer Sitzgelegenheit um. Er entschied sich für das rote Sofa, das in der hinteren Ecke stand.

„So, Frau Huber. Jetzt machen wir eine Packung drauf. Die muss ein paar Minuten wirken und dann können wir schneiden." Angelique klatschte eine dickflüssige Creme auf Giselas Haar, kämmte alles streng nach hinten und schlang dann ein Handtuch darüber.

„Möchten Sie etwas zu trinken?" Albert zuckte zusammen.

„Äh, danke, nein", stammelte er und starrte in den tiefen Ausschnitt der Bluse, die plötzlich vor ihm aufgetaucht war.

„Gut. Sagen Sie halt, wenn Sie was wollen." Und schon schlurfte die Friseurin weiter. Albert blätterte lustlos in einem landwirtschaftlichen Magazin. „Fiebersenkende Maßnahmen beim Schwein", hieß der Leitartikel.

„So, jetzt föhne ich noch die Haare - oder soll ich sie lieber wickeln?", fragte Angelique.

„Föhnen reicht", meinte Gisela und blickte furchtsam in den Spiegel.

„Soll ich vielleicht noch die Augenbrauen ..." Angelique konnte den Satz nicht beenden, weil Gisela ihr ins Wort fiel.

„Nein, nur föhnen. Und beten Sie, dass nicht das ganze Haar so aussieht wie diese Strähne." Gisela hielt eine Locke hoch und funkelte Angelique an. „Ich sagte doch: nur ein wenig Farbe!"

Bange Minuten vergingen. Albert kam hinzu und postierte sich hinter Gisela. „Ist alles in Ordnung?", fragte er zweifelnd.

„Das wird sich gleich zeigen." Gisela hielt mit geschlossenen Augen den Atem an.

Angelique werkelte. „So, jetzt schauen Sie mal!", forderte sie ihre Kundin auf und hob den Spiegel so, dass Gisela auch die Rückseite sehen konnte. „Na, was sagen Sie?", fragte die Friseurin strahlend. „Sieht das nicht einfach toll aus? Ganz wunderbar, wenn Sie mich fragen", und an Albert gewandt. „Ihr Hautton kommt viel besser zur Geltung, gell?"

Albert nickte geistesabwesend. „Hätte ich dir gar nicht zugetraut", raunte er.

„Was hättest du mir nicht zugetraut?" Gisela kochte innerlich.

„Na, dass du auf deine alten Tage noch mal auf „Marilyn" machst. Steht dir aber gut." Albert grinste.

Gisela stand auf, zerrte sich den Umhang vom Leib und sagte nur: „Zahlen!" Ohne ein weiteres Wort verließ sie den Salon, spurtete zum Wagen und zog sich im Laufen ein Kopftuch über.

Albert startete das Auto. „Was ist los? Sieht wirklich nicht schlecht aus, ein wenig ungewohnt vielleicht, aber ..."

„Kein Wort. Fahr einfach!"

*

Lampl saß auf einem Stuhl in der Notaufnahme, als Hérisson und Kurz durch die automatische Schiebetür traten. Er winkte ihnen zu. „Wie sieht's aus?", wollte Bruno wissen.

„Ich warte noch. Siebentisch ist da drin." Lampl zeigte mit dem Daumen schräg hinter sich, streckte die Beine aus und lehnte sich zurück. Schweigend sahen die drei auf die Tür des Behandlungszimmers. Sie beobachteten, wie die Türe auf – und wieder zuging. Krankenschwestern und Pfleger liefen eilig rein und raus. Überhaupt waren in der Notaufnahmestelle jede Menge Menschen, die Hilfe suchten. „Da ist heute viel los", bemerkte Kurz und machte den Weg für eine weitere Krankentrage frei. Wieder ging die Türe von Untersuchungszimmer 2 auf. Der heraustretende Arzt blickte auf eine Akte und rief dann Siebentischs Namen. Sofort eilten die Kommissare zu ihm.

„Angehörige von Karl Siebentisch?", fragte er.

„Kollegen", berichtigte Lampl, „ich habe ihn herbringen lassen."

„Gut. Also: Ihr Kollege ist soweit wieder fit. Wir behalten ihn aber wenigstens eine Nacht zur Beobachtung hier. Außerdem fehlen noch Testergebnisse. Im Augenblick kann ich Ihnen nicht viel sagen. Der Kreislauf ist stabil. Wenn Sie wollen, können Sie jetzt fünf Minuten mit ihm sprechen." Er nickte. „Ich muss weiter ..."

„Es sollte vielleicht nur einer rein." Jelle Hérisson setzte sich in den Wartebereich.

„Geh du, Chef", forderte Kurz seinen Vorgesetzten auf, ließ ihn vor der Tür stehen und ging zu Hérisson.

Lampl atmete tief durch und klopfte. Ohne eine Antwort abzuwarten, trat er ein. Eine Schwester kümmerte sich um Siebentisch, sie kontrollierte den Blutdruck und meinte barsch: „Fünf Minuten hat der Doktor gesagt."

„Danke. Ich weiß." Lampl setzte sich ans Bett. Siebentisch sah gut aus.

„He, Chef. Alles in Ordnung?", fragte er nun und grinste.

„Na, hör mal! Wer liegt denn da im Bett mit Nadeln im Arm und einem Nachthemd, das noch nicht mal richtig zusammengenäht ist ...?" Lampl lächelte. Er war erleichtert.

„Tut mir leid. Ich weiß auch nicht genau, was los war. Die haben mir hier eine Menge Blut abgenommen ..., tschuldigung Chef, ich bin einfach nur müde ..." Mühsam unterdrückte Siebentisch ein Gähnen.

„Schon gut. Ich melde mich morgen. Schlaf dich aus." Lampl berührte mitfühlend Siebentischs Schulter und ging dann hinaus.

Bruno Kurz hatte für sich und seine Kollegin einen Kaffee geholt. Hektisch rührte er mit dem Plastikstäbchen im Becher.

„Heiß?", fragte Lampl.

„Sehr", antwortete Kurz und wechselte den Becher in die andere Hand.

Jelle Hérisson hatte schon beinahe ausgetrunken. „Wie geht es ihm?"

„Gut. Müde." Lampl wandte sich zum Gehen. „Ich fahre da noch mal raus. Ihr könnt Feierabend machen. Wir sehen uns morgen."

Vor dem Krankenhaus trennten sich ihre Wege.

*

Kommissar Lampl traf zeitgleich mit einem rostigen Kastenwagen vor dem Grundstück der alten Damen ein. Lampl nahm das Jackett vom Beifahrersitz und verließ den Wagen. Aus dem Auto gegenüber schälte sich ein junger Mann, umrundete eifrig das Fahrzeug und öffnete die klapprige Tür für eine Dame, die trotz der Hitze ein Kopftuch umgebunden hatte. Lampl nickte den beiden zu. „Kann ich Sie bitte kurz sprechen?", wandte er sich an die Frau.

„Können Sie, aber erst, wenn ich aus mir wieder einen Menschen gemacht habe." Mürrisch ging sie weiter. Lampl und der junge Mann, der sich als Albert Stiefel vorstellte, folgten mit Abstand.

„Sind Sie nicht einer der Kommissare?", wollte er wissen und kickte ein Steinchen ins Gras.

„Bin ich. Und Sie?"

„Ich bin Albert und absolviere hier ein soziales Jahr." Er hielt Lampl die Tür auf, Gisela stürmte wortlos an ihnen vorbei und lief nach oben.

„Bitte ... hier hinein." Albert wies auf die offene Tür zum Esszimmer. Lampl ging vorsichtig hindurch. Die Decken waren sehr niedrig.

„Ist jemand zuhause?", rief Albert und nahm ein paar Erdbeeren aus der Schüssel.

„Hier draußen", kam es vielfach aus dem Garten. Erika, Henriette, Klara, Dora und Caroline saßen im Schatten und lachten.

„Guten Tag, meine Damen", begrüßte Lampl die Anwesenden und gab jeder die Hand.

„Bitte, setzen Sie sich!" Caroline zog ihre Stola enger um die Schultern.

„Dürfen wir Ihnen etwas anbieten?", wollte Erika wissen und war schon auf dem Sprung, um noch ein Glas zu holen.

„Ich mach' das." Albert kam ihr zuvor und schickte sie wieder an ihren Platz.

„Gibt es etwas Neues?", fragte Henriette vorwitzig.

Lampl lächelte sie an: „Wenig", gab er zu. „Es sind noch Fragen offen und ich hoffe, Sie können mir einige beantworten."

„Schießen Sie los." Klara war gespannt und fest entschlossen, zur Aufklärung der Verbrechen beizutragen.

„Vielleicht ist Ihnen noch etwas eingefallen? Haben Sie in letzter Zeit hier Fremde gesehen? Was können Sie mir, ganz privat und ohne Protokoll, aus dem Umfeld der Senfts und über das Dorf berichten?" Lampl machte es sich bequem.

„Sie meinen, was die Leute reden?", hakte Caroline nach.

„Genau. Und wie die Menschen hier sind. Ihre Gewohnheiten, Eigenarten ... Sie wissen schon ..." Lampl grinste in die Runde.

„Wo ist eigentlich Gisela?", wollte Klara von Albert wissen.

„Macht sich schön", kam die laxe Antwort.

Henriette war verwirrt. „Sie war doch beim Friseur?!"

„Schon, aber es ist nicht so geworden, wie sie es sich vorgestellt hatte ... glaube ich." Albert hob die Schultern. Er wollte Giselas Aussehen nicht kommentieren. Sich es mit ihr zu verscherzen, wäre eine Sünde.

„Herr Kommissar, was genau wollen Sie von uns wissen?" Caroline ließ sich nicht beirren.

„Erzählen Sie einfach ...", forderte Lampl alle auf.

Erika sah den Beamten warnend an. „Das kann aber dauern. Haben Sie heute noch was vor?"

„Keine Sorge, bis morgen früh habe ich Zeit."

„Ich sag Gisela, sie soll schon mal das Gästezimmer fertigmachen." Albert kehrte zurück ins Haus.

Adelheid kam von Rosinantes Fütterung zurück und begrüßte überschwänglich den Kriminalbeamten. „Bleiben Sie zum Essen?", fragte sie neugierig.

„Sieht so aus", nahm Henriette ihm die Antwort vorweg.

„Setz' dich!", befahl Caroline und deutete auf den freien Stuhl.

„Jawohl!", antwortete Adelheid zackig.

„Fangen wir an." Klara begann zu erzählen.

*

„Gute Nacht, Albert."
„Gute Nacht, Ida."

Dienstag, 19.31 Uhr

„Ruf mich zurück."

Wenn irgendetwas geschieht,
Was niemand zu denken gewagt,
Behaupten die meisten doch:
Ich hab's ja gleich gesagt!

Unbekannt

Mittwoch

„Sieh mal, in der Zeitung steht, dass es gestern bei der Wahl zur Kartoffelsuppenkönigin zu einem Eklat gekommen ist." Adelheid schmierte mit Leidenschaft ihr Brot, Gisela sah verächtlich zu.

„Ich habe Kopfschmerzen. Willst du mich bitte mit diesem banalen Mist verschonen?", bat sie und beobachtete die Kopfschmerztablette, die sich im Glas drehte.

„Wenn du da noch länger reinschaust, wird dir schwindelig." Adelheid biss herzhaft zu: „Mmmhhh."

Gisela schüttelte den Kopf. „Wie du das nur runterkriegst ...?", sagte sie schwach.

„Willensstärke", meinte Adelheid kauend, „reine Willensstärke und ... Körperbeherrschung."

„Morgen", flötete Henriette und Erika, die an ihrem Arm hing, fügte hinzu: „Welch wunderbarer Morgen, nicht wahr?"

„Hast du was Besonderes gefrühstückt oder warum hast du so gute Laune?" Gisela stierte weiter in das Wasserglas.

„Na ja, ich freue mich auf die Gesichter der Nachbarn, wenn sie feststellen, dass hier heute gleich zwei Männer übernachtet haben." Erika jauchzte und angelte sich eine Scheibe Brot aus dem Korb.

„Das verschafft dir eine diebische Freude?" Gisela schüttelte den Kopf. „Ich wünsche mir nur, dass die Kopfschmerzen endlich aufhören."

„Sag mal, Gisela, warum trägst du denn im Haus dieses hässliche Kopftuch?", wollte Henriette scheinheilig wissen und zwinkerte Erika zu.

Gisela hielt den Kopf gesenkt. „Ich muss noch zum Friseur", sagte sie leise.

„Warst du da nicht gestern?", fragte Henriette und schob Erika den Ellenbogen in die Seite.

„Schon, aber es ist eine Spezialbehandlung. Das sind zwei Sitzungen", log Gisela und suchte nach einem Ablenkungsmanöver

„Davon hab' ich ja noch nie gehört. Und was ist das genau?" Henriette biss entschlossen ins Brot und ignorierte die Marmelade, die in dicken Tropfen auf den Teller fiel.

„Ähm, also ...", begann Gisela, wurde aber von Adelheid unterbrochen.

„Habt ihr schon von der Wahl der Kartoffelsuppenkönigin gehört?", warf sie ein und erntete von Gisela einen dankbaren Blick.

„Sicher rasend interessant", meinte Erika desinteressiert und schlürfte ihren Kaffee.

„Ja richtig. Hier ...", Adelheid schob Erika die Zeitung hin und wischte sich mit dem Handrücken die Nugatcreme vom Mund ab. „Lies mal ..."

Auf der Treppe hörte man ungewöhnliche Stimmen. Kommissar Lampl und Albert kamen aus dem ersten Stock und unterhielten sich. „... und Ihre Aufgaben umfassen auch die nächtliche Anwesenheit?", wollte Lampl interessiert von Albert wissen.

„Eigentlich nicht. Aber manchmal übernachte ich hier, vor allem, wenn meine Mädels die halbe Nacht im Garten bleiben", sagte Albert scherzend.

„Wie lange wohnen die Damen hier?", fragte Lampl weiter.

„Ein paar Jahre. Aber sie sind schon seit Jahrzehnten befreundet." Albert lachte und wies dem Älteren den Weg zum Esszimmer.

„Guten Morgen, meine Damen", tönte Lampl entspannt. „Ich muss Ihnen sagen: Ich habe lange nicht mehr so gut geschlafen. Herzlichen Dank!" Strahlend setzte er sich an den Tisch und Gisela sprang auf, um ihm ein wachsweich gekochtes Ei zu holen.

„Das wäre doch nicht nötig gewesen ...", meinte er, freute sich aber sehr auf ein umfangreiches Frühstück. Und in der Tat: Auf dem

Tisch stand alles, was man sich wünschen konnte. Lampl genoss es, so umsorgt zu werden und griff ordentlich zu.

Danach ging er in den Garten, um mit seinen Kollegen zu telefonieren. Er musste lange warten, bis die Verbindung stand. Kurz und Hérisson waren eben im Büro angekommen, wohingegen von Frau Meier nichts zu sehen war. „Ungewöhnlich", kommentierte Kurz und begann sich ein wenig Sorgen zu machen. „Sonst ist sie immer vor uns da."

„Ruf bei ihr zu Hause an", riet Lampl und beauftragte Frau Hérisson im Krankenhaus nachzufragen, wie es dem Kollegen Siebentisch ginge.

„Ich bin in etwa einer Stunde im Präsidium", teilte er den anderen mit und legte auf. Während des Telefonats hatte er im hinteren Teil des Gartens beobachtet, dass sich die Büsche bewegten. Lampl vermutete einen Eindringling und ging leise auf sein Ziel zu. Vorsichtig pirschte er sich an die Forsythienbüsche heran. Weil er unbewaffnet war, blieb ihm nur die Möglichkeit, den Verdächtigen handwerklich dingfest zu machen. Halb kriechend, halb gebückt laufend, teilte er die Äste und näherte sich Schritt für Schritt. Es schienen zwei Angreifer zu sein. Er hörte, wie sie sich flüsternd unterhielten. Der eine gab Anweisungen, der andere brummte zustimmend.

Auf dem Nachbargrundstück wurde just der Rasenmäher angeworfen, Lampl konnte nicht verstehen, was sie sagten ... Innerlich fluchend, schlug er nach den kleinen Käfern, die sich in Windeseile auf seinem Hemd niedergelassen hatten. Er hasste Insekten! Da! Die Gelegenheit! Lampl warf sich nach vorne, bekam das Bein eines Fremden zu fassen und klammerte sich daran fest. „Hab ich dich!", rief er enthusiastisch.

„Hallo? Herr Kommissar? Kann ich Ihnen helfen?" Adelheid blickte mit gerunzelter Stirn auf den Polizeibeamten, der sich an ihrem Bein festhielt.

„Ähm ... ja." Lampl erhob sich und wischte die Erde von Hose und Hemd. „Alles in Ordnung, Frau Maurer? Entschuldigung ... ich, ähm ... ich habe mir mal das Grundstück angesehen und bin versehentlich ... ach, sie haben da ein Kamel ...?!" Lampl zog ein Taschentuch aus der Hose, wischte sich damit die Hände ab und musterte ungläubig das Tier vor ihm.

„Darf ich vorstellen: Das ist Rosinante." Adelheid streichelte das Tier und sah dem Kommissar erwartungsvoll ins Gesicht.

„Ja ... oh ... ja, schön. Ich ... warum haben Sie ein Kamel???" Lampl war völlig perplex.

„Erbstück sozusagen. Ist eine lange Geschichte, Herr Kommissar ..." Adelheid zupfte Lampl ungefragt ein paar Blätter aus dem Haar.

„Schon sehr warm heute, nicht wahr?", stammelte er unvermittelt und wies fahrig mit der Hand zur Straße. „So, ich muss dann mal ... vielen Dank auch ... und ... auf Wiedersehen." Fluchtartig verließ Lampl die beiden und steuerte auf das Haus zu.

Caroline kam gerade aus der Küchentüre. „Guten Morgen", rief sie Lampl zu.

„Morgen", erwiderte er kurz angebunden. „Ich muss zurück in die Stadt. Sagen Sie doch allen vielen Dank und ich melde mich bald wieder." Und schon sprang er in sein Auto und fuhr los.

„Was hat er denn?", wollte Caroline von Adelheid wissen.

Die grinste: „Ich glaube, er hat einen Schreck bekommen."

„Rosinante?"

„Rosinante!"

*

Und wirklich, Lampl hatte sich erschreckt. Aber mehr über seinen peinlichen Auftritt. „.... halt ich mich am Bein einer alten Frau fest ... ich ... Kamel!" Er lachte schallend und schaltete das Radio ein. „... gibt es noch keine Fortschritte. Weiter meinte Mayeraufderhut: Wir sind dem Täter auf der Spur und sicher, ihn demnächst stellen zu können ..." Lampl drehte das Radio ab. So ein Esel, dachte er. Wir haben noch nicht den leisesten Verdacht und der spricht groß auf. Entschlossen wählte er die Nummer von Hérisson und beorderte sie und Kurz ins Krankenhaus. So konnte er Mayeraufderhut aus dem Weg gehen und sicher sein, dass er nicht von ihm mit absurden Anweisungen traktiert wurde.

Hérisson und Kurz saßen an Karls Bett, als Lampl schwitzend hereinkam. Der Patient wirkte ausgeschlafen und erholt. „Du siehst gut aus", lobte Lampl den Kollegen.

„Danke, Chef, mir geht es bestens. Allerdings würde ich dieses gastliche Etablissement gerne bald verlassen." Siebentisch war, das bemerkte Lampl erst jetzt, schon fertig angezogen.

„Was spricht dagegen?"

„Muss auf den Doktor warten, der mir die Papiere gibt", antwortete Siebentisch.

„Gut. In Ordnung. Wir treffen dich im Pavillon."

Zu dritt liefen sie den Krankenhausflur entlang. Unterwegs trafen sie den Arzt und Lampl unterhielt sich einen Augenblick mit ihm.

„Aha, das ist bemerkenswert!", rief Lampl ungläubig, dankte dem Arzt und verabschiedete sich. Dann verließen sie durch die hintere Türe der Notfallambulanz das Krankenhaus und folgten dem schmalen Pfad zum Pavillon.

„Wir warten, bis er da ist." Der Kommissar lehnte sich an eine Säule, schwieg und blickte auf den kleinen, künstlichen See in unmittelbarer Nähe. Zwei Enten zogen ruhig und gleichmäßig ihre Runden. Am Ufer saß ein zweites Entenpärchen und schlief. Einige Patienten, mal im Morgenmantel, mal in Zivil, spazierten auf den Wegen umher. Eine kleine Frau trug einen geöffneten Regenschirm, vermutlich, um sich vor der Sonne zu schützen. Eben fuhr ein Rettungswagen vor die Notaufnahme, der Klang der Sirene verebbte und es war wieder friedlich. Jelle Hérisson öffnete ihre mitgebrachte Wasserflasche und trank einen Schluck. Bruno Kurz wickelte einen Müsliriegel aus und biss bedächtig hinein.

„Chef?", fragte er. „Warum konnten wir uns nicht im Büro treffen?"

Lampl sah ihn nachdenklich an: „Weil ich vorhin Mayeraufderhut im Radio gehört habe."

„So?", fragte Kurz.

„Und?", wollte Hérisson wissen.

„Der faselte einen Wir - sind - dem - Täter - auf - der - Spur - Mist … Außerdem, da bin ich mir sicher, hätte er mich gezwungen, heute auf der Pressekonferenz den Deppen zu machen." Lampls Mobiltelefon klingelte. Der Kommissar sah auf der Anzeige Mayeraufderhuts Telefonnummer und ignorierte das Klingeln, bis die Melodie endgültig erstarb.

Kurz zerknüllte die Verpackung seiner Zwischenmahlzeit und warf sie in den Mülleimer, der immerhin knapp sieben Meter entfernt stand.

„Bravo", kommentierte Jelle Hérisson.

„Danke. Gelernt ist gelernt." Bruno Kurz lächelte die Kollegin an, sie nickte zurück.

„Da kommt Karl." Bruno erhob sich und steckte die Hände abwartend in die Hosentaschen. Siebentisch winkte ihnen mit den Entlassungspapieren zu.

„Ich hab's!", rief er glücklich und beschleunigte seine Schritte.

„Ruf bitte bei Frau Meier an und sondiere die Lage", sagte Lampl zu Kurz, als Karl Siebentisch sie erreichte.

„Warum fahren wir nicht ins Büro?", fragte Siebentisch Hérisson.

„Da könnte Mayeraufderhut auf uns warten", antwortete Lampl gereizt.

Gehorsam wählte Kurz die Nummer. „Guten Morgen, Frau Meier", säuselte er, „wie sieht …"

„Oh, guten Morgen, Herr Lang, nein, die Kommissare sind momentan nicht im Hause. Sie sind unterwegs zu Ermittlungen. Nein, wann sie zurück sind, kann ich Ihnen leider nicht sagen. Ich werde Ihren Anruf notieren." Frau Meier hatte aufgelegt.

„Was ist?", erkundigte sich Lampl mit hochgezogenen Augenbrauen.

„Er ist da", erwiderte Kurz und sah seine Kollegen vieldeutig an.

„Tauchen wir erst mal ab", riet Hérisson.

Lampl nickte. „Zum Wagen!", befahl er und ohne Widerspruch folgten ihm die anderen.

„Wohin fahren wir?", wollte Siebentisch von Lampl wissen.

„Ich habe mit deinem Arzt gesprochen. Hast du eine Ahnung, was gestern mit dir passiert ist?" Lampl blickte konzentriert auf die Fahrbahn.

„Na, ein Kreislaufkollaps, würde ich sagen, Folge der Hitze." Siebentisch strahlte. „Aber heute fühle ich mich wieder 1a!", verkündete er.

„Denkst du. Die Wahrheit ist aber: Du hast zu viel von einer Substanz Namens „Atropa" zu dir genommen, mein lieber Freund." Lampl schielte in den Rückspiegel, um Siebentischs Reaktion zu sehen.

„Ich habe ... was ...?" Karl Siebentisch beugte sich nach vorne, ganz dicht an Lampls Ohr. „Sag das noch mal und erkläre mir, was das bedeutet."

„Ganz einfach: Man hat versucht, dich zu vergiften. Die Dosis war aber so gering, dass sie nicht letal wirkte."

Siebentisch atmete hörbar aus. „Du willst mir erzählen ..."

„Ich bin der Meinung, dass Gabriel Fingerhut dich vergiftet hat. - Genau! Und deshalb werden wir dem Herrn nun einen Besuch abstatten." Lampl trat das Gaspedal durch und seine Kollegen wurden unsanft in die Sitze gepresst.

Gabriel Fingerhut lag gemütlich im Garten des Mietshauses und genoss eine kleine Vormittagspause. Er entspannte auf der Sonnenliege, den Hut über die Augen gezogen, die Arme unter dem Kopf verschränkt. Im Mund eine selbst gedrehte Zigarette, daneben den Kassettenrekorder, aus dem leiernd ein Lied aus den 1970er Jahren dudelte. Die Siesta wurde jäh unterbrochen. Ein Schatten warf sich auf sein Gesicht, er dachte schon an ein herannahendes Hitzegewitter, das die Schwüle etwas erträglicher machen würde, als er hörte, wie sein Name fiel.

„Fingerhut?" Kommissar Lampl stellte den Rekorder ab.

„Ja?", gab er, noch dösig, zurück.

„Wir müssen mit Ihnen sprechen." Lampl verlieh der Aufforderung Nachdruck, indem er mit dem Fuß an die Liege trat. „Kommen Sie hoch, Mann!"

Gabriel Fingerhut nahm den Hut ab und setzte sich auf. „Was wollen Sie? Ich habe doch gestern erst mit Ihrem Kollegen gesprochen." Er zeigte auf Siebentisch und lächelte ihn an. „Na, wie geht's?", fragte er.

„Stehen Sie bitte auf", forderte Siebentisch ihn auf und sah nicht freundlich dabei aus.

„In Ordnung. Ich mach ja schon." Fingerhut schwankte.

Siebentisch hielt ihn am Arm fest, als er zu fallen drohte. „Haben Sie Gleichgewichtsprobleme?"

„Ja. Seit gestern. Deswegen bin ich heute nicht zur Arbeit gegangen. Wissen Sie, ich glaube, ich habe mir einen Hitzschlag geholt." Fingerhut stand neben der Sonnenliege und griff ins Leere.

„Vielleicht setzen Sie sich lieber mal auf den Stuhl dort unter dem Baum?" Siebentisch führte ihn. Die anderen folgten stumm.

„Was haben Sie gestern getrunken und gegessen?", fragte Jelle Hérisson und hatte schon Papier und Bleistift in der Hand.

„Hä? Sind Sie eine Frau Doktor?" Gabriel Fingerhut warf die Zigarette ins Gras und trat sie aus.

„Nein, aber für unsere Ermittlungen ist das von Interesse. Also: Was haben Sie gestern getrunken und gegessen?"

„Is ja gut. Ich verstehe nicht, was das bedeutet, aber bitte." Er setzte sich und dachte nach. „Morgens ein Kaffee. Bei der Arbeit eine Wurstsemmel mit Essiggurke und Senf vom Metzger, dazu zwei Flaschen Wasser. Am Nachmittag Tee und Kekse. Am Abend habe ich mir Spiegeleier in die Pfanne gehauen. Ich kann Ihnen sagen, wie das alles heute auf'm Donnerbalken ..."

„Nein, danke. Das Wasser - woher kam das?" Jelle Hérisson schrieb mit, was Bruno Kurz eben gefragt hatte.

„Aus dem Laden, wo ich die Semmel gekauft habe." Fingerhut kratzte sich am Arm und blinzelte Hérisson an.

„Die Kekse, der Tee. Woher?" Bruno Kurz hielt sein Gesicht dicht an das von Fingerhut. „Na?", forderte er ihn noch mal auf.

„Frau Schimmel hat es mir gebracht. Macht sie oft, die gute Seele. Gibt nicht viele hier, die so unvoreingenommen mir gegenüber sind." Fingerhut lamentierte weiter, bis Lampl ihn unterbrach.

„Gut, gut." Er wandte sich Siebentisch zu. „Und du hast von den Keksen und dem Tee genommen?", fragte er mit durchdringendem Blick.

„Ähm, ja, ich denke schon. Also an die Kekse kann ich mich nicht genau erinnern, aber von dem kalten Tee habe ich ganz sicher getrunken, war ja so heiß", erklärte er.

„Herr Fingerhut, wo ist der Tee oder das Gefäß, in dem er sich befand?" Kommissar Lampl bedeutete Kurz, schon mal ein Behältnis für das Beweisstück bereitzuhalten. Der wühlte auch prompt in seinen Jackentaschen und förderte dann eine zerknautschte, durchsichtige Plastiktüte voll krümeligem Inhalt ans Licht.

„Also, wo ist die Kanne?"

„In der Küche. Im Schrank." Fingerhut fingerte eine Zigarette aus der Brusttasche seines Hemdes.

„Im Schrank ... soso ... wollen Sie mir damit sagen, Sie haben sie abgewaschen und wieder ordentlich in den Schrank gestellt?" Siebentisch wippte auf den Füßen nach vorne, es sollte die Frage nachdrücklicher wirken lassen.

„Ja klar. Ich wasch abends immer alles ab. Was denkst du denn, nur, weil ich nicht so aufgebrezelt bin wie du, heißt das noch lange nicht, dass ich in einem Saustall lebe." Gabriel Fingerhut war nun sichtlich empört und drohte den Beamten an, ihnen die Wohnung zu zeigen.

„Wir nehmen ihn mit", meinte Lampl und bedeutete den männlichen Kollegen, den Zeugen abzuführen.

„Und wenn er ins Auto kotzt?", wollte Bruno Kurz wissen. Er machte sich Sorgen, schließlich hatte er einen empfindsamen Magen.

„Na gut. Bruno, du wartest auf den Rettungswagen und fährst mit ihm ins Krankenhaus. Wir treffen uns dann da", rief Lampl im Gehen.

„Bis später", sagte Jelle Hérisson und lächelte Kurz aufmunternd zu.

„Mach's gut, Kollege, bis gleich." Siebentisch klopfte ihm auf die Schulter.

„Wie? Und jetzt?", fragte Bruno Kurz überrascht. „Jetzt lasst ihr mich hier einfach stehen? He!"

„Ich rufe dir den Krankenwagen. Servus!" Während Kurz ihnen noch mit geöffnetem Mund hinterhersah, tippte Siebentisch die Nummer der Einsatzzentrale in sein Mobiltelefon. „Und vergiss nicht das Beweismittel mitzunehmen!" rief er dem Kollegen zu.

*

„Rosinante, Rosinante! Du Schlaue!" Adelheid hielt dem Tier ein Büschel Heu hin.

Caroline stand in einiger Entfernung, sie hatte noch einen Heidenrespekt vor dem Kamel. Sich räuspernd, trat Kellerbier hinzu. Er verbeugte sich artig vor den Damen und begrüßte sie überschwänglich.

„Frau Adelheid, meinen Sie, ich könnte Siegfried hier im Garten anbinden, solange ich hier bin?", fragte er servil.

Adelheid, die es unverkennbar genoss, auch mal gefragt zu werden, begegnete ihm hochmütig. „Meinetwegen, Kellerbier", sagte sie huldvoll. „Aber machen Sie ihn bitte vor dem Haus fest. Hier hinten ist Rosinantes Reich."

Kellerbier nickte ergeben und schlich um die Ecke, um seinen vierbeinigen Freund zu holen.

„Manchmal kannst du ganz schön blasiert sein", kicherte Caroline.

Adelheid antwortete mit erhobenem Kopf und verstellter Stimme: „Nun, meine Liebe, man muss den Herren zeigen, wo es lang geht. Ich kann mich doch nicht auf ein Niveau begeben, das nicht meines ist, nicht wahr? Und nun gedenke ich, eine kleine Zwischenmahlzeit zu mir zu nehmen. Möchtest du mich vielleicht begleiten?"

Caroline lachte und nahm dankbar Adelheids angebotenen Arm: „Danke. Gerne. Ob die Küchenmamsell auch etwas Geziemendes für uns vorbereitet hat?"

„Wir werden sehen, andernfalls müssten wir unter Umständen darüber nachdenken, sie in die Wüste zu schicken."

„Wen wollt ihr in die Wüste schicken?" Gisela hatte nur die letzten Worte verstanden. Sie stand inmitten dampfender Töpfe und nahm eine Kuchenform aus dem Backofen. Keuchend stellte sie die Fracht auf den Untersetzer und wischte sich mit den Topflappenhandschuhen den Schweiß vom Gesicht. Adelheid und Caroline sahen ihr bewundernd zu.

„Wie du es nur schaffst, bei der Hitze stundenlang in der Küche zu stehen. Respekt, meine Liebe." Caroline lächelte Gisela herzlich an.

„Danke", sagte die gedankenverloren und rührte im nächsten Topf.

„Darf ich dir etwas sagen?", fragte Adelheid schüchtern.

Gisela sah sie über den Rand ihrer Brille scharf an: „Hm…"

„Ich möchte dir nur sagen, und das meine ich völlig ehrlich, dass deine Frisur gut aussieht, mir jedenfalls gefällt sie."

„Ach?" Gisela verharrte in der Bewegung: „Tatsächlich?", wollte sie wissen und erforschte Adelheids Gesicht nach einer sichtbaren Lüge.

„Tatsächlich!", antwortete Adelheid schlicht und nickte Gisela knapp zu.

Kellerbier, der seinen Freund vor dem Haus angebunden hatte, betrat kurze Zeit später die Küche. Er nahm die Brille von der Nase und rieb sie kräftig mit seinem Einstecktuch.

„Ist Ihnen der Anzug nicht zu warm?", säuselte Adelheid.

„Ähm, nein. Danke. Ich wollte fragen, ob Sie, Frau von Grupp, mit mir den versprochenen Spaziergang unternehmen möchten?" Kellerbier setzte die Gläser wieder auf und war bereit.

„Ein bisschen frische Luft und Bewegung tun mir sicher gut. Wann soll ich wieder hier sein, Gisela?", fragte sie und griff schon Kellerbiers Arm.

Gisela hielt sich knapp: „Mittag."

„Mittag. Gut, ja ... nun, Kellerbier, gehen wir." Adelheid reichte ihr stumm den Sonnenhut und Kellerbier setzte den „Panama" auf das lichte Haupthaar. Adelheid und Gisela sahen den beiden hinterher.

„Wie aus einem alten Gemälde", bemerkte Gisela.

Adelheid stibitzte einen Keks, stimmte brummend zu, sammelte die Schmutzwäsche in den Korb und brachte sie in den Keller.

Albert kam schnuppernd in die Küche: „Das riecht ja toll! Was gibt es denn heute?"

„Kümmere dich um den Garten!", befahl Gisela und schob den jungen Mann hinaus.

„Hast du gehört? Die haben den Fingerhut verhaftet." Henriette, Klara und Erika hatten Dora im Schlepptau und pflanzten sich vor Gisela auf.

„Ich hab zu tun", knurrte sie und funkelte die vier unfreundlich an.

Henriette ließ nicht locker. „Lampl ist mit seiner Mannschaft zu Fingerhut gefahren und hat ihn festgenommen", sagte sie aufgeregt.

„Ja, und die müssen ihn so hart rangenommen haben, dass er von den Sanitätern abgeholt werden musste", fügte Erika hinzu.

„Ihr wollt mir sagen, die Polizei glaubt, Fingerhut hätte den Pfarrer abgemurkst?", fragte Gisela entgeistert.

„Wird wohl Beweise geben." Henriette verschränkte die Arme vor der Brust.

„Oder zumindest einen Verdacht", meinte Erika und nickte bekräftigend.

„Einen begründeten Verdacht", ergänzte Klara, ihrer Sache völlig sicher, mit erhobenem Zeigefinger.

„So ein Quatsch. Kümmert euch um euren eigenen Kram!",
forderte Gisela sie auf.

„Das muss man sich mal vorstellen. Wir kennen den Mörder ...
wohnen mit ihm gleichsam Tür an Tür...", aufgebracht diskutierend
zogen sich die vier in den Garten zurück.

Albert mähte mit Adelheids und Felizitas Hilfe den Rasen. Den
Elektrorasenmäher hatten sie mit dem Haus übernommen und
solange dieser funktionierte, gab es keinen neuen, der vielleicht
einfacher in der Handhabung gewesen wäre. Caroline, der die Fi-
nanzen anvertraut waren, sparte, was sie konnte. Schließlich musste
auch Geld für ungeplante Ausgaben zurückgelegt werden. „Frische
Luft, meine Lieben und Be - we - gung! Ich will nur, dass es euch
gut geht", verteidigte sie ihre geizige Entscheidung.

„Heute soll es ein Gewitter geben!", schrie Adelheid zu Felizitas, während sie konzentriert versuchte, das Kabel aus der Fahrbahn
des Mähers zu halten. Felizitas' Aufgabe bestand darin, Dinge, die
im Weg lagen, rechtzeitig wegzuräumen. Langsam ging sie über die
Grünfläche und inspizierte sie gründlich, immer auf der Suche nach
Steinen, Wäscheklammern und anderen Kleinteilen.

„Warum soll ich das Kabel heben?", schrie Felizitas wenigstens
genauso laut zurück.

„Morgen ist es sicher nicht mehr so heiß!" Adelheids roter Kopf
leuchtete unter dem löchrigen Strohhut.

Felizitas sah sich entgeistert nach Adelheid um. „Wir machen
jetzt keine Pause. Iss später dein Eis!" Kopfschüttelnd suchte sie die
Wiese weiter ab.

Adelheid, der der Schweiß inzwischen in Bächen am Körper
hinablief, schätzte, dass sie noch mindestens eine halbe Stunde
aushalten müssten, und rief Felizitas zu: „Das ist das Schöne am
Winter, da haben wir im Garten nichts zu tun!"

„Hast du gerade Huhn zu mir gesagt?" Felizitas unterbrach die
Minensuche und stemmte aufgebracht die Arme in die Hüften.
„Wenn wir hier nicht friedlich miteinander arbeiten können ..."

Abrupt herrschte Stille. Albert hatte das Kabel mit dem Rasenmäher durchgeschnitten. „Mist, verdammter!"

Felizitas, erzürnt, stellte Adelheid zur Rede: „Nimm das sofort zurück!", forderte sie ihre Freundin auf.

Adelheid wirkte wie ein Häufchen Elend. Sie hörte Felizitas nicht zu. „Tut mir leid, Albert. Ich habe nur eine Sekunde nicht aufgepasst", jammerte sie.

„Schon gut. Ich sehe mal nach der Sicherung!" Albert machte sich auf den Weg in den Keller. Felizitas pflanzte sich unmittelbar vor Adelheid auf. „Nimm das Huhn sofort zurück!", rief sie grimmig.

„Welches Huhn? Ich hab nur ein Kamel." Adelheid verstand nicht, was Felizitas meinte. „Ich habe gesagt: Im Winter haben wir mit dem vermaledeiten Garten nichts zu tun."

„Oh, ich dachte, du nanntest mich ein Huhn." Froh, das Missverständnis aus der Welt geschafft zu haben, schlenderten die beiden in die Küche. Gisela, ein Häufchen Elend, kauerte in der Ecke und wischte sich mit dem Küchentuch Tränen aus dem Gesicht.

„Was ist denn passiert?", fragte Felizitas entsetzt und stürzte auf die Freundin zu.

„Mein Soufflé! ... hin ..." Sie schluchzte.

Adelheid besah sich das Malheur im Ofen. „Nicht so schlimm. Hau' es einfach in die Pfanne und mach 'nen dicken Pfannkuchen draus", riet sie achselzuckend. „Kommt, ich gebe eine Runde Eistee aus." Schon öffnete sie den Kühlschrank. „Seht mal, es ist wieder Strom da."

Draußen qualmte der Rasenmäher. Grauschwarzer Rauch stieg in den Himmel. Klara unterbrach ihre Lektüre, Henriette rümpfte die Nase. „Woher kommt der Gestank?", fragte sie Erika.

„Keine Ahnung", antwortete die träge und schaukelte weiter ungerührt in der Hängematte.

Klara legte das Buch zur Seite und ging ums Haus herum der Ursache auf den Grund. „Mist!", rief sie, als sie die ersten Flammen aufsteigen sah. Kurzerhand griff sie nach dem Gartenschlauch und löschte den Brand. „Albert ...!"

„Her mit dem kühlen Nass!" Adelheid goss das zweite Glas ein und setzte es an die Kehle.

Albert hatte sich den Schaden am Mäher angesehen. „Mädels, ich denke, Caroline kommt diesmal nicht dran vorbei, es gibt einen neuen Rasenmäher, der alte ist mausetot.

„Mein Soufflé auch!" Gisela trocknete die letzte Träne.

*

Bruno Kurz hatte den Delinquenten genau im Visier. Gabriel Fingerhut saß ihm gegenüber und drehte Däumchen – in Handschellen. Endlich hörte Kurz den Sanitätswagen vor dem Haus vorfahren. „Hier hinten!", rief er, in der Hoffnung, dass die Rettungskräfte ihn hören konnten. Kräftige Schritte näherten sich, dann standen zwei Sanitäter mit schwerem Gepäck im Garten.

„Isser das?", wollte der eine wissen und zeigte auf Fingerhut.

„Das isser", nickte Kurz zu Bestätigung.

„Sieht doch gar nicht schlecht aus", diagnostizierte der andere.

„Nehmt ihn mit und mich auch. Der steht unter Bewachung." Bruno Kurz weigerte sich, Fingerhut die Handschellen abzunehmen und so musste der Verdächtige vor den Augen der Nachbarschaft gefesselt in den Rettungswagen steigen.

„Hat der die Morde begangen?", fragte ein alter Mann, der vor dem Haus stand und mit dem Stock auf Fingerhut zeigte: „Ich hab immer gesagt, der ist zu nichts zu gebrauchen. Seine Frau hat es auch erkannt und ihn deshalb sitzen lassen."

Kurz versuchte zu beschwichtigen. „Im Augenblick nehmen wir ihn nur zu einer Befragung mit."

„Und warum der Sani? Isser wieder durchgeknallt?"

„Alles in Ordnung", versicherte Kurz und stieg nach Fingerhut in den Wagen.

„Machen wir, dass wir wegkommen." Der Sanitäter schloss die Tür.

„Sie haben es nicht einfach mit den Nachbarn, oder?", fragte Kurz und sah aus dem Fenster, wie die Leute auf dem Fußweg sich das Maul zerrissen.

Kommissar Lampl wartete mit Siebentisch und Hérisson in seinem Auto auf die Ankunft von Kurz und Fingerhut. Die Klimaanlage lief auf höchster Stufe.

„Es soll heute ein Gewitter geben und danach abkühlen." Jelle Hérisson wollte das Gespräch in Gang halten, ihr war langweilig.

„Wird auch Zeit", meinte Lampl und sah den Vorübergehenden abwesend zu.

Siebentischs Mobiltelefon klingelte. „Das ist Frau Meier, Chef."

„Na gut. Gib her!" Lampl nahm das Telefon und begrüßte die Sekretärin, die gleich zu Sache kam.

„Chef, der Oberchef hat endlich für einen Augenblick das Büro verlassen. Ich muss Ihnen sagen: Der ist offensichtlich angefressen! Können Sie ihn nicht zurückrufen? – Er ist mir lästig und macht hier auf Belagerung."

„Will er wiederkommen?"

„Ich denke schon." Frau Meier hantierte mit dem Wasserhahn.

„Was machen Sie da?"

„Ich fülle die Gießkanne, warum?"

„Das Geräusch irritiert mich." Lampl hörte, wie Frau Meier durch den Raum ging. „Was soll ich ihm sagen?"

„Stellen Sie sich tot", riet er und legte auf. „Wartet hier, ich gehe mal rein." Lampl reichte Siebentisch das Telefon und öffnete die Tür. „Bin gleich wieder da", sagte er und lief eilig auf die Notaufnahme zu.

„Ich frage Kurz, wo sie bleiben." Siebentisch hielt sich den Apparat ans Ohr. „Bruno? Wie lange dauert es noch? Ja? Bis dann." Karl Siebentisch steckte das Mobiltelefon in die Hosentasche. „Sie sind in etwa fünf Minuten da", informierte er die Kollegin.

„Gut, dann sollten wir vielleicht in Stellung gehen." Jelle Hérisson raffte ihre Handtasche und stieg aus.

„Wir können das Auto nicht absperren." Siebentisch blieb sitzen. „Ich warte hier, bis Lampl wiederkommt", sagte er und lehnte sich zurück.

Kommissar Lampl hatte ein dringendes Bedürfnis. Nach langem Suchen hatte er endlich die Herrentoiletten gefunden. Ein funktionaler Raum mit einem unbezahlbaren Vorteil: Hier war es so angenehm kühl, dass Lampl gerne sein Büro hierher verlegt hätte. Gegen den Gestank ließ sich was tun - keine Frage. Man müsste nur ... Lampls Gedanken wurden jäh unterbrochen. Von der Toilette kam ein Stöhnen und Lampl registrierte erst jetzt, dass er nicht alleine war. Auch die Quelle des penetranten Geruchs ließ sich nun zuordnen. Die Geräusche ließen keinen Zweifel daran, was auf dem „stillen Örtchen" vor sich ging. Hastig ging Lampl zum Waschbecken und drehte den Wasserhahn zur Gänze auf. Er wusch sich gründlich die Hände und sprach mit seinem Spiegelbild: „Wenn Fingerhut auch vergiftet worden ist, dann ..."

Abrupt hielt er inne, im Spiegel tauchte ein zweites Gesicht auf. Mayeraufderhut! „Da hab ich Sie, Lampl. Gell, jetzt sind Sie a bisserl platt?" Mayeraufderhut trat neben Lampl ans Waschbecken, schloss umständlich seine Hose und begann mit der Händehygiene.

„Sie kommen mir ned aus", sagte sein Vorgesetzter in das Wasserrauschen hinein und grinste dabei über das ganze Gesicht.

„Was machen Sie hier, Herr Doktor Mayerauf ..." Kommissar Lampl versuchte, seine Gedanken zu sortieren und warf das Papierhandtuch in den Abfallbehälter.

„Ich hab gehört, wie Sie den Rettungswagen bestellt haben. Und ich wusste, wohin der fahren sollte. Ha! Da hab' ich mir gedacht, wenn der Prophet nicht zum Berg kommt ..."

Lampls Telefon klingelte. „Herr Kommissar, ich weiß, wohin der Mayeraufderhut will ..." Frau Meiers Stimme überschlug sich beinahe.

„Schon gut. Ich weiß Bescheid. Danke, Frau Meier. Bis später..." Lampl legte auf und schon läutete es wieder: „Wir sind da." Es war Kurz, der seine und Fingerhuts Ankunft bestätigte.

„Ich muss ...", meinte Lampl zu seinem Vorgesetzten und verließ eilig die Herrentoiletten.

In der Notaufnahme trafen sie alle zusammen. Kurz schob den Rollstuhl, in dem Fingerhut saß, Frau Hérisson klärte mit dem Arzt das geplante Vorgehen und Lampl trat dazu, um klarzumachen, dass die Untersuchung auf eine Vergiftung bei Fingerhut unbedingt Vorrang hatte.

„Wo ist Karl?", fragte er nach dem Gespräch mit dem Arzt die Kollegin.

„Wartet im Wagen."

„Warum?"

„Sie haben den Schlüssel und er will das Auto nicht unabgeschlossen auf dem Parkplatz stehen lassen, darum!" Jelle Hérisson überlegte, ob sie anbieten sollte, den Schlüssel zu Siebentisch zu bringen, damit dieser den Dienstwagen verlassen konnte, doch Lampl kam ihr zuvor: „Ich gehe", meinte er und machte auf dem Absatz kehrt, als Hérisson Mayeraufderhut aus der Herrentoilette kommen sah.

„Liebe, junge Kollegin", begrüßte er sie, „was für ein Glück, Sie hier zu treffen. Sagen Sie mal, wo ist der Lampl denn jetzt schon wieder hin?"

„Der ist zum Wagen." Die Kommissarin suchte nach einer Möglichkeit, dem Vorgesetzten zu entkommen. Nur leider fiel ihr nichts Geeignetes ein.

„Ach, sehen Sie, da kommt Kurz", versuchte sie abzulenken.

„Fingerhut liegt zur Beobachtung in dem Zimmer dahinten. Der Doktor sagt, es dauert mindestens eine Stunde, bis wir das Ergebnis haben."

Bruno Kurz nickte Mayeraufderhut zu: „Tag, Chef! Ich setz' mich so lange vor seine Tür." Auf dem Weg dorthin zog sich Kurz noch eine Zwischenmahlzeit aus dem Automaten.

„Ja, ich werde dann auch mal ..." Jelle Hérisson lächelte Mayeraufderhut an und wollte ihn einfach stehen lassen, doch der war noch nicht fertig: „Halt! Richten Sie Lampl bitte aus, dass ich ihn unbedingt heute noch sprechen muss. Ich kann jetzt nicht länger warten." Er ging in die entgegengesetzte Richtung. Vor den Aufzügen zu den Stationen blieb er stehen und winkte Hérisson zu: „Nicht vergessen. Es ist wirklich wichtig!"

Sowie Mayeraufderhut in einem der Fahrstühle verschwunden war, trat Lampl durch die Tür der Notaufnahme. Sich vorsichtig umsehend, schritt er auf Hérisson zu. „Na? Wie sieht es aus?", wollte er wissen und ließ den Blick durchs Erdgeschoss schweifen.

„Alles bestens. Wir haben noch Zeit, bis wir ein Ergebnis bekommen. Und Mayeraufderhut ist weg. Gratuliere, gutes Zeitgefühl!"

„Prima. Darf ich Sie auf ein kaltes Getränk einladen?" Lampl lief zu den Automaten.

Jelle folgte ihm: „Siebentisch?", fragte sie.

„Der sitzt vor der Tür." Lampl warf die ersten Münzen in den Schlitz.

„Wasser bitte", meinte sie und sah zu, wie Lampl nacheinander zwei Flaschen stilles Wasser aus dem Automaten fischte.

*

Beim Mittagessen herrschte wieder Harmonie, alle saßen einträchtig zusammen.

Gisela hatte sich von ihrem Schock erholt. Im vertrauten Kreis löffelten sie andächtig ihre Suppe und genossen anschließend den Hauptgang. Die Unterhaltung spann sich fast ausschließlich um die sensationelle Verhaftung von Gabriel Fingerhut. Als der Nachtisch aufgetragen wurde, lästerte niemand über die eigenartige Form und Farbe dessen, was man auf dem Teller vorfand. Klara, mit der Betreuung von Ida beauftragt, verließ früh den Tisch: „Ich messe noch mal ihre Temperatur. Mir gefällt das alles gar nicht", erklärte sie besorgt.

„Wenn sie noch immer Fieber hat, bringen wir sie ins Krankenhaus", bestimmte Caroline. Albert räumte seinen Teller ab und ging Klara hinterher, in der Hoffnung, dass das Fieber gesunken wäre.

Albert hatte das Zimmer am Morgen abgedunkelt. Nun, im diffusen Licht fiel es Klara nicht leicht, bis an Idas Bett zu gehen. Vorsichtig tastete sie sich vor. „Bist du wach?", fragte sie ins Halbdunkel.

Ida antwortete mit einem undeutlichen Laut, den Klara nicht einzuordnen wusste.

„Wir müssen noch mal Fieber messen", sagte Albert, der plötzlich hinter Klara stand. „Tut mir leid." Behutsam beugten sich die beiden über die Kranke und warteten auf das Piepsen des Thermometers.

„39,8", stellte Albert erschrocken fest.

„Du rufst den Krankenwagen, ich packe ein paar Sachen zusammen." Klara machte sich mit Tränen in den Augen an die Arbeit. Als Albert die Treppe herunterkam, standen alle wartend und hoffnungsvoll da. Albert schüttelte den Kopf und ging zum Telefon.

„Henriette, Erika, ihr helft Klara. Gisela, könntest du bitte beide Flügel der Haustüre öffnen? Und Felizitas – mach bitte das Tor im Garten ganz auf. Albert fahr' unser Auto aus der Einfahrt, parke es meinetwegen um die Ecke. Adelheid, du sorgst dafür, dass Rosinante festgebunden ist und keinem im Wege steht." Niemand stellte Carolines Anweisungen infrage, alle erfüllten die ihnen zugedachten Aufgaben rasch und ohne Murren. Caroline ging traurig nach oben, um sich von Ida zu verabschieden.

*

„So, Herr Kommissar", der behandelnde Arzt hatte sich vor Lampl und den Kollegen gestellt. Sein Mantel wirkte so steif wie er selbst. Das Stethoskop trug er in der rechten Manteltasche, die linke beulte ein anatomischer Atlas aus. Die Haare streng nach hinten gekämmt, wirkte er deutlich älter als er war. Vermutlich sollte die Aufmachung dazu dienen, ernstgenommen zu werden, dachte Lampl und lauschte den Worten des Doktors.

„Wir konnten feststellen, dass der Patient Gabriel Fingerhut eine Tollkirschenvergiftung hat. Also, genauso wie ihr Kollege gestern. Die Konzentration im Blut lässt allerdings keine Rückschlüsse zu, wann und wie viel er eingenommen hat. Wir behalten ihn, wie besprochen, eine Nacht hier. Sie sollten sich überlegen, ob Sie ihn in Handschellen lassen wollen, was die Pflege zugegebenermaßen etwas verkomplizieren würde. Noch Fragen?" Er reichte Lampl die Hand und verschwand auf quietschenden Sohlen.

„Und jetzt?", wollte Kurz wissen.

Lampl fuhr sich mit den Fingern durch das Haar: „Jetzt steht fest, dass der Giftmischer es auch auf Fingerhut abgesehen hatte."

„Oder die Giftmischerin", gab Jelle Hérisson zu bedenken.

„Ja, stimmt", sagte Lampl nachdenklich.

„Und was ist mit mir?", fragte Siebentisch, beinahe beleidigt.

Bruno Kurz tätschelte seinem Kollegen tröstend den Arm. „Ich denke, du warst ein Zufallsopfer."

„Wenn Fingerhut den Tee und die Kekse von Frau Schimmel hatte, sollten wir der Dame jetzt dringend einen Besuch abstatten ...", sprach Lampl und drehte sich um. „Karl, Bruno, wir brauchen Hintergrundinformationen, was die Beziehung von Frau Schimmel zu den Senfts betrifft und natürlich über die Dame selbst. Ich will alles wissen, klar? Frau Hérisson und ich machen zur Abwechslung einen Ausflug aufs Land ..."

*

Die Rettungsassistenten, die Ida die Treppe hinuntertrugen, taten dies außerordentlich behutsam. Dr. Bachheim hatte Ida eine Infusion gelegt und trotz der Hitze war sie in eine Decke gewickelt. Sie fror. Sie verabschiedete sich von den Freundinnen mit einem Lächeln und einem unbeholfenen Winken. Alle standen an der Haustüre und murmelten gute Wünsche, manche trockneten verstohlen Tränen. Caroline hatte bestimmt, dass Erika und Adelheid mit Albert dem Rettungswagen ins Krankenhaus hinterherfahren sollten. Die drei stiegen wortlos ins klapprige Auto und blieben bis zur Ankunft in der Klinik an der Stoßstange der Sanitäter kleben.

Caroline tätschelte abwesend Siegfrieds Hals, als Kellerbier ihn losmachte und sich anbot, jede der Bewohnerinnen jederzeit ins Spital zu bringen.

„Danke, Kellerbier. Das ist sehr nett. Ich hoffe aber, es wird nicht nötig sein." Caroline wirkte auf Kellerbier sehr niedergeschlagen. Dann ging sie zurück ins Haus, wo die Damen sich um den Esstisch versammelt hatten. Draußen war es extrem schwül geworden und nicht auszuhalten. Gisela hatte ihre eigene Art, mit den Unbilden des Lebens fertig zu werden: Sie buk.

„Was machst du da?", rief Felizitas ihr zu.

„Kuchen", antwortete sie und klapperte noch lauter als gewöhnlich mit den Schüsseln.

„Welchen?", fragte Dora und erwischte mit der Fliegenklatsche gleich zwei Fliegen, deren Leichname sie anschließend der Natur zuführte – sie warf sie aus dem Fenster.

„Erdbeertorte mit viel Sahne und noch mehr Erdbeeren oben drauf." Gisela wog das Mehl ab, in der Staubwolke war sie kurzfristig nicht zu sehen.

„Du meinst die dreistöckige Torte mit allem Drum und Dran?" Henriette unterbrach das Weinen und blickte mit großen Augen Richtung Küche.

„Genau die", kam es zurück. Dann verschwand Giselas Stimme im Motorengeräusch der Küchenmaschine.

*

Karl Siebentisch und Bruno Kurz liefen Mayeraufderhut direkt in die Arme, als sie die klimatisierte Halle betraten.

„Wo ist Lampl?", fragte er und gab mit Handzeichen zu erkennen, dass er keine Antwort erwartete: „Sagen Sie ihm, ich muss ihn heute noch sprechen. Es ist dringend und es ist in seinem Interesse. Haben Sie mich verstanden? Ich mache Sie dafür persönlich verantwortlich, wenn sich Lampl nicht heute noch bei mir meldet. Klar?"

Die beiden Kommissare nickten brav wie gescholtene Schulbuben und sahen sich fragend an: „Ist da was im Busch?", fragte Siebentisch den Kollegen.

„Ich hab nicht die blasseste Ahnung", gestand Kurz schulterzuckend und trat in den Fahrstuhl.

Frau Meier, heute in ungewöhnlich legerer Kleidung, begrüßte die beiden und freute sich sichtlich, nun Mayeraufderhuts Bespitzelungen nicht mehr alleine ausgesetzt zu sein. „Schön, dass Sie da sind. Kommen Lampl und Hérisson auch?"

„Nein, die sind erst mal aufs Land gefahren. Ich denke, sie melden sich in absehbarer Zeit." Karl Siebentisch fuhr den Rechner hoch. Bruno Kurz zog seine Notizen noch mal zu Rate.

Frau Meier besah sich die beiden, die geschäftig ihren Aufgaben nachgingen: „In Ordnung. Was suchen wir?", fragte sie und Siebentisch erklärte ihr, was zu tun sei.

„Vielleicht können wir heute noch das Rätsel lösen", dachte Frau Meier laut und setzte die Lesebrille entschlossen auf die Nase.

Lampl parkte das Auto vor dem Garten von Frau Schimmel. „Berta Schimmel, 60 Jahre, unverheiratet, keine Vorstrafen", las Jelle Hérisson Lampl vor. Die Informationen hatte sie eben über ihr Mobiltelefon als Kurznachricht von Siebentisch bekommen.

„Fragen Sie Bruno, was die Nachbarn über die Dame gesagt haben", forderte Lampl die Kollegin auf, während er sich umsah. Das Häuschen von Frau Schimmel stammte etwa aus den 1960er Jahren, schätzte Lampl. Thujahecke, ordentlich in Form geschnitten, der Fußweg davor penibel gefegt. Der kurze Weg bis zur Haustüre war auf beiden Seiten von Rabatten mit üppigen Sommerblumen eingefasst. An den Fenstern weiße Vorhänge, mindestens ebenso alt wie das Haus selbst, Blumentöpfe und Glaskugeln, die von oben herabhingen. Auf der einen Seite grenzte das Grundstück an das der alten Damen. Der andere Nachbar war Lampl unbekannt.

„Er kann in den Unterlagen nichts finden", sagte Jelle Hérisson nach einem kurzen Gespräch und legte auf.

„Gut. Dann wollen wir der Dame ein paar Fragen stellen." Lampl hatte die Haustüre im Blick. Ihm war nicht entgangen, dass sich der Vorhang rechts von der Tür bewegt hatte. Sie waren also schon entdeckt worden. Jelle Hérisson warf sich die Handtasche über die Schulter und folgte Lampl mit eiligen Schritten. Hier draußen war es furchtbar drückend.

Kommissar Lampl stellte sich vor der Türe auf und bewunderte die liebevoll gehäkelten Zierstücke, die in der Mitte der dunkelbraunen Haustüre befestigt waren, mit Abscheu. Dann klingelte er, Hérisson trat neben ihn. Obwohl die Bewohnerin wusste, dass sie vor der Türe standen, dauerte es ein Weilchen, bis ihnen geöffnet wurde. Frau Schimmel erschien mit sauertöpfischem Gesicht und saurer Dauerwelle in den grauen, feinen Haaren. Sie sah den Kommissar fragend an: „Ja, bitte?"

Lampl stellte sich und seine Kollegin vor und bat darum, mit ihr ein paar Worte wechseln zu dürfen.

„Bitte!" Frau Schimmel ging einen Schritt zur Seite, um die beiden Beamten eintreten zu lassen. Hinter ihnen schloss sie die Tür und setzte sich dann an die Spitze des kleinen Trupps. „Gehen wir doch in die gute Stube", sagte sie und ihre näselnde Stimme war dem Kommissar sehr unangenehm. Vor der Wohnzimmertüre blieb sie stehen: „Wenn Sie schon Platz nehmen wollen ... darf ich Ihnen etwas zu trinken anbieten?"

Hérisson murmelte ein undeutliches „Danke", während Lampl sich enthielt und die Fotogalerie an der Wand studierte.

Berta Schimmel schlurfte in ihren ausgelatschten Pantoffeln in die Küche und die beiden setzten sich auf die mit Häkeldeckchen verzierten Polstermöbel aus den 1970er Jahren.

„Hübsch hier", sagte Jelle Hérisson, nicht ganz wahrheitsgetreu, aber mit einem Lächeln, als die Gastgeberin wieder eintrat.

„Ist alles noch so, wie es meine Eltern einst eingerichtet haben", antwortete Berta Schimmel und schien sehr stolz darauf zu sein, dieses Museum bewahrt zu haben. Sie goss jedem ein Glas ein und nahm dann Lampl gegenüber auf einem einzelnen Sessel Platz. „Was kann ich für Sie tun?"

„Ähm, Frau Schimmel. Sie kannten ja die Senfts persönlich, nicht wahr? Waren Sie mit ihnen enger befreundet?" Jelle Hérisson zog den Notizblock aus der Tasche und begann aufzuschreiben.

„Nun, nicht mehr als alle anderen, würde ich sagen." Frau Schimmel zupfte ihre Kittelschürze mit beiden Händen glatt.

„Und Gabriel Fingerhut kennen Sie auch nicht näher?", fragte Lampl und beäugte das Glas vor ihm.

„Nun", erwiderte Berta Schimmel errötend, „den Gabriel Fingerhut habe ich hin und wieder getroffen, wenn er den Garten gemacht hat bei den Senfts. Manchmal ist er dann auch zu mir gekommen. Zum Beispiel, um die Hecke zu schneiden, Wissen Sie, in meinem Alter ..."

„Ja. Schön, Frau Schimmel, ist es denn wahr, dass Sie Herrn Fingerhut gestern bei der Arbeit besucht haben?", bohrte Hérisson weiter.

Lampl beobachtete, wie sich auf Berta Schimmels Stirn langsam feine Schweißperlen sammelten.

„Nun, ja. Ich habe ihm gestern etwas rübergebracht und ihn gefragt, ob er mir beim Rasenmähen helfen könnte." Frau Schimmel saß kerzengerade und versuchte krampfhaft, entspannt zu wirken.

„Frau Schimmel, kennen Sie sich mit Gift aus?" Lampls Frage traf die Zeugin völlig unvorbereitet.

„Bitte?", fragte sie ungläubig und wiederholte die Frage selbst. „Ob ich mich mit Toxinen auskenne? Herr Kommissar, ich arbeite in der Giftnotrufzentrale. Was glauben Sie?" Berta Schimmel sprang erstaunlich flink auf ihre Beine. „Wollen Sie damit irgendetwas andeuten?", fragte sie und ihre Stimme schraubte sich eine Oktave nach oben.

„Eine letzte Frage, Frau Schimmel. Haben Sie den Tod der Senfts und den versuchten Mordanschlag auf Gabriel Fingerhut und einen meiner Beamten zu verantworten?" Lampl war nun seinerseits aufgestanden, auch, um seiner Frage Nachdruck zu verleihen.

„Ich denke, ich habe Ihnen nichts mehr zu sagen. Wenn ich bitten dürfte: Verlassen Sie mein Haus. Sofort!" Dieser vergleichsweise rüden Aufforderung konnten die beiden Beamten nichts entgegensetzen. Lampl stand ganz dicht vor Berta Schimmel, deren Ausdünstungen ihm fast den Atem nahmen.

„Haben Sie?", fragte Hérisson, die sich ebenfalls erhoben hatte.

Als Antwort kam jedoch nur ein gejapstes: „Raus!", zusammen mit einem richtungsweisenden Zeigefinger.

Gemeinsam liefen sie den dunklen Flur entlang, als die Kommissarin plötzlich stehenblieb. „Darf ich bitte Ihre Toilette aufsuchen?" Jelle Hérisson setzte ihr schönstes Lächeln ein und einen überaus attraktiven Augenaufschlag.

Im Wohnzimmer klingelte das Telefon. „Bin gleich wieder da", warnte Frau Schimmel die Kommissare und wies mit dem Kinn auf die Tür mit dem kunstvollen Schriftzug „Abort".

Neben dem WC ging eine offene Treppe in den Keller. Kurzentschlossen ging Lampl an die Haustür, öffnete sie und ließ sie mit einem Knall wieder ins Schloss fallen. Er und Hérisson schlichen sich über die Stufen in den Kellerraum hinunter. Sie hielten den Atem an, als sie Berta Schimmels schlurfende Schritte hörten. Die Haustüre wurde geöffnet und wieder geschlossen, die Toilette kontrolliert. Frau Schimmel schob sich in die gute Stube und setzte ihr Telefonat fort.

Jelle Hérisson stupste Lampl am Arm. „Da sehe ich mal nach", flüsterte sie. Lampl nickte und versuchte angestrengt, das Gespräch zu belauschen. Doch Frau Schimmel musste die Wohnzimmertür zugemacht haben, jedenfalls vernahm Lampl nichts als unverständliches Gebrabbel.

„Hier ist was Interessantes", hörte Lampl Hérisson sagen und verließ daraufhin seinen Horchposten, um auf Zehenspitzen weiter in den Keller vorzudringen.

„Hier drüben." Hérisson stand in einem kleinen Raum, in der Mitte ein Tisch, ringsum Regale, in denen allerlei Gläser lagerten. Von der Decke hingen Büschel mit getrockneten Kräutern. Es roch nicht unangenehm, ein bisschen wie damals bei seiner Oma. Lampl konnte sehen, wie sich wegen der Kälte auf Hérissons Unterarmen die Haare aufstellten. Vorsichtig gingen sie die Regale ab und sahen sich nach irgend etwas Verdächtigem um.

„Was suchen wir denn genau?" Jelle nahm verschiedene Gläser in die Hand und stellte sie dann wieder hin.

„Weiß ich auch nicht. Ich denke, es war eine Schnapsidee, hier runterzugehen. Lassen Sie uns möglichst unauffällig verschwinden."

„Hier, sehen Sie mal", rief Jelle plötzlich.

„Oha! Das sieht aus wie ...", entfuhr es Lampl erstaunt.

„Das sieht nicht nur so aus, es ist ...!"

Lampl sah plötzlich aus dem Augenwinkel, wie die Türe oben geschlossen wurde. Ein Schlüssel drehte sich im Schloss, dann war es still.

„Toll. Und jetzt?", fragte Jelle Hérisson und rubbelte die frierenden Arme, während sie Lampl einen vorwurfsvollen Blick zuwarf.

*

„Henriette, du sollst die Erdbeeren putzen und dann in die Schüssel legen und sie dir nicht pausenlos in den Mund stopfen." Gisela schimpfte zwar, war aber dennoch nachsichtig. Es war für keine von ihnen leicht zu wissen, dass Ida diesmal ernsthaft krank war. Und wer konnte schon sagen, ob sie wieder auf die Beine kam? Felizitas wedelte mit dem Staublappen herum.

Draußen war es immer noch unerträglich. Vor lauter Verzweiflung hatte sie angefangen, das Esszimmer und den Salon abzustauben, sonst gab es nicht viel zu tun und die Ungewissheit brachte sie beinahe um. Klara versuchte zu lesen, wurde aber bald von Felizitas überspannten Reinigungsbemühungen gestört: „Kannst du nicht was anderes tun?", fragte Klara und hustete übertrieben in ihr Taschentuch.

„Was denn?" Felizitas hielt für eine Sekunde inne: „Hast du einen besseren Vorschlag?", fragte sie unwirsch und schüttelte den Lappen am geöffneten Fenster aus.

„Mal überlegen ... Doch, mir ist schon etwas eingefallen", lächelte sie Felizitas versöhnlich an.

„So? Dann lass hören!", bat sie erwartungsvoll.

„Ich schlage vor: Wir waschen Rosinante."

„Wir ... was??" Felizitas dachte, sich verhört zu haben.

„Ach, komm. Wir ziehen unsere Badesachen an und seifen Rosinante ein."

„Ist das dein Ernst?" Felizitas warf den Staublappen in die Ecke und zuckte mit den Schultern: „Warum nicht? Wenn die anderen uns für verrückt halten, schieben wir es aufs Wetter."

*

Lampl und Hérisson sahen sich bedröppelt an. „Na, prima", kommentierte Jelle Hérisson ihre Situation.

Lampl zog selbstsicher das Mobiltelefon aus der Hosentasche. „Kein Problem", meinte er überzeugt und wählte die Nummer im Büro. Fragend sah er kurze Zeit später auf den Apparat: „Kein Empfang."

„Gratuliere!", kam es spöttisch von der Kollegin. „Dann überlegen wir jetzt, wie wir hier wieder wegkommen." Sie sah sich suchend um. „Kein Fenster, keine andere Türe. Uns bleibt nur die da." Sie zeigte auf die Tür, die Berta Schimmel vor ein paar Minuten geschlossen hatte. Energisch ging sie darauf zu und klopfte: „Frau Schimmel? ... Hallo? ... Hören Sie mich? ... Sie haben uns versehentlich eingeschlossen. Sind Sie bitte so nett und lassen uns raus?" Hérisson nickte Lampl triumphierend zu: „Sie wird sicher gleich da sein."

Dann warteten sie. Minute um Minute verging, ohne dass sich auf der anderen Seite etwas bewegte.

„Sie hat uns nicht aus Versehen eingesperrt. Es war Absicht." Lampl kratzte sich am Kopf und trat näher. Er lugte durchs Schlüsselloch und stellte mit Kennerblick fest: „Der Schlüssel steckt."

„Ach was?"

Ohne zu überlegen, nahm Lampl Anlauf und versuchte die Türe mittels Manneskraft zu überwinden. Hérisson sah erstaunt zu, wie er sich bei dem Versuch, als menschlicher Rammbock die Tür zu öffnen, ordentlich die Schulter prellte.

„Tut es sehr weh?", fragte sie mitleidlos und schüttelte den Kopf. Lampl massierte hingebungsvoll die Schulter, doch über seine Lippen kam kein Schmerzenslaut.

Hérisson mobilisierte ihren Überlebenswillen. Sie untersuchte die massive Metalltüre, maß den Abstand von der Tür zum Boden, inspizierte das Schlüsselloch und kam zu folgendem Ergebnis: „Mit ein bisschen Fingerspitzengefühl sind wir in ein paar Minuten draußen."

Lampl sah sie an, als zweifle er an ihrem Verstand. „Und wie machen wir das?"

„Geben Sie mir meine Handtasche", forderte sie ihn auf.

„Was ist da drin? Sprengstoff?" Lampl war zwar nicht zu Scherzen aufgelegt, doch der Tätigkeitsdrang seiner Kollegin amüsierte ihn.

„Schon mal was von Mc Gyver gehört?", fragte sie und begann in der Tasche zu wühlen. Nacheinander förderte sie eigenartige Dinge ans Tageslicht, die Lampl nicht im Traum in einer Damenhandtasche vermutet hätte. „Lassen Sie mich machen und sorgen Sie für ein bisschen mehr Licht."

Lampl sah sich um, konnte aber keine weitere Lichtquelle entdecken. „Mein Mobiltelefon hat eine Taschenlampe, reicht das?"

„Mal sehen. Leuchten Sie hier rüber!"

*

Dem beiläufigem Spaziergänger hätte sich ein wunderbares Bild geboten. Zwei Damen in reifem Alter, in Badeanzügen und mit einem Gartenschlauch ausgestattet, bespritzen sich und ein Kamel unter lautem Gejohle und mit sichtlich viel Spaß.

Caroline, die von dem Geschrei nach draußen gelockt wurde, ebenso wie alle anderen Hausbewohner, sah ihnen kopfschüttelnd zu. Auch Henriette beobachtete aus sicherer Entfernung das Spektakel und winkte Berta Schimmel flüchtig zu, als die sich mit einer großen Tasche in ein Taxi setzte.

Gisela stand, die Arme in die Hüften gestemmt, an der Türe und sah missbilligend zu: „Und nachher sind sie krank und bringen auch noch den ganzen Schlamm ins Haus", mäkelte sie.

„Ach, ist doch nicht so schlimm. Lass ihnen doch die Freude", sagte Henriette gut gelaunt. „Du kannst das jederzeit beenden. Du brauchst nur zu rufen, dass der Kuchen fertig ist."

„Na, dann sag den Kindern, sie sollen sich die Hände waschen. Ich mache Kaffee."

*

Im städtischen Krankenhaus warteten Albert, Adelheid und Erika auf die Stationsärztin. Adelheid entdeckte einen Automaten, der verschiedene Schokoladenriegel im Angebot hatte. Nach und nach hatte sie Alberts gesamtes Kleingeld in Süßes umgewandelt und nun großen Durst.

„Dann hol dir doch was zu trinken", riet Erika. Aber Adelheid wollte den Posten nicht verlassen. „Kommt nicht infrage. Ich warte hier", sagte sie mit trockener Zunge. Albert erbarmte sich schließlich und stibitzte einen Plastikbecher aus einem Verbandswagen, füllte ihn mit Leitungswasser aus der Herrentoilette und reichte ihn Adelheid. Gerade, als sie den Becher an die Lippen führen wollte, öffnete sich die Tür und die Ärztin trat auf den Flur. Mit ernstem Gesicht berichtete sie den dreien, Ida müsse erst mal im Krankenhaus bleiben, soviel stand fest. Sie habe viel zu wenig getrunken, der Natriumspiegel sei viel zu hoch - was auch an den harntreibenden Tabletten lag, die sie wegen ihres Bluthochdrucks nahm und dies erkläre auch ihre Apathie. Jetzt führe man ihr Flüssigkeit zu und in Kürze würde sie wieder ansprechbar sein. Weitere Untersuchungen sollten folgen, als dringlichste ordnete die Ärztin ein aussagekräftiges EKG an, für das Ida jetzt in eine andere Abteilung geschoben wurde.

Adelheid lief hinter dem Bett her, das Albert und ein Pfleger vorsichtig durch den Gang rollten. Sie mussten im Vorraum warten. Ida sah so zerbrechlich aus, dass es Erika ganz schwer ums Herz wurde. Leise sprach sie mit ihr und zupfte immer wieder an Idas Bettdecke.

„Mädels setzt euch! Nicht, dass ihr mir auch noch umkippt." Albert wies ihnen die Plätze zu und schaute sich im Raum um. „Sind nur zwei vor uns", murmelte er.

Erika nahm eine Broschüre über die „Colonuntersuchungen" vom Besuchertisch und fächelte sich damit Luft zu. „Wie man es in solchen fensterlosen Bereichen nur aushalten kann, ist mir ein Rätsel", sagte sie halblaut. Adelheid rutschte auf dem Stuhl ungemütlich hin und her.

„Was hast du denn?", wollte Erika wissen und sah Adelheid fragend an.

„Ich muss auf die Toilette", flüsterte Adelheid und begann mit ihrem Kiefer zu mahlen.

„Dann geh endlich. Oder willst du hier für ein Desaster sorgen?", sagte Erika ungehalten. „Du bist schlimmer als jedes Kleinkind", schimpfte sie.

„Ist ja gut. Bin gleich wieder da." Adelheid lief den Flur zurück und hatte bald ihr Ziel gefunden.

„Noch einer", bemerkte Albert, nachdem das Untersuchungszimmer den nächsten Patienten verschluckt hatte.

„Nachschub ist schon im Anmarsch", kommentierte Erika den Auftritt des Rollstuhlfahrers, der eben von einem Polizisten in den Warteraum geschoben wurde.

„Sieh mal an!", meinte Adelheid, als sie auf ihrem Rückweg an dem Neuankömmling vorbeiging. „Wenn das nicht der mordverdächtige Gabriel Fingerhut ist!" Erschöpft ließ sie sich in den nächstbesten Stuhl fallen und stierte Fingerhut neugierig an.

*

Jelle Hérisson hatte mit viel Geduld und einigem Geschick sich und ihren Kollegen befreit. Lampl klopfte ihr anerkennend auf die Schulter: „Meine Hochachtung, Frau Kollegin. Ich hätte im Ernst niemals daran gedacht, mithilfe eines Blumendrahts, eines Blechlöffels und was Sie da sonst noch aufgeboten haben, eine Tür zu öffnen."

„Sie haben als Kind sicher immer die falschen Filme gesehen", antwortete Hérisson stolz und packte die Utensilien wieder in ihre Handtasche. „Lassen Sie mich raten: Lassie und Black Beauty?", fragte sie.

„Raumschiff Enterprise und Bonanza", gab Lampl versöhnlich zurück und grinste: „Jetzt sollten wir uns aber auf die Socken machen." Er nahm Jelle am Ellenbogen und führte sie die Treppe hinauf.

Die Wohnzimmertür war offen und Lampl griff zum Telefon, während Hérisson sich vergewisserte, dass die Hauseigentümerin getürmt war. Aus dem Fenster konnte sie ein Stück des Nachbargartens erspähen. Fasziniert beobachtete sie, wie zwei alte Frauen in Badeanzügen ein Kamel shampoonierten. „Sehen Sie mal ...", meinte sie zu Lampl.

„Entzückend", sagte er, das Telefon am Ohr.

„Wie? Entzückend?", fragte Siebentisch am anderen Ende der Leitung.

„Nicht du, die Damen." Lampl suchte seine Konzentration und fand sie schließlich: „Gib eine Fahndung nach Berta Schimmel raus. Dringend! Überprüfe bitte, ob ein Taxi sie zuhause abgeholt hat und wohin sie wollte." Lampl legte auf: „Kommen Sie." Er zog die Kollegin am Arm und führte sie hinaus auf die Straße. Dort bogen sie links ab und gelangten direkt an eine Gartenpforte. Wortlos öffnete Lampl das Türchen und die beiden fanden sich in unmittelbarer Nähe von Caroline wieder.

„Oh! Hallo, Herr Kommissar. Sie kommen gerade zum rechten Zeitpunkt. Giselas Erdbeertorte ist fertig, die sollten Sie sich auf keinen Fall entgehen lassen."

„Sieht lustig aus", meinte Jelle und blickte unverwandt auf das Schauspiel.

„Machen Sie mit", riet ihr Caroline augenzwinkernd.

„Ein andermal vielleicht. Bin im Dienst", sagte Jelle unverkennbar bedauernd.

Henriette hatte den Tisch gedeckt. „Herr Kommissar", rief sie fröhlich, „wo kommen Sie denn her?"

Lampl und Hérisson schauten sich verschwörerisch an. „Von Frau Schimmel", antwortete er für beide.

Henriette sah ihn mit großen Augen an und hielt in der Bewegung inne: „Ach ja? Ist sie nicht schon längst mit dem Taxi weggefahren?"

„Sie haben sie gesehen?", fragte Lampl ernst.

„Ja sicher. Irgendwie war es ein bisschen eigenartig."

„Inwiefern?", wollte er wissen.

„Ich kann es nicht genau sagen ... irgendwas störte mich ...", sagte Henriette ratlos.

Ehe Lampl zum Telefon greifen konnte, klingelte es. Siebentisch teilte mit, der Taxifahrer sei bereits ausfindig gemacht.

„Wunderbar. Schick bitte die Spurensicherung zum Haus von Frau Schimmel. Ich warte hier. Und bestelle den Fahrer ins Präsidium. Frag ihn, wohin und mit welchem Gepäck er die Schimmel gefahren hat, danke, Kollege." Lampl steckte das Mobiltelefon wieder in die Tasche: „Wir freuen uns sehr über Ihre Einladung." Dann setzte er sich an den Tisch und erwartete das versprochene, möglichst große Tortenstück.

*

„Sagen Sie mal, Fingerhut, was machen Sie hier?", wollte Adelheid wissen. Sie stand neben Idas Bett und beobachtete, wie die Schwester die dritte Infusionsflasche anhing.

„Die Polizei hat mich eingewiesen", sagte er und fingerte an seiner Decke.

„So? Aus welchem Grund?", fragte Erika und legte die spannende Lektüre zur Seite.

„Bin wohl auch vergiftet worden. Zumindest haben die den Verdacht", machte er sich wichtig.

„Und wer soll das gewesen sein?" Albert war neugierig dazu gekommen.

Gabriel Fingerhut strich sich über den ungepflegten Bart. „Keine Ahnung", behauptete er.

„Dann standen Sie auch auf der Todesliste?" Adelheid hielt den Atem an. „Wer weiß, wer der Nächste ist. Vielleicht will der Mörder das ganze Dorf beseitigen ...", unkte sie.

„Adelheid, beruhige dich", mahnte Erika. Die Tür des Untersuchungszimmers öffnete sich und spuckte einen Patienten aus. Plötzlich wurde Ida unruhig, Albert war gleich bei ihr. Sie zog an seinem Ärmel und flüsterte ihm ins Ohr. Fragend sah er sie an und ging dann zu Erika und Adelheid.

„Sie will euch sprechen", tuschelte er.

Adelheid erschrak und legte die Hand auf die Brust. „Meine Güte, ihre letzten Worte ...?", orakelte sie und tastete nach Erikas Arm. In bangem Erwarten traten sie an Idas Bett, doch bevor Ida etwas sagen konnte, kam die Schwester und schob sie zur Untersuchung nach nebenan. Besorgt warteten Adelheid, Albert und Erika draußen.

*

„Lampl! Welcher Umstand führt uns denn heute in dieses beschauliche Kleinod vorstädtischer Idylle?" Kasimir Koch war eben mit seiner Mannschaft vorgefahren und stülpte sich einen weißen Anzug aus Papier über. „Du weißt, heute ist Mittwoch und ich bin mit deinem Chef verabredet", drohte er lachend. „Ich soll dir übrigens ausrichten, du sollst ihn dringend zurückrufen." Koch zog Plastikschoner über die Schuhe und sah sich nach den Kollegen um. „Was genau müssen wir unter die Lupe nehmen?"

„Den Keller", Lampl ging nicht auf Kochs Anspielungen ein, „da gibt es eine schöne Kräuterküche. Ich will wissen, was da alles gebraut wurde." Lampl ließ Koch stehen und schlenderte zurück zum Wagen. Dort stand Jelle Hérisson plaudernd mit Caroline von Grupp und Adolf Kellerbier. Lampl stellte sich dazu und rief bei Siebentisch an, um nach den neuesten Entwicklungen zu fragen.

„Der Taxifahrer hat die Schimmel am Bahnhof abgesetzt. Bruno ist vor Ort, um sie zu suchen." Siebentisch wirkte hektisch, Lampl fühlte sich genötigt ihn ein wenig zu bremsen.

„Gut gemacht! Lass dir von Frau Meier helfen", riet er ihm.

„Die ist damit beschäftigt, dir den Chef vom Leibe zu halten ...", sagte Siebentisch mit vorwurfsvollem Unterton.

„Ähm ... ja. Weitermachen."

„... ich werde Frau von Grupp in die Klinik fahren", teilte Kellerbier soeben mit.

„Ich wünsche Ihnen alles Gute." Jelle Hérisson drückte der alten Frau herzlich die Hand.

Caroline lächelte dankbar: „Herr Kommissar? Alles in Ordnung? Sie sehen ein wenig blass aus?"

„Danke der Nachfrage. Meine Kollegin und ich müssen zurück ins Büro. Bitte richten Sie Frau Huber meinen innigsten Dank aus." Lampl verneigte sich und zog Jelle Hérisson mit.

„Hat sich schon was getan?", fragte sie und versuchte mit Lampl Schritt zu halten.

„Mir ist da etwas aufgefallen, bei den Familienbildern an der Wand im Wohnzimmer. Wir sollten das gleich überprüfen" raunte er ihr geheimnisvoll zu.

Bruno Kurz hatte das Auto im absoluten Halteverbot geparkt. Die Berechtigungskarte konnte er nicht an die Windschutzscheibe legen – er hatte sie vor längerer Zeit verloren. Stattdessen hatte er einen Zettel, kryptisch beschriftet und für die Politesse gut sichtbar, hinter die Scheibe gelegt. Den gesamten Bahnhof hatte er durchsucht - und nichts gefunden. Niemand hatte Berta Schimmel kommen oder gehen sehen. Die Bilder der Überwachungskameras prüften Kollegen. Bruno Kurz stand auf dem Bahnhofsvorplatz und kratzte sich ausgiebig am Kopf. Rechts und links hielten Linienbusse. Es könnte sein, überlegte er, sie ist mit dem Taxi hierher gefahren und anschließend in einen Bus gestiegen. Er nahm das Passfoto aus der Hemdtasche und entschied, rechts anzufangen.

„Ja, solche Damen fahre ich jeden Tag dutzendweise. Aber an die kann ich mich nicht erinnern. Wann soll sie denn mitgefahren sein?", meinte der Busfahrer gelangweilt und biss in sein Käsebrot.

„Ist höchstens eine Stunde her", sagte Kurz und hielt wacker das Bild in die Höhe.

„Vor einer Stunde? Dann ist sie nicht mit mir gefahren. Meine Tour dauert mehr als eine Stunde." Wieder biss er in das Brot und spülte mit Kaffee nach. „Schauen Sie sich den Fahrplan an, da kommen nicht viele infrage." Er öffnete das Handschuhfach und zog einen aktuellen Plan hervor. „Hier", sagte er und krümelte auf seinen Schoß. „Vielleicht kann Ihnen auch die Zentrale helfen. Die Dinger kann ja keiner ohne Studium lesen."

„Danke." Bruno Kurz trabte im leichten Dauerlauf zur Buszentrale.

*

Lampl und Hérisson schlichen über die Hintertreppe ins Büro. Jelle Hérisson fragte erst gar nicht, warum Lampl dem Chef aus dem Weg ging. Sie folgte widerstandslos und zog sich unterwegs ein Kaltgetränk aus dem Automaten, dann streifte sie die Schuhe ab und legte ganz undamenhaft die Beine auf den Schreibtisch. Dabei sah sie Lampl zu, wie der am Rechner hantierte und verbissen dreinblickte.

„Was hat er denn?", wollte Frau Meier von Jelle wissen.

„Eine Idee", antwortete sie und setzte die Flasche an.

„Aha." Frau Meier schaute zu Lampl.

„Wo ist Siebentisch?", fragte Lampl ohne aufzusehen in die Stille.

„Befragt einen Zeugen", gab Frau Meier knapp zurück.

„Frau Hérisson, könnten Sie mal ..."

„Könnte ich was?"

„Mal sehen, wie weit Siebentisch ist. Bitte."

Die Kommissarin erhob sich müde und lief barfuß mit der Flasche in der Hand aus dem Büro.

„Die Kollegin scheint ein wenig angegriffen zu sein", frotzelte Frau Meier, kaum das Jelle das Zimmer verlassen hatte.

„Mmh", kam es aus der Ecke. „Frau Meier, könnten Sie das hier für mich durchsehen?", fragte Lampl und winkte sie zu sich.

„Gerne, Chef", flötete sie.

„Setzen Sie sich", bat Lampl und rückte ihr den Stuhl zurecht. Anschließend lief er unruhig durch den Raum.

„Und?", fragte er.

„Moment. Ich muss mich doch erst einlesen, Chef", tadelte sie und schob die Lesebrille ein Stück nach unten. „Also, wenn ich das richtig verstehe, dann hat sie ein Grundstück ... lassen Sie mich mal an das Telefon ..."

„So, Chef", polterte Siebentisch und plumpste in seinen Stuhl, „der Taxifahrer hat Frau Schimmel zweifelsfrei erkannt. Er setzte sie vor dem Bahnhof ab."

„So viel wissen wir doch schon", unterbrach ihn Lampl.

„Ja, aber: Er hat gesehen, wie sie in einen Bus gestiegen ist." Siebentisch sah Beifall heischend in die Runde.

Jelle Hérisson schlüpfte wieder in ihre Schuhe. Die leere Flasche stellte sie ab. „Welcher Bus, Siebentisch?", fragte sie genervt.

„Ähm, der ..." Siebentisch blätterte in seinen Aufzeichnungen. Das Telefon klingelte.

„Meier", meldete sich Frau Meier. „Danke", sagte sie und legte auf. „...der 22er", vollendete sie Siebentischs angefangenen Satz.

„Genau. Das wollte ich gerade sagen." Siebentisch klappte den Notizblock zu und spähte erwartungsvoll zu Lampl, so wie alle anderen auch.

„Na, dann lasst uns mal sehen, wo der 22er lang fährt." Lampl stellte sich mit den Kollegen vor den Stadt- und Umgebungsplan und markierte mit dem Zeigefinger den Bahnhof.

Frau Meier breitete den Fahrplan aus und las vor.

*

Kellerbier fuhr in übelster Manier das Auto. Caroline war schlecht geworden und sie bat darum, das Fenster öffnen zu dürfen. Doch hinten saßen Gisela und Henriette, die dies nicht befürworteten.

„Meine Frisur", mahnte die eine.

„Meine Ohren, ich bin doch so empfindlich", jammerte die andere.

Caroline ergab sich und hoffte, dass sie ihr Ziel bald erreicht hätten. Und in der Tat - endlich parkte Kellerbier den Wagen.

Sie erkundigten sich an der Information, wo sie Ida finden konnten. Der Pförtner zeigte ihnen den Weg zu den Fahrstühlen und überließ sie dann sich selbst.

„Hier entlang", dirigierte Henriette die Freundinnen und drückte auf den Knopf. Mit einem sanften „Pling" öffnete sich die Aufzugtüre und die vier stiegen ein.

*

Dora, Felizitas und Klara beseitigten die Spuren, die Rosinante hinterlassen hatte. „Sehr appetitlich", urteilte Klara und rümpfte die Nase.

„Wir hätten mitfahren müssen", meinte Felizitas traurig.

„Na, hör mal! Wenn wir alle um Idas Bett stehen, denkt sie doch, ihr letztes Stündlein hätte geschlagen." Klara lächelte müde.

„Hast ja recht." Felizitas schaufelte den Rest der Hinterlassenschaft auf die Schubkarre und fuhr sie in den hinteren Teil des Gartens. „Denkt ihr, wenn ich das auf den Kompost kippe, ist es in Ordnung?", fragte sie, völlig aus der Puste, und hatte die Karre schon geneigt.

„Mach mal ruhig", antwortete Klara mit einer abwertenden Handbewegung.

*

„Es tut mir leid, aber die Patientin ist bei einer Untersuchung. Da können Sie jetzt nicht hin." Die resolute Schwester duldete keinen Widerspruch.

„Dürfen wir im Zimmer warten?", fragte Henriette krötig.

„Meinetwegen." Die Schwester überließ sie ihrem Schicksal.

„Die hat einen Ton am Leibe", mokierte sich Caroline.

„Sie wirkt so einfühlsam wie ein Panzer", bestätigte Gisela.

Henriette trat ans Fenster und blickte auf den Parkplatz. Gisela und Kellerbier setzten sich auf die Besucherstühle.

„Ich gehe ein bisschen nach unten. Mir ist es hier zu stickig." Caroline nickte den anderen zu und öffnete die Tür.

„Soll ich Sie begleiten?", bot Kellerbier an.

„Nein. Bitte bleiben Sie sitzen."

Ruhelos wanderte sie durch die Klinik hinunter in die Eingangshalle, als sie von der Seite vertraute Stimmen hörte. Sie wandte den Kopf und erkannte die Gesichter. Albert schob Idas Bett, rechts und links flankiert von Adelheid und Erika.

„Was machst du denn hier?", erkundigte sich Adelheid.

„Kellerbier hat uns gefahren", antwortete Caroline, ohne auf Adelheids Frage einzugehen.

„Danke, es geht mir gut", sagte Ida unerwartet.

„Ida?", Caroline war verblüfft. „Dir geht es wieder besser?"

„Nein, ich bin gestorben. Was soll die Frage?" Ida setzte sich in ihrem Bett auf.

„Entschuldige. Wir hatten uns Sorgen gemacht." Adelheid hüpfte vor Freude.

„Na, dann ist es ja gut. Was soll das ganze Tamtam?", fragte Ida ungeduldig.

Albert schob Ida zu den Aufzügen. „Wir gehen erst mal nach oben", entschied er.

Im Zimmer angekommen, riefen alle durcheinander. Ida hatte kein Verständnis für die Aufregung um sie, Gisela versuchte zu erklären. „Du warst richtig krank."

„Wir alle haben große Angst gehabt", rechtfertigte sich Henriette.

„Wir dachten schon ...", sagte Adelheid und ließ den Satz unvollendet.

„Ihr dachtet, ich würde ..."

„Dir ging es so schlecht, dass wir glaubten, du könntest vielleicht nicht mehr nach Hause kommen." Caroline brachte es endlich auf den Punkt.

„Genau", pflichtete Henriette bei.

„Wir sind wirklich froh, dass es dir wieder besser geht, altes Mädchen." Albert streichelte Ida über die Wangen.

„Ist ja gut. Das Gebräu von Fingerhut hat mir nicht geholfen, im Gegenteil ...", gab Ida zu.

„Moment", unterbrach Adelheid, „Fingerhut hat dir etwas gegeben?"

„Wann und was?", bohrte Gisela nach.

„Vor ein paar Tagen hat er mich im Garten besucht. Er hätte gehört, dass ich ein bisschen angeschlagen bin und mir deswegen Kräutertropfen zur Stärkung mitgebracht. ‚Die sind harmlos', sagte er. Ich sollte jeden Tag einen Esslöffel davon nehmen." Ida wurde blass: „Ihr meint ..."

„Und du hast sie bedenkenlos genommen?" Gisela Augen funkelten.

„Oh, Ida!", kommentierte Caroline kopfschüttelnd.

„Ja, war blöd, oder?" Ida zog voll Scham die Bettdecke über das Gesicht.

„Aber jetzt geht es dir wieder gut", stellte Adelheid erleichtert fest.

„Musst du uns noch irgendwas beichten?", wollte Erika nicht ernsthaft wissen.

„Wenn du mich so fragst: Wusstet ihr eigentlich, dass die Berta ein Verhältnis mit dem Gabriel Fingerhut hat?", fragte Ida belustigt.

„Wie bitte?", rief Caroline.

„Ich lag so oft in diesem Sommer im Garten, weil es mir nicht gut ging ..."

„Und?", hakte Henriette nach.

„Na, da habe ich ihn oft reinschleichen sehen. Ich bin doch nicht doof." Ida lächelte geheimnisvoll.

Henriette fasste sich unvermittelt an die Stirn. „Jetzt weiß ich wieder, was mich bei Bertas Aufbruch störte", rief sie aus.

„Was?", fragten alle wie aus einem Mund.

„Sie hatte die Bettwäsche dabei, die rote mit den bunten Herzen. Sie ist ihr beinahe aus der Tasche gefallen, als sie ins Taxi einstieg. Henriette verschränkte triumphierend die Arme vor der Brust.

„Und?", fragte Caroline verwundert.

„Na, wenn ich einen Besuch mache, nehme ich garantiert nicht mein Bettzeug mit", sagte Henriette bestimmt.

„Richtig. Nur wenn ich irgendwo übernachten will, wo man die Bettwäsche eben mitbringen muss", schloss Adelheid ihre Überlegungen.

„Wo?", fragte Gisela.

„Jugendherberge, Hütte oder Zeltplatz", warf Albert ein. Alle standen stumm ums Bett und dachten nach.

„Ruf Lampl an!", befahl Caroline Albert. „Henriette, du und Albert ihr bleibt bei Ida. Wir anderen fahren nach Hause."

„Wieso denn das?", wollte Gisela erschrocken wissen.

„Ich habe da eine Idee ...", meinte Caroline spitzbübisch. „Und ihr kommt, sobald ihr könnt, nach, ja?"

Adelheid raffte ihre Handtasche und lief schon los.

„Ruh' dich aus", sagte Caroline im Gehen zu Ida. „Komm wieder zu Kräften, wir brauchen dich!"

„Versprochen", antwortete Ida.

Hektisch stoben sie auseinander. Kellerbier setzte sich an die Spitze. Kurz vor den Aufzügen rutschte er jedoch auf dem frisch gebohnerten Fußboden aus und schlitterte mit dem Kopf an die Wand.

„Kellerbier? Alles in Ordnung?", fragte Caroline entsetzt.

„Nein. Ich habe eine Platzwunde." Kellerbier erhob sich zitternd und befühlte seinen Hinterkopf. „Aaa ... Blut ... mir ist ganz schlecht ...", jammerte er.

Albert griff sich den nächsten Rollstuhl und setzte Kellerbier kurzerhand hinein. „Ich bringe ihn in die Notaufnahme, fahrt ihr schon los. Wir melden uns später."

*

Siebentisch platzte mit einer neuen Information in die Runde. „Ich hab da was", meinte er und kramte in diversen Papieren.

„Was?", fragten Lampl, Hérisson und Meier gleichzeitig.

„Ähm. Na ja. Wusstet ihr, dass Frau Schimmel ein Stückchen Wald in Krähenholz besitzt?"

„Haben wir auch schon herausgefunden." Frau Meier schob die Lesebrille nach oben.

„Es befindet sich in unmittelbarer Nähe zu dem Ort, wo wir vor ein paar Tagen Frau Päch gefunden haben", ließ Siebentisch die anderen wissen.

„Und?", Hérisson wartete ungeduldig.

„Vielleicht ist sie dahin. Sie könnte doch dort eine Hütte besitzen?" Siebentisch war verunsichert, die anderen sahen ihn mit unverhohlener Neugier an.

„Zeig mal, wo das ist." Lampl nahm Siebentisch die Unterlagen aus der Hand.

„Frau Hérisson, sehen Sie nach, ob der 22er in der Umgebung hält." Lampl zeigte ihr die Adresse und gemeinsam fuhren sie mit den Augen die Linie ab.

„Hier", sagte Siebentisch und deutete mit dem Finger auf einen Punkt der Karte.

„Passt", meinte Lampl und sah die Kollegen an.

„Scheint so, als hätten wir sie", vermutete Frau Meier stolz, als das Telefon klingelte. Sie hörte eine Weile aufmerksam zu und sagte süßlich zu dem Anrufer. „Es tut mir außerordentlich leid, Herr Präsident, aber der Herr Kommissar Lampl ist mit den Kollegen ausgerückt, um eine mutmaßliche Mörderin festzunehmen. Ich richte ihm selbstverständlich gerne aus, dass Sie angerufen haben ... danke ... auf Wiederhören." Sie legte den Hörer auf und blickte Lampl auffordernd an. „Wollten Sie nicht in den Wald?", fragte sie lächelnd.

Lampl nickte erleichtert. „Danke", sagte er und packte sein Mobiltelefon ein.

„Karl, kannst du bitte Bruno Bescheid sagen, dass wir uns auf den Weg zum Grundstück von Frau Schimmel machen?"

„Mach ich. Braucht ihr Verstärkung?", hakte Siebentisch nach und griff zum Dienstapparat.

„Lass mal. Frau Hérisson, Sie haben doch noch das waldtaugliche Schuhwerk?", fragte er nicht ohne Belustigung.

„Sicher", beantwortete Jelle Lampls Frage und zog aus der untersten Schreibtischschublade ein Paar Gummistiefel.

„Respekt", kommentierte Siebentisch.

„Danke." Jelle Hérisson lächelte ihn an. „Allzeit bereit, wie wir Pfadfinder immer sagen ...“

Siebentisch klopfte sich auf die Schenkel. „Wenn wir heute den Fall lösen, lade ich Sie auf ein Glas Weißwein ein", meinte er großzügig.

„Weißwein?", fragte Jelle verwirrt.

„Frauen wie Sie trinken Weißwein und essen Salat. Oder nicht?" Siebentisch bekam plötzlich Zweifel, ob sein Vorstoß so brillant war.

„Ach, Siebentisch. Wenn wir den Fall heute aufklären, kläre ich Sie mal über Frauen auf, versprochen!“

*

Albert irrte auf der Suche nach einem „Netz" in der Grünanlage des Krankenhauses herum. Henriette kümmerte sich um Ida.

Adelheid, die einzige, die im Besitz eines gültigen Führerscheines war, sollte die anderen nach Hause fahren. Adelheid öffnete mit zittrigen Händen das Auto. „Seid ihr sicher, dass ich das noch kann?", fragte sie aufgeregt.

„Das verlernt man doch nicht, oder?" Giselas Adrenalinspiegel fiel nach Adelheids zaghafter Frage urplötzlich in den Keller. Gerne wäre sie wieder ausgestiegen, doch sie traute sich nicht. Caroline wies den Weg mithilfe des Stocks. „Vorwärts!", befahl sie.

„Anschnallen", rief Adelheid und fuhr mit einem Kavaliersstart an, so, dass es alle in die Sitze drückte. Sie erreichten in rekordverdächtiger Zeit das traute Heim. Zitternd verließen die Frauen das Gefährt.

Gisela krallte sich an der Gartenpforte fest. „Ich dachte nicht, dass ich das überlebe", japste sie und ließ sich von Erika an einen Stuhl im Garten führen.

Caroline war indessen in mörderisch guter Stimmung. „Gut gemacht!", lobte sie Adelheid, die immer noch das Lenkrad umklammerte. „Komm raus ... nun mach schon!", drängelte Caroline.

„Ja ... einen Moment ... ich ... ich muss erst ankommen."

Inzwischen waren die Daheimgebliebenen neugierig an die Straße gekommen. Klara, Dora und Felizitas staunten.

„Was ist denn hier los?", fragte Klara verblüfft.

„Überlebt! Ich habe überlebt!" Giselas Knie zitterten, sie krallte sich krampfhaft an der Handtasche, die sie auf dem Schoß hielt, fest und lächelte Klara an. „Ist das zu glauben? Ich habe überlebt ..."

„Bring ihr was zur Beruhigung", forderte Caroline Klara auf und setzte sich neben Gisela. „Nur die Ruhe, Mädchen", sagte Caroline mitfühlend, während sie Giselas Hand tätschelte.

*

Lampl war im Begriff, das Büro zu verlassen, als das Telefon erneut klingelte. „Ich bin weg", flüsterte er Frau Meier zu. Die nickte und nahm den Hörer ab.

Lampl und Hérisson schlossen die Tür und liefen zum Aufzug. „Steht Ihnen", meinte Lampl und sah dabei auf Jelles bunte Gummistiefel.

Doch bevor sie sich für das Kompliment bedanken konnte, steckte Frau Meier den toupierten Kopf zur Tür heraus. „Entschuldigung, Chef, Koch ist am Apparat."

„Halten Sie den Lift auf", ordnete Lampl an und lief zurück. „Bin gleich wieder da", versprach er.

*

Die Aufregung hatte sich ein bisschen gelegt, als der Postbote Ewald Schleich in Erwartung eines romantischen Stelldicheins auftauchte.

„Ewald", rief Gisela matt, „dich habe ich ganz vergessen!"

Schleich, nun peinlich errötet, wollte sich schon still verabschieden, als Caroline ihn am Ärmel zog und ihn nötigte, Platz zu nehmen. Adelheid hatte eine Karaffe Eistee gebracht und verteilte den köstlichen Inhalt. Erika erzählte dem Briefträger atemlos, was sich in den letzten Stunden zugetragen hatte.

Ewald Schleich kommentierte ihren Bericht mit einem lang gezogenen: „So so ..."

„Frau Schimmel hat eine kleine Hütte im Wald, wo sie ihre Kräuter züchtet, wussten Sie das?", fragte er arglos.

„Genau, daran hatte ich auch schon gedacht", bestätigte Caroline, „Berta hat das Grundstück mal erwähnt."

„Haben Sie das der Polizei gesagt?", wollte Erika wissen.

„Nun, es hat mich doch niemand danach gefragt", rechtfertigte sich Herr Schleich.

„Schon gut, mein Lieber." Gisela griff beschützend nach Ewalds Hand.

„Wo genau ist die Hütte?", wollte Adelheid wissen und Schleich beschrieb ihr den Weg.

„Woher kennen Sie die Stelle?", fragte Klara skeptisch.

„Ich habe ihr irgendwann eine Fuhre Holz rausgefahren. Sie hat da nur einen einfachen Holzofen. Ist schon Jahre her…", meinte Schleich erklärend.

„Gut. Jetzt stellt sich uns aber folgende Frage …", sagte Erika grübelnd.

„Ja?", fragte Adelheid gespannt.

Erika sah erwartungsvoll in die Gesichter der Umsitzenden. „Versuchen wir, Berta auf dem Grundstück im Wald zu schnappen? …"

„Oder", ergriff Klara das Wort, „wir überlassen die Arbeit dem Kommissar und seinen Leuten und bleiben vernünftig."

„Kommt nicht infrage", bestimmte Caroline kampflustig.

„Ganz sicher nicht", echauffierte sich Adelheid.

„Sie hat wahrscheinlich mitgeholfen, Ida zu vergiften. Ich nehme das sehr persönlich!" Giselas zornige Stimme ließ alle verstummen.

„Absolut richtig!" bekräftigte Erika in aller Ruhe.

*

„Und? Was hat Koch gesagt?", fragte Jelle Hérisson und trat in die Aufzugkabine.

„Er hat unsere Vermutung bestätigt: Frau Schimmel hat im Keller ein kleines Drogenlabor." Kommissar Lampl sah die Kollegin bedeutsam an.

„Sieh mal einer an", sagte diese.

„Aber das ist noch nicht alles …" Lampl legte eine Kunstpause ein.

„Nun lassen Sie sich doch nicht alles aus der Nase ziehen." Jelle Hérisson fand das nicht lustig.

„Koch hat auch die Bankunterlagen durchgesehen. Entweder, sie hat jemanden dauerhaft erpresst oder Gelder unterschlagen", sagte Lampl erklärend und stieg aus dem Fahrstuhl, der unten angekommen war. „Aber das muss ein Kollege genauer prüfen. Fakt ist: Da ist Geld auf ihrem Konto, dessen Herkunft nicht geklärt ist. Und …"

„Ja?" Jelle versuchte Schritt zu halten.

„Und: Es gibt einen Waffenschrank. Sie werden ihn öffnen." ließ Lampl im Laufschritt wissen. Am Auto öffnete Lampl seiner Kollegin charmant die Beifahrertür.

„Danke", murmelte Hérisson, bevor sie telefonischen Kontakt mit Siebentisch aufnahm. „Wir sind im Wagen. Ich bitte um präzise Angaben", sagte sie geschäftsmäßig und schrieb die genannte Adresse auf. „Können wir da den Förster treffen?"

Von Siebentisch kam als Antwort nur ein Dürftiges. „Ich schicke ihn an die Kreuzung. Ach, und Bruno lässt ausrichten, er käme mit dem Taxi."

„Mit dem Taxi?", rief Lampl ungläubig.

*

„Wenn Adelheid den Wagen steuert, bin ich nicht dabei." Gisela tippte sich an die Stirn. „Die fährt ja schlimmer als ich damals."

Adelheid sah bedröppelt drein. „Ihr habt mich ja geradezu gezwungen", verteidigte sie sich.

„Ich fahre", bot Ewald Schleich an.

Caroline nickte. „Herr Schleich fährt. Wer will mit?", fragte sie in die Runde. Sogleich hoben Adelheid, Gisela, Erika und Caroline selbst die Hand. Dora und Felizitas schüttelten die Köpfe, Klara blieb stumm.

„Was ist mit dir?", fragte Caroline deshalb.

„Ich informiere die Feuerwehr - oder was immer ihr braucht", antwortete sie.

„Ich brauche andere Schuhe", stellte Adelheid fest und lief nach drinnen, um die Wanderschuhe anzuziehen.

„Ich hole Taschenlampen", bot sich Erika an.

„Ich sorge für Pflaster und Getränke", verkündete Gisela und verließ ebenfalls die Gruppe.

„Und was kann ich tun?", fragte Kellerbier, der plötzlich im Garten stand, mit einem dicken Pflaster an der Stirn.

„Kellerbier! Haben Sie mich erschreckt", tadelte Caroline den mit einem dicken Kopfverband beinahe unkenntlichen Nachbarn.

„Entschuldigung, gnädige Frau. Es war mir nicht bewusst, dass Sie meine Anwesenheit noch nicht bemerkt hatten."

„Kellerbier. Wir sind vollzählig. Mehr Leute passen beim besten Willen nicht in unser Auto", meinte Caroline bestimmt. „Vielleicht können Sie hier noch unterstützend eingreifen?"

„An der Basis sozusagen, gnädige Frau?" Kellerbier überlegte.

„Lass ihn mitfahren, Caroline", bat Adelheid atemlos, die Schuhsenkel noch offen.

„Und du?", fragte Caroline verwundert. „Du willst hierbleiben?" Adelheid hatte etwas ausgeheckt, da war Caroline sich sicher.

„Wo denkst du hin. Ich komme natürlich mit. Ich bin eure Kavallerie!", verkündete sie mit vor Stolz geschwellter Brust.

„Und wie?", wollte Klara wissen, obwohl sie es schon ahnte.

„Ich komme mit Rosinante", erklärte Adelheid kategorisch. „Komm Dora, hilf mir den Sattel festzumachen." Sie ließ die anderen stehen und zog Dora mit sich, die ihr widerstandslos folgte.

Kellerbier rieb sich die Hände. „Na, wenn ich dann die Infanterie ins Auto bitten dürfte ..." Mit einer einladenden Handbewegung unterstrich er seine Worte. „Sollten wir Siegfried nicht auch ...", fragte er Caroline.

„Auf keinen Fall! Wo denken Sie hin? Der Wagen ist voll besetzt, und ich weigere mich, einen Hund, der mir unter Umständen auf den Schoß schlabbert, im Fußraum mitzunehmen. Vergessen Sie das, Kellerbier!", erregte sich Caroline.

Kellerbier fügte sich wortlos und stapfte der Freifrau hinterher.

Caroline hetzte an den Wagen. „Was machen Sie denn eigentlich hier? Ich dachte, Sie sind noch im Krankenhaus."

„Habe mich selbst entlassen", erklärte er stolz.

„So? Na, wenn Sie meinen ...", ließ Caroline den Satz offen.

„Vorwärts. Marsch!", rief Klara und musste herzhaft lachen.

Nacheinander stiegen Gisela, bepackt mit einer Kiste Mineralwasser, die sie auf dem Schoß balancierte, Erika, die Taschenlampen in allen Größen mit sich führte und Caroline, die das Kommando hatte, ein. Ewald Schleich beanspruchte die Fahrerseite für sich und Kellerbier nahm auf dem zweiten Vordersitz Platz.

„Fahren Sie, Schleich! Fahren Sie!", befahl Caroline enthusiastisch und der Postbote drückte das Gaspedal bis zum Anschlag durch.

Adelheid saß mit Doras und Klaras Unterstützung und mithilfe einer kurzen Leiter auf Rosinante.

„Alles klar?", fragte Klara von unten belustigt. „Der alte Tropenhelm steht dir wirklich ausgezeichnet!"

„Alles klar!", bestätigte Adelheid von oben. Dann gab sie Rosinante die Sporen.

*

Der Polizeibeamte Kasimir Koch, der im Garten von Frau Berta Schimmel gerade ein kleines Zigarettenpäuschen einlegte, traute seinen Augen nicht. Vor Schreck ließ er den Glimmstängel fallen und trat ihn anschließend hektisch aus. Auf dem Dorffriedhof blieben die fleißigen Gärtnerinnen, allesamt Witwen, die die Gräber ihrer verblichenen Gatten gewässert hatten, fassungslos stehen. Nigel Biederwolf, eben zurück von der wöchentlichen Fahrt zum Wertstoffhof, fuhr seinen Wagen gegen den Bordstein, streifte den Roller von Familie Bäuerleins Jüngstem und blieb schließlich an der Straßenlaterne hängen. Das Geschrei des Kindes, das sein geliebtes Spielzeug demoliert und unbrauchbar in der Gosse liegen sah, war ohrenbetäubend und hallte noch lange nach, nachdem Adelheid auf Rosinante, huldvoll winkend, den Blicken längst entschwunden war.

*

Kommissar Lampl und seine Kollegin Jelle Hérisson genossen ihre Landpartie keineswegs. Hérisson, die die Straßenkarte auf dem Schoß hatte und mit dem Finger die Straßen entlangfuhr, kämpfte heftig gegen Übelkeit. Lampl versuchte seine Fahrkünste möglichst sportlich darzustellen und hatte Mühe, den Wagen auf der Fahrbahn zu halten.

„Wie lange noch?", fragte Jelle, schon grünlich im Gesicht.

„Haben wir gleich", versprach Lampl, war sich aber nicht sicher, ob es auch zutraf. Jetzt musste er sich konzentrieren und gegensteuern, weil er nach der Kurve zu weit auf die entgegengesetzte Bahn geraten war.

„Nach der nächsten Kreuzung links", ächzte Hérisson und suchte im Handschuhfach nach einer Tüte für den Notfall. Lampl bog scharf links ab und überholte einen Traktor.

„Halt!", schrie Hérisson und öffnete die gefundene Plastiktüte.

„Was?", fauchte Lampl.

„Ich sagte nach der nächsten Kreuzung. Das hier war die Kreuzung." Jelle Hérisson öffnete das Fenster.

„Na, dann ist doch alles in Ordnung, oder?" Lampl fuhr in einen Waldweg und bremste stark ab. Die entstehende Staubwolke gelangte durchs Seitenfenster in den Innenraum.

„Was sind Sie nur für ein miserabler Beifahrer, Frau Kollegin", maulte Lampl und entriss ihr die Karte: „Wo sind wir?", fragte er und stierte auf das Papier.

Hérisson öffnete die Autotür und erleichterte sich. „Oh", stöhnte sie, „können Sie nicht anständig fahren?"

„Mit dem richtigen Mitfahrer wäre das kein Problem", frotzelte er, fieberhaft ihren Standort auf der Karte suchend. „Wo sind wir?", schrie Lampl lauter als beabsichtigt.

„Hier." Jelle Hérisson legte den Finger auf einen Punkt, der knapp am Ziel vorbeiführte.

„Wir hätten bei der letzten Kreuzung geradeaus fahren müssen", stellte Lampl verärgert fest, knüllte das Papier zusammen und startete den Wagen erneut.

„Sagte ich doch." Hérisson funkelte ihn böse an und versuchte die Tür zu schließen, die ihr immer wieder entglitt. Endlich hatte sie es geschafft. Den Rest des Wegs schwiegen sie beide.

„Siebentisch? Hier ist Hérisson. Wir sind gleich da. Ist der Förster schon vor Ort?"

„In zwei Minuten", knarzte Siebentischs Stimme.

„Und Kurz?"

„Keine Ahnung. Könnte länger dauern, schätze ich. Aber ich habe euch einen Streifenwagen geschickt, die sind in etwa fünf Minuten da."

„Danke, Siebentisch", sagte Hérisson matt und lehnte sich zurück.

„Wir sind da", verkündete Lampl und stieg eiligst aus. Dem Kofferraum entnahm er Taschenlampe und Fernglas sowie zwei Funkgeräte.

Auch Jelle Hérisson verließ das Auto und setzte sich zum Durchatmen auf einen Baumstumpf in der Nähe. „Dort drüben ist eine Bushaltestelle", informierte sie Lampl.

Der stapfte durch hohes Gras an die Haltebucht und studierte den Fahrplan. „Der hält hier nur dreimal täglich", stellte er fest und ging zurück. Sie warteten.

„Gibt es hier Schlangen?", wollte er von der Kollegin wissen.

„Warum? Ich nehme an, außer mir keine", witzelte Hérisson.

Lampl sah sich argwöhnisch um. „Ich hasse Schlangen und bei solch hohen Halmen kann man die Viecher nicht rechtzeitig sehen."

„Nun, vielleicht haben Sie Glück und die Schlange klappert, bevor sie zubeißt."

„Sehr witzig", kommentierte Lampl.

Da das Waldstück auf einer Anhöhe lag, konnten sie gut erkennen, ob und welches Fahrzeug hierher unterwegs war. Im Augenblick erklomm ein Geländewagen die Serpentinen und hielt kurze Zeit später vor Hérisson. Aus ihm entstieg ein Mann von hünenhafter Statur. Sein Vollbart reichte bis zur Mitte der Brust und auf dem Kopf trug er einen grünen Försterhut. In Stiefeln und Multifunktionsjacke trat er den Beamten gegenüber. „Förster", stellte er sich mit sonorer Stimme vor.

„Lampl", erwiderte der Kommissar. „Und Ihr Name ist?"

„Förster." Er lächelte.

„Angenehm! Jelle Hérisson", schaltete sich die Kommissarin dazwischen und drückte des Försters Hand. „Name und Beruf in

284

einem. Kommt nicht oft vor, was?", lachte sie. „Gibt sicher jede Menge Leute, die es nicht verstehen, wenn Sie sich vorstellen, nicht wahr?", schmunzelte sie und ließ ein kameradschaftliches Augenzwinkern folgen.

„Das stimmt", meinte der Förster lachend.

„Und wie oft wird in Ihrer Gegenwart „Advent, Advent" rezitiert?" Lampl tauchte aus der Ich - habe - den - Witz - nicht - verstanden - Blase auf.

Förster lachte polternd und klopfte Lampl kumpelhaft auf die Schulter. „Zu oft", gab er zu.

„So, dann wollen wir mal wieder ernst werden, ja?", rief Lampl die Anwesenden zur Vernunft.

„Kennen Sie Frau Schimmel?", fragte Jelle förmlich.

„Jo. Ein wenig. Besser kannte ich ihren Vater. War ein umgänglicher Bursche." Förster strich sich langsam über den schönen Bart.

„Wo hat sie ihr Grundstück?", wollte Lampl wissen und breitete eine Karte der Gegend auf der Motorhaube aus.

Förster suchte nicht lange und markierte die Stelle mit Lampls Kugelschreiber. „Ist ein bisserl unwegsam bis dahin. Die Hütte ist schlecht einzusehen und das Gelände ist mit einem Zaun umgeben", fügte er erklärend hinzu.

„Wie würden Sie sich nähern?", hakte Hérisson nach, als sie der Klingelton ihres Mobiltelefons innehalten ließ. „Ja. Siebentisch? Was gibt's?", fragte sie und sah Lampl an. „Danke. Ja. Ich sehe, die Kollegen von der Steife kommen auch gerade ... Wiederhören." Hérisson winkte die Beamten zu sich. „Siebentisch hat sich noch mal gemeldet. Im Waffenschrank fehlt ein Jagdgewehr. Frau Schimmel könnte also bewaffnet sein", erläuterte sie bedeutungsschwanger.

„Ich kenne da eine Abkürzung." Ewald Schleich fuhr ruckartig die schmale Straße in den Wald.

Kellerbier neben ihm grunzte: „Dann machen Sie mal. Aber halten Sie in ausreichendem Abstand zum Ziel, damit wir den Überraschungsmoment ausnützen können."

„Ich habe Durst", kam es von der Rückbank.

„Jetzt nicht", sagte Caroline mit Nachdruck.

„Doch, jetzt", antwortete Gisela trotzig.

„Warte wenigstens, bis wir angehalten haben", warnte Caroline.

Ewald Schleich bremste vorsichtig den Wagen ab und parkte ihn auf einem Hohlweg. „Wir müssen in diesen Weg", erklärte er und wies mit der Hand in Richtung Norden.

„Darf ich jetzt vielleicht etwas trinken?" Doch Gisela wartete keine Antwort ab, sondern zog eine Flasche aus der Kiste und öffnete sie.

„Na prima!", rief Erika und versuchte, das Wasser von ihrer Bluse zu wischen.

„Tut mir leid", entschuldigte sich Gisela erschrocken.

„Können wir dann jetzt?" Caroline drohte mit dem Stock und ging ein paar Schritte den Waldweg entlang.

„Aber ich bin ganz nass", jammerte Gisela. Ewald Schleich reichte galant sein Sakko an Gisela weiter.

„Vielleicht ist es so besser?", fragte er schüchtern und half ihr, die Jacke überzuziehen.

„Danke. Ja. Viel besser", strahlte Gisela und hakte sich bei ihm unter.

„Wir sollten uns tarnen", schlug Kellerbier ernsthaft vor.

„Tarnen? Sie meinen, wir sollten uns Dreck ins Gesicht schmieren und über den Boden robben?" Caroline war stehengeblieben und sah Kellerbier entrüstet an.

„Nein, gnädige Frau. Wir sollten so tun, als ob wir hier einen kleinen Waldspaziergang unternehmen würden", erklärte er munter.

„Aber das tun wir doch schon", bemerkte Erika und nahm ungefragt Carolines Arm.

„Ähm ..., wenn Sie meinen." Kellerbier schlurfte als Letzter der Gruppe über den mit Mulch ausgelegten Weg.

Adelheid fühlte sich frei! Es machte ihr unheimlich viel Spaß, mit Rosinante in der Natur unterwegs zu sein. „Das machen wir in Zukunft öfter, meine Liebe", versprach sie dem Tier und kraulte es am Kopf. Sie näherten sich über die Wiesen und Äcker dem Wald. Bald schon konnte Adelheid die Baumgrenze sehen und spornte Rosinante an, nun etwas schneller zu laufen. Doch die hatte ihr eigenes Tempo und ließ sich auch nicht durch Zurufen oder Schmeicheleien beirren. Adelheid schaukelte gemächlich dahin und machte sich keinerlei Sorgen, was geschehen konnte, wenn sie demnächst einer mutmaßlichen Mörderin gegenüberstehen würde. Das Leben war schön, fand sie und pfiff ein Liedchen.

Vom Parkplatz aus machten sich Lampl, Hérisson, der Förster Förster und zwei Polizeibeamte in Uniform auf, die Tatverdächtige festzusetzen. Lampl spähte immer wieder durch sein Fernglas.

„Was sehen Sie?", fragte Jelle Hérisson spöttisch.

„Buchfinken, Elstern und Eichelhäher", berichtete Lampl ernst.

„Interessant", meinte Hérisson und verfolgte anhand der Karte ihren Weg. Die Luft flirrte, und vereinzelt tanzten ein paar Mücken über dem hohen Gras. Lampl wünschte sich, sie würden endlich den Waldrand erreichen.

„Gibt es eigentlich im Wald Schlangen?", fragte Hérisson den Förster so, dass Lampl mithören konnte.

„Natürlich", antwortete der, „mehr als hier im Gras. Meist haben die Leute Angst und wissen nicht, dass die Blindschleiche völlig ungefährlich ist. Wir sind sehr stolz auf zwei relativ große Populationen von Schlingnattern und Kreuzottern", erklärte der Förster schulmeisterlich. Hérisson grinste diebisch in Lampls Richtung, aber der schien sie nicht gehört zu haben...

„Alles in Ordnung?", erkundigte sich Ewald Schleich bei Gisela, die sich an ihm festgekrallt hatte.

„Ja, danke, alles bestens. Ich habe nur leider nicht das richtige Schuhwerk an", klagte sie bedauernd und blickte auf ihre grazilen Sandalen.

„Aufschließen!", rief Erika von vorne. „Wir müssen doch zusammenbleiben!", forderte sie.

Kellerbier näherte sich dem Paar vor ihm, Schleich und Gisela. „Wann werden wir das Anwesen der Zielperson erreicht haben?", wollte er von Schleich wissen.

„Noch etwa ein Kilometer", antwortete Ewald Schleich und legte seine Hand beschützend auf Giselas Arm.

„Gut. Welche Strategie bevorzugen Sie?", löcherte Kellerbier Schleich weiter.

„Ich? … ich habe keine. Wenn Sie eine haben ... bitte, lassen Sie hören", bat der Postbote befremdet.

„Wir ziehen in den Krieg und Sie haben keinen Schlachtplan?" Adolf Kellerbier war empört.

„Nun", sagte Schleich und blieb stehen, „was schlagen Sie vor, Herr Kellerbier?"

„Was macht ihr da?", rief Erika.

„Einsatzbesprechung", erklärte Kellerbier wichtig.

„Aha ... komm Caroline, da sollten wir auch dabei sein", sagte Erika und zog Caroline mit sich.

„Also", begann Kellerbier und nahm einen Ast, um auf dem Waldboden eine Zeichnung anzufertigen, „Herr Schleich, könnten Sie uns bitte einen genauen Lageplan zeichnen und die Stelle markieren, von der aus wir nach Ihrer Meinung angreifen sollten?" Kellerbier reichte den Ast an Schleich und legte die Hände auf den Rücken.

„Ähm", stammelte Ewald Schleich, „die Hütte ist hier ... und wir kommen von da ...", informierte er und gab den Zweig an Kellerbier zurück.

„Nun, in Anbetracht dieses Sachverhalts", er zeigte auf Schleichs Zeichnung, „und dem Umstand, dass wir weder bewaffnet sind, noch den Vorteil der Dunkelheit nutzen können, schlage ich vor, dass wir einen Lockvogel vorschicken, um dann taktisch die Überrumpelung einzusetzen ..."

„Lockvogel?" Caroline war entsetzt. „Wen sollen wir denn solch einer gefährlichen Situation aussetzen?"

„Am besten eine der Damen. Da die Herren, also Herr Schleich und ich, dann die Verdächtige überwältigen könnten", meinte Kellerbier und fand seinen Vorschlag grandios.

„Kellerbier, Kellerbier. Ich weiß nicht, was ich davon halten soll", sagte Caroline und blickte ratlos in die Runde.

„Gibt es denn Freiwillige?", fragte Kellerbier stur, der seinen Plan unbedingt in die Tat umgesetzt haben wollte.

Adelheid und Rosinante hatten den Wald erreicht. Leider hatte Adelheid keine Ahnung, in welcher Richtung sich die anderen befanden. Ein wenig planlos stand sie deshalb mit Rosinante am Waldrand und überlegte laut: „So, meine Liebe. Wenn ich die Karte richtig im Kopf habe, müssten wir nun rechts und dann in den Weg einbiegen, der links davon abgeht ... wir versuchen es einfach mal, was meinst du?" Doch Rosinante hatte keine Antwort und so trabten die beiden auf gut Glück los.

Bruno Kurz stieg aus dem Taxi. Er ärgerte sich maßlos, dass man sein Auto abgeschleppt hatte. „Wir machen keine Ausnahme", hatte die schnippische Politesse gemeint. „Da könnte ja jeder einen Zettel an die Windschutzscheibe hängen und behaupten, er arbeite bei der Kripo. Wenn Sie wirklich ein Kriminaler sind", fuhr sie fort und bohrte ihren Zeigefinger in Brunos Brust, „dann müssten doch gerade Sie ein Muster an Ordnung und Korrektheit sein, nicht wahr?"

Lustlos wanderte er den Weg entlang, den Karl ihm beschrieben hatte. Von den Kollegen konnte er weit und breit nichts sehen. Ganz in Gedanken versunken blieb er plötzlich stehen. Vor ihm stand ein Kamel. Auf dem Kamel saß eine alte Frau mit Tropenhelm. Sie lächelte. Bruno Kurz rieb sich die Augen. Doch auch danach hatte sich das Bild nicht verändert.

„Hallo, junger Mann", rief die Frau auf dem Kamel. „Können Sie mir helfen?" Sie sah ihn freundlich an. Bruno Kurz überlegte intensiv, was er heute zu sich genommen hatte.

„Oh, vielleicht sollte ich uns vorstellen?", fragte sie.

Kurz nickte und krächzte: „Ja ... hallo ... ich bin der Bruno" und kam sich schon im nächsten Augenblick unglaublich dämlich vor.

„Macht ja nichts", antwortete die lächelnde Dame und reichte ihm die Hand. „Ich bin Adelheid und das ist Rosinante, mein Kamel", fügte sie überflüssigerweise hinzu.

„Freut mich", erwiderte Kurz brav und hätte sich am liebsten gleich selbst geohrfeigt:

„Was kann ich für Sie tun?", fragte er und trat von einem Bein auf das andere.

„Ich suche meine Leute. Sie sind in den Wald, um ... um eine Bekannte zu besuchen. Allerdings weiß ich nicht, wo sich die Jagdhütte genau befindet und ich dachte, vielleicht kennen Sie sich hier aus?" Adelheid unterstrich ihre Bitte mit einem gekonnten Augenaufschlag.

„Ähm ... also, ich bin hier auch fremd", entgegnete Kurz und überlegte, wie er die - zugegebenermaßen reizende Dame - loswerden könnte.

„Ach ... das ist ja schade", sagte sie bedauernd. „Na, dann sehe ich mal, ob ich sie alleine finde. So schwer kann das doch nicht sein, nicht wahr? Vielen Dank für Ihre Mühe und auf Wiedersehen." Adelheid hob ihre Hand zum Gruß und Bruno Kurz sah die beiden alsbald winkend an sich vorüberziehen.

„Ja viel Glück!", rief er hinterher.

Lampl, Hérisson, der Förster und die Streifenpolizisten hatten ihr Ziel erreicht. Lampl saß geduckt im Dickicht, als müsse er seine Notdurft verrichten. „Wir gehen von der Seite rein", flüsterte er. Während er durch das Fernglas spähte, positionierte sich seine Gruppe um ihn.

Als würde sich die Herde um das Alphamännchen scharen, dachte Hérisson bitter.

„Nach hinten hat die Hütte keinen Ausgang", informierte Förster.

„Ich kann nicht erkennen, ob jemand in dem Schuppen ist", sagte einer der uniformierten Beamten.

„Und ich kann niemanden draußen sehen", sagte der andere.

„Eine Seite ist dicht, weil da der Hang ist. Bleiben drei Seiten, die wir abdecken müssen." Lampl nahm das Glas herunter und überlegte, wie er die Staatsdiener aufteilen sollte.

„Sie bleiben in jedem Fall hier!", bedeutete er dem Förster.

„Sie müssen ziemlich weit ausschwärmen. Wenn sie auf dem Grundstück ist, könnte sie Sie leicht ausmachen." Förster beschrieb einen weiten Bogen.

„Ja, da haben Sie leider recht. Hérisson und ich warten hier und Sie beide", wies er die Kollegen an, „versuchen ungesehen auf die gegenüberliegende Flanke zu gelangen. Aber bitte vorsichtig, solange wir nicht wissen, wo sie sich genau aufhält."

Hérisson setzte sich und hörte zu.

„Wenn sie dort an den aufgestapelten Bäumen angekommen sind, dann melden Sie sich, verstanden?" Lampl gab einem der Beamten eines der Funkgeräte. „Kanal 2", sagte er.

Jelle Hérisson nickte den beiden aufmunternd zu. „Viel Glück!", wünschte sie.

Kriechend machten sich die Kollegen auf den mühevollen Weg. Lampl setzte das Glas wieder vor die Augen. Er versuchte, Berta Schimmel irgendwo zwischen den Bäumen oder im Haus ausfindig zu machen.

Kellerbier schmollte. Es fand sich keine Freiwillige. Ewald Schleich war jäh stehen geblieben. „Da vorne ... da ist es", flüsterte er und legte den Finger an den Mund.

„Lagebesprechung!", forderte Kellerbier und setzte sich auf einen moosbewachsenen Hügel.

„Ach, Kokolores!", erwiderte Caroline. „Wir hatten als Tarnung doch ausgemacht, dass wir uns wie harmlose Spaziergänger verhalten wollen, oder?", fragte sie angriffslustig. Erika und Gisela nickten eifrig.

„Richtig", bemerkte Schleich.

„Ja, dann können wir doch nicht in Angriffsformation anrücken ... wir sind gaaanz normale Wanderer ..." Caroline sah Kellerbier strafend an. „Und jetzt: Vorwärts!", rief sie und ging im Stechschritt auf den Feind zu.

„Attacke", brüllte Kellerbier voll Begeisterung und schritt weit aus, während die anderen wie Sonntagsspaziergänger an einem Mittwoch aussahen.

„Rosinante, ich habe keine blasse Ahnung, wo wir sind und schon gar nicht, wie wir unsere Freunde finden sollen ... ich fürchte, es war eine Schnapsidee ...", klagte Adelheid, doch Rosinante lief unbeirrt weiter. „Außerdem müsste ich mal ...", seufzte Adelheid und guckte sich nach einer Möglichkeit um, von der aus sie von Rosinante ab- und wieder aufsteigen konnte. Aber auch dazu: Fehlanzeige. „Wir gehen jetzt noch genau zehn Minuten. Wenn wir dann niemanden getroffen haben, drehen wir um", versprach Adelheid und sah auf ihre Uhr.

Die Streifenbeamten waren beinahe an ihrem Bestimmungsort. Lampl konnte sie durch das Fernglas sehen. „Es ist gleich soweit", verkündete er.

„Da!", rief Jelle Hérisson. „Da vorne bewegt sich jemand."

Lampl suchte in der angegebenen Richtung - und fand Berta Schimmel. „Die Verdächtige ist auf der rechten Seite des Grundstücks", flüsterte er.

„Was macht sie da?", wollte Jelle von ihm wissen.

„Sieht aus ... als ... würde sie etwas verbrennen wollen. Da steht ein altes Metallfass, in das sie Grünzeug und Papier wirft", wisperte Lampl.

„Dann sollten wir uns beeilen, falls sie Beweise vernichten will", mahnte Hérisson.

„Moment noch. Die Kollegen sind ... jetzt da." Lampl zückte das Funkgerät und nahm Kontakt auf. „Rothirsch an Bambi ... Rothirsch an Bambi ... sind Sie jetzt einsatzbereit?"

„Ähm ... Bambi an Rothirsch. Alles klar. Wir warten auf Ihren Einsatzbefehl ..."

„Rothirsch und Bambi? Wann ist Ihnen denn das eingefallen?",
fragte Jelle und konnte sich vor Lachen kaum halten.

„Eben", antwortete Lampl verlegen.

„Sie gehen den Weg einfach weiter, während Schleich und ich
uns durchs Unterholz schlagen", kommandierte Kellerbier.

„Meinetwegen." Caroline hatte keine Lust mehr auf Debatten
und fügte sich.

„Hier", sagte Erika, „für jeden eine Taschenlampe."

„Soll ich sie damit erleuchten?", fragte Caroline pikiert.

„Na, sonst haben wir ja nichts." Erika zuckte mit der Schulter.

„Sie meint es doch nur gut", versuchte Gisela zu vermitteln,
„aber es kann auch jemand eine Wasserflasche nehmen ..."

„Getrunken wird nach der gewonnenen Schlacht", warf Kellerbier ein.

„Ich dachte, man könnte die Flasche als Waffe nutzen – falls es
sein muss ... zur Selbstverteidigung ... oder so ...", erklärte Gisela
verlegen.

„Wollen wir hier noch länger stehen und herumstreiten? Dann
setze ich mich inzwischen", meldete sich Ewald Schleich
ungewohnt angriffslustig und breitete ein Stofftaschentuch auf einer
umgekippten Buche aus, um sich darauf zu setzen.

„Nein. Wir sind fertig. Wählen Sie eine Flasche oder eine Taschenlampe, um sich zu schlagen, mein Lieber?" fragte Caroline
mit gespielter Ernsthaftigkeit.

„Ich brauche nichts. Danke. Also, meine Damen. Auf ins Ge-
fecht!" Kellerbier zog Schleich ins Gesträuch, drei Sekunden später
waren sie verschwunden.

„Na, dann lasst uns einen schönen Spaziergang machen",
munterte Erika die anderen auf und nahm Caroline an ihre linke und
Gisela an die rechte Seite.

„Rothirsch an Bambi: Zugriff! Jetzt!" Lampl und Hérisson
robbten nebeneinander den Waldboden entlang. Abwechselnd ver-

suchten sie, einen Blick auf die Zielperson zu erhaschen. Berta Schimmel schien noch nicht zu ahnen, wer oder was da auf sie zukam. Die Streifenbeamten bevorzugten die Schildkrötenformation.

Gleichzeitig näherten sich zwischen den beiden Beamtengruppen die „Trojaner" – Kellerbier hatte den Damen den Namen gegeben. Nicht weit entfernt schlichen Schleich und Kellerbier durch eine schmale Lichtung, Kellerbier voraus, Schleich hinterher, wobei er schon mehrmals einen Ast seines Vordermannes ins Gesicht bekommen hatte. Ewald Schleich kochte innerlich, aber für Gisela tat er das alles liebend gern.

Berta, das Gewehr umgehängt, wollte gerade die Tonne, gefüllt mit Beweismaterial, anzünden, als sie aus dem Augenwinkel eine Bewegung wahrnahm.

Kellerbier gab das Signal zum Angriff etwas zu früh. Doch die unvollständige Karreeformation hatte Erfolg! Unter großem Indianergebrüll stürzte sich Kellerbier in den Vorgarten von Berta Schimmels Waldhütte und wankte wie ein angeschossenes Wildschwein auf sie zu. Ewald Schleich, etwas abgehängt, folgte und sah, wie sich zwei, in Tannengrün gewandete Personen im Gras heranschlichen. Kurzerhand übernahm er die Festsetzung der beiden, als er realisierte, dass Kellerbier Berta Schimmel zuerst erreichen würde. In das Handgemenge mischten sich kurz darauf spitze Schreie der drei Damen, die ihre Tarnung soeben aufgegeben hatten. Gisela feuerte Ewald vehement an und Erika versuchte Caroline davon abzuhalten, unkontrolliert mit der Taschenlampe auf alle und alles einzuschlagen.

Letztlich gelangten auch Lampl und Hérisson ins Ziel. Da Kellerbier Berta Schimmels nicht habhaft werden konnte - er hatte nicht mit ihrer läuferischen Ausdauer und Schnelligkeit gerechnet - hetzten Lampl und Hérisson der mutmaßlichen Giftmischerin hinterher. Dass Jelle Hérisson zum unpassendsten Augenblick ihren linken Gummistiefel verlor und infolgedessen nicht mehr in der Lage war, ihr mit vollem Einsatz zu folgen, hielt Lampl nicht davon ab, in die Ergreifung der Verdächtigen seine ganze Kraft und Energie zu legen. Ausgebremst wurde er nur von der eigenen Unsportlichkeit und dem Umstand, dass auch er nicht das richtige Schuhwerk für dieses Gelände trug.

Bruno Kurz, der während des Höhepunkts des Aufruhrs eintraf, erlangte nicht sofort die erforderliche Übersicht – wer hier gut und wer hier böse war, entzog sich gänzlich seinem Verständnis.

Einzig Berta Schimmel erkannte er zweifelsfrei und setzte ihr deswegen augenblicklich nach. Doch der Vorsprung, den sich die Dame erlaufen hatte, war enorm. Bruno Kurz lief ausdauernd und hatte die Flüchtende immer fest im Blick. Inzwischen war er der letzte ernsthafte Verfolger. Hinter sich nahm er weiterhin Gekeife und Geschrei war, doch er ignorierte es und behielt das Ziel verbissen vor Augen.

Und dann war sie plötzlich weg.

Bruno Kurz blieb heftig atmend auf einer Lichtung stehen und sah sich um. Berta Schimmel schien wie vom Erdboden verschluckt.

„Mist, stinkender", japste Kurz, „wo ist sie hin?" Da! Ein Zweig knackte im Unterholz und dann noch einer. Abrupt drehte er sich um, huschte vorsichtig auf die Stelle zu. Dann peitschte ein Schuss durch den Wald. Kurz warf sich auf den Boden. Er hörte Lampl keuchend ankommen und gab ihm ein Zeichen. Beide gingen in Deckung.

„Was ist?", fragte Lampl bemüht leise und den Käfer fixierend, der direkt vor seiner Nase auf einem Blatt hing.

„Hast du nicht gehört? Da war ein Schuss, ungefähr aus dieser Richtung", antwortete Kurz und zeigte auf dichtes Gestrüpp vor ihnen.

„Sie hat ein altes Jagdgewehr", erklärte Lampl.

„Still!", forderte Bruno Kurz. „Hörst du das?", wollte er von Lampl wissen.

„Was?"

„Na, das komische Geräusch."

„Ja. Jetzt hör' ich es auch", sagte Lampl und versuchte angestrengt herauszufinden, was das war und woher es kam.

„Da!", schrie Kurz und war gleich auf den Beinen, um die Verfolgung wieder aufzunehmen. Lampl erhob sich schwerfällig und rannte hinterher, ohne genau zu wissen, wen oder was sie nun verfolgten.

Dann sah er Berta Schimmel. Sie lief einen breiten Hohlweg entlang. Lampl mobilisierte all seine Kraft und konnte den Abstand zu ihr und Bruno Kurz erfolgreich verringern.

„Du da lang, ich da", hechelte er und wies Kurz an, nach links zu laufen, um Berta Schimmel den Weg abzuschneiden.

Sie erreichte den Waldrand.

Dann wurde sie plötzlich durch ein Kamel aufgehalten. Sie erschrak so sehr, dass sie die Waffe fallen ließ und auf die Knie sank.

„Du liebe Güte", jammerte sie und griff sich ans Herz, „du ... hast mich ..." Sie fiel in Ohnmacht.

„Oh ... hallo? ... wen haben wir denn da?" Adelheid kam gerade aus dem Wald zurück, wo sie einem dringenden Bedürfnis nachgegeben hatte.

„Brave Rosinante, feines Mädel. Gut gemacht!", lobte sie und streichelte Rosinantes Flanke. Dann öffnete sie ihren Gürtel, nahm ihn ab und fesselte damit die Verbrecherin. Just in diesem Augenblick kamen völlig atemlos und ausgebrannt Bruno Kurz und Lampl dazu.

„Hier", sagte Adelheid stolz zu dem Kommissar, „haben Sie ihre Verdächtige."

*

Die Lampions schwangen im lauen Lüftchen. Allenthalben Stille, nur auf dem Anwesen der Freundinnen herrschte rege Betriebsamkeit. Für heute waren die Bösen besiegt und die Guten feierten ihre persönlichen Erfolge und das schöne Gefühl, gemeinsam unschlagbar zu sein.

Gisela hatte hingebungsvoll alle Wunden versorgt und verbale Pflaster verteilt. Um Ewald Schleich hatte sie sich besonders liebevoll gekümmert, was er mit einem strahlenden Lächeln und einem unschuldigen Kuss gedankt hatte. Anschließend krempelte Gisela die Ärmel hoch und zog sich dorthin zurück, wo sie sich am wohlsten fühlte - in die Küche. In Windeseile hatte sie ein Festmahl zubereitet.

Kellerbier saß mit Caroline und Siegfried an einer Ecke des Tisches. Er fütterte den Hund mit dem Schnitzel, das er heimlich aus der Küche stibitzt hatte. Caroline übersah geflissentlich diesen Affront und tätschelte zufrieden Siegfrieds dicken Kopf:

„Was für ein Tag! Was für ein Abenteuer!", lachte sie gelöst. Kellerbier stimmte mit ein. Auch er fühlte sich seit langer Zeit wieder wohl in seiner Haut, ja, sogar ein wenig glücklich.

Erika und Dora halfen Gisela und trugen bergeweise Köstlichkeiten in den Garten. Felizitas und Henriette sorgten für Getränke, zündeten die Teelichter auf den Tischen an, holten Polster und entfachten ein kleines Lagerfeuer.

Klara und Albert packten Ida in den Lehnstuhl, den sie extra nach draußen getragen hatten, und ermahnten sie, sich zu melden, wollte sie hineingebracht werden.

„Wo denkt ihr hin?", fragte sie mit gespieltem Entsetzen. „An einem solchen Tag bleibe ich in jedem Fall bei euch ...Trotzdem: Danke." Fröhlich drückte sie Alberts Hand. „Und wenn ich vielleicht noch was von dem wunderbaren Erdbeerkuchen haben könnte ...", bat sie.

Adelheid raffte eine Extraportion Kräuter zusammen und sah zu, wie Rosinante sie genüsslich vertilgte. „Das hast du wirklich fein gemacht, meine Liebe", lobte sie und lief barfuß über die Wiese, zurück zu ihren Freunden.

Noch spät hielt ein Auto auf der Straße, dem Lampl und Hérisson entstiegen. Sie wurden mit großem „Hallo" begrüßt und mütterlich von Gisela umsorgt. Natürlich wollte man erfahren, wie alles zusammenhing und Lampl zierte sich nicht lange.

Kauend berichtete er von der Vernehmung Berta Schimmels. „Sie hat ein umfangreiches Geständnis abgelegt", nuschelte er und griff noch mal nach einem gebratenen Hühnerbein. „Sie wissen, dass sie ehrenamtlich tätig war?", fragte er die Umsitzenden und wischte sich die Finger an der Servierte ab.

„Hat sie nicht Gelder verwaltet für eine karitative Stiftung?", fragte Caroline nach.

„Richtig", schaltete sich Jelle in die Unterhaltung ein. „Sie veruntreute Geld über Jahre und Senft hatte das herausgefunden. Er stellte sie zur Rede."

„Und sie bestritt natürlich", warf Lampl ein, gönnte sich einen großen Schluck Bier.

„Aber Senft konnte es beweisen?", erkundigte sich Adelheid neugierig.

„Nein. Aber er sagte ihr, er werde eine Revision beantragen." Jelle genehmigte sich ebenfalls etwas Bier.

„Dazu kam es nicht", stellte Caroline fest.

„Genau. Sie hatte ihn schon mit Fingerhuts Hilfe vergiftet", erklärte
Jelle.

„Fingerhut war also auch beteiligt?", hakte Klara nach.

„Nicht an der Unterschlagung. Die beiden hatten noch ein einträgliches Geschäft nebenbei laufen." Lampl sah die Spannung in den Gesichtern seiner Zuhörer.

„Drogen", sagte Gisela und aller Augen wandten sich ihr zu.

„Woher wissen Sie? ...", ließ Lampl den Satz offen.

„Ich wusste nichts, aber jetzt erscheint es mir am logischsten", erklärte Gisela kopfschüttelnd. „Wer hätte das gedacht. So eine gediegene Person."

„Und warum dann Senfts Mutter?", wollte Erika wissen. „Die hatte doch mit all dem nichts zu tun, oder?"

„Nein, sie hatte keine Ahnung", begann Lampl und Jelle fuhr fort. „Und sie war auch nicht gemeint."

„Wer dann?", Kellerbier hielt die Spannung kaum aus.

„Seine Frau." Lampl ließ sich ein großes Stück Kuchen reichen.

„Aber warum?", fragte Caroline verwundert.

„Frau Schimmel dachte, er hätte seiner Frau von dem Verdacht erzählt", berichtete Hérisson.

„Ach?", kam es aus dem Mund gleich mehrerer Zuhörer.

„Aber die wusste nichts", bestätigte Lampl und griff nach dem Obstsalat.

„Deswegen war sie damals so durcheinander, als sie merkte, dass sie die falsche Frau um die Ecke gebracht hatte." Erika tippte sich an die Stirn. „Und ich glaubte, sie wäre ehrlich schockiert gewesen."

„Sie war ehrlich schockiert, nur nicht aus dem Grund, den wir angenommen hatten", sagte Caroline fassungslos.

Henriette wischte mit dem Taschentuch über die Augen. „Das ist doch wirklich alles sehr traurig."

„Und das ist noch nicht alles." Lampl legte eine Kunstpause ein und holte Luft: „Sie ist vermutlich für weitere Todesfälle verantwortlich."

„Was?", rief Henriette entsetzt.

„Mir graut es ...", warf Klara ein.

„Und wessen Tod?", fragte Adelheid betroffen.

Jelle seufzte: „Ein Teil ihrer Kunden ..."

„Es wird sich noch zeigen", orakelte Lampl und strich zufrieden über seinen gefüllten Bauch. „Die Kollegen sind da dran. Sie durchforsten die gesamte Kundenliste dieser sauberen Dame und gleichen sie mit den Todesfällen ab ..."

„Aber ... aber Fingerhut war ebenfalls vergiftet worden, oder?", fragte Henriette. „Und Ihr Kollege hat auch von dem Tee ..."

„Richtig", bestätigte Lampl. „Aber Fingerhuts Vergiftung war vorgetäuscht. Er hat nur wenig Gift in den Tee gemischt, um Frau Schimmel zu belasten."

„Ein niederträchtiger Plan." Caroline war entsetzt. „Und Ihr Kollege war ein Zufallsopfer, das Fingerhut in Kauf nahm?"

„Besser konnte es für ihn nicht laufen. Er und ein Polizist vergiftet – damit erscheint er unschuldig."

Jelle nahm noch einen großen Schluck. „Prost!", lallte sie angeheitert.

„Jedenfalls", sagte Lampl und erhob sein Glas, „bin ich Ihnen allen zu Dank verpflichtet. Ohne Sie und Ihren, wenn auch nicht immer legalen Einsatz, hätten wir heute den Fall vielleicht noch nicht aufklären können. Zum Wohl!", rief er.

Alle prosteten sich zu, dann wurde Lampl noch mal ernst. „Doch eine Frage ist bis jetzt offengeblieben und kann nur hier und heute geklärt werden ..." Lampl schwieg kurz und blickte dann streng auf Adolf Kellerbier.

„Herr Kellerbier, was bedeuten die Abkürzungen s. w. d. M. P. und

o. o. b.?"

Jeder wartete gespannt, als Kellerbier, der sich ertappt und auch schuldig fühlte, leise antwortete: „Sägt während der Mittagspause und oben ohne baden."

Caroline lachte und Kellerbier versank beinahe augenblicklich im Boden.

„Aha", kam es treffend von Lampl, dann stand er auf: „Auf Sie alle, auf Frau Hubers Koch- und Backkünste und auf Ihre Freundschaft. Meine Damen, meine Herren - Prost!"

Jelles Telefon klingelte. Sie ging ein paar Schritte zur Seite, um den Anrufer besser verstehen zu können: „Ja? ... Ja! ... Natürlich ... einen Moment bitte." Sie reichte Lampl stumm den Apparat.

„Für mich?", fragte er und wischte sich mit dem Handrücken über den Mund. Jelle nickte.

„Hallo?", meldete sich Lampl, der schon ein wenig alkoholisiert war. „Ach, Herr Dr. Mayeraufder ... ja ... der Fall ist aufgeklärt und den Bericht erhalten Sie morgen, versprochen." Lampl merkte, wie er anfing zu schwitzen: „Sie wollten mich sprechen? ... Sie haben den ganzen Tag versucht, mich zu erreichen? Oh, das tut mir leid, ... ich war ... ich habe ... nein ... ach so! Ja, danke vielmals. Wiederhören."

„Und?", fragte Jelle Hérisson mit glasigen Augen.

„Er wollte mir nur mitteilen, dass ich endlich den beantragten Parkplatz zugewiesen bekommen habe", grinste Lampl.

„Und warum sind Sie ihm den ganzen Tag ausgewichen?"

„Na, ich fürchtete, er hätte herausgefunden, wer ihm die Schokolade ans Auto geschmiert hatte."

Nach Mitternacht forderte Nigel Biederwolf vehement, die Nachtruhe einzuhalten. Er drohte, er würde die Polizei rufen, wenn jetzt nicht bald Ruhe einkehren würde.

„Die Polizei ist schon da!", schrie Lampl über den Zaun.

„Ja, ja", antwortete Biederwolf erbost, „und ich bin der Polizeipräsident!"

„Ja dann: Prost, Herr Präsident!"

„Lampl, Sie haben zu viel getrunken", rief Jelle beschwipst und warnte ihn mit erhobenem Finger.

„Hérisson, Sie auch!", stellte Lampl unumwunden fest und füllte ihre Gläser erneut.

„Frau Kommissarin, Herr Kommissar. Sie dürfen gerne bei uns übernachten", bot Caroline an.

„Wir haben das ehemalige Hochzeitszimmer frei", lachte Gisela.

*

„Gute Nacht, Lampl."
„Gute Nacht, Hérisson."

Anmerkungen / Quellenangaben:
Gedichte / Auszüge in chronologischer Reihenfolge im Buch

Widmung
„Die Greisin" von Rainer Maria Rilke, Lyriker

Seite 11:
„Lebenslauf", von Friedrich Hölderlin, Lyriker

Seite 40:
„Die Mutter", von Annette von Droste- Hülshoff, Dichterin

Seite 41:
aus „Balduin Bählamm, der verhinderte Dichter", von Wilhelm
Busch, Zeichner, Maler und Schriftsteller

Seite 74:
„Grabschrift", von Marie Freifrau von Ebner-Eschenbach, Erzäh-
lerin, Novellistin und Aphoristikerin

Seite 94:
„Wandrers Nachtlied", von Johann W. v. Goethe, Dichter

Seite 107:
„Das Alter", von Joseph Karl Benedikt Freiherr von Eichendorff,
Dichter, Novellist und Dramatiker

Seite 118:
„Mein Esel", von Gotthold Ephraim Lessing , Schriftsteller, Kri-
tiker und Philosoph der Aufklärung

Seite 136:
„Sommermittag", von Theodor Storm, Lyriker

Seite 156:
„Das Kamel", von Magnus G. Lichtwer, Fabeldichter

Seite 197:
von Balder vom Berge, Dichter

Seite 234:
„Wenn irgendetwas geschieht", Unbekannt

Im Gegensatz zur Originalausgabe, wurden einige Gedichte aus rechtlichen Gründen ausgetauscht.

Alle Figuren und die Handlung sind frei erfunden!

Übersetzungen:

Nebochant = österreichisch für „Ahnungsloser"
Morologie = scherzhaft, Wissenschaft von der Dummheit
Pomologie = Obstbaumkunde

„Beatus ille, qui procul negotiis" - „Glücklich der, der fern von Geschäften/Pflichten ist."

Antworten auf meine Fragen habe ich, wie heute üblich, im www gefunden. Dies betrifft die verwendeten Passagen über:

Angriffsformationen
https://de.wikipedia.org/wiki/R%C3%B6mische_Kampftechnik
(abgerufen 2013)

Pomologie
https://de.wikipedia.org/wiki/Pomologie (abgerufen 2012)

Denkmalerhaltung
http://www.landesarchaeologen.de/fileadmin/Dokumente/Denkm
alschutzgesetze/DschG-Bayern.pdf
(abgerufen 2012)

Schlangen in Deutschland
http://www.heimische-tiere.de/Schlangen_Deutschland.htm (abgerufen 2013)

Ein letztes Wort ...
Herzlichen Dank an Ute Felgenträger und Erika Kühn!
und an Jens, Felix, Vera und Marvin!

FSC
www.fsc.org
MIX
Papier | Fördert
gute Waldnutzung
FSC® C083411

Zeitfracht Medien GmbH
Ferdinand-Jühlke-Straße 7
99095 Erfurt, Deutschland
produktsicherheit@kolibri360.de